ESTRADA PARA A PAIXÃO

ROBYN CARR

ESTRADA PARA A PAIXÃO

Tradução
Natalie Gerhardt

HarperCollins *Brasil*
Rio de Janeiro, 2016

Título original: THE WANDERER

Contatos:
Rua Nova Jerusalém, 345 — Bonsucesso — 21042-235
Rio de Janeiro — RJ — Brasil
Tel.: (21) 3882-8200 — Fax: (21) 3882-8212/831

CIP-Brasil. Catalogação na Publicação
Sindicato Nacional dos Editores de Livros, RJ

C299e

Carr, Robyn, 1951-
Estrada para a paixão / Robyn Carr; tradução Natalie Gerhardt. – 1. ed. – Rio de Janeiro : Happer Collins Brasil, 2016.
304 p. ; 23 cm.

Tradução de: The wanderer
ISBN 978.85.698.0992-0

1. Romance americano. I. Gerhardt, Natalie. II. Título.

16-31711 CDD: 813
CDU: 821.111(73)-3

Para a magnífica Kristan Higgins,
linda por dentro e por fora.

Capítulo Um

Hank Cooper levou quase oito horas para ir de Virgin River até Thunder Point, Oregon, porque estava trazendo a reboque o seu trailer, um Toy Hauler. Ele tinha parado no acostamento várias vezes para permitir que grandes filas de carro passassem. Um pouco antes de cruzar a fronteira entre a Califórnia e o Oregon, ele parara em um lugar para turistas que visitavam o Redwood Park, onde havia jardins e lojas de souvenires, esculturas de madeira, uma lanchonete e banheiros. Deixando de lado o tour pelos jardins, comprou um sanduíche e uma bebida e saiu daquele lugar cheio de árvores imensas para a estrada aberta, que logo revelou a região rochosa da costa do Oregon.

Cooper parou no primeiro mirante para o mar e estacionou. O sinal do celular estava ótimo, e ele ligou para o departamento de polícia de Coos County.

— Alô — disse ele para a recepcionista. — Meu nome é Hank Cooper e eu estou a caminho de Thunder Point a pedido de alguém que me disse que meu amigo Ben Bailey está morto. Parece que ele deixou alguma coisa para mim, mas não é por isso que estou indo para aí. A mensagem que recebi foi que Ben foi assassinado, mas não me deram mais detalhes. Eu gostaria de falar com o xerife. Preciso de algumas respostas.

— Aguarde um minuto, por favor — respondeu ela.

Bem, não era bem isso que ele esperava. Ele achou que deixaria o número e almoçaria enquanto aguardava.

— McCain, delegado do xerife — disse uma nova voz na ligação.

— Hank Cooper falando, delegado — respondeu ele, e, mesmo sem querer, empertigou-se. Sempre fora resistente à autoridade, mas ainda causava um efeito nele. — Eu gostaria de falar com o xerife.

— Eu trabalho para o xerife. Ele fica na sede do Departamento de Polícia em Coquille. Esta é uma pequena delegacia com apenas alguns delegados trabalhando. Thunder Point é uma cidade pequena, temos um policial, e nada mais. Ele resolve pequenas disputas, despejos e coisas assim. A cadeia do condado fica em Coquille. Como posso ajudá-lo, sr. Cooper?

— Eu sou amigo de Ben Bailey e estou a caminho da cidade para descobrir o que aconteceu com ele.

— Sr. Cooper, Ben Bailey já morreu há algumas semanas.

— Entendo. Eu acabei de descobrir. Alguém aí da cidade, um tal de Rawley, encontrou o meu número e me ligou. Contou que ele foi assassinado. Morto e enterrado. Eu quero saber o que aconteceu com ele. Ben era meu amigo.

— Posso dar os detalhes de tudo em noventa segundos.

Mas Cooper queria olhar nos olhos dele quando ouvisse a história.

— Se o senhor me der as explicações de como faço para chegar à delegacia, eu posso ir para aí.

— Bem, isso não será necessário. Posso encontrar com o senhor no bar — sugeriu o delegado.

— Qual bar?

— O bar do Ben. Acho que o senhor não era um amigo próximo.

— A gente se conhecia há mais de quinze anos, mas esta é a primeira vez que venho para cá. A gente ia se encontrar com um outro colega do exército em Virgin River para caçarmos. Ben sempre dizia que ele tinha uma loja de iscas.

— Eu diria que ele vendia muito mais uísque do que iscas. Você sabe onde é a casa do Ben?

— Mais ou menos.

— Pegue a autoestrada 101 na direção de Gibbons Road e siga para o oeste. Depois de uns seis quilômetros e meio, você vai ver uma placa rudimentar em que está escrito "Bebida barata". Vire à esquerda em Bailey Pass. Ela contorna a montanha. Você vai chegar direto no estabelecimento de Bailey. Quando o senhor acha que vai chegar?

— Eu acabei de chegar ao Oregon vindo da Califórnia — disse ele. — Estou trazendo o meu trailer comigo. Umas duas horas?

— Acho que está mais para três. Eu vou encontrá-lo lá se não surgir nada. Este é o número do seu celular?

— É, sim — respondeu Cooper.

— O sinal é bom na costa. Eu ligo se eu tiver que fazer outra coisa.

— Eu agradeço, delegado...

— McCain. Até daqui a pouco, sr. Cooper.

Cooper desligou, guardou o telefone no bolso da jaqueta e desceu da picape. Colocou o almoço no capô e se encostou no veículo, olhando para o oceano Pacífico. Ele já viajara o mundo inteiro, mas aquela era a primeira vez que vinha para a costa do Oregon. A praia era rochosa e havia pedras enormes, grandes como prédios de dois andares, saindo da água. Um helicóptero laranja e branco sobrevoava as águas, um HH-65 Dolphin da guarda costeira, busca e resgate.

Por um momento, sentiu vontade de estar de novo em um helicóptero. Quando ele resolvesse a questão de Ben, talvez procurasse um emprego de piloto. Ele fizera diversos trabalhos desse tipo depois que deixara o exército. O mais recente foi voar do porto de Corpus Christi, no Golfo do México, para plataformas de petróleo em alto-mar. Mas depois de um vazamento no golfo, ele estava pronto para uma mudança.

Ele acompanhou o movimento do helicóptero sobre as águas. Nunca considerara trabalhar para a Guarda Costeira dos Estados Unidos. Estava acostumado a evitar tempestades em alto-mar, e não entrar nela para salvar alguém no mar revolto.

Ele tomou uns goles da bebida e mordeu o sanduíche, vagamente ciente dos diversos veículos que paravam no estacionamento do mirante. As pessoas saíam dos carros e picapes e iam até a beirada com binóculos e câmeras. Pessoalmente, Coop não achava que aquelas enormes montanhas rochosas cheias de cocô de pássaros eram dignas de uma fotografia, mesmo com o helicóptero laranja sobrevoando-as. *Pairando* sobre elas...

As ondas quebravam contra as grandes pedras com uma força mortal, e o vento estava aumentando muito. Ele sabia muito bem como podia ser arriscado pairar com o helicóptero quando as condições do vento estavam assim. E tão próximo das rochas. Se alguma coisa saísse errado, o helicóptero talvez não tivesse tempo de se recuperar para não se chocar contra as pedras ou nas ondas violentas. As coisas poderiam ficar feias.

Então, um homem preso com equipamentos de segurança emergiu do helicóptero, pendurado por um cabo. Foi quando Cooper viu o que os outros motoristas tinham visto antes dele. Ele largou o sanduíche e entrou na picape, pegando os binóculos no compartimento central. Focou em uma rocha de 12 a 15 metros de altura, e o que antes eram apenas pontinhos, agora ele reconhecia como duas pessoas. Uma estava no alto da pedra, agachada para evitar ser derrubada pelo vento. A outra estava pendurada na pedra.

Alpinistas? Ambos vestiam o que parecia ser um macacão de mergulho por baixo do equipamento de escalada. Graças aos binóculos, dava para ver um pequeno barco batendo nas ondas e sendo levado para longe da rocha. Havia uma corda com uma ponta ancorada em uma pedra e a outra dançando ao vento. O homem agachado no alto da pedra enfrentava não apenas o vento cruzado mas também o provocado pelo rotor do helicóptero. E, caso o piloto não conseguisse manter a aeronave estável, o técnico de emergências médicas ou nadador de resgate que estava preso ao cabo poderia bater na rocha.

— Devagar, devagar, devagar — murmurava consigo mesmo, desejando que a equipe pudesse ouvi-lo.

O técnico de salvamento se agarrou à parede rochosa ao lado do alpinista que estava se segurando ali, estabilizou-se se ancorando em uma pedra, e se manteve firme por um minuto. Então, o alpinista seguiu pela parede rochosa em direção ao resgatador, prendeu-se ao arnês e ambos foram imediatamente puxados pelo cabo para dentro do helicóptero.

— Isso — sussurrou ele. Bom trabalho! Ele gostaria de conhecer aquele piloto. Aquele era um voo difícil. Resgatar o alpinista que estava na parede rochosa fora a parte mais difícil. Socorrer o cara que estava no topo da pedra seria menos arriscado para todos os envolvidos. O helicóptero se afastou um pouco das rochas enquanto a vítima número um provavelmente estava sendo atendida. Então, lentamente, aproximou-se da rocha mais uma vez, pairando ali para enviar um cesto de resgate. O alpinista que estava no topo aguardou até que o cesto estivesse diante de si para se levantar, agarrar-se a ele e entrar. Enquanto subia para o helicóptero, os motoristas em volta de Cooper começaram a comemorar.

Antes que o alpinista chegasse à aeronave, o barco lá embaixo bateu contra a pedra e se partiu em pedacinhos, deixando apenas escombros na água. Aqueles caras devem ter tentado ancorar o barco em uma pedra lateral que não era atingida por muitas ondas, assim, eles poderiam escalar e voltar. Mas quando o barco se soltou, eles ficaram sem saída.

Quem ligara para a Guarda Costeira? Provavelmente um deles, usando um telefone celular. Provavelmente o que estava no topo da pedra e que não estava pendurado na parede rochosa, segurando-se para não morrer.

Todos estavam sãos e salvos e o helicóptero subiu e se afastou dali.

É isso, senhoras e senhores, nossa matinê de hoje chegou ao fim. Voltem amanhã para outro show, pensou Coop. Enquanto os outros motoristas iam embora, ele terminou o sanduíche, entrou na picape e seguiu para o norte.

Ainda bem que o GPS de Cooper era atualizado, porque a Gibbons Road não tinha sinalização. Foi apenas três horas depois que Cooper se viu em uma estrada bem estreita de duas pistas que descia em ziguezague pela montanha. Em um desvio, havia apenas uma placa que dizia "Bebidas baratas", e uma seta apontando para a esquerda. *Que classe*, pensou ele. Ben nunca fora conhecido pelo que a avó sulista de Cooper chamaria "senhor de engenho".

Daquele desvio, porém, dava para ver os contornos de Thunder Point, e a cidade era bonita. Uma ampla enseada ou baía em forma de *U* estava aninhada profundamente em um litoral rochoso. Dava para ver a casa de Ben, uma construção solitária com um deque amplo e escadas que levavam para a doca e para a praia. Além da casa, estendendo-se em direção ao oceano, havia um promontório desabitado. Ele ficou sentando ali por um tempo, pensando nos clientes de Ben aproveitando as bebidas baratas e, depois, voltando para a estrada 101, que deveria se chamar Trilha Suicida.

Do outro lado da praia, havia outro promontório que se estendia em direção ao oceano. Mas esse outro tinha casas até a beirada. Cooper só poderia imaginar a vista de cair o queixo. Havia uma marina ali, e a cidade propriamente dita. Thunder Point fora construída montanha acima, começando na marina, em uma série de degraus. De onde estava, conseguia ver as ruas. Entre a casa de Ben e a cidade, havia apenas uma praia vasta e extensa. Lá embaixo, viu uma mulher com um casaco vermelho de capuz passeando com um cachorro enorme pela praia. Ela atirava um galho e o cachorro o trazia de volta. O animal era preto e branco com patas que pareciam as de um potro.

O sol estava brilhando e Cooper se lembrou de um dos e-mails que Ben lhe mandara descrevendo a sua casa. "A maior parte do Oregon é úmida e fria durante o inverno, a não ser por uma parte em torno de Bandon e Coos Bay que tem o clima agradável na maior parte do ano, com mais dias ensolarados do que chuvosos. Mas quando a tempestade chega a Thunder Point pelo oceano, é como uma das Sete Maravilhas. A baía é protegida pelas montanhas e não é atingida, mantendo os barcos de pesca seguros, mas os raios são espetaculares..."

Então, ele viu não apenas uma, mas duas águias sobrevoando em círculos um pico do lado da parte de Ben da praia. Era uma visão rara e bonita.

Ele seguiu para o estacionamento, não muito surpreso ao encontrar uma SUV do departamento de polícia já parada lá e o delegado sentado no banco do motorista, aparentemente escrevendo alguma coisa. Alguns segundos depois, ele saiu do carro e caminhou na direção de Cooper, que o avaliou. O delegado McCain era jovem, devia ter trinta e poucos anos. Era alto, tinha cabelo louro, olhos azuis, ombros largos — mais ou menos o que se esperara encontrar.

Cooper estendeu a mão.

— Delegado.

— Sr. Cooper, meus pêsames.

— O que aconteceu com Ben?

— Ele foi encontrado na base da escada do porão, onde mantinha os tanques de iscas. Ben morava aqui. Tinha dois quartos em cima do bar, mas acho que nunca trancava as portas. Não há sinais de violência, mas o caso foi encaminhado para o legista. Nada foi roubado. Nem mesmo dinheiro. A morte foi considerada acidental.

— Mas o cara que me ligou disse que ele tinha sido assassinado — contou Cooper.

— Acho que Rawley só estava chateado. Ele fica insistindo que é impossível que Ben tenha caído. Mas ele tinha bebido um pouco. Não estava perto do limite legal nem nada, mas pode ter tropeçado. Droga, eu mesmo já tropecei mesmo sem ter bebido uma gota de álcool. Foi Rawley que o achou. Ben tinha uma gaveta de dinheiro na geladeira, e o dinheiro ainda estava no esconderijo — disse o delegado, coçando a nuca. — A única coisa estranha foi que se definiu a hora da morte para duas horas da manhã. Ben estava de cueca samba-canção, e Rawley insiste que não haveria um motivo para ele se levantar da cama no segundo andar e seguir para o porão no meio da noite. Ele talvez esteja certo. Mas talvez ele tenha escutado algum barulho ou estava indo para a praia. Só para o caso de você estar se perguntando, não há câmeras de segurança. Na verdade, o único lugar da cidade com câmeras de segurança é o banco. Nesses anos todos, Ben talvez tenha tido apenas uns dois incidentes com clientes meio excêntricos, mas nada sério de verdade.

— Você não acha que é possível que alguém que conhecesse o lugar pudesse tentar roubá-lo depois da meia-noite? Quando Ben estaria vulnerável?

— As pessoas que vinham aqui já eram cliente antigos de Ben, ou ficaram sabendo do bar por clientes antigos. Ciclistas de fim de semana, pescadores amadores e pessoas assim. Ben não tinha um grande negócio, mas estava indo bem.

— Vendendo iscas e uísque?

O delegado riu.

— Iscas, produtos de conveniência, bar, lavanderia, souvenir barato e combustível. Eu diria que, considerando todas essas coisas, o bar e os produtos de conveniência contribuíam com a maior parte do negócio.

Coop olhou à sua volta.

— Combustível?

— Nas docas. Para os barcos. Ben permitia que alguns dos seus clientes ou vizinhos ancorassem na doca. Às vezes, a espera na marina era longa e Ben não se importava que as pessoas se servissem. Desde que ele morreu e o local foi fechado, os barcos tiveram que encontrar outras docas — provavelmente a marina. Ah, ele também tinha um guincho que está estacionado na cidade, mas não fazia propaganda do serviço. É isso. Ele não tinha parentes, sr. Cooper.

— Quem é esse tal de Rawley? O cara que me ligou.

O delegado tirou o chapéu e coçou a cabeça.

—Você disse que vocês eram bons amigos?

— Há 15 anos. Eu sei que ele foi criado pelo pai e que eles tinham um bar e uma loja de iscas aqui na costa. Nós nos conhecemos no exército. Ele era mecânico de helicóptero e todos o chamavam de Ben Bonzinho. Ele é o cara mais gentil que já conheci, com seus dois metros de altura. Eu não consigo imaginá-lo reagindo a um assalto. Ele não apenas entregaria o dinheiro, mas convidaria o cara para jantar.

— Bem, aí está, o senhor talvez não saiba os fatos mais recentes, mas o senhor realmente o conhecia. É por isso que todo mundo acha que foi um acidente. Isso e a falta de qualquer prova em contrário. Ninguém machucaria Ben por uns trocados. O senhor não sabe sobre o Rawley?

Cooper apenas negou com a cabeça.

— Rawley Goode tem uns sessenta anos, é um veterano com alguns problemas de estresse pós-traumático. Ele vive na costa, onde cuida do pai idoso. Ele não se dá muito bem com as pessoas. Ben lhe dava trabalho. Ele ajudava aqui, cuidando da limpeza, despensa, fazia algumas outras tarefas e coisas assim. Ele até atendia alguns clientes se ninguém esperasse uma conversa. As pessoas daqui já se acostumaram com ele. Acho que talvez ele nem tivesse onde morar quando Ben o conheceu, mas o pai dele mora aqui há um tempão. Um sujeito interessante, não que eu possa dizer que o conheço. Foi Rawley que encontrou o Ben.

—Tem certeza de que não foi Rawley que o empurrou da escada?

— Rawley é baixinho e franzino. Além disso, o legista não encontrou nenhuma evidência que sugira que Ben tenha sido empurrado. E Rawley... Ele dependia de Ben. Quando Ben morreu não havia ninguém para nós contatarmos. Mas não se preocupe, a cidade providenciou um enterro decente para ele. Todos gostavam dele. Existem bares melhores por aqui, mas as pessoas gostavam do Ben.

— É, eu também gostava dele — disse Cooper, olhando para baixo. — Deve haver algum testamento ou alguma coisa assim. Rawley não falou muita coisa no telefone, mas ele disse que Ben deixou alguma coisa para mim. Talvez fotos antigas da época do exército ou algo assim. Com quem eu devo falar sobre isso?

— Eu vou fazer algumas ligações e verificar tudo para você.

— Muito obrigado. E talvez você pudesse sugerir um lugar para eu colocar o meu trailer.

— Tem vários lugares legais ao longo da costa para turistas. Coos Bay é um bom lugar. Você planeja ficar por aqui?

Cooper deu de ombros.

— Talvez por alguns dias, só o tempo de conversar com algumas pessoas que conheceram o Ben, pegar o que ele deixou para mim e honrar as nossas lembranças. Eu só quero que as pessoas saibam que ele... tinha bons amigos. A gente não se encontrava muito, e parece que eu não sei muito sobre a vida recente de Ben, mas a gente sempre manteve contato. E já que eu vim até aqui, eu quero saber mais sobre ele... Como as pessoas se davam com ele. Sabe?

— Acho que sei. Este lugar está fechado. Ninguém vai se importar se você ficar por aqui por um tempo, enquanto busca alternativas. Não tem sistema de transmissão para o trailer, mas acho que você vai ficar bem por alguns dias.

— Obrigado. Talvez eu fique por aqui mesmo. A vista não é ruim.

O delegado estendeu a mão.

— Tenho quer ir. Mas o senhor tem o meu telefone.

— Obrigado, delegado McCain.

— Roger McCain, mas quase ninguém se lembra. O pessoal costuma me chamar de Mac.

— Prazer em conhecê-lo, Mac. Obrigado por me ajudar com isso.

Sarah Dupre estava passeando com Hamlet, o seu cão dinamarquês pela rua principal de Thunder Point indo para a lanchonete. Ela amarrou a guia no poste e entrou, tirando as luvas. Essa era uma das coisas que ela amava naquela cidadezinha — sempre havia algum lugar para se parar e conversar por alguns minutos. Ela não era bem conhecida ali, tinha se mudado havia alguns meses, mas considerando o jeito como era tratada pelos novos amigos, era como se já morasse ali há mais tempo. Se não estivesse trabalhando, gostava de levar Ham para a praia e parar na lanchonete antes de ir para casa. Aparentemente, ela não era a única — havia sempre uma grande tigela de água para os cachorros perto do poste. A porta de entrada ficava entre dois bancos idênticos, onde um ou dois idosos costumavam se sentar para passar o tempo.

Gina James estava atrás do balcão da lanchonete. Ela era a responsável por quase tudo ali, exceto por cozinhar. Havia outra garçonete que trabalhava à noite e duas moças que trabalhavam em meio expediente, mas era um estabelecimento bem pequeno. A mãe de Gina, Carrie, estava em um banco no balcão, sua amiga Lou McCain estava ao seu lado. Carrie era dona da delicatéssen do outro lado da rua. Lou era professora e ajudava a tomar conta dos filhos do seu sobrinho Mac quando não estava dando aula. Dois dos filhos dele estavam em uma mesa, comendo batata frita e tomando refrigerante, um agrado depois da escola.

— Oi — cumprimentou Sarah.

— Oi — responderam as três.

— Quer alguma coisa para beber? Comer? — ofereceu Gina.

— Um pouco de água, por favor. Como vocês estão?

— O que posso dizer, é sexta-feira — respondeu Lou. — Eu não vou ver os pente... hum, os meus queridos sobrinhos até segunda-feira de manhã.

Sarah riu.

—Você vai para o céu, sabia?

— Se eu morresse e fosse para o inferno, eles iam me colocar para dar aulas para o ensino médio — disse Carrie.

— E se eu fosse para o inferno, eu seria obrigada a fazer tortas e bolos — disse Lou.

—Você está de folga? — perguntou Gina para Sarah.

— Para o jogo de futebol de Landon. Vou ficar de plantão no sábado e no domingo. Esse é o preço que tenho que pagar.

— Mas ninguém causa nenhum problema por causa disso, né?

— Não. Eles gostam de não trabalhar nos fins de semana como todo mundo. E eu fico feliz em voar nos fins de semana se eu não perder os jogos do Landon. A minha vida social não é mesmo muito agitada.

Carrie apoiou o cotovelo no balcão.

— Eu gostaria de ter uma carreira excitante como a sua, Sarah. Ser piloto é muito melhor que o meu trabalho.

— Nem me diga — completou Lou.

Antes de Gina dar sua opinião, a porta se abriu, tocando o sininho. Ray Anne apareceu com a sua versão de terninho de corretora de imóveis: saia curta demais, justa demais, e decote generoso demais. Ela reclamou:

— Sarah, aquele cachorro deveria estar preso!

— Ele está, Ray Ann. — Ela se inclinou no banco para ver pelo vidro da porta. — Ele está bem preso.

Ela passou a mão na saia roxa.

— Ele ainda conseguiu me lamber com aquela boca horrenda.

— Bem, Ray Anne, você só é apetitosa — disse Lou.

— Ha-ha! Bem, vocês nunca vão acreditar no que acabei de ver! O homem mais lindo do mundo bem do lado de fora do Bar do Ben. Ele é todo forte nos lugares certos. Jeans rasgado nos lugares certos, camiseta simples sob uma jaqueta de couro. Tipo dessas que pilotos usam, sabe, Sarah? Ele estava dirigindo uma picape bem masculina e puxando um trailer... Rosto bonito, talvez uma covinha, barba por fazer. Ele estava conversando com Mac. Parecia um anúncio da Calvin Klein.

— O que você estava fazendo lá? — quis saber Lou.

— Eu fui ver um lugar que está para alugar lá no alto da colina. Sabe? A antiga casa de Maxwell.

— E deu para ver os rasgos no jeans e a barba rala?

Ray Anne enfiou a mão com unhas feitas na bolsa enorme e tirou binóculos. Ela deu um sorriso conspiratório e inclinou a cabeça. O cabelo louro curto não se mexeu.

— Espertinha — disse Lou. — Buscar um bom partido elevado a outro nível. E quantos anos tem esse gato cheio de amor para dar?

— Isso é irrelevante — disse Ray Anne. — Eu quero saber o que ele está fazendo aqui. Ouvi dizer que Ben não tinha ninguém. Será que o velho Ben estava escondendo algum irmão bonitão? Não, não, isso seria cruel demais.

— Por quê? — perguntou Sarah.

— Porque Ray Anne adoraria ter uma chance de vender a propriedade de Ben — explicou Carrie.

— Não é verdade — protestou Ray Anne. —Você me conhece, eu só quero ajudar, se eu puder.

— E ir pra cama com um cara solteiro enquanto faz isso — disse Lou.

Ray Anne se empertigou um pouco.

— Algumas de nós ainda são seres sexuais, Louise — disse ela. — Uma noção que você já deve ter esquecido. — Quando o carro de patrulha do departamento de polícia passou devagar pela rua, Ray Anne disse: — Ah, olha lá, é o delegado gostosão. Vou lá perguntar o que está acontecendo, se eu conseguir passar por aquele cachorro.

E ela foi rebolando para a porta.

— Delegado *gostosão*? — perguntou Sarah com um tom de riso.

— As adolescentes da cidade chamam Mac assim — explicou Lou, secamente. — Eu não recomendo. Ele odeia. Fica irritadinho mesmo. Agora o que eu devia mesmo era colocar um apelido nessa corretora de imóveis de meia-tigela. Tipo "vagaba".

Carrie deu um riso torto.

— Ela sugeriu que você não entende nada de impulsos sexuais, *Louise*.

Lou torceu os lábios de forma sarcástica quando disse:

— Se ela for encontrada morta, posso contar com vocês como álibi? — disse, sorrindo. — Vamos embora, crianças — disse, para a sobrinha e o sobrinho. E para as amigas: — Eu vou chegar em casa antes do gostosão. Aposto que vou conseguir arrancar muito mais informações dele do que a vagaba.

Sarah pendurou o casaco vermelho no cabide da entrada bem a tempo de ver o irmão mais novo, Landon, entrando pela porta dos fundos da casa carregando sua bolsa de lona com o equipamento de futebol americano.

— Oi — disse ela. — Eu não esperava encontrar você.

— Eu vim para pegar umas coisas e preparar um sanduíche — explicou ele, inclinando-se para acariciar o cachorro. Ele não precisava se inclinar muito, Ham era grande. — Tenho que correr.

— Espere um minuto — pediu ela.

— O quê? — perguntou ele, ainda acariciando o cachorro.

— Pelo amor de Deus, será que você pode *olhar* para mim? — disse ela. Quando ele se levantou, ainda segurando a bolsa de lona, ela ofegou. Havia um hematoma no rosto dele.

— Treinamento — explicou ele. — Não foi nada.

— Você não treina em dia de jogo.

— Eu sei... Bem, eu espero não ter problema por isso. Nós saímos para jogar um pouco, treinar alguns passes e eu fui derrubado. Foi um acidente.

— Você estava treinando sem capacete? — quis saber ela.

— Sarah, não foi nada. É só um machucado pequeno. Isso poderia ter acontecido se eu tivesse dado de cara com o armário aberto. Acalme-se e pare de me tratar como uma menininha. Você vai ao jogo?

— Claro que vou. Por que você não é do time de xadrez ou algo assim? Coral? Banda? Algo que não envolva corpos se chocando uns contra os outros.

Ele riu para ela, um sorriso lindo igual ao do falecido pai.

— Você já dorme bem demais para eu ter que entediá-la até cair no sono — respondeu ele. — E por que você não é uma comissária de bordo ou alguma coisa assim?

Ele a pegou ali. Sarah era piloto de busca e salvamento da Guarda Costeira. Havia momentos em que o trabalho era bastante arriscado. Tenso. E ela era obrigada a admitir que essa era a parte de que ela mais gostava.

— Acredito que você vai usar o capacete no jogo de hoje à noite?

— Engraçadinha. Acho que o jogo vai ser bom. Os Raiders jogam bem. Têm um bom time.

— Está doendo? — perguntou ela, tocando o próprio rosto.

— Não. Não é nada mesmo, Sarah.

Ela conteve a vontade de implorar para que tivesse cuidado. Eram só eles dois agora. Ela tinha a guarda dele e era sua única família. Às vezes, tudo que queria fazer era envolvê-lo nos braços e mantê-lo em segurança. Ainda assim, assistir aos seus jogos era emocionante. Ele era um excelente atleta. Já tinha um metro e oitenta e músculos desenvolvidos com apenas 16 anos. Ela já tinha ouvido dizer que havia muito tempo que Thunder Point não via um zagueiro melhor que ele.

Pela milionésima vez, ela esperava ter tomado a decisão certa ao trazê-lo para aquela cidade. No ano anterior, ele estava feliz na escola de ensino médio de North Bend. E mal tinha conseguido encontrar o próprio equilíbrio e amigos quando ela decidiu que iriam se mudar para cá. Mas ela não conseguira suportar morar na mesma cidade que o seu ex, no lar que tinham compartilhado. Já era ruim o bastante que eles ainda trabalhassem juntos.

Ela os fizera se mudar com tanta frequência...

Sarah estendeu os braços como se fosse abraçá-lo. Ele não queria bobagens, não agora que ele era um homem. Então, ela desistiu.

— Tudo bem — disse ele, sem paciência. — Vamos logo com isso.

Ela o envolveu com os braços e ele correspondeu com um só braço. Depois sorriu para ela de novo. Ele não fazia ideia de como era lindo, o que o tornava ainda mais atraente.

— Dê tudo de si, lá — disse ela. — E tente não se machucar.

— Não se preocupe. Eu sou rápido.

— Você vai sair depois do jogo? — perguntou ela.

— Sei lá. Depende do cansaço.

Sarah olhou para ele.

— Quando eu tinha a sua idade, eu nunca estava cansada demais para sair. Se você sair, volte para casa até meia-noite ou, o mais tardar, uma da manhã. Estamos combinados?

Ele riu.

— Estamos, chefe.

Mas ela sabia que ele raramente saía depois de um jogo.

CAPÍTULO DOIS

ROGER McCAIN voltou para casa depois do trabalho. Ele morava em uma casa grande que não podia pagar com os três filhos e sua tia Lou. Ele tinha 36 anos e sua filha mais velha, Eve, tinha 16. Ryan tinha 12 e Dee Dee, dez. Quando chegou em casa, a primeira parada foi colocar a arma no cofre na garagem. Ele trancava as armas antes mesmo de entrar em casa. Armas não passavam pela porta.

Eram quase cinco e meia quando entrou na cozinha pela garagem. Lou estava na pia, lavando a louça. Ela não era aquela tia idosa e fofa de novelas. Ela tinha sessenta anos, mas não aparentava a idade. Estava usando uma calça jeans justa e blusa branca de seda, colete de couro e botas no corpo bem conservado e jovem. O cabelo enrolado, na altura dos ombros, era castanho-avermelhado com algumas luzes douradas, e as unhas estavam sempre pintadas de cores fortes. Ela reclamava dos pés de galinha e da papada no pescoço, mas ele não sabia do que ela estava falando. A própria Lou se chamava de tia solteirona — não tinha se casado nem tido filhos —, mas a verdade é que ela era jovem, enérgica e mal-humorada, exatamente do que ele precisava, mesmo que isso o deixasse louco da vida às vezes.

Sem nem se virar para ele, ela disse:

— Tem tacos hoje. As crianças já comeram. A Eve vai pegar a van para o jogo desta noite. Vai encontrar duas amigas. Assim, somos só você, eu e as crianças para irmos juntos. Em menos de uma hora.

Noite de sexta-feira. Jogo de futebol americano do time da escola de ensino médio. Eve era da equipe de líderes de torcida. Uma linda e jovem animadora, tão parecida com a mãe que ele estremecia de medo toda vez que olhava para ela.

— Será que passou pela sua cabeça me perguntar se eu concordava que Eve pegasse a van?

Ela se virou para ele.

— Claro que passou — respondeu ela, acenando com a cabeça. — Sempre passa. Mas você diz não, discute com ela e acaba cedendo e depois fica andando de um lado para o outro resmungando. Ela tem 16 anos e é uma boa menina. Ela fez por merecer.

Ele assentiu, mas odiava isso. Sua ex-esposa Cee Jay — apelido de Cecilia Jayne — também fora líder de torcida e ele, jogador de futebol em Coquille. Cee Jay engravidara aos 16 anos. Então, ele se viu casado aos 19 e com um bebê a caminho.

Cee Jay fora embora quando Dee Dee tinha nove meses. Foi quando ele se mudou para a casa de Lou. Cee Jay era tão jovem quando partiu — apenas 23 anos. Mac não sabia bem por que ele se sentia tão velho, já que só tinha 26 na época. Mas estava sempre ocupado tentando sustentar a família trabalhando em dois empregos. Era o delegado novato no turno da noite e, durante o dia, era segurança em um carro blindado.

O seu segredinho sujo era que, às vezes, não se importava de trabalhar em dois empregos. Mas Cee Jay, sozinha por muito tempo, tendo que economizar e presa com três crianças, reclamava muito. Não tinham dinheiro suficiente, a casa era pequena, velha e caindo aos pedaços, as crianças estavam fora de controle, não havia nada de bom na sua vida e seu marido prestava muito pouca atenção a ela, que o acusava de só aparecer para engolir a comida antes de ir para o outro trabalho. Ela precisava de dinheiro, mas odiava o fato de ele estar sempre trabalhando.

Então, um dia, Cee Jay explodiu. Arrumou uma enorme mala, mandou os filhos para a casa do vizinho e esperou ele chegar em casa do seu trabalho diurno.

— Eu não aguento mais — dissera ela. — Estou farta de limpar vômito de criança, trocar fraldas e do barulho. Não aguento esse lixo de casa e estou cansada de não conseguir sair do mercado com dez centavos na bolsa. Já aguentei o máximo que consegui. Estou indo embora.

Nos últimos nove anos, ele vinha se perguntando por que ficara surpreso. Suas reclamações não tinham mudado, estavam apenas acompanhadas por uma mala.

— In-indo embora? — gaguejara ele.

— As crianças estão com os vizinhos — explicara ela. — Estou levando as minhas roupas e duzentos dólares.

O seu corpo todo estremecera de medo. Terror. Dor.

— Cee Jay, você não pode fazer isso comigo.

— Bem, você fez comigo primeiro. Mac, eu só tinha 16 anos! E fiquei grávida!

— Mas você ficou feliz! E você quis Ryan. Você brigou porque queria mais um filho! Dee Dee foi um acidente, mas você...

— E você acha que eu sabia de alguma coisa da vida, aos 16 ou aos 22?

— Veja bem, eu só tinha 19 anos! Então... nós dois éramos jovens demais. Você acha que eu não sei disso. Você não pode simplesmente abandonar os seus filhos.

— Eu não tenho como sustentá-los e eu não aguento mais!

— Cee Jay, como é que eu vou fazer para trabalhar e tomar conta das crianças?

Ele se lembrava do som de uma buzina. Ela fechou a bolsa.

— Eu não sei, mas você vai dar um jeito. Ligue para a sua tia. Ela sempre me odiou mesmo.

Ele a segurara pelos ombros e a sacudira. Nunca tinha sido tão duro com uma mulher.

— Você *enlouqueceu?* O que é isso? Algum cara veio pegar você aqui?

Quando ele parou de sacudi-la, ela disse:

— Não é cara nenhum! É um táxi! Você quer que eu chame a polícia? Solte-me agora!

É claro que havia um cara. Ele demorou três semanas para descobrir — algum jogador de golfe profissional. No início, o mistério foi como ela tinha encontrado tempo para ter um relacionamento com um cara e convencê-lo de levá-la embora. Mas ele entendeu — namoradas. Jovens mães, como Cee Jay, correndo de um lado para o outro, ocupada com filhos, tentando encontrar algum tempo para si mesmas. Quando

Mac descobriu o nome dele e começou a acompanhar a carreira dele pelo noticiário, surgiu o segundo mistério: por que ela não voltara para a família quando o relacionamento terminou? Tinha durado apenas um mês mais ou menos.

Ele fantasiava como a faria implorar, mas apenas o suficiente para se certificar de que ela tinha mudado de ideia e que estava pronta a se comprometer e prometer que nunca mais faria uma coisa daquelas. Ninguém jamais saberia a profunda humilhação que sentia por não ter conseguido segurar a mãe dos seus filhos. Na época, ele morava em Coquille, e demorou menos de 48 horas para todo mundo que ele conhecia ficar sabendo que Cee Jay McCain abandonara o marido e os três filhos pequenos para fugir com um jogador de golfe profissional. Ele passara os cinco anos seguintes alimentando a fantasia de que ela se resolveria e voltaria para casa, mesmo que fosse apenas para ver os filhos. Até que finalmente percebeu que aquele era exatamente seu maior medo — que quando ele tivesse descoberto como dar conta de tudo, ela voltasse exigindo alguma coisa dele. Então, ele conseguiu o divórcio. Teve que localizá-la para fazer isso — ela estava em Los Angeles. Eles não se comunicaram. Ela assinou os papéis, abriu mão da custódia e ele deixou aquilo tudo para trás, a não ser por dois pequenos detalhes. Ele a odiava por tudo que tinha feito com os filhos. E morria de medo de se envolver com outra mulher.

Foi depois do divórcio que se mudou para os arredores de Thunder Point, cerca de meia hora a leste de Coquille, para trabalhar no departamento de polícia. Mesmo que Mac voltasse para a delegacia principal, ele poderia ir de carro. Tinha sido ali, em uma economia recessiva, que ele conseguira encontrar uma casa maior, com tamanho adequado para a sua família: três filhos, tia Lou e dois labradores.

Mac perdera os pais muito jovem e morara com a tia Lou durante a vida escolar. Era de se esperar que ela ficasse tão aterrorizada quanto ele que Eve pudesse cair no colo de algum jogador de futebol com os hormônios em ebulição e repetisse a história da mãe. Eles nunca conversaram sobre o assunto; aquilo nunca fora dito. Mas os dois sabiam que aquilo estava acabando com Mac. Ele queria que Eve tivesse 27 anos, estabelecida e segura. Bem. Rápido.

E bem naquele momento, a filha passou pela cozinha, usando o revelador uniforme de líder de torcida: short, saia de pregas, suéter de gola em V, jaqueta de couro, pernas longas e bonitas e o cabelo cheio e escuro que ela quase sempre usava solto. Tinha enormes olhos azuis. Seu sorriso era hipnótico. Ele mal tinha acabado de pagar a conta do ortodontista dela, e já tinha de marcar para os outros dois filhos. Olhos azuis estavam nos genes da família, não dentes perfeitos. Se não fosse pelo plano dentário do departamento de polícia, seus filhos teriam dentes nascendo até nas orelhas.

— Eu vou acenar para você durante o jogo, pai — disse ela, levantando na ponta dos pés para lhe dar um beijo no rosto. — A gente vai sair depois.

— Meia-noite, Eve — lembrou ele. Como se ela não pudesse arrumar confusão antes da meia-noite. Não era isso. O problema é que era o limite dele. Ele precisava que as crianças estivessem em casa e em suas camas, para poder relaxar.

— Com que frequência eu chego mais tarde do que isso?

— Algumas vezes — disse ele.

— Bom, não muito tarde — Eve esclareceu. Então, ela lançou um olhar brilhante para ele. — Acho que vamos acabar com os Raiders hoje!

E ele sorriu para ela. Ela era a bonequinha dele. Morreria por ela. Simples assim.

Quando ela saiu pela porta, Lou estava balançando a cabeça.

— Eu queria que você tivesse uma vida — comentou ela.

— Esta *é* a minha vida — respondeu ele, antes de se sentar à mesa e preparar alguns tacos para si.

—Você precisa de um pouco mais, não acha? Tipo uma mulher?

— Por quê? Você tem algum lugar para ir?

— Talvez — desafiou ela.

— Bom, aproveite — respondeu ele. — Eu dou conta de tudo.

Ela riu dele.

— Eu adoraria ver isso. — Ela pegou um refrigerante gelado para ele e se sentou com ele. — Conte-me sobre os crimes em Thunder Point, Mac. Eu não ouvi nada de interessante o dia todo.

— Bem — começou ele, acrescentando queijo ralado em cima de quatro grandes tacos. — Nenhum crime interessante, mas um velho amigo de Ben Bailey chegou à cidade, querendo descobrir o que aconteceu com ele. Ele está em um trailer no terreno do bar. Disse que vai ficar por alguns dias.

— Ray Anne mencionou alguma coisa sobre isso. Aquela lá não deixaria escapar um homem novo chegando à cidade. — Lou balançou a cabeça. — Ainda não acredito que Ben morreu.

— Ninguém acredita — disse Mac, antes de morder o primeiro taco.

Cooper levou o trailer até a extremidade mais distante do estacionamento de asfalto do bar do Ben, praticamente sem visão da estrada 101. O pequeno estacionamento devia acomodar apenas vinte ou trinta carros, mas descobriu uma estrada próxima à frente da estrutura que levava até a praia. Era mais como uma ladeira estreita, na verdade. O caminho para a praia parecia muito mais tranquilo do que a viagem por Bailey Pass e Gibbon até a autoestrada.

Perambulou pela propriedade trancada, espiando pelas janelas. A parte mais nova de toda a construção era um deque impressionante, com mesas e cadeiras em torno dos dois lados do prédio e com uma vista incrível. Mas um olhar pela janela revelou o que ele considerava um lixo. Havia um longo bar com bancos, garrafas de bebida nas prateleiras, mas apenas meia dúzia de mesinhas. Salva-vidas, redes, conchas e outras parafernálias marítimas estavam pendurados nas paredes. Havia também alguns displays giratórios com cartões postais e souvenires. Ao que tudo indicava, o lugar não tinha tido nenhuma reforma em anos. Dava para ver poeira e sujeira pela janela. Isso não chegou a ser surpresa. Ben era um homem gentil e generoso ao extremo, era ótimo para lidar com motores e consertar qualquer coisa mecânica, mas não era exatamente um empreendedor. Às vezes tendia à preguiça, a não ser que aparecesse um trabalho de manutenção de motores para fazer. E ele também não era muito bom com dinheiro. Costumava gastar tudo que ganhava. Quando Cooper o conheceu, ele vivia a vida gastando dinheiro, como seu pai fizera. Ele com certeza não tinha estilo. Apenas um cara de bom coração.

Cooper descarregou o jet-ski, seu buggy — Rhino da Yamaha — e a motocicleta. Havia um grande galpão de metal no final do estacionamento, apoiado em uma colina, mas estava fechado com um cadeado. Então, guardou seus brinquedinhos embaixo de uma lona e os acorrentou para que não pudessem ser roubados sem um maçarico e um reboque.

Seguiu pela praia até o ancoradouro. Havia um tanque de combustível em uma extremidade e uma rampa pavimentada para os barcos serem lançados ao mar. Ele se perguntava se Ben tinha um barco no galpão. O sol estava baixando e estava esfriando muito perto da água. Diferente do clima do sul, de onde ele vinha. Encontrou algumas pessoas caminhando ou correndo e deu um aceno com a cabeça. Estava feliz por carregar uma arma Glock na parte de trás da calça, por baixo da jaqueta. Afinal, estava sozinho ali, ninguém o conhecia, e ainda não estava convencido de que Ben caíra da escada. Um homenzarrão como Ben sobreviveria até mesmo a uma queda violenta apenas com alguns hematomas. Na pior das hipóteses, um osso quebrado.

Com o cair da noite, voltou para o trailer. Teria tempo de explorar Thunder Point no dia seguinte. Achava que deveria relaxar e ter uma boa noite de sono para conhecer os amigos e amigas de Ben na manhã seguinte.

Mas, por volta das onze horas, ouviu o som de pessoas conversando. Vestiu a jaqueta, enfiou a arma no cós da calça e saiu. Pegou os binóculos na picape e caminhou pelo deque. A praia tinha ganhado vida. Ele viu jovens ali, comemorando em volta de fogueiras. Pelos gritos e berros, eram adolescentes. Holofotes do outro lado da praia, perto da cidade, mostravam bem o que estava acontecendo. As pessoas provavelmente vinham para o bar do Ben muito mais pela praia, principalmente à noite. Com certeza, os faróis que ele viu estavam estacionando diretamente na areia, ao lado de vários veículos para diversos tipos de terrenos, como quadriciclos, Rhinos e buggies para dunas.

Sim. Aquele era um bar de praia. Completo com uma lavanderia, isca e combustível para os barcos. Tudo fazia sentido agora — no inverno, com o tempo ruim, o movimento devia ficar mais fracos, mas, no verão, Ben provavelmente fazia ótimos negócios. O pessoal de Thunder Point, do outro lado da praia, parando para beber um refrigerante ou tomar um café da manhã enquanto saíam para passear com seus cachorros; pessoas da cidade dirigindo seus buggies pela praia para beber no deque e assistir ao pôr do sol. Pescadores amadores ou velejadores poderiam começar ou terminar o dia ali.

Cooper ficou um pouco chateado por saber que não estaria ali para ver as tempestades de verão caírem sobre o Pacífico. Nem a migração das baleias na primavera e no outono. As baleias não entrariam na baía, mas ele podia apostar que a visão seria ótima da montanha ou em algum ponto do outro lado da baía.

Isso teria atraído Ben por milhares de motivos. A propriedade fora do seu pai e ele passara anos ali. A vista era fantástica, e ninguém gostava mais de colocar o pé para cima e descansar do que Ben Bailey.

Ele ouviu gritos altos vindos da praia e sua mão foi automaticamente em direção à arma, mas o grito foi seguido por risadas. Fogos de artifício. E uma música: *Vamos lá, Cougars, vamos nessa. Vamos acabar com eles. Vamos, Cougars!*

Torcida organizada. Era isso que estava acontecendo ali. Estavam em outubro. Futebol americano e adolescentes. Era isso que os jovens da região faziam depois de um jogo e provavelmente o verão todo. Cooper passara muitos dos anos da sua infância no Golfo, mas quando chegou à adolescência, seus pais se mudaram para Albuquerque, Novo México, longe da água. Cooper e seus amigos costumavam sair para algum lugar remoto do deserto, longe dos olhares vigilantes dos adultos, onde acendiam uma fogueira, tomavam umas cervejas, e levavam as garotas para namorarem.

Que lugar perfeito. Havia um litoral inteiro até o Canadá, mas aquele pedacinho não era de fácil acesso. Dava para chegar pelo bar do Ben ou pela cidade, a pé ou com um veículo de praia. Não devia haver muitos estranhos por ali.

Ele voltou para o trailer e foi dormir — porta trancada e arma ao alcance da mão. Deixou a TV ligada para abafar o barulho da garotada até que o som foi morrendo. Na manhã seguinte, ele fez café e levou a xícara até a doca e, depois, a praia. Embora não tivesse nenhum investimento naquele lugar, ele se viu esperando que eles tivessem limpado tudo antes de irem embora e não tivessem deixado lixo na praia.

E adivinha só? Havia dois grandes latões verdes de lixo com tampas perto de uma colina. Ambos cheios de garrafas, latas, embalagens de biscoito, fogos de artifício usados. A maré tinha levado os resquícios da fogueira. Exceto por estar com a areia revolvida, a praia estava limpa. Quem eram aqueles garotos? Adolescentes perfeitos?

Ele respirou fundo a névoa marítima e decidiu tomar um banho e partir para a cidade. Queria conhecer um pouco mais sobre aquele lugar.

Cooper pensou em ir de buggy pela praia, mas optou por pegar a 101 de picape apenas para verificar a distância. A autoestrada fazia uma curva para leste, para direita, afastando-se da cidade, e apenas oito quilômetros depois foi que ele viu uma pequena placa para Thunder Point. Havia uma curva para a esquerda e mais oito quilômetros até o acesso à cidade. Pela praia, deviam ser dois ou três quilômetros, e 16 pela estrada.

Seguindo para Thunder Point pela 101, passou pela escola de ensino médio — um prédio que datava da década de 1960 — na entrada da cidade. Não era muito grande, ele notou. Então, entrou na rua principal, a Indigo Sea Drive.

Ele já passara por centenas de cidades como aquela, talvez até mil delas. Não havia muito comércio — lavanderia a seco, padaria, lanchonete. Havia uma biblioteca bem pequena no final da rua. Ao lado, as escolas de ensino básico e fundamental, uma do lado da outra. Ele viu um brechó bem ao lado de uma loja de artigos de segunda mão e se perguntou qual seria a diferença entre as duas. Havia um mercado, uma loja de bebidas, uma farmácia, um posto de gasolina, uma loja de ferragens e um pequeno hotel. Havia um bar de aparência sombria, o Waylan's. E sim, as cadeias de fast-food tinham chegado ali: Fresh Fish, McDonald's, Taco Bell, Subway. E havia uma delicatéssen chamada Carrie's Deli and Catering. O departamento de polícia era uma loja de rua entre a delicatéssen e uma loja fechada com tábuas, embora houvesse um homem tirando a madeira da frente de uma grande vitrine. *Uma nova loja abrindo?*, perguntou-se Cooper.

Dirigindo pela cidade, ele descobriu quatro estradas que desciam para a praia ou para a marina, pelos bairros no entorno da rua principal. A praia e a baía eram como uma enseada cavada na terra. Todas as ruas pareciam subir ou descer — descer até a marina, subir pela rua principal, descer para a praia, subir até o Bailey's.

Ao que tudo indicava, a rua principal e a marina eram o coração da cidade. A maioria dos ancoradouros estava vazia — barcos de pesca, que saíram cedo, imaginou ele. Viu duas rampas de lançamento de barco e um posto de combustível. Havia alguns barcos pequenos de pesca ou para passeios ainda ancorados e uma grande lancha. Também tinha um restaurante, Cliffhanger's, que também contava com um bar — no final da marina, já subindo a colina para evitar a maré baixa e enchentes.

Ele voltou para a rua principal e seguiu para o oeste. Havia casas ali e acolá também. No final do promontório, havia uma casa muito grande com um portão de entrada. Seja lá quem morasse ali, devia ter a melhor vista imaginável, já que a casa ficava no alto de um penhasco. Do deque de Ben, ele notou um pequeno farol, em algum lugar abaixo da mansão.

Não era exatamente uma cidadezinha fofa, mas havia alguns detalhes encantadores, como vasos grandes de flores em frente a alguns estabelecimentos comerciais, postes em estilo antigo, bancos espalhados pelo centro e calçadas compridas e largas.

Sua intuição dizia que os melhores lugares para saber notícias locais seriam um dos bares ou a lanchonete. O Cliffhanger's ainda não estava aberto. Waylan's devia estar, mas ele não estava a fim de um ir a um bar velho. Então, seguiu para a lanchonete e se acomodou no balcão. Ou o lugar foi projetado para ter um ar retrô ou tinha cinquenta anos. Pelas rachaduras no piso de linóleo, ele achou que era a segunda opção. A garçonete logo apareceu com um bule de café. O cabelo louro estava preso em um rabo de cavalo, e ela usava uma camisa xadrez preto e branco. A plaquinha com o seu nome dizia "Gina".

— Bom dia, Gina — cumprimentou ele.

Ela serviu-lhe café.

— Bom dia, desconhecido. Com fome?

— Na verdade, estou. O que vocês têm de ovos? — perguntou Cooper.

Ela pousou o bule no balcão e apoiou ambas as mãos ali. Com um sorriso simpático, ela respondeu:

— Uma coisa engraçada: aqui nós temos ovos de ovos. Ovos mesmo.

Ele não conseguiu não rir.

— Eu quero dois mexidos. Torrada também. E vocês têm salsicha de salsicha?

— Fechada ou aberta?

— Aberta.

— Trigo integral ou trigo integral?

— Hum, por que eu não vivo perigosamente? Trigo integral.

— Boa escolha. É melhor para você. Agora, beba o café devagar para eu não ter que ficar voltando aqui.

— Você poderia me dar um copo de água gelada? — Ele olhou em volta. A pequena lanchonete estava vazia. — Se não for muito trabalho?

— É um extra — disse ela. Ela voltou e bateu com o pedido no balcão.

— Eu posso pagar — disse ele. — Mas talvez isso tenha um impacto na gorjeta.

Ela pegou o copo de água e o colocou diante dele.

— Se vai ter um impacto na minha gorjeta, não vou cobrar. Você acha que eu trabalho aqui pelo salário? — Ela limpou o balcão. — Eu sei que você não está só de passagem. Só existem dois caminhos para esta cidade, e os dois são inconvenientes.

— Dois caminhos? — perguntou ele, confiante de que ela ia contar sobre Gibbons para Bailey's, pela montanha, ou pelo Indigo Sea Drive, passando bem no centro da cidade.

— Por terra ou por mar — disse ela. — Nós não estamos no caminho para nenhum outro lugar.

— Mas eu estou só de passagem. Ben Bailey era um amigo meu, e eu acabei de saber...

Ela ficou com uma expressão surpresa.

— Ah, meus pêsames! Cara, a gente sente falta do Ben por aqui.

— É por isso que eu estou aqui, para conhecer os amigos dele. Ben e eu nos conhecemos no exército há muito tempo. Mantivemos contato, mas eu nunca tinha vindo aqui.

— Ben era um cara legal, a última pessoa que eu imaginaria perder.

— Quem eram os seus amigos mais próximos? — perguntou Cooper.

— Ah, acho que ninguém e todo mundo — respondeu ela, encolhendo os ombros. — Ben meio que tomava conta de toda a cidade. Eu não sei sobre uma ou outra pessoa mais próxima dele.

A porta abriu e Mac entrou. Ele não estava usando uniforme naquela manhã, e parecia à vontade de jeans e botas, camisa xadrez e jaqueta.

— É para esse cara que você deveria perguntar — sugeriu Gina. — Oi, Mac.

Ele tirou o boné e se acomodou ao lado de Cooper.

— Perguntar o quê?

— Esse cara era amigo do Ben...

— A gente já se conheceu — esclareceu Mac, estendendo a mão. — Como vai, sr. Cooper?

Cooper riu.

— Toda vez que você me chama de sr. Cooper, eu acho que meu pai acabou de chegar. Meu nome, na verdade, é Hank, apelido de Henry, mas as pessoas costumam me chamar de Cooper.

— É um lance militar isso? Chamar pelo sobrenome?

— Começou antes do exército. Eu sou um júnior: Henry Davidson Cooper Júnior. Meu pai também é chamado de Hank, mas ninguém me chamava de Henry ou Hankinho, então eu acabei como Pequeno Cooper até eu não ser mais tão pequeno. Aí, virou só Cooper. Às vezes Coop. Pode escolher. Todos servem. A praia pode ficar bem agitada à noite.

— Ah, a garotada — confirmou Mac. — Eles se comportaram?

— Não só se comportaram como também deixaram tudo limpo.

— É. Pode agradecer ao Ben por isso. Todo aquele trecho da praia até a cidade e a marina é... *era* dele. Ele deixou aberto para o público. Ele, às vezes, caminhava por lá quando as coisas estavam bem animadas, um monte de adolescentes, e avisava que, no instante que ele tivesse que limpar a praia depois de um acampamento ou festa, ele colocaria uma cerca e fecharia a praia para o público. Ele providenciou os latões e uma vez por semana verificava se precisava esvaziá-los. Ele tinha regras para a praia dele.

— Ele fiscalizava a praia? — perguntou Cooper.

— Fiscalizava, sim. Mas era mais por causa dos animais do que para não ter trabalho. Ele não queria que sacos plásticos ou anéis de latas de cerveja fossem largados na areia para serem levados pela maré e matassem peixes ou fossem pegos por pássaros, provocando ferimentos ou a morte deles por estrangulamento ou sufocamento. Uma vez por ano, ele colocava algumas placas de "Propriedade Particular", como um aviso ou lembrete. A notícia sobre a sua propriedade e a sua praia se espalhou. Ele recebia regularmente grupos de motociclistas ou ciclistas no verão, ele os chamava de guerreiros do fim de semana. Uma vez uma gangue de caras de aparência bem assustadora acampou na praia, mas ele os confrontou, dizendo que aquela propriedade era dele e que eram bem-vindos para ficar ali, desde que não houvesse armas de fogo, bebida para menores de idade nem drogas, não causassem problemas na cidade e se jogassem o lixo fora para não prejudicar a vida selvagem. — Mac balançou a cabeça e riu. — Ele nunca chamava reforços. Eu fiquei sabendo sobre os viajantes no dia seguinte, mas Ben não chegou a me ligar. A gangue ficou na dela, jogou o lixo fora e agradeceu pelo uso da praia. Ele tinha um jeito de lidar com as coisas, sabe? Esse incidente aconteceu há muito tempo e, de acordo com Ben e o pessoal da cidade, no final das contas, o grupo era da paz. O Bar do Ben costumava atrair mais barbas grisalhas no fim de semana.

— Barbas grisalhas?

— Motociclistas mais velhos. Idade mínima de cinquenta anos. Ben era bem tranquilo e não tinha medo de nada. Ele se dava bem com todo mundo.

— Eu sei — concordou Cooper.

Gina serviu o café da manhã para Cooper e colocou mais café.

— Boa pedida para os ovos — disse Mac. — Você disse para ele? — perguntou ele para Gina.

— Não. Foi a primeira escolha.

— Os hambúrgueres aqui são ótimos — explicou Mac. — Os sanduíches também, a sopa, às vezes, o bolo de carne é horrível... Não sei por que o Stu continua fazendo já que ninguém na cidade pede. É horrível mesmo. Ele só sabe fritar os ovos, então você tem que pedir mexido, frito com a gema dura, omelete ou cozido. Na verdade, ele sempre manda bem quando pode fritar ou grelhar a comida.

— Por que o dono não contrata um cozinheiro melhor?

— O dono *é* o cozinheiro. Esse é o primeiro motivo — explicou Gina. Depois, olhando para Mac, ela perguntou: — Todo mundo chegou aonde estavam indo?

— Eve e Ashley estão no treino da equipe de líderes de torcida. Ryan está na aula de futebol americano, e Lou levou Dee Dee para a aula de dança. Só para você saber, Eve e Ashley foram no carro da sua mãe.

Gina assentiu, mas estava com uma expressão séria no rosto.

— Vocês dois...? — Cooper começou a perguntar.

— Pais solteiros — esclareceu Gina. — A filha dele é a melhor amiga da minha. Na maior parte do tempo.

— Então, um ajuda o outro? — perguntou Cooper, comendo os ovos.

— Muita ajuda — explicou Mac. — A minha tia mora comigo, a mãe de Gina mora com ela. A gente precisa de muita ajuda... Você é casado, Cooper?

— Não. Ninguém me quis.

— Talvez seja porque você mora em um trailer. Já pensou nisso? — perguntou Mac.

Cooper riu.

— Talvez. Bem, agora que já senti qual é a daqui, vai ser bem mais fácil pedir ovos e café. É só atravessar a praia de buggy. Só que acho que a minha missão aqui já está cumprida. Eu queria saber o que tinha acontecido com Ben. Eu já ouvi tudo que tinha para ouvir?

— O médico legista determinou a morte, mas eu estou atento. O caso não está aberto, mas esta é a minha cidade, e Ben era gente boa. Se eu ouvir algo suspeito, eu mesmo vou investigar — declarou Mac.

— E quanto a esse tal de Rawley Goode? — insistiu Cooper.

— Rawley Estranho? — perguntou Gina com uma careta.

— Ah, Rawley tem os problemas dele — disse Mac. — Eu só espero que ele não vá embora agora que Ben morreu e o bar está fechado.

— Eu meio que esperava que ele fosse embora — comentou Gina.

— Você tem algum problema com Rawley? — perguntou Cooper.

— Eu não gosto do jeito que ele olha dentro dos seus olhos e parece enxergar dentro de você, mas não diz absolutamente nada. É assustador.

Mac riu.

— Foi exatamente por isso que Ben lhe deu um pano de prato e uma vassoura e algumas tarefas na cozinha. Eles pareciam se entender bem.

— Este lugar... Parece que todo mundo trabalha junto, se entende, limpam quando sujam, uma cidade perfeita...

— Aqui tem muitos idiotas, imbecis e desordeiros, como qualquer outra cidade. Mas você sabe a diferença entre esta cidade e qualquer outra?

Cooper apoiou a cabeça na mão.

— Mal posso esperar para ouvir. Qual é a diferença?

Mac empurrou a xícara para Gina colocar mais café.

— Eu sei quem eles são.

Capítulo Três

Cooper descobriu algumas coisas sobre a cidade e Ben. Seu amigo ajudara Gina a manter o antigo jipe funcionando, por exemplo, e nunca cobrava pelo conserto, apenas pelas peças. Ele patrocinava o time de futebol infantil da liga júnior e colocava um anúncio nas costas da camisa: Bailey's Bait Shop. Ele tinha um santuário de pássaros nas suas terras que se estendia até os altos penhascos acima do oceano. Além das águias, havia gaivotas que viviam na água, mas voltavam para a terra para fazerem seus ninhos, acasalarem e colocarem ovos. Cooper se lembrava de Ben contando sobre isso por e-mail em mais de uma ocasião.

Parece que Ben não tinha feito coisas muito sociais como ser voluntário para ajudar o técnico dos times infantis, mas ele ia aos eventos e reuniões da cidade e jantava na lanchonete ou no Cliffhanger's. Ele contribuía muito, e não apenas com a praia. Esse era o Ben que Cooper conhecia — não um cara tímido e antissocial, mas satisfeito mesmo sozinho. Ele não ficara muito tempo no exército, apenas alguns anos. Como mecânico do helicóptero do Cooper no forte Rucker, ele era meticuloso, chegando a ser extraordinário, mas ele tinha problemas com as regras, provavelmente um dos motivos por que Cooper gostava dele. "Bailey, cadê seu chapéu?", "No meu bolso, senhor!", "Por que não está na sua cabeça?", "Porque eu não posso enfiar a cabeça no bolso, senhor!"

Ele descobriu que a marina era pequena em comparação a outras na região. Os pescadores e apanhadores de caranguejo que ancoravam ali moravam na cidade, mas levavam a maior parte da pesca para outros portos, embora mantivessem uma pequena parte para vender para os moradores e para o Cliffhanger's. Alguns dos pescadores comerciais trabalhavam nisso havia gerações. A marina também tinha barcos de lazer e esporte, a maioria usada por residentes de Thunder Point. A baía era segura e tranquila, pois os promontórios a protegiam do mau tempo.

Quando Cooper se despediu de Mac depois do café da manhã, ele disse:

— Acho que não tenho mais motivos para ficar por aqui, talvez apenas a vista do deque do Ben. O que vai acontecer com a propriedade dele?

Mac deu de ombros.

— Não sei ao certo. Talvez haja alguma investigação para achar algum parente, ou talvez ela vá ficar fechada até que os impostos atrasados pesem e ela vá a leilão. Essa não é a área do departamento de polícia. Mas é uma pena. As pessoas realmente gostavam da praia, do bar.

— Mas está muito decadente — comentou Cooper.

— Se você acha isso do lado de fora, espere só para ver por dentro. Bem, as pessoas não esperavam muita coisa quando iam até lá, mas servia ao seu propósito. Você talvez tenha notado que estamos em uma cidade bem simples.

Mac já tinha o telefone de Cooper, mas em um gesto de camaradagem, ele deu o seu para Cooper antes de se despedirem na lanchonete.

Já que Cooper não tinha planos nem negócios pendentes, ele passou dois dias apenas dirigindo pela região — foi até Coos Bay, subiu a montanha, foi ao cassino em North Bend — mantendo o trailer como base. Em uma tarde ensolarada, ele pegou o laptop e encontrou uma cadeira no deque de Ben, de frente para a baía. Em apenas poucos dias, ele chegou à conclusão de que as manhãs úmidas e com nevoeiro eram típicas da costa do Oregon. O sol costumava brilhar o mais tardar no meio da manhã, mas, naquela tarde de outubro, estava frio o suficiente para ele usar um casaco. Antes de abrir o computador e ligá-lo, ele a viu novamente — a mulher e o cachorro. Ela jogava um graveto e esperava para o grande cachorro preto e branco trazê-lo de volta. As pernas do cachorro eram enormes, ele devia bater na cintura da mulher. Era a mesma mulher — com um casaco impermeável vermelho e o capuz cobrindo o cabelo, galochas de borracha até os joelhos e mãos nos bolsos enquanto esperava o cachorro. Ela estava caminhando em direção à parte em que ele estava na praia, mas antes que estivesse próxima o suficiente para ver o seu rosto, ela se virou e voltou para a cidade.

Ele ligou o computador, entrou na conta de e-mail, erguendo o olhar algumas vezes para acompanhar a mulher e o cachorro. Ela estava muito longe para ele ter sido cativado pela sua aparência, mas ficou intrigado assim mesmo. Havia algo nela que era tão... solitário. Talvez eles tivessem aquilo em comum. Cooper não tinha problemas em conhecer pessoas e fazer amizades; no entanto, raramente fazia isso. Ele era um solitário. Sabia disso sobre si mesmo. Não era preciso muito para um homem se tonar um solitário — ser o novo cara muitas vezes, ser controverso de vez em quando, algumas tentativas frustradas de ter um relacionamento duradouro com uma mulher...

Ele mandou uma mensagem para Luke Riordan — eles eram uma dupla de pilotos de helicóptero de combate 15 anos antes, e Ben era mecânico deles. Não era muita surpresa ver que Ben fora o mais estável dos três. Então, Cooper contou os detalhes da morte de Ben para Luke. Cooper descreveu a propriedade, a praia, a cidade e o fato de que a propriedade de Ben talvez acabasse sendo leiloada.

Depois, ele mandou um e-mail para o pai e outro para a irmã mais velha, Rochele, para dizer onde estava, embora o seu celular estivesse funcionando bem e eles pudessem falar com ele em caso de algum assunto familiar. Seus pais e três irmãs casadas moravam perto de Albuquerque. Quando podia, tentava fazer visitas rápidas ao Novo México, mas não passava muito tempo por lá. Cooper era próximo à família, mas o relacionamento era complicado. Uma parte dele sentia que ele tinha falhado com eles de alguma forma quando não conseguira se estabelecer, se casar, formar uma família e ter uma carreira estável... E outra parte achava que as expectativas deles eram injustas, sempre tentando empurrá-lo na direção que ele não era capaz de seguir.

Ele ouviu um motor na estrada bem acima dele. Desligou o computador e o fechou. Largando-o na cadeira, ele caminhou pelo deque e viu uma picape velha se aproximando pela autoestrada 101. Mesmo antes de ver o motorista, ele sabia que aquele devia ser Rawley.

A picape era antiga o suficiente para ser considerada clássica, mas o motor funcionava bem. Devia ser trabalho do Ben. Os pneus eram novos e brilhantes, limpos e cheios como os de um carro novo.

Então, o cara estacionou e saiu — sim, só podia ser Rawley. Era magro, calvo, com cabelos grisalhos, um homem de uns sessenta anos parecendo bem acabado, usava calça jeans e uma camisa da bandeira americana. Tinha um lenço ou bandana amarrada na cabeça e um rabo de cavalo bem no estilo dos anos sessenta. Ele se aproximou de Cooper.

Cooper estendeu a mão.

— Rawley? — perguntou.

A expressão no rosto do outro homem não se alterou. Em vez de apertar a mão de Cooper, ele ofereceu um grande envelope para ele. Depois, voltou para o caminhão.

— Ei — chamou Cooper. — O que é isto?

Mas Rawley não parou e Cooper ficou olhando para ele. Quando Rawley chegou à picape, não entrou. Encostou-se na porta do lado do passageiro, cruzou as pernas e os braços. Deu um aceno com a cabeça e aguardou.

Cooper abriu o envelope e tirou um documento grosso, dobrado em três. Quando ele o desdobrou, descobriu que se tratava de um testamento redigido por Lawrence Carnegie, advogado. Tinham várias páginas. Mas no alto, havia um post-it verde que dizia: "Cuide de tudo, Coop".

Ele olhou para Rawley.

— Ele quer que eu cuide disto?

Rawley revirou os olhos como se dissesse "Gênio, não é isso que o bilhete diz?"

Cooper passou os olhos rapidamente pelo documento. Ele presumira que Ben queria apenas que ele fosse o executor, mas levou dois segundos para perceber que Ben estava deixando a propriedade para *ele*. Olhando com mais atenção, parecia que isso incluía a construção e as terras. E a praia? O documento tinha quatro páginas. Devia haver alguma coisa ali que explicava algum tipo de condição especial, mas ele teria de ler com mais atenção. Nesse meio tempo, percebeu que havia uma chave dentro do envelope.

— Para o bar? — perguntou para Rawley.

Novamente, o cara apenas revirou os olhos e não disse nada.

Cooper quase revirou os olhos como resposta. Segurou a chave em uma das mãos e o documento na outra e caminhou pelo deque até o lado que dava para o mar. Ali, enfiou a chave na fechadura das portas duplas que se abriam para o deque. A vedação das portas era boa, provavelmente para proteger a propriedade contra tempestades fortes ou tsunamis. Ele abriu a porta e foi atingido pelo pior cheiro que já sentira na vida. Eles não disseram que tinham enterrado Ben? Porque aquele cheiro devia ser pior do que o de um corpo em decomposição. Ele deu uns três passos para dentro do bar/loja de iscas, antes de se dar conta de que tinham questões sépticas, combinadas com cheiro de peixe podre e talvez lixo. A eletricidade estava desligada. Ele gritou:

— Rawley!

A resposta que recebeu foi o barulho da picape. Indo embora.

Uma hora depois, Cooper ligou para o celular de Mac. Era fim de tarde e o sol brilhava, o que não o alegrava muito. Além de ajudar a piorar o cheiro no bar/loja, também atraía pessoas para a praia, trazendo cachorros para passear, bisbilhotar ou correr. Estava frio demais para nadar ou fazer um piquenique. Ao verem alguém abrindo as portas e janelas da propriedade de Ben, algumas almas corajosas se aproximaram, curiosas. Quando chegavam ao deque, cobriam os narizes e iam embora. Rápido.

— Mac — disse Cooper no telefone. — Cara, estou com um problema.

— O que foi?

— Para começar, Rawley me entregou o que parece ser um testamento. Ele terá de ser verificado, mas parece que está tudo em ordem. Ben deixou este lugar para mim.

— Espere um pouco. Você sabia disso?

— Ele nunca disse nada, nem deu a entender. Então, depois que eu vi o testamento, percebi que tinha uma chave e entrei no bar. Meu Deus do céu. Tem tanta coisa podre aqui dentro que não dá nem para contar. A eletricidade foi desligada e os tanques de isca estão cheios de peixe morto, água parada e podre e Deus sabe mais o quê. E eu tenho quase certeza de que deve haver problemas de esgoto também. Eu abri todas as portas e janelas, mas não dá para ficar lá dentro. Você conhece alguém? Tipo alguma equipe de limpeza de cenas de crime? Ou algo assim?

— Tem uma empresa de limpeza ambiental e contra enchentes em North Bend. E uma empresa de limpeza de produtos químicos perigosos aqui.

Cooper não conseguiu evitar uma tossida.

— Ah, sim, com certeza, deve ter algum produto químico perigoso por aqui. Você tem o número?

— Pode deixar que eu ligo para eles — ofereceu-se Mac. — Eu vou reservar o primeiro horário disponível para uma avaliação. Você está planejando cuidar da limpeza?

— Não foi bem como planejei a minha semana, mas alguém tem que fazer isso. Eu não contaria com Rawley. Ele me entregou o testamento e a chave e saiu correndo como o diabo foge da cruz.

Mac riu.

— Venha até aqui e respire fundo. Aí quero ver você rir — disse Cooper. — Talvez a gente precise de uma equipe de demolição se o cheiro não der trégua.

— Acho que vai sair. Tipo, eu estou curioso. Eu vou fazer algumas ligações no caminho.

Para evitar inalar gases venenosos, Cooper ficou no ancoradouro. E mesmo assim dava para sentir o cheiro. Ele não ficou surpreso quando viu a SUV do departamento de polícia se aproximando, não pela estrada, mas pela praia.

Mac parou na doca e desceu. Estava usando uniforme.

— Está a trabalho? — perguntou Cooper.

— Eu quase sempre estou trabalhando, mas eu não uso o carro da corporação a não ser que eu esteja de uniforme. E só para assuntos oficiais. Temos regras. — Ele olhou para a escada que levava ao bar e franziu o nariz. — Caramba, cara.

— Nem me fale. Eu nunca achei que Ben fosse do tipo de pregar peças. "Ei, aqui está, estou deixando todos os meus bens materiais para você, mas você talvez tenha que atear fogo em tudo."

— Você acha que o testamento é autêntico? — perguntou Mac.

Cooper tirou o documento dobrado do bolso de trás e entregou para Mac.

— Você conhece Lawrence Carnegie?

— Conheço. Ele é o advogado da cidade. Cuida dos assuntos locais. Acho que o Ben deve ter contratado os serviços dele.

— Parece que sim. Eu tenho que dizer que eu nunca esperei uma coisa dessas. Será que você não deveria avisar para a pessoa que pretende deixar uma herança para ela?

Mac deu de ombros.

— Eu tenho um testamento, mas nunca contei para ninguém os detalhes, principalmente porque não quero que meus filhos pensem em me matar durante o sono para ganhar um carro ou alguma coisa assim. Minha tia Lou, que está no comando de qualquer forma, é a executora. E, droga, eu nem tenho nada que valha a pena deixar. Você tem um testamento?

— Nada demais — respondeu ele. — Eu tenho algumas economias que serão divididas entre os meus sobrinhos e sobrinhas se tiver sobrado alguma coisa quando eu me for. Acho que poderia ajudar para a faculdade. E não, eu nunca contei para ninguém.

Mac estava folheando o documento.

— Acho que consigo entender o raciocínio do Ben ou, pelo menos, a história por trás deste lugar. O pai de Ben já era meio velho quando Ben voltou para Thunder Point. Ele tinha tido um derrame e estava doente. Isso foi um pouco antes de eu ser transferido para cá. Ele estava morrendo.

— Eu me lembro. Ben saiu do exército uns dez anos atrás para cuidar do pai — disse Cooper. — Eu ouvi alguma coisa sobre uma loja aqui. É claro que ele não entrou em detalhes...

— Bem, tudo passou para o nome do Ben alguns anos depois, quando o pai morreu. Não teve testamento, legitimação e, mais importante, nenhuma questão tributária.

Cooper enfiou as mãos nos bolsos.

— Como é que você sabe disso tudo?

— Fofoca, pura e simples — confessou Mac. — O que dizem é que quando o velho morreu, havia muitos compradores interessados na propriedade que presumiram que os donos caipiras de uma loja decadente de iscas não tinham se preparado para o pior. O terreno vale muito, Cooper. Se não houvesse um fundo ou uma transferência, só os impostos de herança teriam falido Ben, obrigando-o a vender. Você sabe, existem muitas cidadezinhas às moscas por aqui mas também temos grandes resorts, do tipo que organiza torneios de golfe ou caça e atraem muito dinheiro. E este terreno fica bem de frente para a praia, são oito quilômetros de beleza natural até a autoestrada, perfeito para um lugar assim. Algo que melhoraria muito a economia local. Muita gente na cidade queria que Ben vendesse. E, ei, você como dono da propriedade... Isso talvez deixe as pessoas felizes, presumindo que você vá vender.

Cooper colocou a mão no bolso e pegou o post-it que viera preso ao testamento. *Cuide de tudo, Coop*. Entregou-o para Mac.

— Parece que ele queria que eu vendesse?

Mac devolveu o papel.

— Olha só, Cooper, eu sei que ele era seu amigo, mas a não ser que vocês dois tivessem algum tipo de trato, você tem que fazer o que achar melhor.

— Por que ele não deixou tudo para Rawley?

— Ah, eu acho que é bem óbvio. Rawley é meio excêntrico, se é que me entende. Além disso, eu não acho que eles fossem como irmãos nem nada. Ben só o ajudava. Isso é tudo. Ben fez mais por Rawley nos últimos anos do que qualquer um fizera nos últimos 25 anos.

— Caramba. As coisas estão se complicando cada vez mais. Você acha que ele é uma das coisas de que preciso cuidar?

— Sei lá, cara. Mas a equipe de limpeza estará aqui amanhã de manhã para fazer uma avaliação e dar um orçamento. Se você aceitar o preço, eles podem começar logo.

Cooper lançou um olhar incrédulo para o policial.

— Você sentiu o *fedor* desse lugar? Você acha que é possível o preço ser alto demais?

Mac riu.

— A minha tia Lou deve estar começando a queimar o jantar. Por que você não tranca tudo por aqui e vem jantar com a gente? Você não vai conseguir resolver nada hoje à noite mesmo.

— Jantar? — perguntou Cooper. Ele lançou um olhar de dúvida para a estrada que levava para a 101. Ela era ruim o suficiente durante o dia.

— Eu dou uma carona pela praia e o trago de volta à noite.

— Achei que você tivesse regras — comentou Cooper.

— E temos mesmo. Se alguém perguntar, é só fingir que foi preso.

— Bem, você acabou de tropeçar em um dos meus talentos especiais.

O jantar na casa de McCain foi servido na cozinha calorosa e ampla. Três crianças e três adultos à mesa grande e redonda, dois labradores perto da porta dos fundos. Cooper levou a última garfada de espaguete à boca e limpou o prato com um pedaço de pão de alho. Quando estava quase enfiando-o na boca, notou cinco pares de olhos pousados nele e percebeu que devia ter comido como um esfomeado, riu e colocou o pão no prato.

— Tem mais — disse Lou.

— Desculpe, mas é que estava uma delícia.

Lou entrelaçou os dedos e apoiou os cotovelos na mesa.

— Acho que você não costuma sair muito.

— Eu como muito bem. E é culpa do Mac. Ele tentou abaixar as minhas expectativas quando disse que você devia estar queimando o jantar.

— Não é fofo? Ele realmente acreditar que tem senso de humor? — provocou Lou, erguendo uma das sobrancelhas bem feitas.

— Posso me levantar? — perguntou Eve. — A Ashley está vindo.

— Claro — disse Lou. — Ryan e Dee Dee, hoje é a vez de vocês arrumarem tudo. Eu vou servir um café para o seu pai e o sr. Cooper na sala.

— Ah, não — reclamou Ryan. — Vai passar *Prison Break!* Fala sério, tia Lou...

— Sinto muito, hoje tem reprise de *Designing Women* e eu vou assistir no meu quarto. — Então, ela olhou para Mac. — Quando foi que ele parou de assistir a desenhos animados?

Em vez de responder, Mac se inclinou para o filho.

— Você está se preparando para fugir de uma cadeia ou se preparando para trabalhar em alguma prisão?

— É tão legal, pai. Eles são tão burros.

— Eu sei. É minha garantia de ainda ter um emprego — respondeu o pai.

— Louça — disse Lou, em pé com um prato em cada mão.

— Eu posso ajudar — ofereceu-se Cooper em voz baixa. — Eu sou bem melhor com a louça do que com o fogão.

— Shh! A gente vai dar o fora daqui. — Mac se levantou e serviu duas xícaras de café, lançando um olhar por sobre o ombro para Cooper. Ele ergueu as sobrancelhas de forma interrogativa.

— Preto — respondeu Cooper.

Carregando duas canecas, Mac saiu da cozinha e Cooper o seguiu. Os labradores, um preto e outro dourado, seguiram Cooper. Na sala, não tinha televisão, Mac acendeu um interruptor com a ponta da caneca e a lareira acendeu. Ele esperou que Cooper escolhesse um lugar.

Era óbvio onde o delegado gostava de se acomodar pelo formato das almofadas na poltrona. Cooper escolheu a ponta do sofá e observou enquanto os cachorros se acomodavam, um de cada lado da poltrona do delegado.

— Acho que você passa muito tempo aqui — comentou Cooper.

Mac entregou uma xícara para ele.

— Não tem televisão nem computador aqui. Não é um lugar que as crianças curtam. Às vezes, eu preciso competir com ensaio de dança ou treino das líderes de torcida, mas elas não querem que eu assista. Eu coloquei o piano direto no porão. Um homem precisa do próprio espaço, e se esconder no quarto é estranho demais.

Cooper riu.

— É mesmo?

— Não para uma mulher. Elas fazem isso o tempo todo. Lou mal pode esperar para se livrar da gente, ir para o quarto e fechar a porta. Mas todas as vezes que recebo um telefonema estranho, uma chamada de confusão ou violência doméstica ou ataque sexual, o suspeito está sempre escondido no quarto. Não me pergunte o motivo. É só estranho.

— Isso é meio pervertido — concordou Cooper com uma risada.

— Nem me fale. Uns anos atrás, algum lunático entrou numa baita briga com a mãe e a irmã, e, depois, deu um tiro no delegado. Ele estava totalmente desequilibrado, pouco mais de 18 anos e morando com os pais e se escondendo no quarto onde tinha 15 rifles.

— Morando com os pais? E rifles?

— Pois é. Agora me diga como é que eles acharam que era normal que o filho deles brincasse com armas realmente potentes? Será que eles não acharam, sei lá, *estranho*? Porque eu sei que não sou o melhor pai do mundo, mas eu sei até quem esquece de dar a descarga por aqui.

Naquele momento, Cooper pensou que se houvesse alguma coisa estranha na morte de Ben, era bom ter Mac no caso.

— Aposto que você é um bom pai — disse Cooper, mas ainda estava rindo um pouco. — E esta casa é muito boa, Mac.

— É. Eu estou me acostumando.

— Há quanto tempo você mora aqui?

— Alguns anos. Dee Dee estava com seis anos; ela está com dez agora. Eu a comprei porque cabia todo mundo, é forte e está na rota do ônibus escolar — não que alguém aqui considere andar de ônibus. Eles todos querem ser levados para a escola. Consideram o ônibus um castigo.

— Isso pode atrapalhar o seu horário.

— Eu tenho Lou. Ela é professora e não se importa de levá-los. Mas temos grandes problemas de horário na saída, porque cada um faz uma atividade diferente depois da escola, desde futebol até aula de piano. Mas a gente consegue.

— A sua tia é muito legal. E o macarrão estava uma delícia. Muito bom mesmo.

— É verdade. Você está certo. Eu tenho sorte de ter alguém para preparar um espaguete para mim. É só que eu venho comendo exatamente as mesmas dez coisas desde os meus dez anos de idade.

Tia Lou cozinhava para ele desde os dez anos e agora cozinhava para a família dele? Mac deve ter notado a expressão surpresa no rosto dele, porque continuou:

— Meus pais morreram em um acidente de carro quando eu era pequeno, e Lou acabou de me criar. A minha esposa me deixou com três filhos para criar quando Dee Dee tinha apenas nove meses. Lou salvou a minha vida de novo.

Cooper não sabia o que dizer. A maior preocupação dele era o fato de nunca ter conseguido se estabelecer em um lugar e ter um relacionamento com uma mulher. Ele estava tão distante da paternidade que não conseguia sequer imaginar ser largado com três filhos para criar.

— A casa é grande, tem um bom quintal e é perto de uma cidade pequena o suficiente para que todo mundo se conheça. Se eu fosse rico, eu teria uma casa com vista para o mar, mas no alto. Não algo ridículo, apenas espaçosa, arejada e com um monte de janelas. Você ainda não está aqui há muito tempo para descobrir por que este lugar se chama Thunder Point, mas o modo como as nuvens de tempestade se aproximam da baía, com raios sobre a água... — Ele balançou a cabeça. — Este lugar é muito bonito. Às vezes, eu pego o carro de patrulha e vou até o lugar onde está a placa do bar e fico sentando no alto da montanha observando o tempo sobre a baía. Ou para ver o pôr do sol. Ou a névoa se erguendo enquanto os raios de sol passam através dela.

Coop pensou sobre tudo que Mac lhe contara por um minuto. Aquele homem tinha desafios enormes que ele nunca tinha enfrentado. Ser deixado para criar os três filhos como pai solteiro? E parecer tão normal, como se fosse apenas colocar um pé na frente do outro.

Mas tudo que Cooper disse foi:

— Esta casa parece muito boa.

Mac respondeu:

— É boa o bastante para nós.

Enquanto dois representantes da empresa de limpeza caminhavam pela loja de iscas, Cooper foi para a doca e ligou para o advogado cujo nome estava no testamento de Ben. Ele explicou o que encontrara na propriedade de Ben.

— Antes de pagar pela limpeza, eu preciso saber se este testamento que está comigo há menos de 24 horas é legítimo.

— Completamente. Se você ler com cuidado, vai ver que tudo está no nome de um fundo chamado Bailey Oceanfront Trust. Mas existe um débito de trinta mil dólares que você terá que assumir. Ele pegou o dinheiro dando o terreno como garantia para comprar o reboque. Ele fez um empréstimo, em vez de vender o terreno. Trata-se de um valor considerável, sr. Cooper. O sr. Bailey não tinha investimentos e apenas poucas economias, mas não gostava de ter dívidas. Tem um dinheiro reservado para pagar os impostos da propriedade.

— Por que você acha que ele comprou um reboque? — perguntou Cooper.

— Eu não sei. Ele disse que precisava. Você tem mais de duzentos acres de terra, incluindo a praia, sr. Cooper.

— Mais de duzentos? — perguntou Cooper, chocado.

— É o que está indicado nos documentos da cidade. Recomendo que você faça uma inspeção nas terras.

— Meu Deus!

— Como eu disse, considerável.

— Você não entende — disse Cooper. — Ben Bailey sempre agiu como se fosse pobre e tivesse apenas uma loja de iscas.

— Até onde sei, ele não tinha muito dinheiro. Ben, e o pai antes dele, eram proprietários de terras, mas eram pobres.

Apenas terras? Apenas duzentos acres, *incluindo uma linda praia*? De onde Cooper estava no ancoradouro, se olhasse para o oeste, veria o oceano e o vasto promontório; para o sul, veria uma paisagem montanhosa cheia de pinheiros; para o leste, veria mais algumas montanhas, estradas mal conservadas levando para a autoestrada; e para o norte, do outro lado da praia, veria uma linda praia até uma cidadezinha e a marina. Ele não precisava ver um mapa, mas, de onde estava, não conseguia entender por que Ben não fizera alguma coisa mais ambiciosa além de manter as luzes acesas. Por que ele não tinha vendido pelo menos uma parte da propriedade e construído uma casa decente para si mesmo? E por que não encontrara uma boa mulher e se casado? Ben era uns dois anos mais velho do que Cooper, e devia ter uns quarenta anos. E o que fizera para si mesmo?

Cooper olhou para o terreno ao sul da baía. Ali devia ser o santuário dos pássaros. Cooper nem precisava ir até lá. Será que os pássaros abririam mão da terra para ter uma casa grande com uma vista de tirar o fôlego? Mas talvez Ben, assim como Cooper, não quisesse se prender a uma casa grande que precisaria de manutenção constante. E ser limpa. E que daria ecos.

Mas o trecho da praia da cidade até a ponta da terra de Ben acomodaria um resort com, pelo menos, mil quartos e algumas centenas de casas ou prédios de apartamento... Talvez até mesmo um campo de golfe. Como aquilo ficaria em contraste com uma cidade comum, com um bando de barcos pesqueiros na marina?

Aquilo seria, pensou ele, *um grande pagamento.*

— Sr. Cooper — chamou um homem segurando uma prancheta. Ele estava usando uma roupa de proteção, com a máscara de proteção pendurada no pescoço, usando luvas de borracha pesadas. *Aqueles caras pareciam fugitivos de alguma equipe que trabalhava com materiais perigosos*, pensou Cooper, mas eles deviam se deparar com coisas horríveis e bem reais, como enchentes e incêndios. Homicídio? Cooper subiu a escada para encontrá-lo lá em cima, franzindo o nariz.

— Você tem muitos problemas — começou o homem. — Decomposição, mofo, vazamento de esgoto, o encanamento está em péssimo estado. E tem o cheiro também.

— Parece horrível.

— Mas não tem cupim — disse ele com um sorriso amarelo.

— O que você recomenda?

— A gente não vai conseguir resolver tudo a não ser que a gente quebre algumas coisas. O lugar precisa de um novo sistema de esgoto, reparos no encanamento e não dá para acabar com o mofo sem derrubar algumas paredes e pisos. A boa notícia é que algumas partes da parede e do piso de madeira já estão bem danificados pela água e teriam de ser substituídos de qualquer forma mesmo. Então, você vai matar dois coelhos com uma cajadada só. A gente tira a madeira velha para tirar o mofo e só vai cobrar uma vez.

— Eu não pretendo ficar com a propriedade. Então, o que você recomenda? — perguntou ele.

— Você poderia demolir tudo — disse ele. — Vender apenas o terreno. Mas se você está pensando em vender a estrutura, tem muito trabalho pela frente. Reforma completa. E eu não posso garantir que o dinheiro vai valer a pena. Você está vendo como a construção está bem no meio do terreno? Você deve conversar com os donos do restante da praia e do terreno. Talvez eles comprem o seu lote apenas para tirar o senhor daqui e poderem construir um hotel e um centro comercial. O senhor deveria perguntar. — O rapaz olhou em volta. — Não é o lugar ideal para isso, porém. Esse lugar fica no meio do nada.

Cooper ficou em silêncio.

— Você tem uma estimativa de custo para resolver?

O homem arrancou a folha de cima e a entregou para ele: $ 5.890,00.

— Isso não inclui o encanamento, o sistema de esgoto ou a remoção da madeira estragada e podre. Isso custaria mais alguns milhares de dólares. Então, você vai ficar com apenas uma estrutura, mais ou menos.

— Quase seis mil dólares? Só para destruir o lugar?

— É uma boa estimativa. E quanto ao bar? É horrível. Deve ter mais de cinquenta anos. E não é uma antiguidade. É só velho e barato. E podre.

— Tem alguma coisa de bom nesse lugar? — quis saber Cooper.

— O deque é legal. É mais novo do que a construção. E, até onde dá para perceber, a fundação é sólida, mas não tenho como garantir. O telhado está muito ruim. Se você decidir reformar, eu recomendo que faça um telhado novo. Nós não trabalhamos com reformas, mas aposto que isso vai custar uns cem mil. Mas você sabe quanto as pessoas pagariam para ter esta vista?

Cooper passou a mão na nuca que, apesar do frio, estava suando.

— Se eu decidir simplesmente demolir, você faz isso?

— Não — respondeu ele, balançando a cabeça. — Mas posso recomendar uma boa equipe de demolição. Também posso recomendar encanadores, pessoal para consertar ou trocar a rede de esgoto, trabalho no interior e pessoal para refazer o telhado. São pessoas com quem costumamos trabalhar, prestadores de serviço de todo o tipo. Nossa especialidade são danos causados por enchentes e incêndio. Depois que terminamos o trabalho, a reconstrução começa.

— Vocês nunca entram para apenas arrumar a bagunça? — perguntou Cooper.

— Claro, isso é bem frequente. Mas esse lugar está muito ruim.

— Só porque a eletricidade foi desligada por algumas semanas e as iscas apodreceram?

— A construção já estava em sério declínio, cheia de mofo, antes de isso tudo acontecer. Você talvez queira checar a empresa de seguros. Talvez isso ajude. Mas esse lugar parece tão abandonado. Parece que alguém tentou fazer com que o sistema de esgoto continuasse funcionando por mais um tempo, quando na verdade deveria ter sido substituído. — Ele ergueu sobrancelhas peludas. — Você?

— Eu não. Eu tenho que pensar no que vou fazer.

— Justo — concordou o homem estendendo a mão.

— Se eu decidir fazer alguma coisa, de quanto tempo você vai precisar?

— O inverno está chegando. Nossa agenda não está ruim. Mas se o senhor não decidir logo, o clima vai atrapalhar.

—Vou tentar pensar rápido — disse Cooper. — Você tem mais alguma dessas máscaras?

O homem enfiou a mão no bolso e pegou várias.

— Só para o senhor saber, elas não funcionam muito bem contra o cheiro lá dentro.

— Imagino.

— Só por curiosidade, por que o senhor não consertou este lugar antes de chegar a esse ponto?

— Não era meu até recentemente. O dono morreu.

— Sério? Bem, que droga, cara! Melhor vender. O terreno deve valer alguma coisa.

Ele sabia disso, Cooper também. Mas alguma coisa naquela história toda o estava incomodando. Ele não conseguiria tomar uma decisão até entender por que Ben Bailey morava em uma casa com madeira apodrecendo e mofo. O fato de que ele estava desmotivado não explicava isso. Ben poderia ter dado um telefonema e vendido uma parte do terreno para construir um lugar legal para ele.

— Então — disse ele para o homem da equipe de limpeza —, quanto vai custar para se livrar do tanque de peixe e todos os alimentos podres?

— Dois mil e quinhentos. Mas isso não vai resolver os problemas com o esgoto. Também podemos lidar com isso sem substituir. Porém, isso não vai deixar o senhor com uma construção boa e o encanamento não vai funcionar.

— Eu só quero tempo para dar uma olhada lá dentro. E pensar. E, cara, eu não consigo pensar com um fedor daquele.

— Dois mil e quinhentos só vai tornar o lugar desagradável, em vez de mortal.

— Feito. Quanto tempo?

— Amanhã. Vamos trazer a equipe, uma caçamba de lixo e alguns ventiladores para arejar o lugar.

—Vamos fazer isso, então. Eu vou dar uma olhada lá dentro antes de decidir o que vou fazer depois. Agora, eu estou tendendo para uma escavadeira.

— Não posso dizer que eu culpo o senhor.

Capítulo Quatro

Rawley morava em uma pequena cidade mais para o interior chamada Elmore. Mac deu a Cooper uma explicação de como chegar até lá. Além de um posto de gasolina, um posto dos correios, uma escola de ensino fundamental e um supermercado, Elmore não tinha muito mais coisas. Uma cidade maior chamada Bandon não ficava muito longe dali e provavelmente atendia às necessidades da pequena população.

A casa era pequena e velha, uma estrutura de tijolos com uma varanda. A picape clássica estava parada ao lado da casa, mostrando que ele estava no lugar certo. O quintal era bem cuidado e a grama ainda estava verde, embora as árvores e arbustos estivessem mostrando sinais do outono com cores amarronzadas. Quando Cooper bateu à porta, e Rawley atendeu, a última coisa que esperava era a casa limpa, acolhedora e arrumada que viu lá dentro.

— Oi, você tem um minuto?

Rawley deu a sua versão de um aceno, que constituía um sorriso debochado e uma inclinação da cabeça, dando um passo para trás a fim de deixar Cooper entrar. Lá dentro, ele viu a sala de estar e de jantar, e parecia que alguma mulher as tivesse deixado para trás — mantas bordadas nos braços desgastados das poltronas e do sofá, quadros de cenas na fazenda nas paredes, um aparador com dois vasos de vidro de qualidade sobre um paninho bordado e castiçais na mesa. Tudo antigo, mas bem conservado. Na frente da lareira havia um idoso em uma cadeira de rodas. Ele estava vestido com um macacão e uma camisa de manga comprida — tudo limpo — e os pés estavam apenas com meias. Para que colocar sapato se você não vai andar?

— Legal, Rawley — elogiou Cooper, observando tudo. — Aquele é o seu pai?

Rawley apenas assentiu.

Cooper nunca fora um homem muito paciente, mas aquilo realmente estava passando do pouco limite que tinha.

— Eu gostaria de conversar — disse ele. — A não ser que você seja mudo.

— Eu falo quando tenho alguma coisa para falar.

— Muito bem — disse Cooper. — Você está bem depois que Ben morreu?

— Não muito — respondeu Rawley.

Bem, aí vamos nós de novo, pensou Cooper. Honesto, mas não muito informativo.

— Tem alguma coisa que eu possa fazer por você, agora que ele se foi?

— Não consigo imaginar o quê — respondeu Rawley.

Ao ouvir essa resposta, o idoso virou a cadeira e olhou para Cooper. Ele não conseguiu erguer a cabeça, e Cooper pôde perceber que provavelmente ele sofrera um derrame. Ele usou o braço esquerdo para virar a cadeira, mantendo o direito dobrado ao lado do corpo, e o lado direito do seu rosto — a boca e o olho — estava caído.

— Você está procurando trabalho? — perguntou Cooper.

— Não, por quê? Você vai reabrir os negócios de Ben?

— Não, mas estou fazendo uma faxina por lá e limpando tudo. Tem muitos problemas: deterioração, mofo, peixe morto. Amanhã uma equipe vai lá limpar e remover os tanques de peixe e comida podre, lixo.

— A polícia trancou tudo e não me deixou entrar — explicou ele.

— Eu sei. E a companhia elétrica desligou a luz — contou Cooper. — O resultado é uma bagunça fedida. Mas assim que der para respirar lá dentro, eu vou ter que arrumar as coisas dele. Você sabe: separar, doar, vender, sei lá. Talvez tenha alguma coisa lá que você queira. Se você me ajudar, eu posso pagar o mesmo que Ben pagava para você.

Rawley riu, mostrando dentes impressionantes.

— Ele me pagava muito bem.

— Dá um tempo. Ben não tinha nada. Ele também não tolerava mentiras.

— Oito dólares por hora — confessou Rawley. — Quando?

— Daqui a três dias, eu acho. O seu pai fica bem quando você sai para trabalhar?

O idoso respirou fundo e ergueu um pouco a cabeça. Parecia que ele tinha feito uma careta, mas com o rosto irregular, era difícil dizer. Ele semicerrou o olho esquerdo.

— Ele está bem. Quando eu tenho trabalho, o vizinho dá um pulinho aqui duas vezes por dia. Eu deixo tudo que ele precisa preparado.

— Tudo bem, então. Se você estiver interessado.

Rawley fez um breve aceno com a cabeça. Não fez perguntas, sugestões nem comentários.

— Rawley, eu não sei o que vou fazer com aquele lugar. Só estou avisando. Pode ser que você só tenha trabalho por uma semana e isso será tudo. Eu talvez derrube tudo e venda o terreno.

— Você vai se resolver — disse Rawley, não parecendo estar preocupado.

— É, acho que sim. — Cooper coçou o pescoço. — Até lá, então. — Ele se virou para ir embora.

— Espere um pouco — pediu Rawley. Ele foi até a cozinha, que era do outro lado de uma passagem em arco na sala de jantar e voltou com um pacote. Cookies, enrolados em um plástico, nada de pratinho ou ziplock. — Você não deve ter muitos lanchinhos no trailer. Eles não têm açúcar por causa do meu pai.

— Certo — disse Cooper, aceitando o presente. — Obrigado. É muito gentil da sua parte.

Rawley apenas deu de ombros.

Cooper foi embora carregando mais um mistério sobre Ben. Rawley morava em uma casa bem cuidada, ainda assim, a casa de Ben parecia um lixo. Como é que podia uma coisa dessas? Será que Rawley cuidava bem das suas coisas, mas fazia um trabalho ruim para Ben?

Quando entrou na picape, Cooper provou um cookie. Nada mal para um biscoito sem açúcar. Macio e saboroso. Apenas balançou a cabeça.

* * *

Três dias depois, o cheiro não estava mais tão ruim, e Cooper conseguiu entrar no estabelecimento de Ben sem ficar sufocado. Ele providenciara para que a eletricidade fosse ligada, e isso não serviu apenas para iluminar a loja, mas também usou uma extensão para o trailer, assim podia economizar o gerador. O simples fato de ter uma equipe lá tirando o lixo e instalando ventiladores chamou a atenção para o local, e quando o tempo estava bom, as pessoas que estavam na praia sentiam uma necessidade de se aproximar e viam Cooper no deque ou na doca. Em geral, eles paravam para cumprimentar ou ficar ali um pouco, perguntar o que estava acontecendo. Um cara de caiaque parou na doca e saiu para perguntar o que ia acontecer com aquele lugar agora.

— Eu ainda não sei — respondeu ele com sinceridade. — Acho que sou responsável por isso, mas não estou interessado em administrar um negócio.

— Ben também não — disse o cara, rindo. — Mas o pessoal de Thunder Point gostava do lugar, mesmo que não quiséssemos entrar.

— Do que vocês gostavam, então? — quis saber Cooper.

— Fofoca e bebidas, principalmente. E Ben costumava comprar a comida que servia por aqui com a Carrie, quando não conseguia convencê-la a fazer entregas. Ela fazia isso quando a filha estava livre para cuidar da delicatéssen dela. As coisas da Carrie são muito boas e Ben não marcava em cima. Ele vendia pão com ovo e esse tipo de coisa de manhã, e sanduíches e pizza mais tarde, sobremesas e essas coisas. Tudo era bom. Tudo embrulhado. Ele não cozinhava nada, sabe?

— Tudo que vi lá dentro foi um micro-ondas e um forno que mais pareciam... — Ele não queria dizer *antigos*, mas embora a cozinha fosse impecável, os eletrodomésticos não pareciam muito confiáveis. O bar, embora pequeno, era limpo e bem abastecido. Os copos, apesar de empoeirados, pareciam ter sido lavados. Não que ele fosse confiar cegamente, claro.

Um homem e uma mulher com um cachorro o viram na doca e disseram:

— Você é o novo cara, né?

— Acho que sim.

— Eu sou Charlie, e essa aqui é Donna, a minha esposa. Então, quando você vai abrir?

— Ainda não sei se vou abrir — respondeu Cooper. — Por ora, eu só estou limpando o lugar. Eu não cozinho bem...

— Ben também não. Ele *aquecia*.

— Ben só se alimentava de pão com ovo e coisas da delicatéssen?

— Não sei — disse Charlie. — Ele era bom com bebidas. De todos os tipos. Café, cappuccino, vinho, cerveja e uísque. Se o dia estivesse agradável, eu acabava vindo para cá com uns amigos da cidade para tomar uma ou duas. Os pescadores amadores também vinham até aqui antes de pegar os barcos na marina.

— E quanto ao Cliffhanger's? Ou o Waylan's?

— O Cliffhanger's é bem caro e o Waylan's é uma pocilga. Mas eles têm TV em HD. O dono está tentando transformá-lo em um bar esportivo. Se você abrir, consiga uma TV.

— Valeu — disse Cooper.

Cooper e Rawley cuidaram dos aposentos pessoais de Ben, que, para surpresa dele, eram arrumados. Ele suspeitava que Rawley também fosse o responsável por aquilo. Ben tinha pouquíssimas roupas.

— Você quer as roupas dele? — ofereceu Cooper.

— São grandes demais para mim. Mas eu poderia aproveitar algumas camisas e casacos para o meu pai. O resto deve ir para os veteranos.

— Claro — concordou Cooper.

— Vou levá-las para casa e lavá-las antes. Depois levo tudo para os veteranos.

— Isso é mais do que...

— Eles merecem isso. Pelo menos.

Cooper ficou impressionado. Estava começando a desconfiar que Rawley fosse um homem bom e generoso sob todo aquele mau humor e reclamações.

Ben tinha uma televisão antiga e um aparelho de som — parecia que não conhecia o iPod ainda — e uma estante cheia de livros sobre a vida selvagem do Oregon, principalmente pássaros. Ele achou o laptop de Ben, o principal meio de comunicação entre eles nos últimos dez anos, e lá ele descobriu algumas coisas sobre o amigo que talvez soubesse se tivesse prestado atenção. Ben era um ornitologista engajado. Talvez não tivesse nenhum diploma, mas o histórico no seu computador mostrava visitas diárias a websites e blogs sobre pássaros, o que explicava por que ele preservava o seu terreno.

Cooper tinha caminhado pela reserva até o alto do penhasco que se erguia sobre o Pacífico alguns dias antes. A vegetação era fechada, mas ele achou uma trilha pouco usada pelos abetos, pinheiros e arbustos. As cores brilhantes do outono brigavam com o verde escuro dos pinheiros; por entre a cobertura vegetal, viu flores secas que podia apostar que floresceriam na primavera e no calor do verão. Ele viu resquícios de muitos ninhos antigos, talvez abandonados no inverno. Havia cascas de alguns ovos mortos, isso sem mencionar algumas aves marinhas voando baixo, sentindo-se ameaçadas pela presença dele. Havia alguns pássaros que pareciam pequenos grous empoleirados em uma árvore.

Ben tinha salvado muitos documentos on-line sobre preservação de pássaros, pássaros raros ou em perigo de extinção. Havia fotos no computador que ele mesmo tirara — ele era um ávido observador de pássaros. E havia muitos binóculos potentes pendurados em pregos por todo o estabelecimento.

Também descobriu que Ben tinha salvado um monte de e-mails de Cooper e de Luke Riordan, mas muito poucos de outras pessoas. Isso fez com que se lembrasse de um e-mail que recebera de Ben no qual ele mencionava casualmente: "Desde a morte do meu pai alguns anos atrás..." Cooper tinha pensando alguns *anos* atrás? Ele não contara para os amigos que seu pai tinha morrido?

E então Cooper perguntou a si mesmo para quem escreveria sobre algo assim. Embora gostasse de muitas pessoas, ele era capaz de contar os amigos de verdade nos dedos de uma das mãos.

Mas Cooper tinha irmãs, cunhados, sobrinhas e sobrinhos que estavam sempre em contato. Pelo menos, ele era conectado.

Levaria um tempão para ler todos os e-mails que Ben salvara, mas, com o tempo, conseguiria. Talvez encontrasse alguma indicação de quais eram suas intenções para a propriedade. Talvez houvesse até alguma pista perdida sobre o que causara a sua morte, se ele tinha algum inimigo que ninguém conhecia. Duvidava muito, mas valia a pena verificar. O tempo estava bom naquela tarde. Rawley já tinha ido para casa com um monte de roupa para lavar, e Cooper estava relaxando no deque com o laptop no colo. Ele vira nove adolescentes na praia — dois usando roupas de mergulho com pranchas e remos na baía calma, quatro jogando vôlei, embora não tivessem uma rede, e três meninas conversando na areia. Tinham três buggies estacionados atrás delas, embora não tivesse visto quando chegaram.

Cooper estava apreciando a vista, e a garotada parecia estar se divertindo de forma despreocupada. Houve algumas brincadeiras mais sérias — um rapaz agarrou uma menina e roubou um beijo, levou um soco, que o fez rir histericamente e, depois, correr atrás dela, pegá-la e receber um tratamento mais receptivo da segunda vez. Os dois caras com as pranchas e remos tinham seguido quase até a boca da baía, onde as ondas do Pacífico eram altas e desafiadoras. Dentro da baía, o mar parecia uma seda, escuro como tinta. Roupas de mergulho, muito inteligente — o ar estava frio e a água devia estar ainda mais fria. Mas eles obviamente eram profissionais; mal chegaram a molhar os pés. No verão, Cooper apostou que havia muitos mergulhos, com ou sem tanques de ar, e talvez surf além da baía.

Ele enviou uma mensagem para a irmã Rochelle, contando para ela que aquele era um lugar muito legal, na verdade. Mas que não fazia ideia do que faria com aquilo. Ficar acampando no trailer sem abastecimento de água não era exatamente conveniente — ele precisava encontrar um parque de acampamento, limpar o lavatório e reabastecer com água potável de tempos em tempo. Pelo menos ele podia usar a eletricidade do bar e não a bateria do carro. Ainda não contara para ninguém da família como estava envolvido naquilo tudo — não queria nenhum conselho. Sua família, principalmente as irmãs, era muito boa em dizer o que ele deveria fazer.

Ele viu o cachorro de novo, mas não com a garota dessa vez. Um rapaz ou um garoto estava com ele, atirando uma bola para o cão enquanto caminhava. *Marido?*, perguntou-se.

Então, ele viu o cara tentando dar bastante espaço para a garotada na praia, caminhando até quase a água para passar por eles sem ter contato. Os caras, seis dele, dois usando roupa de mergulho, entraram na frente dele. O garoto passeando com o cachorro se virou para ir para o outro lado, seguindo para a montanha e chamando o cachorro para segui-lo. Os adolescentes novamente se colocaram na frente dele, bloqueando sua passagem. O cachorro, quase do tamanho de um ser humano, se escondeu atrás do dono.

Cooper, que já estivera em muitas brigas quando mais jovem, percebeu que a confusão estava prestes a começar. Ele sabia o que estava por vir, e eram seis contra um. Então, o cara que devia ser o líder da turma empurrou o garoto que estava sozinho, mas ele se manteve firme. Os ombros se empertigaram um pouco, atento. O líder estava falando com ele de forma ameaçadora, se impondo sobre ele e o agredindo verbalmente. Então, ele empurrou o garoto de novo e este ergueu os punhos.

— Não vai acontecer, idiotas — disse Cooper em voz alta para ninguém em particular. Ele colocou o laptop no chão e ficou em pé, enfiou os dois dedos na boca e emitiu um assovio ensurdecedor.

Todos se viraram e o viram em pé no deque de uma loja de iscas agora fechada. Suas pernas estavam entreabertas, as mãos no quadril, enquanto observava. Odiava valentões. Estava pronto para pular o parapeito e correr até a praia para defender o garoto solitário, mesmo que talvez ele fosse o problema. Não importava se ele tivesse feito alguma coisa horrível. Isso não se faz — você não ataca alguém em uma briga desequilibrada.

Os adolescentes o encararam. Ele encarou de volta.

Então, o grupo foi inteligente o bastante para se dispersar e deixar o solitário passar, seguindo para a doca de Cooper.

Ele não estava indo falar com Cooper. Ele foi até a escada que levava para o bar e se sentou. Dali, ele jogava a bola para o cachorro. Cooper deixou isso rolar por uns cinco minutos, depois desceu para conhecer o rapaz. Um adolescente com cara fechada olhou para ele e disse:

—Valeu por aquilo. Eu acho.

—Você *acha*? Você preferia que eu ficasse sentado assistindo enquanto eles acabavam com você?

— Eles provavelmente não fariam isso. — Ele olhou para baixo e pegou a bola que o cão dinamarquês lhe entregou e a atirou de novo.

— *Provavelmente* não teriam feito isso? — perguntou Cooper.

O garoto deu de ombros.

—Você se desentendeu com seus amigos?

O garoto olhou para ele e riu.

— Mano, eles *não* são meus amigos.

— Quem são eles, então?

— Colegas do meu time. Só isso.

Cooper deu mais dois passos e se sentou ao lado do garoto.

—Você perdeu o último jogo de propósito ou alguma coisa assim?

O garoto lhe lançou um olhar impaciente. Pegou a bola cheia de baba de cachorro. O cão se sentou e ficou abanando o rabo, cheio de expectativa.

—Você não entenderia — disse o garoto, finalmente atirando a bola.

— Quer apostar?

O garoto lançou um olhar zangado. Defensivo, magoado, cheio de raiva, impotente, e Cooper pensou: *Merda, este sou eu!* Tipo uns vinte anos atrás, mais ou menos.

— Eu sou o garoto novo — começou ele. — Acabei de me mudar. Bem a tempo para entrar no time de futebol americano, o que foi um erro fatal. Eu não deveria ter entrado no time ou ter feito touchdowns. O idiota lá na praia está no último ano. É o capitão do time. Ele está contando com três coisas neste ano: ser o melhor jogador do time, ser o rei do baile de formatura e transar com todas as líderes de torcida em Coos County.

Cooper teve uma reação estranha ao ouvir aquilo. Em primeiro lugar, ser o aluno novo era um sentimento muito familiar para ele. Entrar em brigas, embora muito tempo atrás, também era bastante memorável. Rei do baile — não o Cooper! Líderes de torcida? Quando estava no ensino médio, ele nem teve a sorte de namorar uma, que dirá conseguir mais alguma coisa. Pensou na filha de Mac que tinha conhecido no jantar com os McCain algumas noites antes. Eve era adorável, virginal, uma líder de torcida encantadora de 16 anos, que *ninguém* deveria ter permissão para tocar. Apenas para compreender melhor, perguntou:

— E quantas dessas coisas você vai conquistar no lugar dele?

O garoto lhe lançou um olhar incrédulo.

— Sério? Como se eu fosse conseguir ser o melhor jogador ou conseguir um encontro. Fala sério.

— O cara que empurrou você... Quem é ele?

Uma risada amarga.

— Jag Morrison. O príncipe de Thunder Point. E, sim, esse é um apelido para Jaguar. Dá para acreditar que alguém possa dar um nome desses para o filho?

— Uau — respondeu Cooper balançando a cabeça.

— Pois é.

Cooper deixou aquilo assentar um pouco. Obviamente havia muita hostilidade ali. Poderia ser sobre qualquer coisa — sobre o garoto jogar melhor, sobre uma garota ou qualquer outra coisa. Por fim, perguntou:

— Qual é o nome do cachorro, garoto?

Ele deu uma risada sem humor.

— Está pronto? Hamlet. Ele é dinamarquês.

— Você poderia ter um cachorro mais corajoso.

— Nem me fale.

— E qual é o seu nome?

— E o *seu*? — devolveu o garoto.

— Desculpe — disse ele, estendendo a mão. — Hank Cooper. As pessoas me chamam de Cooper.

O garoto relaxou um pouco.

— Landon Dupre. — Ele lançou um olhar para os adolescentes na praia, que não pareciam dispostos a ir a lugar nenhum. Ocorreu a Cooper que eles provavelmente estavam esperando outra oportunidade para intimidar Landon.

— Prazer em conhecê-lo, Landon. Então, o que os seus pais têm a dizer sobre esse lance de garoto novo na cidade?

— Eu não tenho pais.

— Ah. Então, quem é o responsável por você?

— Responsável? — repetiu ele com uma risada cruel. — Dá um tempo.

— Olha só, eu só estou tentando descobrir, da melhor maneira possível, se você tem apoio dos seus pais, se você é um mendigo, se é adotado ou se é apenas do contra.

— Eu moro com a minha irmã — disse ele. A voz estava baixa, assim como o queixo. Era um sinal de respeito ou de sofrimento.

— Ah, a garota do casaco impermeável vermelho.

Landon olhou para ele.

— Você a conhece?

— Eu conheço o cachorro. Ela veio à praia algumas vezes com ele. Difícil não ver um cachorro que mais parece um cavalo.

— E burro de dar pena.

— Ah, você não deve falar assim dele — comentou Cooper. — Vai acabar com a autoestima do bicho. — Então, sorriu para o garoto. — Por que você o escolheu?

— A minha irmã que escolheu para mim. Ele estava no abrigo. O dono teve que viajar pelo exército. Acho que foi a ideia dela de prêmio de consolação porque nos mudamos logo antes da minha melhor temporada de todas.

O cachorro voltou largando a bola, sentando-se cheio de expectativa enquanto a baba escorria pela boca.

— Hamlet parece ser um babão.

— É horrível. Eu não sei qual é o problema com um bom e velho pastor alemão.

Cooper teve que rir, feliz por não ser o responsável por aquele garoto.

— Por que você se mudou para cá?

— Divórcio.

— Você é divorciado? — perguntou Cooper em tom brincalhão.

Landon olhou para Cooper que, ao vê-lo sorrindo, se derreteu um pouco.

— *Ela* se divorciou, não podia mais arcar com as despesas da casa que morávamos e queria viver em uma cidade pequena onde pudesse me controlar melhor. O que é *tão* legal, se é que me entende. E ela não gostava de se encontrar com o ex. Isso eu entendo, mas sério, a gente precisava se mudar para uma cidadezinha do Oregon, onde os nativos querem acabar comigo todos os dias? Sério?

— Você já contou para ela? — perguntou Cooper. Ele quase não acreditou nas palavras que saíram de sua boca. Essa foi a interação mais estranha que ele já tivera na vida. E estava falando como o pai dele.

O menino baixou o queixo de novo.

— Mano, eu não vou me esconder atrás da minha irmã. Além disso, ela já tem seus próprios problemas.

Cooper, que tinha irmãs mais velhas, entendia muito bem. Mas tudo que disse foi:

— Esse lance de "mano" já não passou? Chamar todo mundo de mano. Eu nunca entendi bem isso...

— Bem, *mano,* talvez você tenha que se atualizar.

— Ou talvez você — contrapôs ele. — Então, tem alguém para dar uma força? Qualquer um? Professores? Pastores? Oficiais de condicional?

—Você é engraçado. Um comediante nato.

— É mesmo. Hã. Mas estou falando sério. Todo mundo precisa de um parceiro. Eu tive as minhas brigas quando tinha a sua idade. Eu não sei qual era o meu problema...

— Quer uma segunda opinião? — ofereceu ele.

Cooper riu do sarcasmo do garoto.

— Tranquilo. Deixa para lá. Acho que estou começando a entender.

— Ben — disse Landon. — Ben era meu amigo.

Surpreso, Cooper ficou em silêncio. Então, colocou a mão no ombro de Landon.

— Ele também era meu amigo. Sinto muito.

— Pois é. O Ben. O que foi que aconteceu com ele? Ele não deveria ter morrido.

Ele ajudava os oprimidos, pensou Cooper. Deu trabalho para Rawley, protegia Landon e se certificava de que o jipe de Gina estivesse funcionando. Quem poderia saber quantas outras pessoas ele ajudava? Ele protegia os pássaros e os peixes. Tinha vários amigos e, ao mesmo tempo, nenhum de verdade. Ele tomava conta da cidade do seu jeito ao proteger aquele trecho de praia.

Capítulo Cinco

O tempo ficou tempestuoso não muito depois que Landon finalmente conseguiu passar pela praia e voltar para a cidade. A loja de iscas ficaria bastante solitária durante uma tempestade. Cooper imaginou que no clima úmido do Oregon, havia muitas noites como aquela. Então, tomou um banho no trailer, pegou a picape e partiu para a cidade pela praia, decidindo que já era hora de ir ao Cliffhanger's para jantar.

Não estava cheio, o que não foi nenhuma surpresa. Ele vira quando os barcos pesqueiros ancoraram um pouco antes de as nuvens de tempestade se formarem e quando os últimos raios de sol deixaram a baía e supôs que aqueles caras estavam felizes por estarem em casa, comendo uma refeição quente diante da lareira. Havia uma enorme lareira no restaurante, que dava para ser vista do bar, e que o fez pensar no restaurante Jack's em Virgin River. Muita coisa poderia ser feita com aquela velha loja de iscas do Ben para torná-la um lugar agradável para se ficar — *uma lareira para começar*, pensou ele. Então disse para si mesmo para parar com aquelas ideias — não importava o que algum pedaço de papel dizia, ele realmente não tinha nada a ver com aquilo. Ele só estava fazendo isso por causa de Ben. Por algum motivo, o seu velho amigo confiava nele.

Ele não esperava ver nenhum rosto conhecido no restaurante, então ficou satisfeito quando viu Mac sentado no bar, segurando uma cerveja e conversando com o bartender. Ele não estava de uniforme. Cooper se aproximou e disse:

— Oi, delegado.

— Cooper — disse ele, estendendo a mão. — O que fez você sair com o tempo assim?

— Comida — respondeu ele, acomodando-se no bar.

— Cliff, traga uma cerveja para o meu amigo Cooper.

— Cliff? — repetiu Cooper com uma risada. — Que conveniente.

— Pois é — disse o cara. — Qual é a sua preferência?

— Chope — respondeu Cooper. — Este deve ser o seu lugar, Cliff.

— Deve ser. Cardápio?

— Obrigado.

— Peça uma garoupa — sugeriu Mac.

Cooper lançou um olhar para ele.

— E como eu quero que ela seja preparada?

— Ele quer uma garoupa. Pode confiar em mim. Então, o que está acontecendo do outro lado da praia?

— A maior parte do cheiro já sumiu. Olhei a maioria das coisas de Ben, doei algumas roupas, joguei fora algumas coisas, sabe. O lugar não funciona. Ben já estava tentando consertar aquele sistema de esgoto há muito tempo quando eu estava esperando para nos encontrarmos na Califórnia. Eu acho que ele nunca conseguiu consertar de verdade — contou Cooper.

— Então, o que você vai fazer agora?

Cooper tomou um gole do chope.

— Eu não sei. Estou pensando. Eu arranquei parte de uma parede. Não sei se tem mofo ou se está podre. Talvez precise ser nivelada. Eu não sei.

— Você ainda está aqui — observou Mac.

Ele tomou outro gole de cerveja e balançou a cabeça.

— Parece que existem pendências aqui. Eu descubro alguma coisa nova todos os dias, mas, na metade do tempo, isso só me deixa com mais perguntas.

— Sobre a morte dele?

— Sobre a vida dele — corrigiu Cooper. — Como ele conseguia pagar as contas? Ele comprava comida de uma delicatéssen e não marcava em cima...

— Acho que Carrie pegava leve com ele — disse Mac. — Ele comprava todo o estoque de que precisava, incluindo bebidas, em grandes redes de atacado, e aposto que ele tinha um lucro decente com isso. Considerando que ele não precisava pagar aluguel nem nada, certo?

— Ele tomava conta das coisas. Das pessoas. Rawley está trabalhando lá de novo, por ora.

Mac ficou sério por um momento e depois bateu com a mão nas costas de Cooper como se estivesse agradecendo por aquilo.

— Conheci um garoto na praia hoje que era amigo de Ben, ou assim ele diz — continuou Cooper. — Ben criou um habitat para os pássaros. Sinto que tenho que descobrir do que Rawley precisa antes de ir embora. É como se eu devesse isso ao Ben. Mas eu me pergunto... Ele tomava conta das pessoas, mas todo o estabelecimento dele está quebrado a ponto de estar desmoronando. Como ele vivia?

— Eu não acho que ganhar dinheiro fosse a prioridade de Ben, mas não aceite a minha palavra. Você deve saber mais sobre os negócios dele do que eu. Do que qualquer um de nós.

— Bem, ele não tinha muito dinheiro. E não se preocupava com isso, pelo que percebi. Por que ele não deixou aquele lugar para outra pessoa? Por que não doou para a cidade?

Mac riu e tomou um gole da cerveja.

— A cidade teria vendido o terreno. Como eu disse, existem pessoas na cidade que gostam das coisas do jeito que estão. Simples. E há outras pessoas que acham que um grande empreendimento na baía seria bom para o lugar.

— O que você acha? — perguntou Cooper.

Ele encolheu os ombros.

— Acho que um grande empreendimento, como um resort de golfe ou algo assim, transformaria os moradores da cidade em carregadores, garçons, arrumadeiras e motoristas. Acho que levaria a delicatéssen de Carrie e o Pizza Hut e a lanchonete à falência. Mas talvez ajudasse a junta comercial e os pescadores, principalmente se houvesse um restaurante cinco estrelas no resort. Você quer saber do que estou falando? Vá até Bandon Dunes. As pessoas vêm de todos os cantos do mundo para ficar lá, jogar golfe lá, fazer eventos para conferências de negócios e casamentos. É realmente impressionante. Muito alto nível. Tem um monte de coisas boas. E os empregados são de Bandon.

— É trabalho...

— E isso não é pouco — admitiu Mac.

— Poderia ajudar a economia local — argumentou Cooper. — Valorizar sua propriedade.

— Poderia — concedeu Mac. — Você já está aqui há uma semana. Você já contou para alguém sobre o testamento de Ben?

— Eu talvez tenha mencionado que sou o responsável pela loja de iscas, mas você é o único que conhece os detalhes. Você e Rawley.

— Bem, Rawley não fala. As pessoas já estão presumindo coisas que provavelmente são verdades. Que você é o dono do lugar. E que poderia vendê-lo.

— Ainda tem alguns pequenos detalhes legais a serem resolvidos — disse Cooper. — Mas eu não preciso ficar aqui para isso.

— Por que você ainda está aqui?

— Só o que posso dizer é que quero entender o que Ben queria com tudo isso, se eu puder. Isso não significa que eu planeje fazer o que ele queria. Talvez eu simplesmente não consiga. Mas eu devo isso a ele se eu conseguir descobrir antes de fazer um plano.

Mac olhou por sobre o ombro e disse:

— Bem, prepare-se para fazer um plano, Cooper. Lá vem...

Um pouco antes de ele terminar a frase, apareceu uma mulher. Ela devia ter uns 45 anos, mas tentava parecer ter 35. Seu terninho era feito de algum tecido de cetim vermelho, com decote generoso. A minissaia expunha pernas curtas em cima de sapatos de salto alto, muito alto. O cabelo era pintado de louro, é claro. Unhas compridas com esmalte vermelho. Ela não estava vestida para ir à igreja. Na verdade, ela combinaria perfeitamente com um mastro para fazer um pole dance.

— Oi, Mac, tudo bem? — cumprimentou ela, inclinando-se para dar dois beijos no rosto do delegado. — E quem é o seu amigo?

— Ray Anne, este é Cooper. Cooper esta é Ray Anne. Cooper era amigo de Ben.

A expressão do seu rosto mudou na hora.

— Ah, Cooper, sinto muito pela morte do seu amigo. Todos sentiremos falta de Ben.

— Obrigado. Prazer em conhecê-la — disse ele. Mas tinha certeza de que Ben não tinha nenhum relacionamento com aquela mulher. Em comparação, ele compreendera quase imediatamente o relacionamento entre Rawley e Ben.

Eles conversaram por alguns minutos, Ray Anne perguntando sobre Lou e as crianças e se houvera algum avanço em relação ao sinal de trânsito na cidade. Será que Mac tinha ouvido valar sobre alguma "situação doméstica" entre Charlie e Donna? E Mac respondeu:

— Não. Houve alguma situação?

Sem responder, ela se virou para Cooper.

— Eu soube que um amigo de Ben estava na cidade. Como está tudo no estabelecimento dele?

— Destruído. Estou explorando as alternativas do que fazer com aquilo.

— Bem, se precisar de ajuda, pode me ligar.

Um cartão de visitas lhe foi oferecido. Ela era corretora de imóveis. Ao que tudo indicava, aquela mulher sabia usar as mãos. Ela devia estar segurando aquele cartão o tempo todo, embora ele tenha ficado invisível até o seu golpe. Cooper lançou um olhar rápido para o pedaço de papel, olhou de novo para Ray Anne, sorriu e disse:

— Obrigado.

— Eu conheço um ótimo empreiteiro na região, ele faz todo tipo de serviço: pintura, piso, consertos estruturais, qualquer coisa...

Ela sabia de tudo.

— Remoção de mofo? — perguntou ele.

— Sim! — respondeu ela, radiante. — Ela sacudiu a mão que segurava o cartão. — É só me ligar. Esse é o meu celular. A qualquer hora!

— Valeu — disse ele. A garoupa chegou.

— Aí está o seu jantar — disse ela. — Estou certa de que voltaremos a nos encontrar pela cidade. Cuide-se. E me ligue se precisar de qualquer coisa, Hank. Sempre gosto de ajudar os amigos.

Mac e Cooper se voltaram para os pratos idênticos. Cooper provou o seu peixe.

— Está gostoso — elogiou.

— Eu disse — respondeu Mac.

— Então, ela sabe de tudo. Ela deve saber até o número do meu CPF. Você me apresentou como Cooper, mas ela me chamou de Hank. Aposto que ela sabe até o tamanho do terreno de Ben.

— Eu diria que sim — concordou Mac.

Cooper comeu um pouco mais.

— E eu aposto que ela transaria comigo por algumas centenas de acres de terra.

Mac se virou para ele e, com um sorrisinho, disse:

—Você conseguiria isso só por mencionar o assunto.

Cooper tentou não rir, já que Ray Anne ainda estava passeando pelo salão do restaurante, conversando com as pessoas que estavam nas mesas, depois de ter feito o mesmo no bar.

— Ela costuma fazer isso?

— Acho que sim — respondeu Mac, comendo um pouco mais. — Mas você é o primeiro forasteiro que temos por aqui em um tempo.

— Hã, você já experimentou?

— A atenção? Ou a recompensa? — quis saber Mac.

— Bem, já que estamos trocando confidências...

— Cooper, eu trabalho nesta cidade. Os meus filhos frequentam a escola aqui, e minha tia Lou é professora. Lou conhece Ray Anne há muito tempo. Em uma palavra: não. Eu realmente tenho partes densas no meu cérebro, mas não tão densas assim. Sério, ela não faz o meu tipo. Eu nunca tive fixação em uma figura materna.

— Eu nunca vi uma mãe que fosse igual a ela — comentou Cooper.

Comeram em silêncio por um tempo e, quando Cooper empurrou o prato, Ray Anne já tinha ido embora.

— Então, Mac, você foi abandonado pela sua família hoje? — perguntou ele.

Mac se recostou.

— Não exatamente. Hoje é a noite que Lou joga com algumas amigas de Coquille, e ela chega tarde. Eu comprei pizza para as crianças e corri para me salvar. — Ele passou o guardanapo na boca. — Eu fiquei na porta, joguei a pizza e disse que voltaria para casa em duas horas. Eles pularam como animais famintos.

— Duas horas *inteiras*? — perguntou Cooper, rindo.

— Eu tenho que conferir o dever de casa. Se eu não fizer isso, Lou acha que eu sou um imprestável.

— Conferir o dever de casa. Não parece tão ruim.

—Você tem visto os deveres de casa ultimamente, cara?

— E o dever de casa de quem eu veria?

— Bem, essa não é a questão, Cooper. A questão é que é uma tortura. Se eu ainda estivesse no colégio, eu não teria passado do sexto ano. Para resumir, eu preferiria desistir. Mas esse é o preço da paternidade.

Lou estava em pé na frente do espelho do banheiro usando apenas calcinha e erguendo gentilmente os seios. Então, virou-se para se ver de lado e suspirou. Embora eles fossem pequenos, ela sentia que eles tinham caído de um jeito bastante desfavorável. Eles tinham sido tão firmes. Ela os soltou. Então, colocou os dedos nas laterais do rosto e puxou de leve em direção às orelhas e perguntou-se pela milionésima vez se poderia aparentar dez anos menos com uma plástica.

— Lou, volte aqui — chamou Joe do quarto.

Eu não quero muito, pensou ela. *Só dez anos a menos.*

Ela suspirou de novo e voltou para o quarto. Joe Metcalf tinha cinquenta anos e, além de ser bonito, estava em ótima forma. Tipo George Clooney. Ele era forte como um touro, tinha ombros largos, barriga lisa e pernas compridas, além das mãos grandes e maravilhosas e dos dentes lindos. Quando ela se aproximou da cama, ele desligou a TV e abriu os braços para ela.

— O que você estava fazendo lá dentro? — perguntou ele, pousando os lábios no pescoço dela.

— Nós chamamos isso de nos refrescar — disse ela, inclinando a cabeça para ele ter mais acesso ao seu pescoço.

— Aposto que você estava se remoendo.

— E por que você acha isso? — quis saber ela, afastando-se.

— Porque você costuma fazer isso. Acho que todos os nossos problemas acabariam se você me apresentasse para as pessoas. Por que você quer me manter em segredo, Lou? Por que eu ainda sou "a noite de jogo"?

Ela hesitou. Era complicado. Principalmente por causa da idade dele — dez anos mais novo. Mesmo o cabelo dele sendo grisalho, se ele deixasse crescer, com aquela cabeça raspada, ele parecia ter uns 45 anos.

— Eu não quero que as crianças se sintam vulneráveis, que sintam que eu não posso mais dar atenção para elas.

— Isso não vai acontecer, Lou. A gente pode ficar junto o tempo que você achar adequado. Eu também tenho filhos.

— Mas os seus já são independentes.

— Graças a Deus — disse ele com um suspiro. Ele se deitou de costas, mas manteve um braço ao redor dela. Joe era divorciado e tinha um filho de 25 anos e uma filha de 23. — Mas eles ainda têm muitas necessidades. Um dreno na minha carteira.

— Antes que você perceba, eles vão casar e ter filhos. Assim como os meus. E eu vou me sentir como uma tia-avó. Ai, meu Deus — Ela escondeu a cabeça no ombro nu dele.

Ele riu e colocou a mão no traseiro dela.

— A tia-avó mais linda do estado, talvez do país.

Ela ergueu a cabeça, cachos dourados avermelhados balançando.

— Quando você tiver setenta anos, eu vou ter oitenta. Oitenta!

— Pelo amor de Deus, é como se você estivesse transando com um fedelho de 19 anos. Espero chegar aos setenta anos. E mal posso esperar para vê-la com oitenta.

Lou e Joe se conheceram por um serviço de namoro on-line. Eles marcaram um encontro para tomar café e ele pareceu, bem, maduro. Quando ela perguntou, "Quantos anos você tem?", ele respondeu, "Quantos anos você quer que eu tenha?" e ela definiu, "59" e ele disse "Negócio fechado".

Isso aconteceu semanas antes de ela descobrir a verdade. Ela achava que ele estava bem conservado para a idade, o que acontecia com frequência irritante nos homens. Foi assim que o mundo foi feito — os homens ganham uma aparência distinta com a idade, enquanto as mulheres começam a desbotar com o tempo.

Ele estava divorciado havia dez anos, tentara namorar de vez em quando, mas nada ia para frente, e ele queria conhecer alguém que tivesse coisas em comum com ele, que pudessem ir ao cinema, jantar e fazer coisas juntos. Ah, ele gostava de comer, raramente ia ao cinema, mas...

— Tudo bem, a verdade? Eu queria transar de novo antes de morrer. Com alguém de quem eu gostasse.

Que coincidência. Ela também.

Ele era um coronel aposentado da força aérea que trabalhava agora para a Polícia Estadual do Oregon como guarda. A sua missão era se aposentar pela segunda vez, com sessenta anos. E agora que ele se recuperara do divórcio — a ex-esposa se casara e os filhos se formaram na faculdade —, ele poderia contar com uma velhice confortável. Parte do seu trabalho em Coos County era ajudar no departamento de polícia. Isso era próximo demais para o gosto de Lou.

— Eu não sei qual é o problema — argumentou ele. — Policiais são como família. Eles se casam entre si o tempo todo.

— Casar!

— Bem, a gente tem que estar indo para algum lugar! Além disso, Mac e eu nos damos muito bem. Ele gosta de mim. Nos damos bem trabalhando juntos, quando é necessário.

— Eu preciso pensar! — implorou ela. E estava implorando havia um ano.

Mas o segredo de Lou era que aquilo era tudo que ela sempre quis. Se eles tivessem se conhecido quando ela tinha 21, ela teria se casado com ele num piscar de olhos — a não ser pelo fato de ele ter 11. Ela teria sido uma boa esposa para ele. Na verdade, ela sempre quis ter um lar, um marido, filhos. Por mais louco que isso parecesse, ela nunca nem chegara perto de conseguir isso. Ela tinha 25 anos quando o irmão e a cunhada tiveram Mac, 35 quando morreram, deixando-o órfão, e ela se tornara responsável por ele. Ela só tinha 44 anos quando Mac lhe confessara que a namorada estava grávida e cinquenta quando Cee Jay abandonou o marido e os filhos. Embora criar os filhos de Mac fosse difícil — atrapalhando a sua vida social e seu sono, custando tempo e dinheiro — se pudesse, daria um beijo de agradecimento em Cee Jay por ter lhe dado aquelas crianças queridas.

Ela se encontrava com Joe uma ou duas vezes por semana. Às vezes, eles saíam para jantar, às vezes ficavam em casa, às vezes iam passar a noite em um lugar diferente. Ela conseguiu um fim de semana livre da família e foi com ele para Victoria — e foi maravilhoso. Ele despertava o que havia de melhor nela e ela o adorava. Ela só não queria prendê-lo a um relacionamento com uma mulher velha, que era o que ela logo seria. E ela não queria que ninguém risse da ideia de que ela acreditava ser jovem o suficiente para isso, para ele. Não do jeito que riam de Ray Anne. Até Lou achava Ray Anne ridícula.

Ele tirou a calcinha dela.

— A escolha é sua, querida. Eu não quero pressionar, mas também não vou desistir. Eu adoro o jeito que você joga buraco.

Havia duas situações que sempre faziam com que Cooper quisesse fugir. Estar em desacordo com o ambiente, como no exército ou em alguns trabalhos. Ou quando se sentia confortável e seguro demais. Isso tinha acontecido com ele algumas vezes, e umas duas vezes fora realmente difícil. Houve umas duas vezes em que ele estivera com uma mulher com quem achava que poderia ficar. Ele tivera visões de um lar feliz como o que seus pais tiveram. Quando isso não funcionou, ele tivera de lidar com dois golpes: ser informado pelas mulheres que ele as decepcionara, um golpe forte e doloroso para um homem que estava dando o melhor de si, mas também tivera que sofrer a dor da perda e do isolamento. Naturalmente, ele tentava evitar essas duas coisas — trabalho que não combinava com ele e mulheres que ele não conseguia manter. Nos últimos anos, ele evitava relacionamentos românticos que só o deixariam destruído no final. Toda aquela sensação de não dormir e a dor profunda decorrente do fracasso, enfrentando a solidão repentina de ser rejeitado... Era ruim para ele. Ele só se envolvia com mulheres por quem não tinha muitos sentimentos. Ele não gostava de assumir os riscos associados com um compromisso.

Cooper achou que poderia ser melhor para ele colocar uma placa de "vende-se" na propriedade da praia e ir embora. Talvez fosse a coisa mais segura para fazer. Mas o desastre do bar/loja de isca o incomodava. Ele não sabia o que fazer sobre aquilo. Ele não tinha nenhuma participação naquilo. Fora um presente, um pouco de sorte.

Era bom estar perto do mar de novo, mesmo que a loja de iscas fosse um espinho em uma paisagem tão linda. Era um desastre. Consertá-la parecia ser tão fácil quanto escalar o Everest. Ele nem sabia por onde começar — ou se deveria começar.

Cooper não se lembrava de já ter sentindo tanta dificuldade para tomar uma decisão. Em geral, ele era bem rápido, sem pensar muito nas coisas. Alistar-se no exército, aceitar um emprego, pedir demissão. E teve os dois noivados, separados por cinco anos, que provavelmente estavam condenados desde o início, mesmo que ele não tivesse percebido. Ele se surpreendeu dessa vez. O Cooper que ele achava que era, àquela altura, teria vendido facilmente a propriedade ou a derrubado.

Ele sentiu uma estranha sensação de paz. E ele morria de medo disso.

Alguns dias depois, Cooper se viu observando um calmo pôr do sol na praia vazia. Os barcos pesqueiros estavam ancorados. Cooper se dirigiu para a cidade pelo caminho mais longo. Achou que queria um hambúrguer na lanchonete ou uma pizza. Mas quando estava se aproximando da escola de ensino médio, viu o campo de futebol americano todo iluminado, e o estacionamento lotado. Dava para ouvir os gritos e a banda da escola mesmo com os vidros fechados. Ele entrou na escola, foi até os fundos e tentou achar uma vaga, mas acabou em um terreno sujo. Havia um ônibus representando os Badgers da Carver High e ele seguiu em direção ao campo — dava para ver que tanto a arquibancada do time local quanto a do visitante estavam cheias.

Meu Deus, a cidade toda estava ali.

Ele pagou cinco dólares, mas a arquibancada estava tão cheia que ficou em pé em um canto. Ouviu um locutor nos alto-falantes. Viu Eve na lateral do campo e se perguntou qual das outras líderes era filha de Gina. Assistiu a algumas jogadas. O placar estava dez a sete a favor dos Badgers perto do meio do jogo. Ele já ouvira o pessoal de Thunder Point falando que nunca tinham vencido o time de Carver High, pelo menos não nos últimos anos. E, então, com o relógio correndo para acabar o primeiro tempo, a bola caiu e foi recuperada e:

— Dupre está com a bola e corre com ela! Está chegando, chegando e... temos... um... *touchdown!* Sessenta jardas e touchdown para os Cougars!

O time, as líderes de torcida e os fãs estavam gritando. Alguns jogadores dos Cougars correram até o zagueiro e comemoraram batendo as mãos ou dando tapinhas nas costas. O placar virou para dez a 13 para os Cougars. Eles chutaram e fizeram um ponto um pouco antes da metade, quando os times saíram de campo e foram substituídos pela banda.

Houve uma corrida para a cantina e mesmo que agora Cooper estivesse morrendo de fome, viu que a fila estava grande demais. Era melhor ir embora e tentar a sorte no Cliff's ou no Pizza Hut.

— O garoto é um atleta natural — disse uma pessoa que estava seguindo para a cantina.

— Eu nunca vi ninguém jogar assim desde que moro aqui — comentou outra.

Talvez as coisas não estivessem tão ruins para o garoto quanto ele achara — o time e a torcida pareciam aprovar o jogo dele. Apesar do estômago roncando, Cooper não foi embora.

Já estava ali havia dez minutos, vendo um fluxo constante de pessoas passando pelas arquibancadas, quando alguém o chamou:

— Cooper? O que você está fazendo aqui?

Ele se virou e viu Gina, cabelo louro solto, usando uma blusa de moletom dos Cougars por baixo do casaco.

— Eu estava a caminho da cidade, vi o jogo e resolvi parar. Então, qual é a sua? — perguntou ele indicando as líderes de torcida com a cabeça.

— A ruiva no final. Aquela é a Ashley. Ao lado dela, está Eve, a filha de Mac.

— Eu já tinha visto a Eve. Eu jantei na casa de Mac um dia desses e conheci os filhos dele — contou ele.

— Você quer se sentar com a gente? Estamos bem ali em cima — disse ela, apontando. — Acho que dá para nos apertarmos um pouco. A gente sempre tenta chegar cedo e pegar os lugares perto da linha de cinquenta jardas.

Quando ele se virou para olhar, viu Mac em pé, acenando com os braços. Pela primeira vez, achou que talvez pudesse haver alguma coisa entre eles. Mac e Gina. Faria total sentido. Um casal de pais solteiros, muita coisa em comum...

Olhou para Gina — ela era bonita e animada.

— Tem certeza? — perguntou. — Eu nunca vi tanta gente em um jogo de escola.

— A cidade apoia os seus times — explicou ela. — E não sei se você já percebeu, mas não temos muitas opções de entretenimento por aqui. Somos meio como no filme *Tudo pela vitória*.

— Claro. Vou subir. Valeu.

— Eu vou ao banheiro. Vejo você no segundo tempo.

Cooper subiu para se sentar com Mac e Lou. Mac pegou uma lata de refrigerante de um pequeno isopor e ofereceu para ele. As crianças estavam correndo pela arquibancada procurando um lugar para se sentar longe da família.

As dançarinas se juntaram à banda no campo, cerca de 12 delas. Cooper contou para eles sobre o comentário de Gina de a cidade ser como a de *Tudo pela vitória*.

— Você contou quantas crianças tinha no campo hoje? Entre jogadores, líderes de torcida, meninas com pompons e a banda, você faz ideia de quantas horas os pais dessa cidade investem nessa atividade? — perguntou Lou. — Além disso, depois de tudo isso, não temos mais dinheiro para gastar com nada.

— Eles são muito bons para uma cidade desse tamanho — acrescentou Cooper.

— São mesmo — concordou Mac. — A gente faz eles treinarem muito para ficarem longe de confusão.

O segundo tempo foi ainda melhor, mas nada fácil para os Cougars. Os Badgers empataram e depois deixaram os Cougars dez pontos para trás, então, eles se recuperaram, tendo chance de vencer, e o povo de Thunder Point enlouqueceu. Houve algumas brigas no campo, algumas faltas feias e penalidades. Um jogador do Cougars foi expulso e saiu do jogo.

E, então, ele fez de novo — Dupre recuperou a bola e correu por noventa jardas para um touchdown, colocando o time dois pontos na frente. O relógio correu e, no calor da animação, os Cougars venceram o jogo.

Até mesmo Cooper se levantou e gritou até ficar rouco. Ele se viu sendo abraçado por Gina e Lou, e Mac deu um tapa nas suas costas.

— Essa foi a primeira vez que conseguimos vencer dos Badgers desde que nos mudamos para cá.

— Por quê?

— Carver High — disse ele. — Filhos de fazendeiros do interior. Eles são criados para ser durões. Dizem que já nascem com protetores de ombros.

— Mas você não acredita nisso — disse Cooper, rindo.

— O importante é que *eles* acreditam — argumentou Mac. — Temos que juntar as crianças. A gente se vê depois?

— Provavelmente. Eu não vou embora sem ligar para você. Que tal?

— Legal. Assim eu vou poder dar as explicações de como se sai daqui.

Cooper deixou a maioria da multidão se dispersar. A fila de carros e ônibus deixando o estacionamento estava se movendo bem devagar, e ele tinha parado no final do estacionamento lotado. Tinha a sensação de que acabaria voltando para o trailer para comer o que encontrasse por lá. Todo mundo devia estar indo à cidade para lanchar. A garotada provavelmente ia para a praia, mas isso não o incomodava. Depois de um jogo como aquele, ele ficaria feliz de eles terem um lugar para comemorar.

Havia muito barulho de buzina, gritos, comemorações e sons entusiasmados da vitória. Cooper ficou onde estivera sentado, observando tudo aquilo por uns 15 ou vinte minutos. Estava próximo à linha das cinquenta jardas, umas dez fileiras para cima. Os Badgers seguiram para os seus ônibus; as luzes no estádio estavam se apagando, uma por uma, deixando-o na penumbra. Ficou surpreso ao descobrir que assistir a um jogo de futebol do time da escola de uma cidadezinha que nem era a dele tinha sido o momento mais divertido que já tivera havia tempos. Ele suara por baixo do moletom e do casaco por causa da tensão que sentira durante o jogo. A não ser por participar de alguns eventos dos sobrinhos em raríssimas ocasiões, aquela era uma primeira vez para ele. Pelo menos desde a própria vivência no ensino médio, que fora bem parecida com a de Landon. Só que ele não fora zagueiro.

Ficou ali sentado por um minuto, com os cotovelos apoiados nos joelhos, olhando para o campo escuro. Pensou por um instante em como as coisas deviam ser para Mac — a lei da cidade, no coração da cidade, cercado por toda essa animação e ligação, amigos, família e alguma coisa o arrastando a cada segundo. Por um instante, sentiu inveja, mesmo que Cooper pudesse ir esquiar nos Alpes na semana seguinte se estivesse a fim e Mac com certeza não pudesse. Provavelmente estava guardando dinheiro para a faculdade dos filhos.

Cooper estava feliz por ter visto que as coisas talvez não estivessem tão ruins para Landon Dupre como ele pensara. O garoto jogou muito bem, e não havia dúvida de que teria o apoio da cidade. Eles o consideravam o herói do time.

Não havia mais muita gente lá. A cantina já tinha fechado. Havia alguns grupos conversando no estacionamento, provavelmente fazendo planos para depois do jogo. O campo estava escuro, as arquibancadas estavam desertas, os ônibus dos Badgers já tinham ido embora. Cooper se sentiu um pouco tolo. Antes de ter a chance de pensar por que estava sentado ali sozinho, cheio de nostalgia, disse para si mesmo que as filas para uma pizza ou um Big Mac não estariam mais tão longas. Ele se encaminhou para o estacionamento.

Já estava do lado de fora do estádio quando ouviu vozes. Não dava para entender as palavras, mas dava para perceber pelo tom que aquelas pessoas não estavam comemorando nem se divertindo. Havia algum tipo de confusão — algum tipo de discussão. Ele disse para si mesmo para continuar andando. Talvez fosse alguma venda de drogas que tivesse dado errado. Talvez fosse uma situação entre pai e filho adolescente. Mas ele parou de andar e ficou prestando atenção. Uma voz dura, exigente e abusiva; uma resposta que ele entendeu bem — *não!* Apenas uma palavra. *Não.* Foi tudo que ele precisava ouvir antes de andar em direção à voz.

Eles estavam embaixo da arquibancada do time visitante. No escuro, não dava para saber quantos eram, mas achava que eram quatro ou cinco. Garotos. Garotos grandes. Mais ou menos do seu tamanho. Ele caminhou silenciosamente, desejando estar armado, então, ficou aliviado por não estar — era assim que as pessoas acabavam morrendo, entendendo errado uma situação na calada da noite.

— Eu disse para você *exatamente* o que você tinha que fazer! — exclamou um dos garotos.

— E eu disse para você que eu *não ia* fazer! Eu não tropeço, eu não perco a bola.

Landon!

Cooper acelerou o passo. Dez longos passos sob as arquibancadas até ter uma visão clara. Dois caras seguravam Landon, dois outros estavam de frente para ele, apenas um falava.

—Você não vai querer insistir nisso. Eu sou o capitão do time! Você tem que fazer o que eu mandar.

— Perder o jogo — disse Landon. — Será que não percebe como isso é errado?

—A gente não teria perdido! Eu teria entrado no jogo, seu idiota, e com você se mostrando durante todo o jogo...

— Olá, garotos — cumprimentou Cooper. Ele se apoiou em um dos suportes e cruzou os braços. — Estão parabenizando Dupre pelo excelente jogo?

Os garotos que estavam segurando Landon o soltaram na hora. Foi então que Cooper viu um fio de sangue escorrendo pelo canto da boca do garoto. Ele não tinha se ferido durante o jogo. O sangue estava fresco.

— O que você está fazendo aqui? — perguntou o líder da turma, que Cooper sabia que se chamava Jag. —Você é algum tipo de pervertido que fica em uma escola de ensino médio escondido embaixo das arquibancadas à noite?

Cooper riu. Coçou a cabeça como se não estivesse entendendo.

—Tudo bem, vamos ver se entendi direito. Você está prestes a dar uma surra no seu zagueiro por ter vencido o jogo em vez de ter perdido a bola, tropeçado ou jogado a bola para que você pudesse ganhar o jogo no lugar dele, e você está perguntando se *eu sou* pervertido? Filho, eu vou salvar você dessa situação. Dupre, vamos embora. Estou com fome.

— Quem é esse babaca? — perguntou o garoto.

Cooper foi obrigado a se impressionar um pouco. O garoto usou um tom de grande autoridade.

Um dos garotos que estava segurando Landon caminhou em direção a Jag e esclareceu:

— Ele é o novo dono da praia agora.

Jag ficou chocado por um minuto, mas depois riu.

— Bem, então é melhor eu me desculpar, vossa eminência. Você realmente é dono de uma porcaria de praia. Droga, acho que isso deve ser muito importante.

Cooper franziu a testa.

— Dupre — chamou ele. —Vamos logo.

— A gente ainda não acabou aqui — disse Jag.

— Já, sim. Você já acabou.

Jag deu um passo para frente e se postou diante de Cooper em uma postura ameaçadora. Ele bateu com o indicador no peito de Cooper e afirmou:

— Estamos conversando com Dupre. E. Você. Pode. Dar. O. Fora. Daqui — disse ele batendo com o dedo a cada uma das palavras.

Cooper olhou para o dedo e, depois, para o rosto de Jag. Então, agarrou o dedo agressor com uma das mãos e foi dobrando-o para trás até que o garoto gritasse e caísse de joelhos. Jag tentou se livrar, mas foi em vão. Com a outra mão, Cooper agarrou o cabelo do garoto de joelhos. Olhou por sobre o ombro e disse para o bando de Jag:

— Acho que vocês vão querer tirá-lo daqui — disse ele. — Vocês realmente não vão querer entrar em uma briga comigo. Eu odeio valentões. Odeio brigas. Mas se eu tiver que entrar em uma briga, conheço todos os truques sujos.

Ele soltou Jag com um empurrão para que ele caísse para trás. Então, olhou para Landon e disse novamente:

— Vamos embora. — Depois com uma voz mais controlada: — Agora.

Capítulo Seis

Cooper e Landon caminharam apressadamente pelo estacionamento. Não havia dúvidas de que Landon estava nervoso.

— Pare de olhar para trás — pediu Cooper. — Eu vou ouvir se eles estiverem nos seguindo.

— E se não ouvir?

— Eu vou ouvir. Onde está o seu carro?

— Atrás da escola. No estacionamento dos alunos.

— E eu suponho que eles também têm carros?

— É.

— Aqui está a minha picape — disse ele, apontando. — Eu vou levar você até o seu carro e vou segui-lo até a saída. Vou seguir você até em casa, se quiser, mas eu preferia ir para algum lugar para comer alguma coisa. Sério, eu estou morrendo de fome.

— E se eu não estiver a fim de ir? — perguntou Landon.

Cooper não disse mais nada. Esperou até chegarem à picape e disse:

— Entre. — Quando estavam dentro do carro, Cooper se virou para Landon. — Olha só, eu sei o que aconteceu hoje. Eu entendo. O garoto é um idiota, um valentão sem consciência, e ele parece ter alguns seguidores. Eu já passei por isso, pode acreditar. Vamos ter que falar sobre as suas opções. Ou comendo alguma coisa ou na sala da sua casa.

— A minha irmã está lá! — exclamou ele. — Eu não preciso que ela fique sabendo disso. Ela com certeza só vai piorar as coisas. Mais do que você.

Ele ergueu as sobrancelhas.

— Ela foi ao jogo?

— Ela estava lá. Só que ela vai com o próprio carro para se eu quiser ir para outro lugar depois. Mas eu nunca vou, mas só para se eu quiser.

Cooper ligou a picape.

— Ligue para ela. Diga que você vai sair para comer um hambúrguer e que não vai chegar tarde.

— Será que não podemos fazer isso numa outra hora? — pediu ele. — Tipo quando a cidade inteira não estiver cheia? Só me deixe sair e eu vou...

— Ligue para ela. Vá até o Cliffhanger's e eu vou segui-lo. Eu duvido muito que o clube do bolinha vai estar por lá. A gente sabe muito bem onde a maioria do time vai estar. Na praia.

Landon suspirou, cedendo.

—Vire à esquerda no estacionamento. Aquele Mazda verde ali é a minha caminhonete. Eu vou ligar para a minha irmã do meu carro.

— Ligue rápido, por favor. Tenho certeza de que aqueles garotos estão putos da vida e tentando decidir o que fazer com você em seguida.

Ele se virou para sair, mas olhou de volta para Cooper.

— E se você *for* um pervertido de verdade?

— Eu acabei de salvar a sua vida. Agora, eu vou alimentar você e dar algumas dicas. Não faça com que eu me arrependa.

— É isso que pervertidos fazem.

Cooper se inclinou para ele:

— Pervertidos não permitem que você dirija. Você está me cansando. Depois que conversarmos sobre imbecis como Jag, vamos conversar sobre pervertidos. Agora vá!

Mac levou tia Lou e as crianças mais novas para casa depois do jogo. Depois que todos entraram, ele disse:

— Eu vou fazer uma ronda pela cidade para ver se está tudo calmo...

— As coisas não vão estar calmas depois de uma vitória como essa — disse Lou, abrindo a geladeira para pegar um refrigerante diet. — Não vai ficar na colina espiando a praia, hein?

— Eu não faço isso — respondeu ele.

— Faz sim — insistiu ela, saindo da cozinha.

Ele ficou ali parado, indeciso por um momento. Então, abriu a geladeira, pegou duas cervejas e saiu de casa. A noite estava clara e fria e havia um milhão de estrelas no céu. Ele dirigiu por dez quadras até um bairro em uma colina bem acima da rua principal. Parou, subiu as escadas da varanda e bateu à porta, enquanto segurava as cervejas em uma das mãos.

Gina atendeu usando seu pijama xadrez de inverno e meias grossas.

— O que você está fazendo aqui?

Ele deu de ombros.

— Procurando uma companhia de um adulto. Estou farto de Lou. Ela é muito autoritária.

— O que ela disse?

— "Não vai ficar na colina espiando a praia, hein?" — Ele entregou uma das cervejas para ela. — Venha aqui fora.

Ela pegou um casaco no gancho atrás da porta e o vestiu, desligou a luz da varanda e pegou a cerveja.

— E o que você vai fazer? — perguntou ela.

— Eu vou para colina espiar a praia.

Ela riu.

— Acho que você acha que ninguém percebe que você está lá. — Ela se sentou no degrau de cima e tirou a tampa da cerveja. — O que você acha que pode acontecer?

Ele se sentou ao lado dela, abrindo a sua cerveja.

— Eu vou saber quando eu vir — disse ele, tomando um longo gole de cerveja. — O meu relacionamento com Lou... Está me desgastando. A gente mais parece um casal de velhos.

— Bem, pelo menos você a recrutou. E por que não seria assim? Vocês estão juntos há mais tempo do que muitos casais da nossa idade. Não seja burro. Não reclame. Você ficaria perdido sem ela.

— Com certeza — concordou ele. — Talvez isso é que esteja me incomodando. Não é natural.

— Não venha chorar para mim. Eu moro com a minha mãe.

— Tem uma coisa que eu queria perguntar para você — disse ele. — Você vai trabalhar na lanchonete pelo resto da sua vida?

— Provavelmente. Por quê?

—Você já está quase se formando?

— Quase. Eu até tenho créditos para um mestrado. Eu sou rápida. Só 17 anos para me formar no ensino médio e quase um diploma.

—Você não deveria estar procurando por alguma coisa melhor? Onde você não precise ficar servindo as pessoas?

— Sério? — perguntou ela. —Você realmente está me fazendo esta pergunta?

— Ei, eu não tenho nenhum diploma. Nem um quase diploma.

—Tudo bem, primeiro de tudo: Stu me trata muito bem. Eu ganho mais dinheiro na lanchonete do que eu ganharia trabalhando em outros lugares. Eu me tornei indispensável para ele, então, ele me mantém satisfeita. Além disso, eu posso fazer tudo que eu preciso fazer. Ir para as aulas e tomar conta de Ashley e acompanhar todas as suas atividades, ajudar a minha mãe na delicatéssen, tirar folgas quando eu precisar, desde que tudo esteja feito. Segundo: eu vou me formar em serviço social. Eu teria que trabalhar para o estado. Eles pagam muito pouco.

— Mas tem os benefícios — contrapôs ele.

— Eu tenho benefícios. Talvez não sejam os melhores do ano, mas...

— Aposentadoria? — perguntou ele.

— Um pouco — disse ela, curvando-se. — Não que eu espere me aposentar. Aonde você quer chegar com tudo isso?

— Sei lá — respondeu ele. — Não é da minha conta, na verdade. Mas é que, às vezes, eu acho que você trabalha demais.

— Quanto a isso você está certo — concedeu ela. — Mas eu tenho tudo sob controle, Mac. Uma filha com a ajuda da avó, uma educação decente, mesmo que não extraordinária, alguns benefícios, um chefe que permite que eu tire o tempo que eu preciso. — Ela tomou um gole da cerveja. — Foi uma ótima ideia, a cerveja. Obrigada. Mas você poderia melhorar nos conselhos — acrescentou ela.

Ele riu.

—Vou me lembrar disso.

— É bom mesmo. A noite está linda hoje. Você não nota esse tipo de coisa quando está no meio de uma animada partida de futebol americano.

—Você já conheceu o novo médico?

Ela negou com a cabeça.

— Você já?

— Muito rapidamente. Ele passou para dar um oi antes de começar a tirar os tapumes de madeira da vitrine da loja ao lado. Ele é viúvo, tem dois filhos pequenos e trouxe uma babá com ele. Bem bonita.

Ela suspirou.

— Ela é uma *au pair*, Mac. Ela é do México. Em troca de casa, comida, estudos e, com sorte, cidadania, ela trabalha como babá em tempo integral. E ela deve ter tipo uns 12 anos.

— Não...

— Tudo bem. Ela tem 19. E eu ouvi dizer que o médico é um gato.

— Onde você ouviu isso? — quis saber ele.

Ela olhou para ele, erguendo uma das sobrancelhas.

— Onde você acha?

— Ray Anne? — perguntou ele.

— Ela está de olho nele.

Mac riu.

— Acho que você só continua na lanchonete porque tem acesso a todas as fofocas da cidade.

Ela sorriu também.

— Bem como no escritório da polícia.

— Verdade — concordou ele, que ficou em silêncio por um tempo. — Mais um ano e as nossas meninas vão se formar. Vão para a faculdade.

— Você já está sofrendo com isso? — provocou ela.

— Ah, eu estou contando os dias! Será que elas vão para a mesma faculdade?

— Não dá para saber. Depende se Eve vai querer seguir Ashley, que com certeza vai seguir Downy.

Como Mac bem sabia, Ashley estava namorando Downy desde o último ano dele na escola de Thunder Point. Agora ele estava no primeiro ano da faculdade estadual. Na verdade, Mac estava cursando o primeiro ano dessa faculdade quando engravidou a namorada. Ele estremeceu.

— Você não fica preocupada com isso? — perguntou ele.

— Não mesmo. Downy é um bom rapaz, e Ash é uma menina ambiciosa. Até agora, parece que eles formam um bom time. Eles não vão querer fazer besteira agora.

— Espero que você esteja certa — disse ele. Ele respirou fundo. — E eu espero que Eve não tenha um namorado sério até os trinta anos.

— Por quê? — perguntou Gina. — Porque você acha que ela vai ser mais feliz assim?

Mac apenas olhou para ela. Gina era tão bonita. Tão inteligente. Se não fossem as complicações da vida deles, todas as responsabilidades, agora seria a hora certa de puxá-la para si, beijá-la até que ficasse trêmula. Mas ele não faria isso.

— Essa é a questão — disse ele. — Você e eu sabemos muito bem que o que nos fazia mais felizes quando tínhamos 16 anos não parece tão inteligente quando temos trinta.

— Ou 35?

— Exatamente — confirmou ele.

Depois de um longo silêncio, ela disse de forma bem suave:

— Um dia desses, Mac, você vai descobrir que não se arrepende de nada.

— Hã? — perguntou ele.

— Nada. Eu tenho que ir para a cama. Eu trabalho amanhã cedo e está congelando aqui fora. Acabou de tomar a cerveja? Quer que eu jogue fora para você?

— Ah, tá. — Ele entregou a garrafa para ela. — Obrigado. E obrigado por me fazer um pouco de companhia.

— Sempre que precisar, colega.

Cooper acertou em outra das previsões — a cidade estava cheia de carros e pessoas caminhando pelas calçadas próximas aos restaurantes de fast-food e à lanchonete, mas o Cliffhanger's estava vazio. Na verdade, embora mal tivesse passado das nove horas da noite, Cooper se perguntava se eles já estavam pensando em fechar. Foi direto para o bar:

— Parece que está tudo calmo por aqui — disse ele para Cliff. — Dá tempo para dois hambúrgueres?

Landon estava usando seu casaco do time e entrou logo atrás dele. Agora que estavam em um restaurante bem iluminado, Cooper notou o hematoma no rosto de Landon e se perguntou como aquilo acontecera.

— Vamos lá, cara — disse Cliff, bem-humorado. — Eu quero descobrir como foi o jogo. Estão dizendo que os Badgers finalmente tiveram o que mereciam.

— Eu posso ajudar com isso — disse Cooper passando o braço casualmente pelos ombros de Landon. — Eu prometi um hambúrguer para o nosso zagueiro.

Cliff abriu um sorriso.

— Pode deixar comigo.

— E me dê um chope. Eu tive uma noite difícil.

Landon olhou para ele.

— *Você* teve uma noite difícil?

— Claro. Dupre? E para você?

— Chope também.

— Valeu pela tentativa. Segunda opção?

— Tudo bem. Uma Coca-Cola.

— Escolham uma mesa, rapazes. Vou fazer o pedido e pegar as bebidas.

Cooper apontou para uma mesa, sabendo que um menor de idade não podia ficar no bar. Quando se sentaram, Landon disse:

— Aquilo foi um erro. Talvez a gente atraia um monte de gente para cá.

— Tudo bem. Eu só quero esclarecer umas duas coisas. Não vai levar muito tempo. Aquele garoto, Jag, pediu para você perder o jogo de propósito para ele ir para a primeira fileira, certo? Como você não aceitou, ele fez ameaças. Se eu tivesse chegado um pouco depois, ele teria dado uma surra em você. Você não pode deixar uma coisa dessas passar. Confie em mim.

— Eu vou resolver...

— Talvez sim, mas pode demorar. Olha só, esse tipo de bullying não é novidade. E também não é raro, o que deveria ser uma vergonha para toda a raça humana. Em todas as escolas de ensino fundamental e médio e às vezes até no ensino básico, sempre tem um idiota que se considera o maioral. Ele junta alguns seguidores que ou são tão cruéis quanto eles ou burros o suficiente para achar que se ficarem do lado do líder autoproclamado, não vão se machucar. Então, eles procuram suas vítimas e passam a infernizar a vida delas. Podem acontecer coisas horríveis. Pelo menos você é importante o suficiente para só sofrer ameaças, porque você na verdade *é* uma ameaça, mas isso não torna as coisas mais fáceis. Eu tenho uma dúvida. Você chegou a cogitar? Apenas fazer o que eles pediram para você fazer?

Landon parecia chocado e sacudiu a cabeça.

— Você diz que entende, mas você não entende nada. Eu não fui o único para quem eles pediram para roubar no jogo, mas eu fui o único que fui ameaçado com uma surra. Aquela perda de bola um pouco antes do primeiro tempo? Você acha que o cara realmente perdeu o controle da bola? Ele é um dos *seguidores*. Ele deixou aquela bola cair para o Morrison.

Cooper não conseguiu evitar um sorriso. Jag Morrison conseguira formar uma gangue que se esforçava para agradá-lo, até mesmo se isso significasse prejudicar a eles mesmos. Mas, em vez de deixar a bola passar — talvez até deixando de ganhar o jogo —, Landon decidiu se rebelar, recuperou a bola e correu com ela, dando o melhor de si.

— Isso não é apenas sobre mim — continuou Landon. — Você passa dez minutos nos corredores da escola e já fica sabendo o quanto essas coisas valem para eles, derrotar os Badgers.

— Mesmo que você pudesse se machucar — disse Cooper. Não foi uma pergunta.

— Você acha que a única forma de eles me machucarem é me atacando no estacionamento ou me puxando para baixo dos bancos da arquibancada? Eu tenho que jogar contra o meu próprio time *e* o outro time. Eles não estão preocupados em proteger o zagueiro.

— Você está dizendo que todos do time estão nessa?

— Não, apenas alguns. Mas às vezes os poucos que contam. Pelo menos, eu sei quem eles são.

Cooper apontou para o rosto de Landon.

— E esse hematoma?

Landon baixou a cabeça.

— Eu dei de cara com uma porta.

Cooper ficou em silêncio por um tempo. Então disse:

— Certo.

As bebidas chegaram e Cooper estava pensando que o garoto não fazia ideia da habilidade atlética necessária — tentar marcar com uma boa defesa e com o seu próprio time contra você. Onde estava o treinador?

Cliff serviu as bebidas e puxou uma cadeira.

— Os hambúrgueres já estão chegando, então, enquanto esperam, por que você não me conta sobre o jogo?

Cooper observou enquanto Landon contava para Cliff todos os lances do jogo. Seus sobrinhos ainda não eram adolescentes, embora estivessem chegando lá bem rápido. Além dos filhos dos seus amigos, com quem ele se encontrava muito raramente, essa talvez fosse a sua primeira experiência com um jovem rapaz de 16 anos. E definitivamente era a sua primeira experiência com um garoto como Landon.

Ele contou a história de forma direta, desculpando os erros, a falta de defesa, os passes errados e diminuindo os próprios lances, que foram heroicos. Ele era rápido como um raio e conseguia saltar sobre os oponentes caídos. Ele dizia coisas do tipo "Foi uma jogada de sorte" e "Aposto que isso não aconteceria de novo". Em nenhum momento, ele sugeriu que os outros jogadores do time estavam contra ele ou que o que ele tinha conseguido exigia talento.

A comida chegou e Cliff ficou por ali. Eles comeram e falaram sobre futebol por mais de uma hora, e Cooper ficou feliz de ver o garoto recebendo a atenção que merecia, os elogios que não recebera do próprio time.

Quando chegaram ao estacionamento, Landon perguntou:

— Você não tinha umas dicas?

Cooper riu.

— Não sobre futebol, com certeza. Você já tem isso sob controle. Já está ficando tarde...

— Tarde? Quantos anos você tem? — Landon perguntou com um toque de humor.

— Certo, agora eu estou me sentindo velho de verdade. Você provavelmente tem que levar o seu cachorro para passear neste fim de semana. E eu provavelmente estarei naquele velho galpão na praia.

Gina e Mac eram bons amigos desde a época em que as filhas viraram melhores amigas aos 12 anos. Na primeira vez que ele apareceu na casa de Gina para verificar a vizinhança antes de deixar Eve passar a noite lá com a melhor amiga, Gina se apaixonara por ele. É claro que ela não deixava transparecer. Eles tinham duas adolescentes para cuidar. Mas sempre acabavam sentando-se juntos nos eventos da cidade, festas da escola e coisas assim. Havia a cerveja ocasional no degrau da varanda dela ou até mesmo no Cliff's, mas o melhor era o café da manhã na lanchonete quando não tinha muito movimento. Ela podia acertar o relógio apenas pelos hábitos dele. Por volta das dez horas da manhã, exceto se houvesse algum assunto policial importante, ele vinha à lanchonete. Seis dias por semana. Os pescadores saíam ao amanhecer ou antes até; o pessoal que vinha almoçar só chegava por volta das onze e meia. Entre o café da manhã e o almoço era quando eles conversavam, marcando as atividades das crianças. Mac e Gina, tia Lou e Carrie se ajudavam quando o assunto era carro e supervisão. Entre eles, mais professores e técnicos, eles ficavam de olho naquelas meninas e nos dois filhos mais novos de Mac. Eles não permitiriam que Eve e Ashley fossem vítimas dos mesmos erros que as mães cometeram.

A harmonia entre eles era boa. Gina sentia a tensão sexual aumentar no toque suave das mãos, no sorriso ou no riso, na conversa sobre as coisas da vida deles que não tinham nada a ver com as meninas.

Depois de um ano contando um com outro, trocando notícias e confidências, aconteceu um beijo; um abraço esbaforido. Eles se separaram de forma desesperada, mas relutante. Ainda assim, houve uma segunda vez, que durou um pouco mais, e que pareceu ainda mais passional à Gina. Ela estivera cheia de expectativas. Sentira por algum tempo que eles eram mais do que colegas.

Mas no café matinal depois do segundo abraço e beijo, Mac confrontou aquilo. Parecia arrependido.

— Não podemos permitir que isso aconteça — dissera ele. — Nós temos filhas que são melhores amigas, muitas responsabilidades, pessoas que dependem de nós. Carrie e Lou... E eu tenho a cidade inteira, isso sem mencionar os meus outros dois filhos...

Ela se lembrava claramente — e cheia de vergonha — que ficara boquiaberta. Depois de um ano compartilhando detalhes de suas vidas, alguns dos quais ela considerava profundamente pessoais, e depois de dois beijos ardentes, ele estava dando para trás?

— Relacionamentos são frágeis — continuara ele. — Nós dois já passamos por isso. Nós não podemos arriscar. Isso de ficarmos mais próximos. Se não der certo, olhe quantas pessoas serão afetadas. Principalmente você e eu. A gente já passou por isso, certo?

Ela ficou em um silêncio surpreso por um tempo. Estava tão ofendida. Magoada.

— Certo — respondera ela por fim. — Certo, psicólogo.

— Gina, você é especial. Droga. Eu só quero fazer o que é certo.

Ele parecia não perceber que ele a tinha ferido ainda mais com o comentário honrado. Ela sentiu que a sua resposta instintiva seria "*Então me jogue no chão e faça o que quiser comigo*", que talvez o assustasse ainda mais.

Então, aparentemente, a única coisa que eles não tinham em comum era o momento certo. Depois de se tornar mãe solteira na adolescência, Gina não tinha namorado de novo até Ashley entrar na escola. Nos dez anos desde então, não houvera muitos encontros e apenas um cara chegou a ficar um pouco sério. Ênfase no *pouco.*

— A sua amizade é importante para mim — dissera ele. — Eu preciso disso.

— Claro. A sua amizade também é importante para mim — retribuíra ela. — Mas não fui eu que beijei você. Eu *correspondi* o beijo. E era o que eu queria. Então, entenda uma coisa, Mac. Se você algum dia fizer isso comigo de novo, é melhor que realmente queira isso também. E é melhor não se virar e fugir.

Depois de um longo silêncio, ele respondera:

— Entendido.

Ela se retraiu depois disso, juntou suas emoções e desejos como fichas de pôquer que acabara de ganhar para que ele não descobrisse. Porque ela não o queria se ele não a quisesse. Ela não precisava que um psicólogo lhe dissesse que relacionamentos envolviam riscos. Essa era a questão, não é? Ela não era mais uma garota de 15 anos. Não arriscaria o próprio coração sem pesar todos os fatos. Ela o conhecia bem o suficiente para saber que ele valia a pena.

Mas não o queria a não ser que ele pensasse o mesmo em relação a ela.

Então, eles continuaram a amizade por anos, tomavam um café no meio da manhã, sentavam-se juntos nos jogos e assistiam às filhas na equipe de torcida, trabalhavam em equipe em muitos cafés da manhã e festas escolares e continuaram sendo melhores amigos e confidentes sem mais nenhum beijo, nem apelido carinhoso. Nem *nada*.

Mas ela ainda sentia o coração disparar quando ele passava pela porta. Tinha tentado acabar com aquilo, mas seus olhos azuis brilhavam. Ele se sentava ao balcão, a lanchonete vazia, e ela enchia uma xícara para ele com um sorriso.

— Acho que a cidade não vai se recuperar tão cedo do jogo de ontem à noite — disse ele.

— Eu sei que eu não vou. Estou rouca. Não consegui dormir direito. Ainda estou vibrando. Obrigada pela cerveja de ontem à noite. Foi muito gentil.

— Eve só chegou em casa quinze para uma da manhã!

— Depois do maior jogo do ano? De *cinco* anos? Que menina impossível. Acho que você deveria deixá-la de castigo para sempre. Ou quem sabe mandar matá-la.

Mac deu um sorriso preguiçoso meio de lado.

— Eu não briguei com ela.

— Mas estava esperando acordado — afirmou ela, erguendo uma das sobrancelhas castanhas claras sobre olhos brilhantes.

— Com certeza.

Ela sabia que ele queria se certificar de que Eve chegara inteira em casa — sem qualquer tipo de trauma, sem ter sido comprometida, nem ter consumido bebida alcoólica nem drogas etc. O policial nele lhe dava a experiência para analisar bem a situação, mas o pai dentro dele se preocupava com a filha. Umas duas vezes, ele pedira o conselho de Gina, porque adolescentes não precisavam ter uma crise para chegar em casa aos prantos. Um encontro que deu errado, uma briga com uma amiga, uma decepção — qualquer tipo de drama podia parecer muito sério. Às vezes, era necessário o olhar de outra mulher, uma mãe, para saber separar problemas reais dos inventados. Ela ficou honrada por ele conversar com ela sobre essas coisas, mesmo tendo tia Lou em casa.

Quando Gina engravidou ainda na adolescência e, depois, sendo mãe solteira de uma menininha, ela teria trocado muita coisa por uma figura paterna para a filha. Agora que Ashley era adolescente, ela tinha muito orgulho da mãe que se tornara. Mas ainda daria a lua para que a filha tivesse um pai como Mac.

— Ashley chegou por volta da meia-noite, mas só porque trouxe o namorado com ela. Eu tentei ficar acordada e ouvir o que estava acontecendo na sala, mas não consegui manter os olhos abertos por muito tempo.

— O namoro está ficando bem sério, não é? — perguntou Mac. — Ashley e Downy.

— Uh-hum.

— Você conversa sobre isso com ela? — perguntou ele.

— Eu conversei com os dois — revelou ela. — Eu não tenho como controlar o sentimento deles, mas eu posso muito bem dar informações e ter uma conversa sobre as consequências.

— Espero que a gente não acabe causando danos na outra direção — disse ele erguendo a xícara. — A gente poderia acabar com duas solteironas solitárias conosco. Eu quero as nossas meninas tenham uma vida plena, eu só não quero que isso seja rápido demais.

Gina se serviu de uma xícara de café.

— Você quer dizer acabarem como dois solteirões solitários como nós?

— Eu pagaria qualquer quantia para ter algumas horas de solidão — respondeu ele.

— Logo vamos ter uma folga — disse ela. — Um dia ou dois entre futebol, hóquei e basquete.

— A gente devia ir ao cinema — sugeriu ele. — A gente não faz isso há um tempo.

Aquilo não era um convite para um encontro nem nada — eles já tinham assistido alguns filmes nos últimos anos. Apesar de nenhum dos dois estar envolvido com outras pessoas, não havia nada de romântico acontecendo entre eles.

— Talvez — concordou ela. — Mas nada violento.

— Então não vale a pena — brincou ele. — A gente tem que ver algo que não vivenciamos na vida real. Talvez uma ficção científica. Ou um filme de terror. Nada de algum filme de mulherzinha sobre amor verdadeiro...

— Pode acreditar, Mac, eu nunca tive isso na vida real.

O silêncio ficou pesado e ela pensou: *Não se atreva a fazer isso de novo! A não ser que você queira isso de verdade!*

— Tudo bem, então — concordou ele. — Quando acabar o futebol, você pode escolher o filme.

Capítulo Sete

Cooper percebeu que ficou decepcionado por não ter visto Landon durante o fim de semana. Ele viu a garota com o casaco impermeável vermelho; ao que tudo indicava, ela passeava com aquele cachorro em dia de sol ou de chuva. Aquela era Sarah, irmã de Landon. Ela não se aproximava da loja de pescaria nem das docas, mas o cachorro sim. Aos pés da escada que levava à praia, Ham subiu direto para Cooper e largou a bola na frente dele. Ele a lançou com força em direção à garota e fim. A partir daquele momento, o cachorro e a garota voltaram para a cidade.

Ele ainda não vira o rosto dela direito, com o capuz sempre cobrindo o seu rosto. Ele tinha que se perguntar como aquilo tudo acontecera. Ali estavam eles, Sarah e Landon, tão distantes do restante da comunidade, ambos sempre sozinhos. Ele acabaria se encontrando com Landon novamente. Depois do que vira e do que sabia, Cooper não perderia nenhum jogo daquele momento em diante.

Na segunda-feira, o sol apareceu. O dia estava mais quente do que o normal para a estação, e Cooper estava sentado no deque com o seu telefone e laptop, tentando descobrir mais coisas sobre o seu amigo. Ben, e talvez o seu pai antes disso, tinha uma maneira muito estranha de administrar os negócios. Se eles descobrissem uma necessidade, tentavam atendê-la. Se alguém precisasse de um lugar para lavar roupa, *voilà!*

Uma lavanderia aparecia, mesmo que atendesse a uma pequena freguesia. Alguns carros quebrados na autoestrada? Compre um reboque de noventa mil dólares.

Ben não era o único que tinha negócios que mais pareciam uma colcha de retalhos. Cooper já vira a mesma coisa em muitas das cidadezinhas pelas quais passara nos últimos tempos. Estabelecimentos do tipo pneus/lubrificantes/lavanderia/comida chinesa/lavagem a seco. Era um instinto de sobrevivência.

Ele ergueu o olhar quando Mac veio pela lateral, as botas batendo no piso de madeira do deque com força.

—Você ainda está aqui — disse Mac como um cumprimento.

—Ainda — respondeu Cooper. — Já está querendo que eu vá embora?

Mac encolheu o ombro.

—Tanto faz para mim. Este lugar aqui é seu. O que você está fazendo aí? — perguntou Mac apontando para os dois laptops fechados em cima da mesa ao lado de Cooper. — Duelo de computadores?

— Eu encontrei o computador do Ben. Tem um monte de websites e fóruns favoritados, além de um monte de e-mails salvos, com datas de cinco anos atrás. Eu não espero descobrir nada demais, mas estou lendo tudo.

— Por quê?

— Eu ainda não sei. Ben não era um cara de manter um diário, mas talvez haja alguma coisa importante ali. Talvez eu consiga descobrir o que ele esperava de mim. Talvez ele tenha escrito um e-mail sobre problemas que tinha aqui, ou algo assim.

—Você não precisa se limitar aos e-mail salvos, sabe? — disse Mac. —Você pode verificar e-mails apagados e websites visitados.

— Uma hora eu chego lá.

— Conte se você encontrar alguma coisa, tá? — pediu Mac.

— Com certeza. Rawley e eu olhamos as coisas dele. Encontramos a picape antiga de Ben e o seu buggy Razor no galpão. Dei a picape para Rawley. Ele nem agradeceu, apenas pegou as chaves, mas deixou a picape aqui. Acho que ele não tem como levá-la sem pedir ajuda de alguém, e Deus o livre de pedir para mim. Aquele Rawley... Ele não disse mais que dez palavras enquanto trabalhávamos, mas ele é um cara interessante. As roupas que não lhe serviriam, ele sugeriu levar para os veteranos, então ele as lavou, colocou em sacolas para entregar. Acho que foi por causa dele que este lugar não desmoronou anos atrás. Agora a cabana está vazia, meio que limpa, mas cheia de mofo e fungos que não conseguimos ver. Inabitável.

— Você está confortável naquela coisa? — perguntou Mac, indicando o trailer.

Cooper riu.

— Eu vou dizer o que é um saco. Acampar sem água. Não dá para ficar nem uma semana antes de eu ter que ir até o acampamento depois da montanha, descendo para a autoestrada até o parque onde eu posso jogar o lixo do banheiro e encher o tanque de água. Estou cozinhando e lavando a louça com garrafas de água, e uso a água do tanque apenas para tomar banho, mas eu sei que é seguro. Pelo menos a eletricidade já foi ligada, então eu consigo usar uma extensão na cabana.

Mac riu.

— Isso é tudo que você está ganhando pelo seu tempo? Eletricidade?

— Eu não confio no encanamento da casa. Mas eu tenho um plano. Alguns empreiteiros vão vir aqui durante a semana para fazer orçamentos para conserto e reconstrução. Acho que talvez eu dê um jeito na cabana antes de vendê-la. Eu só vou vender a estrutura e o terreno em que ela está. Vou manter a praia até eu pensar melhor no que quero fazer.

Mac pareceu realmente surpreso.

— Mas você não vai reabrir os negócios?

— Não, isso não tem nada a ver comigo. Olha só, cara. Eu sou um nômade. Tenho 37 anos de idade e tudo que eu tenho é um trailer e alguns brinquedinhos. Eu nunca fiquei muito tempo no mesmo lugar. Eu nem estaria aqui se não fosse por Ben. Eu não posso ficar aqui. Ainda assim... Eu não tenho nada contra ficar rico, mas eu simplesmente não posso vender a praia e o promontório que ele obviamente queria manter.

— Mas você vai consertar tudo?

— Só para vender — esclareceu Cooper. — Então, eu vou embora. Vou deixar alguém responsável pela praia e pelo santuário dos pássaros. Que tal você? Eu pago 25 dólares por mês.

Mac riu.

— Uau. Essa oferta é difícil de recusar. Esse projeto vai custar uma grana, né?

—Vai, vai fazer um rombo nas minhas economias, mas eu vou vender o reboque de Ben. Eu finalmente o vi. Ele o mantinha no posto Shell na cidade, e acho que eles têm usado o veículo depois que ele morreu. A expressão do cara quando eu disse que o reboque era meu e que eu queria vendê-lo foi quase de luto. Coitado. Ele pensou que achado não era roubado.

— Eu não sabia que você estava procurando, Cooper. Eu poderia ter dito exatamente onde estava. Foi mal.

— Não se preocupe com isso. Essa foi uma das dez palavras de Rawley.

— Aquele reboque, aquilo era demais para ele. Ele gostava de consertar carros e caminhonetes. Ele sempre mantinha o jipe velho de Gina funcionando. Ele não aceitava pagamento, mas eu juro por Deus, quando ela dizia que havia alguma coisa errada com o carro, o rosto dele se iluminava.

— Acho que ele não estava interessado em trabalhar neste lugar. Você sabe quantos anos essa cabana tem? — perguntou Cooper. — Algumas partes parecem ter mais de cinquenta anos. O deque é relativamente novo, mas eu não vejo como ele pode sobreviver à reforma.

—Você é um cara estranho, Cooper.

— É mesmo? — perguntou ele, rindo.

— O que você vai ficar fazendo aqui enquanto este lugar passa pela reforma?

— Acho que posso dar uma mãozinha. Eu não sou construtor, mas sou um ajudante competente. E eu vou assistir a mais um ou dois jogos de futebol... Eu não faço isso há anos.

— E o que você vai comer? — perguntou Mac.

— Eu tenho me alimentado sozinho há muito tempo, Mac. Eu não tenho nenhuma tia Lou na minha cozinha. E a comida por aqui não é ruim. Eu até comprei uma pequena grelha.

—Você é um tipo de mendigo de alta classe.

— Como assim? Eu tenho uma suíte e uma cozinha. E TV em HD por satélite. E uma vista maravilhosa. Por falar em vista... Eu vejo quase tudo que acontece na praia. E eu queria saber, se eu vir alguma coisa que me incomode, mas realmente não queira me envolver, você é o cara para quem devo contar?

Mac ficou com uma expressão um pouco preocupada e puxou uma cadeira e se sentou. Esfregou a mão no rosto. Olhou sério quando disse:

— Eu não sou um padre, Cooper. Se você viu algo que eu deveria saber, então, sim, eu talvez queira investigar.

— Tipo...?

— Você viu alguma coisa ilegal? Menores bebendo? Drogas?

Cooper não conseguiu segurar o riso.

— Não, nada disso, mas tenho certeza de que isso deve estar acontecendo. Os garotos, eles não são burros. Eles não carregam um barril atrás dos buggies, mas eu aposto o meu braço direito que tem cerveja lá, enfiada em algum isopor pequeno. Talvez também role maconha... ou até outra coisa. Mas se eu visse alguém sendo... sei lá... intimidado?

— Agressão?

Cooper deu de ombros.

— Eu não acho que seja exatamente isso. Adolescentes vão brigar às vezes, certo? Se eu visse alguma intimidação, empurrões, esse tipo de coisa, não é algo que você possa resolver, não é?

— Por que você não me deixa avaliar a situação, Cooper? — disse Mac, inclinando-se um pouco e lançando um olhar frio como se estivesse olhando através dele.

Cooper quase riu.

— Então é assim que você faz para obrigar os bandidos a falar. Você olha para eles como se já soubesse o que eles vão dizer. Então, só hipoteticamente. O que você faria em um caso de bullying?

— Às vezes, tudo que eu preciso fazer é falar com algumas pessoas. Afinal, eu sou o representante da lei.

— Você é o representante da lei — concordou Cooper. — Vamos fazer o seguinte, eu vou prestar atenção. Nesse momento, o garoto está passando por alguns problemas, ele realmente não quer ser um dedo-duro. Eu já passei por isso. *Você* provavelmente também. Eu vou ficar atento, já que estou por aqui. E eu conto para você se achar que tem alguma coisa para contar. Delegado. — Então ele riu.

Mac se recostou.

— Faça isso. Eu quero que você se lembre que a Eve passa algum tempo com seus amigos na praia. Eu não quero que ela seja empurrada por aí...

— Não, eu não vi nada assim.

—Você não vai querer guardar um segredo desse tipo, não é? — perguntou Mac. — Porque meninas são tão malvadas quanto os garotos, pode confiar em mim.

— Eu confio. Não se preocupe. Se eu vir que Eve está tendo problemas lá na praia, eu ligo imediatamente para você.

Mac relaxou um pouco.

— Eu odeio valentões — declarou ele.

Cooper tinha voltado a ser como era — tomando decisões rápidas, a toda velocidade. Ele recebeu cinco empreiteiros em menos dias do que isso para receber um orçamento com o qual pudesse conviver, tanto em termos de dinheiro quanto de prazo. Era um trabalho imenso, mas seria feito o mais rápido possível durante a época de chuvas e frio. Eles derrubariam a parte interna da loja de pescaria, desfazendo-se de quase tudo lá dentro. Poderiam manter o freezer, o cooler, o micro-ondas e as geladeiras onde Ben mantinha os itens da delicatéssen. Rawley queria doar as máquinas de lavar e secar para algum grupo religioso que conhecia — eles viviam em algum lugar isolado ao longo de um rio ao sul de Coquille e não tinham muita coisa. Cooper disse para ele levar as panelas e a louça também. Ele armazenou as bebidas fechadas no galpão junto com o buggy e a caminhonete. Assim que Rawley levasse a caminhonete embora, Cooper colocaria os seus próprios brinquedos ali. Todas as prateleiras de souvenires baratos foram arrancadas. Ele também não manteria os tanques de iscas — havia bastante na marina.

Os tanques eram mantidos em um porão não terminado. O piso lá embaixo era sujo e as paredes eram de blocos de concreto. Havia uma porta para o lado de fora localizada em baixo do deque para que os pescadores pudessem entrar para pegar as iscas sem ter de passar pelo bar. O aposento era grande e com boa profundidade e notavelmente não havia mofo nem madeira podre nos suportes e vigas, embora eles pudessem ser reforçados.

Ben caíra da escada que levava ao porão. Cooper não parava de olhar para aquela escada, pensando. Como uma coisa daquelas poderia ter acontecido com o seu amigo? Ben era enorme... Como podia ter morrido por causa de uma queda? Ele deve ter deixado um buracão no piso imundo. Mas ficar pensando sobre essas coisas não o levaria a lugar nenhum, e havia muito trabalho para fazer.

Antes de todo o lixo ser jogado fora ou o primeiro prego ser colocado, Cooper começou a receber visitantes da 101 nos dias ensolarados, principalmente nos fins de semana. Motociclistas, ciclistas, às vezes algum motorista — pessoas que paravam no estabelecimento de Ben havia anos e se perguntavam quando o lugar abriria de novo. Os estilos eram os mais variados, desde atletas jovens e em forma que pedalavam pela região até barbudos grisalhos em suas Harley Davidsons sobre os quais Mac falara. Ficou claro que Ben não dependia apenas do movimento na praia.

Cooper acabava passando muito tempo na lanchonete, mostrando para Gina alguns dos planos. O que ele queria era manter as coisas que Ben e a cidade pareciam valorizar mais: a praia, o promontório intocado, o bar/delicatéssen, um espaço para se reunirem.

— Eu não sei por que você está tendo todo esse trabalho — disse ela. — Você poderia vender o estabelecimento como está e apenas o pequeno terreno em que foi construído, além da doca e da estrada, e deixar o próximo dono se preocupar com as obras.

— Eu até poderia fazer isso — concordou ele. — Mas eu quero vender um bar. Um café. O mesmo bar e delicatéssen que estavam lá antes, só que em melhores condições, porque eu acho que a cidade depende e precisa disso. É a única coisa na praia. E Ben queria a praia aberta, seja lá por qual motivo. Se eu derrubar a construção e vender apenas aquele pedaço de terra, quem sabe o que acabaria sendo construído ali? Poderia ser um lava-jato, um cinema tipo drive-in.

— Mas por que você se importa, Cooper?

— Eu não sei bem — respondeu ele. — Porque o meu amigo queria assim? Porque as pessoas sempre iam até lá, mesmo quando estava frio? Vamos encarar os fatos, se eu desistir de tudo, isso vai mudar tudo na cidade.

— Algumas pessoas achariam que isso é bom — disse ela. — Não eu. O fato é que mesmo que a gente não viva em uma cidade rica, o índice de desemprego é baixo aqui. Um monte de gente trabalha longe de Thunder Point, algumas até em North Bend, mas trabalham. Este lugar não tem lojas de chá ou de souvenires e os shoppings mais próximos ficam em Bandon ou Coquille. E nós estamos aqui, perto do mar, sozinhos. Eu gosto das coisas assim.

"Mas tem muita gente que acha que poderíamos ganhar mais dinheiro para investirmos em escolas, bibliotecas, parques e coisas assim. E, é claro, também tem a questão imobiliária. As propriedades se valorizariam. Tem pessoas aqui que estão mais do que dispostas a isso, e eles precisam de um resort para isso."

— Por quê?

— Não tem incentivos para se construir casas luxuosas ou condomínios em uma cidadezinha qualquer.

— E quanto ao promontório ao norte? — perguntou ele. — Do outro lado do refúgio de Ben do outro lado da baía. Deve haver terras disponíveis por lá.

— Tem mesmo. Mas a parte que dá para o mar pertence a Cliff. Ele sabe que um grande resort ia acabar com o Cliffhanger's. E ele é de uma família de pescadores que vive aqui há anos. Ele não se daria muito bem se a marina estivesse cheia de lanchas de passeio, e todo o terreno de Ben fosse ocupado por um resort e as terras no entorno da praia por condomínios e casas.

— Uau — disse Cooper. — Tem muito mais coisas acontecendo nessa cidade do que eu imaginava.

— E você acha que a garotada ia poder continuar indo para a praia, acender uma fogueira depois de um jogo quando Hyatt ou Marriot fossem os proprietários? Vai haver um portão de entrada! — Então, ela sorriu. — Já que você ainda está aqui, você vai ao jogo?

— Eu não perderia por nada.

— Bem, este é em Coquille. Um jogo distante.

— Você vai? — perguntou ele.

— Vou sim. Nós temos que ir. Nossas meninas são líderes de torcida. E é isso que fazemos.

Nós. Ele não deixou passar.

— Você e Mac?

— E Lou. Os filhos mais novos. Às vezes, a minha mãe.

Ele apenas sorriu.

— Parece romântico — implicou ele.

— Cooper, não tem nada de romântico. A gente faz essas coisas para os nossos filhos desde a época que Eve e Ashley se tornaram amigas. Funciona.

— E se as filhas de vocês não fossem amigas? — perguntou ele.

Ela se apoiou no balcão.

— Bem, então, talvez eu pudesse convidá-lo para o baile de Sadie Hawkins, eu acho. Mas isso não aconteceu. — Ela encheu a xícara dele de novo. — O baile da escola será em menos de duas semanas. Vai ter dança. Eu vou inscrevê-lo como acompanhante.

— Engraçadinha.

— Ah, você achou que eu estava brincando? Vai ser na noite de sábado, no dia seguinte do jogo de sexta-feira. Use uma roupa bonita.

— Fala sério, Gina.

— Estou falando seríssimo. Você precisa do endereço para o jogo desta noite?

— Por favor.

Landon decidiu que ia ter uma conversa de homem para homem com Cooper. Ele estava evitando o cara, o que não era muito difícil — a sua irmã estava sempre por perto e, quando não estava, ele tinha treino de futebol, além de um monte de dever de casa. Mas no jogo de sexta-feira à noite em Coquille, Cooper estava lá, passando a maior parte do tempo próximo das laterais. Em uma das vezes que olhou para ele, viu que ele estava conversando com o pai de Eve, o delegado local. Ele apontara para Landon algumas vezes e para alguns outros jogadores. O delegado estava com cara séria e assentindo.

E aquele cachorro não caçava.

— Landon?

Ele tirou mais um livro do armário e se virou para ver a garota mais linda de Thunder High, Eve McCain. Ela estava sorrindo para ele, que retribuiu o sorriso de forma tão rápida e desajeitada que se sentiu um fracassado na hora. Parecia um idiota que tinha acabado de ganhar na loteria. Ele ruiu diante da garota mais sexy do planeta.

Recobrou a calma.

— E aí? — disse ele.

— Ótimo jogo na sexta.

— Valeu. Não foi um jogo muito difícil. — E, felizmente, ele deixara Jag Morrison, o futuro rei do baile, jogar bastante. Assim, Jag o deixou em paz.

— Mesmo assim. Então, eu ia esperar até depois da aula de química, mas eu queria saber: quem você vai levar ao baile?

Ele deu de ombros.

— Eu acho que eu não vou — disse ele.

Ela ficou chocada.

— Mas você tem que ir! Todo mundo do time tem que ir!

Ele sentiu vontade de rir. Jag Morrison estava destinado a ser o verdadeiro rei, o rei do baile, uma posição aberta apenas para os alunos do último ano. Ele ganharia aquela coroa mesmo que tivesse que comprá-la. Assim, aquele baile não parecia ser o lugar ideal para se ir, mesmo que quisesse.

— Talvez eu dê um pulinho lá...

— Bem... Você gostaria de ir e ficar um pouco comigo? — perguntou ela. E a corajosa e alegre Eve ficou vermelha de vergonha. — Tipo, eu não acredito que você não tem um par.

— Não. Espere um pouco. *Você* não tem um par? Você? — Ele estava chocado.

Ela deu uma risada leve e balançou a cabeça, segurando os livros contra o peito.

— Foi bem difícil vir falar com você também, então, tente não machucar muito os meus sentimentos.

— Eu não acredito que você pensaria... Caramba — disse ele, coçando a cabeça. — Eu?

— E por que não? — perguntou ela. — Achei que fôssemos amigos.

— Claro. Claro que somos. Somos amigos, é claro que somos.

— Então?

Ele pensou por um tempo e quis se certificar:

— Tem certeza?

— Ah, eu tenho certeza. Você dirige ou eu dirijo?

— Eu dirijo, claro. Talvez eu pegue o carro da minha irmã. Tipo, eu só tenho uma caminhonete pequena. Ela é boa, mas...

— Landon, a caminhonete está ótima para mim. O que você quiser.

— Uau — disse ele. — Uau. Eu não consigo acreditar que ninguém convidou você.

— Ah, eu fui convidada, mas não pela pessoa certa... — Ela começou a se afastar. — O sinal já vai tocar...

Ele puxou a manga do casaco dela.

— É? Quem convidou?

Ela sorriu.

— Quer conhecer a concorrência, né? Bem, ele não... Eu não suporto o cara. E eu nunca sairia com ele.

— É mesmo? — perguntou Landon com um enorme sorriso. — E quem é?

— Morrison. Jag Morrison. Ele é um cretino. Eu tenho que ir. Vejo você mais tarde, tipo, depois do treino ou alguma coisa assim. — E ela se virou e foi embora.

Landon se virou para o armário, fechou a porta e apoiou a cabeça no metal frio. *Cara,* pensou ele, *eu não acredito que isso esteja acontecendo. A minha vida definitivamente acabou.*

A irmã de Landon trabalhou duas noites seguidas em North Bend para poder ter o fim de semana de folga para o jogo e o baile. Isso deu a Landon um pouco de liberdade para ir se encontrar com Cooper. Era uma noite com neblina e sem lua, mas ele correu com Ham pela praia, confiante de que não haveria ninguém lá. Viu luzes acesas na loja do Ben e ouviu música, então, subiu correndo a escada do deque e bateu à porta.

Cooper atendeu. Ele estava usando uma blusa de moletom velha e coberta de pó de madeira, um cinto de ferramentas e um tipo de máscara cirúrgica cobrindo a boca e o nariz, e segurava um pé de cabra em uma das mãos. A música vinha de um antigo rádio sujo de tinta. Cooper tirou a máscara.

— Bem, eu achei que você estivesse me evitando — disse ele com um sorriso. Olhou para o cão dinamarquês, sentado pacientemente ao lado de Landon. — Olá, Hamlet. Você está bem calmo hoje à noite, hein?

— A gente deu uma corrida pela praia. — Landon quase se esqueceu da sua missão. Cooper estava cercado de escombros. Pilhas de madeira, o bar desmontado, prateleiras, caixas que pareciam cheias de coisas do Ben. — O que você está fazendo?

— Eu vou limpar tudo e reformar para poder vender.

— Vender? Você vai simplesmente vender? — perguntou Landon.

— Bem, precisa de muito trabalho primeiro. Mas, em alguns meses, eu vou vender essa construção e o terreno em que está construído.

— A gente tem que conversar — disse Landon.

Cooper pensou sobre isso por um segundo, então largou o pé de cabra e tirou o cinto de ferramentas.

— Vamos entrar e beber alguma coisa. Acho que ele não sabe limpar as patas, né? — perguntou ele, olhando para Hamlet.

Landon pegou um pano no bolso de trás.

— Pode deixar comigo — disse ele.

A casa, é claro, era o trailer de Cooper, que entrou primeiro, batendo na blusa e na calça. Landon fez o que ele pedira, limpando as patas de Hamlet e, por via das dúvidas, tirando a baba da boca do cão.

— Legal! — elogiou ele ao entrar. Depois, segurando a coleira do cachorro, escolheu uma cadeira perto da porta e manteve Hamlet sentado educadamente ao seu lado.

Cooper foi até a cozinha para lavar as mãos. Abriu a geladeira e pegou uma cerveja para si.

— Você quer água, chá, refrigerante ou Gatorade?

Landon negou com a cabeça.

— Eu não vou ficar muito tempo.

Cooper lançou um olhar impaciente, suspirou, pegou uma lata de refrigerante e entregou pra Landon.

— Seu companheiro precisa de água?

Percebendo que estavam falando dele, Hamlet se empertigou um pouco, mas continuou sentando.

— Ele não recusaria. Obrigado.

Cooper encheu uma panela com água, pegou uma toalha para colocar por baixo e a colocou diante do cachorro.

— Lembre-me de nunca jantar aqui — comentou Landon.

— Eu planejo lavá-la depois.

— Esse lugar é melhor do que eu imaginava — disse Landon. — Eu não esperava isso.

— Os brinquedos estão debaixo da lona atrás do trailer. Eu tenho que cuidar bem daqui, já que eu moro aqui. Fiquei dois anos em Corpus Christi, morando nesse trailer. Não vejo motivo para alugar ou comprar um lugar, quando eu tenho tudo que preciso aqui. É o suficiente para uma pessoa.

—Você não fica muito tempo no mesmo lugar, né?

Ele balançou a cabeça.

— Não.

— Bem, a gente tem isso em comum — disse Landon.

— Como assim? — interessou-se Cooper, sentando-se no sofá de frente para o garoto.

Em vez de responder, Landon mudou de assunto:

— Olha só, eu vi você no jogo. Em Coquille.

— Eu não estava me escondendo — respondeu Cooper. — Na verdade, eu queria ser visto.Você não teve problemas, teve?

— Não. Mas você não pode contar para o delegado o que está acontecendo. Não pode mesmo. Isso só vai piorar as coisas. Pode acreditar.

— Eu não contei nada sobre você para o Mac.

— Parecia que estava contando.

— Eu sei o que parecia. Nós estávamos conversando sobre o jogo. Sobre jogadas. Eu apontei para alguns jogadores que eu conhecia, para que eles vissem que eu estava falando sobre eles com o delegado, mas a gente só estava conversando sobre futebol. — Ele tomou um gole de cerveja. — Eles não vão poder bater em você se eu dedurá-los, Landon. Eu estava lá, lembra? Eu posso falar sobre o que eu ouvi e vi e isso não torna você um dedo-duro.

Landon se inclinou para frente.

—Você acha que eles vão ver as coisas assim?

— Eles talvez sejam burros, Landon, mas eu acredito que eles sabem que se baterem em você, terão que se ver comigo. E um dos meus únicos amigos aqui é o Mac, que parece saber o que está fazendo. Você deveria contar para ele, mas não quer. Eu só vou dar uma de vilão por enquanto. Que tal?

— Você não devia se meter nisso, Cooper. Você não precisa.

Cooper deu de ombros.

— Olha só, eu fui o aluno novo, o recém-chegado, quando eu tinha a sua idade. E eu não era o astro do time de futebol nem nada, mas eu sempre tive dificuldade de me adaptar. E sempre havia algum idiota que achava que me empurrar e infernizar a minha vida era divertido. Aliás, eu estava mesmo para perguntar... O que torna Morrison tão especial?

— Dinheiro, eu acho. A família dele é uma das mais ricas daqui, e ele tem dois irmãos mais velhos que fizeram fama no time de futebol de Thunder High e conseguiram excelentes bolsas de estudo para a faculdade. Eles não são profissionais nem nada, mas são bem mais velhos e já se formaram, e todo mundo aqui acha que os Morrison são demais. Eu só conheço o Jag, mas eu não o acho legal. Ele nem joga bem.

— Hã... Eles moram naquela mansão lá no alto, não é? Como eles ganharam dinheiro?

— Como é que eu vou saber? — respondeu Landon. — Os irmãos têm troféus na vitrine de troféus, e as pessoas falam deles como se fossem lendas. Isso é tudo que eu sei. O técnico e o sr. Morrison são amigos de longa data.

— Conveniente...

— E a minha situação está prestes a piorar ainda mais porque o Jag convidou a Eve McCain para o baile e ela recusou. — Cooper ergueu as sobrancelhas. — Então, ela me convidou. E eu deveria ter dito não, mas eu não consegui. Então, eu aceitei.

— Você *não conseguiu...?*

— Cara, eu deveria ter dito não, e mantê-la o mais longe possível de todo esse lance com Morrison, mas eu não sabia que ele a tinha convidado primeiro. E ela é tão gata. E legal. Tão legal. E engraçada também. Além disso, ela disse que tinha sido muito difícil me convidar e pediu para eu não magoar os seus sentimentos. — Ele balançou a cabeça. — Eu deveria ter dito não. Mas isso ia acabar com a gente.

— Uau.

— É, agora Morrison tem ainda mais motivos para estar puto comigo...

— Tudo bem. Agora nós *temos* um problema, porque eu dei a minha palavra para o Mac que se eu visse alguma coisa que colocasse a filha dele em alguma situação de risco, eu com certeza avisaria a ele...

Landon se empertigou.

— E você viu? Viu alguma coisa?

— Sério, Landon? Vamos ser sinceros aqui. Você está preocupado com isso. Você mesmo disse...

Ele balançou a cabeça.

— Eu não acho que Morrison faria qualquer coisa contra a Eve. Mas ele acertaria as contas comigo.

Cooper relaxou, cruzando a perna, apoiando o tornozelo no joelho. Ele tomou um gole longo e calculado da cerveja, antes de falar:

— Ainda bem que eu vou aos jogos. E mesmo que eu tenha ficado zangado com ela na hora, foi bom que Gina tenha me convencido a ajudar a ela e Mac no baile.

Landon bateu a mão na cabeça.

— Ai, não, cara!

— Exatamente o que eu estou sentindo no momento — disse Cooper. — Então, se você tiver problemas, é só falar.

— Você não pode contar nada, Cooper — implorou o garoto.

— Eu provavelmente não vou precisar, mas você deveria contar pelo menos para o técnico e, se necessário, para o Mac. Você vai sair com a Eve. É seu dever mantê-la em segurança.

— Que ótima ideia. Contar para o amigo do sr. Morrison, o técnico...

— Olha só, você sabe o que eu acho. Apenas pense no que é certo, por Eve, se não por você, ok? Agora, vamos mudar de assunto. Eu não vejo você por aqui há uma semana. Por onde você andou?

— A minha irmã tem passado mais tempo por aqui. Ela está trabalhando hoje à noite, então eu e Hamlet estamos sozinhos.

— Você disse que se mudou para cá porque ela se divorciou, mas disse que é como eu... Que vocês não ficam muito tempo em um lugar. Por quê?

— É o trabalho da minha irmã. Ela é realocada a cada dois anos. Às vezes, em menos tempo. Os nossos pais morreram logo depois que ela começou a trabalhar na Guarda Costeira. Primeiro ela ia me deixar com a tia Frances, que é uma tia dos infernos. Então, eu pedi e implorei até que comecei simplesmente a fugir até que Sarah aceitasse ficar comigo ou a tia Frances desse um prêmio à minha irmã para que me tirasse dela.

— Então, você não é muito fã da tia France, hein?

— Eu odeio a minha tia. Ela me odeia também. Se um dia ela desaparecer ou o corpo dela for encontrado em algum lugar, eu deveria ser o suspeito número um.

— Entendi. Nossa, você dá trabalho — disse Cooper.

— Que nada. Eu sou tranquilo. Nunca me meto em confusão, tiro notas boas, cuido das coisas em casa. E sabe por quê? Porque tudo que Sarah precisa fazer para me dar uma lição é dizer *tia Frances*.

— Mas que merda tia Frances fez com você?

— Ela era uma general que ficava no meu pé 24 horas por dia, sete dias por semana. Ela berrava e me batia, me trancava no meu quarto, me deixava sem jantar, me odiava e me punia a cada segundo do dia.

— Entendi. Acho que um garoto grande como você não conseguia lidar com isso.

O olhar que Landon lhe lançou foi quase assustador.

— Eu tinha cinco anos — disse ele em tom sério. — Um menino de cinco anos que tinha acabado de perder os pais em um acidente.

Cooper manteve o olhar por um longo tempo sem dizer nada.

— E quanto ao seu tio? — perguntou por fim.

— Nada de tio. Talvez uma das coisas que a transformaram em uma megera.

— A tia Frances não parece ser uma pessoa muito legal.

— Não mesmo.

Cooper se recostou. Bebeu um pouco mais de cerveja. Então disse:

— Sinto muito, cara. Então. O que Sarah faz na Guarda Costeira?

— Busca e salvamento. Ela é piloto de helicóptero.

Cooper engasgou. Tossiu e, por fim, perguntou:

— É mesmo?

— Quer que eu bata nas suas costas? — ofereceu-se Landon.

— Não, tranquilo — disse ele com voz rouca. — Piloto de helicóptero?

— Isso. Ela trabalha no posto de North Bend. Ela já é sênior, mas precisa ficar de plantão às vezes. À noite. Ela finalmente confia em mim o suficiente para me deixar sozinho. Acho que Hamlet aqui foi um truque dela. Ele precisa ser alimentado e tem que sair para passear. E eu preciso estar em casa para isso. Ela pediu para os vizinhos da casa do lado ficarem de olho na caminhonete. Eles são velhos e não têm nada melhor para fazer a não ser ficar olhando pela janela para ver quando eu chego em casa da escola, quando saio para escola, esse tipo de coisa. E ela me liga. Muito.

Quase que como se tivesse ouvido, o telefone de Landon tocou.

— Sim, minha rainha?

Cooper riu e balançou a cabeça.

— Eu levei Hamlet para uma corrida na praia e parei na loja do Ben. O novo dono está reformando e eu vim dar uma olhada. Estou tomando uma Coca. Não. Ele é legal. Bem, talvez ele seja algum pervertido, mas eu não vou deixar que toque nas minhas partes especiais...

Cooper quase caiu do sofá.

— Eu já estou indo para casa. Se eu correr bem rápido com Hamlet talvez ele não vá correr dormindo nem roncar a noite toda. Sim, tá tudo bem. Sim, eu tranquei a porta... Sim, eu comi... Requentei aquele hambúrguer horroroso que você fez ontem à noite. Sim, eu... Caramba, Sarah! Eu ligo para você quando eu chegar em casa, tá? Eu vou ligar assim que eu chegar.

Landon se levantou.

— Eu tenho que ir. Sarah e o ex-marido tinham horários alternados para que sempre um deles estivesse em casa, mas desde o divórcio, ela está meio neurótica.

— Eu entendo — disse Cooper.

Landon riu.

— Não entende nada, mas tudo bem. Eu estou fazendo o melhor que posso. Ela vai ficar mais tranquila, algum dia.

—Você quer que eu ligue para você? Para saber se chegou em casa bem? — ofereceu-se Cooper.

O garoto o fulminou com o olhar.

—Vai se ferrar! — disse ele, abrindo a porta.

— Espere aí — pediu Cooper, chamando-o de volta. Ele foi até a cozinha e pegou o celular. — Registre o meu número no seu telefone.

— Por quê?

— Para você poder me ligar se precisar — disse Cooper. Como Landon só ficou olhando para ele e não pegou o telefone no bolso, Cooper continuou: — O negócio é o seguinte: eu não vou ficar aqui por muito tempo, e eu não tenho nenhum vínculo. Eu nem tenho um cachorro. Eu geralmente estou por aí. Não tenho emprego, e apenas uns dois amigos. Eu sou a melhor pessoa para você ligar se tiver algum tipo de problema.

—Tipo se eu estiver sendo espancado embaixo das arquibancadas?

— Ou se ficar sem gasolina. Ou se o cachorro comer anzóis e iscas e precisar de um veterinário e a sua irmã estiver resgatando outras pessoas. Ou se o casal da casa ao lado ficar preso no fogo cruzado quando a máfia tentar pegar você. Ou...

—Tá bom. Eu já entendi — disse ele pegando o telefone. — Pronto, pode falar.

Cooper informou os números e o garoto digitou no seu aparelho e o guardou.

— Eu quero o seu — pediu Cooper.

— Por quê?

Cooper respirou fundo.

— Para o caso de eu precisar de ajuda. Se eu estiver sufocando no mofo na cabana de Ben. Ou se...

—Tá bom! Caramba, cara! — Landon disse os números. — Pronto. Tudo certo. Mas não fique me ligando. Já tem gente o suficiente no meu pé!

Cooper riu enquanto observava Landon e Hamlet descerem para a praia. Então, ele se sentou para terminar a cerveja e ficou mais sério. Uma imagem indesejada se formou na sua mente: um menininho de cinco anos de idade, a família que conhecia arrancada dele, e ele *apanhando*. Um menino daquela idade e daquele tamanho sendo proibido de comer? Ele deveria ter permissão para fazer *qualquer coisa*. Deveria ter comido doces no jantar, se isso o ajudasse a superar. Um menino de cinco anos fugindo de casa? Ele tinha muita sorte de estar vivo.

Tia Frances ia ter que se esforçar muito para não ir para o inferno.

Ainda assim, aquele menino... Olhe para ele agora. Bem o tipo de garoto que o delegado gostaria que levasse a filha para o baile — atlético, humilde, inteligente e engraçado. Responsável. E graças a quem? Será que Landon era uma alma antiga? Ou será que a irmã dele fizera alguma coisa especial?

Cooper ficara por ali porque estava curioso sobre a vida de Ben. A cidade dele. Percebeu agora que tinha outro motivo. Landon não podia se decepcionar de novo.

Capítulo Oito

Quando Landon chegou em casa depois de voltar do trailer de Cooper, esperou até nove horas da noite, então pegou a lista de telefone dos alunos de química, e ligou para o telefone de Eve. Nunca ligara para ela antes. Nunca teria coragem de ligar para ela para falar sobre qualquer coisa que não fossem aulas de química se Cooper não tivesse dito alguma coisa sobre ser a sua obrigação mantê-la em segurança.

— Alô — atendeu ela, com voz de sono.

— Oi. É Landon. Droga, eu acordei você?

— Hum, não. Mas eu estava estudando História, o que, para mim, é o mesmo que dormir. E aí, Landon?

— Bem... A gente tem que conversar sobre uma coisa. Sobre o baile. A gente talvez tenha um problema...

— Ah, não! — exclamou ela, de repente alerta. — Você vai me magoar, não vai? Você mudou de ideia?

— Não! De jeito nenhum. Mas olha só... — Ele fez uma pausa e coçou a cabeça. — Eve, eu não quero transformar isso em um problema maior do que é, mas eu preciso contar uma coisa para você. Uma coisa sobre o Jag.

— O quê? Que ele é um idiota?

Landon não conseguiu evitar e riu.

— É, tem isso também. Além disso, ele não gosta muito de mim.

Para surpresa dele, Eve riu.

— Landon, ele nunca vai gostar de alguém que sabe jogar futebol.

— Hã?

— Ele realmente acreditou que por estar no último ano, ele automaticamente mandaria em todo mundo neste ano. Ele fica com raiva de todo mundo que é melhor que ele. Ignore ele. Ele é um perdedor.

— Hum... A questão é que as coisas são bem piores do que não sermos amigos. É como se eu fosse o alvo dele, sabe? É bem difícil ignorar uma pessoa que joga você contra armários quando tem a chance.

— Sério? Landon, você não pode permitir que ele faça isso!

— Ele não costuma estar sozinho, Eve. Ele tem uma turma.

Ela disse com desdém:

— Eu sei exatamente quem são também: Sinclair, Wormitz e Pickering. Aqueles perdedores. Você deve contar para alguém. Tipo, o treinador, talvez.

Ele passou a mão pelo cabelo.

— Acho que é diferente com as garotas, Eve. Você sabe o que significa para um garoto quando parece que ele não consegue resolver os problemas sozinho? Eu não quero contar para ninguém, quero resolver sozinho. Ele é discreto. Sempre consegue me pegar quando estou sozinho.

— Porque ele é um ser desprezível e um mentiroso. Você quer que *eu* conte para alguém?

— Não! Não. Olha, eu só estou contando isso para você porque nós dois vamos juntos ao baile, e vai parecer que Jag perdeu mais uma coisa para mim e eu não quero que nada de ruim aconteça com você. Eu não quero nem que ele chame o seu nome. Talvez você prefira pensar melhor sobre essa ideia de irmos juntos ao baile.

— Ah, pode deixar. Na verdade, acabei de pensar. Ashley pediu para irmos junto com ela e o namorado e eu achei melhor não. Eu não queria que você ficasse no meio de um monte de gente que você não conhece bem. Mas agora eu acho que sim, é melhor irmos com ela. Você não mora aqui tempo suficiente para conhecer o namorado de Ash. Ele se formou no ano passado. É Crawford Downy. Mas todo mundo o chama de Downy.

Ele ficou em silêncio por um tempo. Thunder Point tinha orgulho dos seus astros do futebol. A foto deles e seus troféus estavam nos corredores da escola.

— Ele não está na faculdade estadual?

— Isso. Mas ele ama Ash e não quer que ela falte aos eventos importantes da escola e com certeza não quer que ela vá com outra pessoa. De qualquer forma, ele é ex-aluno e vai vir para o jogo. Ele é um cara muito legal. E é grande, grande mesmo.

— Uau.

— Então, se não for um problema para você, nós vamos junto com eles. Não por mim — disse ela. — Jag não se atreveria a causar problemas comigo. Eu não sou novata aqui e tenho muitos amigos. Além disso, o meu pai... Jag não vai me incomodar. E é melhor que ele não incomode mais você. Ele é tão esquisito.

— Uau — repetiu Landon. — Mas olha só, se você puder não contar para ninguém sobre meu chororô por estar sendo sacaneado...

— Landon, eu não faria uma coisa dessas.

— É só que é meio humilhante ter a sua namorada interferindo... — Quando as palavras saíram da sua boca, ele fez uma careta e deu um tapa na própria testa. Cerrou os dentes e ficou ouvindo o silêncio do outro lado.

— Eu sou sua namorada? — perguntou ela, suavemente.

— Bem, essa vaga está definitivamente aberta...

Ela riu.

— E onde eu me inscrevo?

— Aqui e agora se você for boa em química. Eu estou com dificuldades.

— Você é melhor que eu. Você não tirou dez no último teste?

— Eu tenho que tirar dez, senão a minha irmã acaba comigo.

— A gente devia armar um encontro entre o meu pai e a sua irmã. Ele precisa de uma mulher na vida dele para me deixar um pouco em paz e a tia Lou também. Ele vigia a gente o tempo inteiro.

Landon tirou os sapatos e deitou no sofá. Hamlet se deitou no chão ao lado dele.

— É mesmo? — perguntou ele. — Seja paciente. Sarah acabou de se divorciar há um ano. Ela quer que todos os homens morram. Todos, menos eu. Eu ainda passo.

Eles ficaram conversando assim por uma hora, sobre suas famílias, a escola e sobre mudar para uma nova cidade e se adaptar. Landon nunca tinha tido esse tipo de conversa no telefone com uma garota. Nunca fora tímido, mas sempre ficava meio inseguro perto de meninas. Simplesmente não conseguia acreditar que elas gostavam dele. Em termos atléticos, ele era bem confiante; acadêmicos, nem tanto, mas estava sempre disposto a se dedicar aos estudos. Tinha que fazer isso. Só assim conseguiria uma bolsa de estudos para a faculdade. Mas garotas? Nesse departamento, a autoconfiança simplesmente o abandonava.

Eve McCain era com certeza a garota mais linda, mais inteligente e a melhor da escola. Eles estavam em três aulas juntos e ele ficava olhando para ela desde o início das aulas, admirando tudo nela. Mas mesmo que conversassem, ele nunca tentara se aproximar. Era amigável e ajudava, mas já passara por muitas coisas para ter de lidar com uma rejeição. Ele nunca tivera um encontro na vida, a não ser que você contasse saídas em grupo para comer pizza ou ir a festas depois dos jogos, e isso só acontecia na escola antiga de North Bend, onde ele também fora o aluno novo. Ele fora convidado para se "juntar à turma" na praia de Thunder Point, mas considerando que Morrison estaria lá, ele sempre dava uma desculpa e não ia.

Então, depois de alguns meses difíceis, ele estava se sentindo bem. E muito, muito sexy.

A aula acabou mais cedo na sexta-feira por causa das comemorações da escola, mas não antes de uma reunião com os alunos para a coroação. Já que a presença não era obrigatória, as crianças que não quisessem participar estavam liberadas. Landon considerou ir embora, mas, no final, ficou curioso. Ficou no fundo do auditório e assistiu.

Ia ter bastante pompa; as líderes de torcida fariam uma apresentação — exceto pela líder que era candidata a rainha do baile — explicou o diretor. Então, a banda tocou enquanto as candidatas caminhavam pelos corredores até o palco. Estavam todas usando vestidos formais. No palco, elas se encontraram, trocaram apertos de mão e fizeram uma mesura para os espectadores, se separaram e formaram uma fila de quatro garotos e quatro garotas. Eles desfilariam mais tarde. Depois disso, os jogadores de futebol iriam para os vestiários para se prepararem para o jogo.

Por fim, os resultados da votação foram anunciados. Stacy Kraemer e Justin Moore foram coroados pelos vencedores do ano anterior. *Justin Moore? Não Jag?* Uma parte dele pensou: *Carma é uma merda, cara.* Mas outra parte sabia que Jag estaria com humor péssimo naquela noite. Ele fora muito metido sobre todo aquele lance de ser rei. Era meio que uma tradição coroar o capitão do time — a não ser que ele fosse um babaca de quem as pessoas não gostavam muito. Justin era um cara legal e fazia bem o seu trabalho. Ele não andava com Jag.

Logo depois da coroação vinha a organização do desfile. Cada turma tinha feito um carro alegórico. Não era um desfile tipo Rose Bowl, mas até que os carros não ficaram ruins demais. Já que apenas alunos do último ano podiam ser nomeados como rei e rainha do baile, o carro deles sempre tinha os tronos. Justin e Stacy assumiram seus lugares, prontos para o desfile começar. Os alunos do médio tinham feito um puma de papel machê no seu carro; os do segundo ano celebraram a colheita com um jogador de futebol no meio; e os do primeiro ano fizeram uma homenagem ao setor pesqueiro com um remo e um barco e um marlim de papel machê, mesmo que não existisse esse tipo de peixe tão ao norte na costa do Pacífico.

A banda acompanhou os carros até a rua principal de Thunder Point e eles deram duas voltas em torno do campo de futebol. Quando o desfile chegou à pista, Justin Moore desceu para ir se preparar para o jogo. Tinha muito barulho, riso e papo furado no vestiário, e Landon reconheceu que talvez, apenas talvez, Jag Morrison não fosse o rei da escola, apenas o príncipe de uma panelinha bem pequena. De alguma forma, isso era menos intimidador. Por fim, enquanto a banda tocava o hino da escola, o time entrou atravessando um cartaz de papel preso no suporte do gol e ouvindo os gritos da multidão.

Landon não tinha muitas expectativas para o jogo. Eles já tinham vencido o time de Stafford High antes e os jogadores não eram muito bons. O que era bom para as comemorações e para Jag. Como era de se esperar, o técnico Rayborough colocou Jag logo no início do jogo. Landon não ligava de ficar com os reservas, assistindo ao jogo e outras coisas. Viu Cooper perto das arquibancadas logo no início do jogo, mas depois ele sumiu. Reconheceu Crawford Downy pela foto que tinha visto na vitrine de troféus. Downy estava cumprimentando seus antigos amigos e conversando com o técnico como se estivesse ajudando.

Mas o jogo estava indo mal. Jag perdeu a bola. Deu dois passes errados e não interceptou uma jogada que levou o outro time a marcar um ponto. O técnico o chamou, conversou com ele, deu uns soquinhos no capacete e o mandou de volta para o campo. Ele perdeu a bola mais umas duas vezes, Stafford pegou e correu com ela. Não muito, mas eles claramente estavam a caminho de outro touchdown. A defesa dos Thunders se reorganizou, eles recuperaram a bola e Jag deu outro passe incompleto. O placar estava sete a zero a favor de Stafford. O técnico não ia querer terminar o primeiro tempo com essa desvantagem.

— Dupre!

Ele ia entrar no jogo. Landon correu até o técnico, recebeu as instruções e entrou em campo. Recuperou a bola de Stafford. Eles se agruparam, organizaram a jogada, Landon recebeu a bola. Desviou-se do ataque de Stafford, deu um passe perfeito que os deixou a uma curta distância de um touchdown. Quando ele pegou a bola de novo, passou para um receptor e os Thunders marcaram ponto. A galera foi ao delírio. Mesmo que ele não tivesse corrido com a bola, eles gritavam o seu nome, junto com o do receptor. Mas a atenção não era tão divertida quanto o jogo — fazer as coisas acontecerem, levar o time para a vitória. Landon simplesmente amava o jogo. Sentia a pressão e a animação até a ponta dos dedos dos pés. No meio do jogo, já estavam três pontos na frente de Stafford.

Landon imaginou que o técnico fosse tirá-lo do jogo agora e deixar Jag ter outra chance, mas não foi o que ele fez. Na verdade, ele não colocou Jag de novo no jogo até quase o final da partida, quando eles já tinham 14 pontos de vantagem e não tinha muito mais tempo de jogo. Jag se esforçou para marcar um ponto e fracassou, mas pelo menos não entregou a bola de mão beijada para Stafford.

Durante um intervalo, Eve se aproximou de onde ele estava pela lateral e contou que ainda estavam decorando o ginásio para o baile de amanhã se ele quisesse ajudar. Ele disse que iria até lá depois do jogo.

Quando a partida acabou, Thunder High teve uma vitória espetacular e foram recompensados com gritos, palmas e muito barulho das arquibancadas. Landon recebeu muitos cumprimentos e batidas de mão e punhos, e ele parabenizou os colegas da equipe também. Notou que Jag estava sombrio e ficando para trás do time, mas disse a si mesmo para ignorá-lo, enquanto corriam para fora do campo a caminho do vestiário.

Ele mal tinha tirado as chuteiras quando o técnico o chamou no escritório. Ele entrou na salinha com o vidro que dava para o vestiário para encontrar Downy encostado na mesa do técnico.

— Aqui está ele, Downy. Este é Landon Dupre. Landon, este é Crawford Downy. Ele nos levou até a final no ano passado.

Downy estendeu a mão.

— O time era bom. Prazer em conhecê-lo, Dupre. Bom trabalho lá no campo.

— Opa, valeu — disse Landon, apertando sua mão. — É uma pena que eu nunca tenha visto você jogando.

— Talvez você acabe indo para a Estadual e a gente jogue junto.

— Como você conseguiu entrar?

— Bolsa de estudos. Mas a Estadual não foi a minha única opção — contou Downy.

Eles conversaram um pouco sobre a faculdade e sobre o fato de que Landon esperava conseguir alguma ajuda com a anuidade da faculdade, sobre o encontro que teriam para o baile. Downy continuou:

— Aliás, eu tenho bastante tempo para conversarmos sobre a faculdade neste fim de semana. Fui sequestrado para ajudar na decoração esta noite, porque é lá que Ashley vai estar.

— Então a gente se vê lá, porque a Eve me recrutou.

Eles apertaram as mãos de novo. E, quando Landon voltou para o vestiário, a maior parte do time já tinha se vestido ou estava saindo do chuveiro. No escritório do técnico, ele conseguia ver Downy, ainda encostado na mesa, rindo com o antigo técnico enquanto este estava recostado na cadeira.

Landon tirou a roupa, enrolou uma toalha na cintura e foi para o chuveiro. Do seu escritório, o técnico conseguia ver a área dos armários; ali nenhuma mulher poderia entrar enquanto os rapazes estivessem se vestindo. A parte dos chuveiros e banheiros ficava fora do seu campo de visão. Os últimos três caras enrolaram-se na toalha e saíram do banho rindo bem na hora que Landon estava entrando.

— Ótimo jogo, Dupre!

— Mostre que você é um Thunder, Dupre!

Ele só riu e foi tomar banho. Ele estava planejando acabar logo. Eve estava esperando por ele. Ele estava todo ensaboado e com o cabelo cheio de shampoo quando ouviu o seu nome.

— Dupre.

Ele abriu um dos olhos e viu Jag Morrison encostado na porta para os chuveiros. Ele estava completamente vestido, sapatos de sola de couro e um suéter azul-marinho. As mangas estavam arregaçadas para mostrar o relógio de ouro. As mãos estavam enfiadas nos bolsos da calça e uma das pernas cruzada na frente da outra. Parecia anúncio de revista.

— O quê? — perguntou Landon. — Estou meio ocupado aqui. — Ele deixou a água cair sobre si para enxaguar a maior parte do sabão.

— Ninguém gosta de um cara espertalhão, Dupre. Não fique achando que você pode simplesmente chegar e tomar conta de tudo. Eu avisei que essa era a minha praia.

Landon passou a mão no rosto.

— Onde está a sua turma, Morrison? Você geralmente não vem sozinho. Acho que tem medo de eu limpar o chão com a sua cara.

Jag deu um passo em direção aos chuveiros.

— Só nos seus sonhos. Eu só passei para dizer que a festa acaba por aqui.

Landon riu dele.

— É mesmo? Porque meio que parece que foi a sua festa que acabou. Agora, saia daqui, a não ser que você goste de ficar observando um homem pelado. — Então, ele se virou de costas. Depois de alguns segundos, olhou por sobre o ombro e suspirou de alívio. Morrison tinha ido embora.

Com as duas mãos na parede, Landon deixou a água quente escorrer pela sua cabeça e o rosto. Nunca tinha dirigido a palavra a Morrison antes de a confusão começar. Alguns treinos antes do início das aulas mostraram que Landon era um zagueiro melhor e isso foi o que bastou. "Não fique achando que você vai começar o jogo, Dupre. Este é o meu time." Aquela primeira ameaça funcionara muito bem para Jag — Landon não começara. O técnico dera a Jag todas as oportunidades possíveis, e só colocava Landon no jogo quando Jag não conseguia levar a bola ou passá-la. Mas ele não podia deixá-lo de fora o tempo todo, então, depois de um tempo, Jag mandou que Landon tropeçasse ou deixasse a bola cair. Como isso não funcionou, Jag e seus três capangas começaram a partir para ataques físicos — um soco, um empurrão, uma rasteira. Aquela noite embaixo da arquibancada fora o pior episódio. Cooper o salvara, mas ele recebera a mensagem. Eles iam segurá-lo e dar uma surra nele.

— *Dupre.*

Ele se virou rápido e, de repente, um cotovelo ou um taco ou sei lá o quê acertou a lateral da sua cabeça contra os azulejos. A torneira do chuveiro bateu nas suas costelas. Enquanto estava caindo, procurou alguma coisa em que pudesse se segurar, e o bastão o acertou no rosto.

E ele desmaiou.

— Ele é um ótimo jogador — disse o técnico Rayborough para Downy. — Mas ele está tendo dificuldades de se adaptar.

— Isso vai passar, se ele for um cara legal — respondeu Downy.

— É o que acho também. Ele é muito esforçado, nunca falta ao treino. Joga com tudo que tem, ajuda os colegas do time...

— E as notas?

— Nunca teve problemas com isso — contou o técnico. — Já alguns jogadores do último ano estão pendurados com a língua para fora. — Ele olhou pelo vidro do escritório para o vestiário vazio. Todo mundo já tinha ido embora.

— Vamos trancar tudo.

— Boa ideia — concordou Downy. — Eu tenho que ir pendurar luzes e encher umas bolas. Se eu fizer tudo direitinho posso ter um *encontro.*

Eles estavam rindo quando saíram do escritório. Antes de desligar as luzes, o técnico olhou para o vestiário. Havia algumas toalhas molhadas nos bancos.

— Alguém se esqueceu de trancar o armário — murmurou ele caminhando até lá.

Ele demorou a compreender — o armário não apenas estava aberto, mas as roupas do jogador estavam lá dentro, e a bolsa de lona com o equipamento de futebol estava no chão, os sapatos estavam embaixo do banco, o chuveiro ligado...

— Ei — gritou ele. — Tem alguém aí?

Nenhuma resposta. O técnico foi até os chuveiros. Não seria a primeira vez que algum idiota esquecia de desligar a água. Eles ficavam empolgados depois de uma...

— Downy! Ligue para a emergência!

O técnico fechou o chuveiro e se ajoelhou ao lado de Landon. No instante que ele levantou a cabeça do garoto, Landon começou a gemer.

— Meu Deus, Dupre. O que aconteceu? Você desmaiou?

— Ele não desmaiou — disse Downy da porta. — Os paramédicos já estão chegando.

Landon tentou se sentar, gemendo.

— Fique aí, Dupre — mandou o técnico. — Que merda aconteceu?

Mas Landon continuava tentando se levantar, agitando os braços.

— Ei — disse Downy pegando uma toalha no gancho e jogando para o técnico. — É melhor cobri-lo. Ele não desmaiou. Ele foi atacado aqui. Quem fez isso com você, Landon?

Landon só gemeu e levou a mão ao rosto. O maxilar já estava inchando e o lábio estava sangrando. Ele sentia um galo se formando na cabeça.

Downy se agachou.

— Conte para mim antes que os paramédicos e a polícia cheguem aqui.

— Polícia?

— Landon, esse imbecil não vai se safar dessa vez — afirmou Downy. — Foi o Morrison?

— Morrison? — perguntou o técnico, claramente chocado.

— Ele é um valentão — contou Downy. — Eu já o vi derrubando outros meninos desde o quarto ano. Ele arrumou problemas para o meu irmão mais novo até eu intervir.

— Morrison? — perguntou o técnico novamente. — Eu nunca vi isso nele!

Downy olhou para ele.

— Claro que não. Mas pode confiar em mim. Foi o Morrison? — perguntou ele para Landon novamente.

E Landon concordou devagar com a cabeça. A visão dele já estava mais clara e ele estava conseguindo pensar melhor, embora a cabeça estivesse doendo muito. Podia fingir que a confusão mental causada pela forte pancada que levara o fizera contar para o técnico e para Downy o nome de Morrison. Mas não tinha sido nada disso. Ele já não aguentava mais. Então, o cara fazia essas coisas desde criança com qualquer um que ele achasse que era mais fraco que ele? Que surpresa. Hora de acabar com aquilo.

— Foi o Morrison — afirmou Landon. — E essa não foi a primeira vez. Ele mandou os amigos dele me segurarem para me socar uma vez e me mandou perder o jogo uma outra vez para que eu ficasse mal e ele pudesse jogar. Ele disse que este time era *dele*. Que a escola era *dele*.

Os olhos do técnico se estreitaram e endureceram. Saber que ele tinha um jogador desleal era ruim. Downy se levantou devagar, foi até o vestiário e pegou uma pilha de toalhas. Ele as colocou embaixo da cabeça de Landon e usou algumas para cobrir o corpo trêmulo do garoto.

— Fique calmo. Eles já estão chegando e vão trazer cobertores. Para quem a gente deve ligar?

— Para a minha irmã, Sarah. O número dela está no meu telefone. No armário.

— Beleza.

— Vai ficar tudo bem, Dupre — disse o técnico. — Você está com a visão dupla ou alguma coisa? — Landon negou com a cabeça. — Isso é um bom sinal. Você tem que continuar deitado. No caso de você ter machucado as costas.

— Acho que não tem nada de errado com as minhas costas, mas eu mordi a língua. Eu estou com todos os dentes? Porque estou falando esquisito.

— Parece que sim. Vai ter que comer comida sem tempero por uma semana mais ou menos. Vou pegar gelo para a sua cabeça.

— Ai, meu Deus — disse Landon, tremendo. — Gelo.

— Eu vou resolver tudo, Dupre — disse o técnico. — Você deveria ter me contado.

— Para quê? — perguntou Landon. — Você ainda não acredita. Você só acreditou porque o Downy contou para você.

Ele ficou em silêncio por um minuto e depois respondeu:

— Tudo isso mudou agora, filho.

Capítulo Nove

Quando recebeu a ligação de que um delegado precisava ir para a escola, Mac já estava lá — não a trabalho, mas aguardando Lou e os filhos. Lou estava ajudando duas professoras a supervisionar os alunos que estavam decorando o ginásio, e seus dois filhos mais novos se recusavam a ir embora até verem o que Eve e suas amigas estavam fazendo. Então, lá estava ele, perto do ginásio com dois outros pais, quando recebeu a ligação.

O delegado de plantão precisava atender a um chamado de agressão contra um homem no vestiário.

No vestiário? Agressão?

Quando Mac entregou os dois filhos para Lou e foi do ginásio para o vestiário, os paramédicos estavam entrando pela porta dos fundos, segurando suas bolsas. Steve Pritkus — o delegado de plantão —, vinha logo atrás. Ele os encontrou bem do lado de fora do banheiro.

Não demorou muito para os paramédicos assegurarem que Landon estava estável e o colocarem em uma maca. Mesmo que ele já tivesse mexido a coluna, insistiram em usar a prancha imobilizadora, que prometeram tirar assim que os exames de raios X fossem feitos e analisados pelo médico. Enquanto eles o colocavam na maca e o cobriam, os delegados tiveram uma conversa com o técnico Rayborough e com Crawford Downy. A história de ambos bateu. Quando Landon estava pronto para ser transportado, Mac e o delegado Pritkus tiveram uma chance de fazer algumas perguntas ao garoto. Então, os paramédicos o levaram pelo vestiário e pela porta dos fundos, direto para o estacionamento. Era por aquela porta que os atletas entravam em campo.

Quando a ambulância estava pronta para seguir caminho, Sarah Dupre apareceu. Depois que os paramédicos asseguraram que o irmão dela ficaria bem, ela seguiu a ambulância até o hospital em Bandon. Não havia luzes nem sirenes, apenas um transporte seguro e tranquilo.

Mas Mac tinha uma foto do rosto inchado e ensanguentado do garoto. E a confirmação de Landon de que daria queixa.

— Acho que podemos começar pelo ginásio onde muitos alunos se encontram — disse Mac. — O carro de Morrisson ainda está no estacionamento. Todo mundo na cidade conhece aquela BMW branca.

— Pode deixar, chefe — concordou Pritkus. Eles já tinham pedido para o técnico e para Downy não discutirem a situação com pais nem com alunos. Eles voltaram para o ginásio pela escola. Uma pequena multidão tinha se reunido na porta do vestiário, cercando Downy e o técnico. Jag Morrison manteve a distância e parecia estar tentando conquistar uma garota. Ela estava sentada na arquibancada, ele estava parado bem na frente dela, com uma das pernas apoiada ao lado da moça. Ele estava com uma das mãos no bolso, enquanto gesticulava com a outra e falava, sorria, ria, sem parecer muito preocupado com a confusão no vestiário.

Mac sentiu o estômago revirar. Nunca gostara muito do garoto, mas ele sempre ficava surpreso quando se deparava com um suspeito tão confiante, tão indiferente. Será que ele realmente tinha quebrado a cara de um garoto, o deixado pelado no piso do chuveiro e saído para conseguir um encontro?

— Pai? Pai? — chamou Eve, puxando a manga da sua camisa. — Landon está bem? Ele se machucou no jogo? Ele caiu no chuveiro? Pai?

Ele olhou para ela com a testa franzida.

— Ele vai ficar bem, querida. Eu tenho uns assuntos para resolver agora.

— Ele vai ficar bem? Onde ele está? Eu quero ir vê-lo.

— Eles o levaram para Bandon, mas ele está bem. A irmã dele foi com ele. Eles não precisam de um monte de gente no hospital. Eu tenho certeza de que ele vai ser examinado e liberado.

— Pai, Landon é o meu par para o baile. Eu quero vê-lo! Se a tia Lou me levar, eu posso ir? Por favor?

— Diga a Lou que estou passando o bastão para ela. E diga que eu preciso que ela tome conta de Ryan e Dee Dee um pouco mais de tempo. Eu tenho um trabalho para fazer agora.

Ela viu Jag nas arquibancadas, então, olhou para o rosto do pai e seu rosto se iluminou. Ela ofegou.

— Ai, meu Deus. Jag machucou o Landon, não foi? Landon disse que Jag estava sempre fazendo isso, empurrando e jogando-o contra armários!

Mac chamou a atenção dela apenas com o olhar.

— Eve, eu quero que você volte para tia Lou e as crianças. Eu vou levar o sr. Morrison para dar uma volta. Não quero que você fale sobre isso com ninguém. É um processo legal que tem que ser feito.

Ela mordeu o lábio e assentiu.

— Posso ir ver Landon?

— Converse com a Lou. A decisão é dela. Eu vou ficar ocupado por um tempo.

— Jag Morrison — chamou Mac. — Eu gostaria que você acompanhasse a mim e ao delegado Pritkus, por favor.

— O quê? — perguntou ele, tirando o pé do banco e se empertigando.

— Nós vamos caminhar até a viatura — continuou Mac.

Ele riu.

— Eu acho que não — disse ele, balançando a cabeça. — O que você quer?

— Nós vamos caminhar até lá fora, onde o delegado Pritkus vai ler os seus direitos e acusá-lo de um crime. Você pode vir por bem ou podemos algemá-lo aqui mesmo e levá-lo embora. Se eu fosse você, escolheria ser gentil e educado.

— Crime? Que merda é essa? *Crime*?

— Agressão — informou Pritkus. Ele puxou as algemas do cinto.

— Ei, calma aí — disse Morrison. — Pode parando. Eu não agredi ninguém! Vocês estão loucos! Eu não vou a lugar nenhum!

— Que bom, porque eu meio que gosto da ideia de algemá-lo — disse Mac. — Tem um jovem a caminho do hospital em uma ambulância, graças a você. Ele perdeu a consciência por um tempo, mas não a memória.

— Fala sério — disse ele, erguendo a mão e dando um passo para trás. — Isso deve ser coisa de alguém tentando me prejudicar. Vocês têm *testemunhas*?

— Algemas, então — decidiu Mac.

Com um delegado de cada lado, eles prenderam os braços do garoto atrás das costas e o algemaram. Quando eles terminaram, o garoto estava de joelhos. O foco dos alunos mudou do vestiário para a prisão de Jag. Mac e Pritkus o levantaram e o levaram para fora. Antes de o colocar no banco de trás da viatura, o delegado disse os direitos dele.

— Eu quero os meus pais! Eu quero a minha mãe! — berrou Morrison enquanto era colocado no banco de trás do carro.

Eles o deixaram gritar e sacudir dentro do carro, enquanto Mac usava o celular para ligar para outro delegado. Ele não queria deixar a cidade sem ninguém de plantão enquanto Pritkus levava Morrison para a prisão em Coquille. E Mac queria se certificar de que ele seria processado.

— A gente poderia levar ele para o escritório aqui em Thunder Point mesmo — disse Mac. — Ele vai ser liberado sob a custódia dos pais. Mas eu acabei de ver um outro garoto ser levado para o hospital em uma ambulância. Quero que Morrisson pelo menos veja como é uma cela por dentro. Com um pouco de sorte, vai ter alguns filhos da puta bem ameaçadores na prisão hoje.

— Acho que devemos levá-lo para Coquille — opinou Pritkus. — Ligue para Charlie Adams. Ele deve estar querendo uma hora extra. Nunca diz não.

— Você leu os meus pensamentos, Pritkus. Enquanto isso, eu vou fazer uma visita para os Morrison.

Quando o técnico Rayborough ligou para Sarah Dupre, ela pulou no carro e foi direto para a escola, chegando a tempo de ver os paramédicos empurrando a maca em direção à ambulância. Para uma piloto de busca e salvamento, ela já tinha visto mais pessoas feridas do que desejaria, às vezes as dos piores tipos. Mas já tinha perdido a calma muito antes de sequer olhar para Landon. Ele era o seu irmãozinho. A única família que tinha.

Ela correu para ele, perguntando aos paramédicos se ele ia ficar bem. Eles disseram que achavam que sim, mas a palavra final era do médico. Ele ficara inconsciente por algum tempo, mas estava alerta e as pupilas estavam iguais.

— Landon, quem fez isso com você?

— O delegado já está trabalhando nisso, Sarah. Eu contei tudo para ele. Um outro jogador que ficou com inveja.

—Você quer que eu vá na ambulância com você? — Ela olhou para um dos paramédicos.

— Se você nos seguir até Bandon, você vai estar de carro depois que ele for tratado e liberado — disse um rapaz.

Ela seguiu a ambulância, sentindo-se um pouco mais tranquila por eles não terem ligado as sirenes nem as luzes. Então, quando saíram da cidade, a ambulância se acendeu. Eles não dirigiram rápido demais, mas deram o sinal. Sarah sabia o que estava acontecendo — eles acenderam as luzes da sirene para que os outros motoristas soubessem que estavam com um paciente. Ela sabia que Landon não sofrera um ataque cardíaco nem tivera uma convulsão. Mesmo assim, sentiu um aperto no peito e agarrou o volante com toda sua força. Ela seguiu mais de perto do que o permitido por lei e não ligava. Ela só estava morrendo de medo.

A impotência não era um sentimento estranho para Sarah. Seus pais morreram quando ela tinha 23 anos e estava na escola de pilotos. Landon tinha cinco anos de idade. Tia Frances o acolhera e Sarah o visitava nos fins de semana quando conseguia ser liberada do treino. Mas aquilo era uma tortura. Frances dizia que ele era um garoto mau e indisciplinado, enquanto Landon contava histórias de crueldade que arrepiavam sua alma. Então, ele começara a fugir. Ele não ia longe, mas mesmo assim...

Ela teve que pedir para sair do treinamento e contratar um advogado para conseguir a custódia do irmão, mesmo que não fizesse ideia de como faria para cuidar dele e trabalhar na Guarda Costeira ao mesmo tempo. Seu comandante a ajudou, colocando-a na turma seguinte depois que ela teve tempo de pensar em como seria se transformar em uma mãe solteira. Podia ter sido por compaixão ou a preocupação da Guarda Costeira em sofrer alguma queixa de discriminação. Ela preferia acreditar que tinha sido compaixão.

Mas, droga! A vida tinha sido uma loucura naquela época. Ela estava tentando passar pelo treinamento de helicóptero, que era muito mais difícil do que pilotar um avião, passar pelo luto pelos pais, tentar ajudar o irmão a superar o luto e o medo — tudo ao mesmo tempo. Ela ficou magra e cansada. Tão cansada.

Mas ela conseguiu superar aquele obstáculo. Depois, foi para Kodiak, Alasca, pilotando resgates no mar de Bering — o que a tornou uma excelente piloto porque o desafio era enorme. Por sorte, os outros pilotos estavam sempre dispostos a ajudá-la a crescer como profissional. Depois, ela foi para Michigan e, em seguida, Flórida — onde se apaixonou por Derek Stiles.

De repente, ela achou que tinha uma família de novo. Derek era tão amoroso e dedicado a Landon. Havia alguém com quem dividir a responsabilidade para variar. Pela primeira vez desde que ganhara a custódia de Landon, ela começou a sonhar com uma vida mais leve e melhor para os dois... Mesmo que uma vozinha dentro dela a avisasse para ter cuidado. Ela se casou um ano depois. Então, foi para North Bend, Oregon — primeiro Sarah, depois, Derek.

Foi quando o casamento acabou. Um casamento que nem deveria ter começado. Ele tinha sido infiel desde o início. E no fundo do seu coração, ela sempre soube.

"Sinto muito, Sarah, eu realmente amo você. Acho que eu só não fui talhado para ficar em um relacionamento monogâmico.

Mas com a minha amiga?

Sinto muito. Eu tive um caso com Susan. Não fazia sentido, mas estava ali."

Ela sabia. Tinha visto sinais em todos os lugares, mas ela se obrigava a ignorá-los porque o amava, dependia dele. Landon se tornara um filho adotivo para Derek. Ela confiava em Derek para tomar conta dele, para ir aos jogos dele quando ela não podia. E Landon confiava em Derek para ser a figura masculina na sua vida. Mas ela teve que acabar com tudo no final, porque Derek nunca seria dela ou deles. Assim como qualquer outra mãe, ela teve que tentar lidar com o fato de que Derek tinha decepcionado Landon também. Mas, ironicamente, foi seu irmão quem disse: "Sarah, você não precisa ficar com ele. Não por mim, com certeza".

Sua carreira e seu irmão eram tudo que ela tinha e, por isso, ela se recompôs. Ela e Derek decidiram que poderiam ser civilizados um com o outro. Tentariam trabalhar em horários diferentes em North Bend sempre que possível, mas se tivessem que trabalhar juntos, agiriam de forma adulta. Sarah se recusava a demonstrar no trabalho que o seu coração tinha sido arrancado do peito.

Mas ela se sentia impotente e sozinha novamente. E o sofrimento era horrível. Então, ela se dedicou a procurar a melhor comunidade, a mais amigável, com o técnico de futebol mais proativo para Landon, e eles se mudaram para Thunder Point.

Ela acreditara que eles tinham vindo para um lugar mais gentil e mais seguro, onde seria mais fácil gerenciar as coisas. Mas agora ela se sentia impotente *de novo*. Aqui estava ele, em uma ambulância na frente dela. Se ela entendera direito, ele tinha sido atacado no chuveiro, deixado nu e inconsciente no piso frio de ladrilho.

Ela foi interceptada na emergência pela enfermeira da recepção.

— Um médico assistente está examinando o seu filho...

— Irmão — corrigiu ela. — Mas eu tenho a custódia. Nossos pais morreram. — Ela remexeu na bolsa. — Aqui estão os cartões do seguro saúde.

— Eu vou ter que preparar os documentos de admissão — informou a enfermeira. — Já que ele chegou com as costas imobilizadas, ele deve seguir direto para a sala de raios X para excluir qualquer dano na espinha. Isso leva um tempo. Depois, você pode vê-lo.

— Claro — concordou ela. Sua mão estava trêmula quando pegou a prancheta e a caneta. Ela se sentou, em vez de ficar ali em pé no balcão para que a enfermeira não visse como estava tremendo.

Landon ficou um tempão na sala de raios X. Ela queria sair e ligar para alguém, mas não *havia* ninguém. Quando se mudara para Thunder Point no início de agosto, ela se isolara de todo mundo. Ah, havia a Gina, mas elas eram amigas casuais e ela nem tinha o número do telefone dela. Havia os pais do time de futebol e da associação de pais e professores, mas ela não poderia ligar para nenhum deles com a voz trêmula. Na verdade, ela nem sabia quem eram os amigos de Landon. Ela vira seus companheiros de time baterem as mãos ou os punhos para se cumprimentarem ou comemorarem um ponto, mas ele não chamara nenhum amigo para casa e não saía muito.

Por fim, permitiram a sua entrada no quarto da emergência. Ela encontrou Landon sentado, já sem a placa de imobilização, falando no telefone e segurando uma bolsa de gelo no rosto.

— É. Eu contei para o delegado e disse que eu ia dar queixa, então está feito. — Ele riu e disse: — Ah, eu não sei se é bom ou não. Talvez eu tenha atraído ainda mais problemas. Ei, a minha irmã chegou para me levar para casa, então eu tenho que desligar. Eu só queria que você soubesse... Está tudo bem. Eu estou bem.

Ele desligou e olhou para Sarah.

— Com quem você estava falando? — perguntou ela. *Com quem você fala depois de ter levado uma surra?*

— Com o Cooper. Aquele cara sobre quem nós falamos. O que é dono da loja do Ben.

— Ah? E quantos anos tem esse tal de Cooper?

— Sei lá — respondeu ele dando de ombros. — Velho. — Depois ele sorriu e fez uma careta. — Um pouco mais velho que você, eu acho. Ele é amigo do delegado. Ele me levou para comer um hambúrguer depois do jogo contra Carver.

— Você não me contou isso — disse ela, que tinha ido àquele jogo. Ela teria ido com ele se tudo que queria era um hambúrguer. — E onde é que você conheceu esse Cooper?

— Na praia, Sarah. Eu estava correndo com Hamlet, ele estava na loja de pescaria. Eu parei para perguntar o que estava acontecendo ali.

— E agora você telefona para ele?

— Ele é amigo do delegado! — enfatizou Landon. — Eu só não queria que ele ficasse sabendo disso e começasse a me procurar para ver se eu estava bem. Caramba!

— É que tudo isso está parecendo meio suspeito — disse ela.

— É? Mas não foi o Cooper que me atacou no chuveiro e quebrou a minha cara. — Ele tirou a bolsa de gelo do rosto arroxeado e olho preto e ela fechou os olhos e estremeceu. — Um garoto do último ano chamado Jag Morrison fez isso comigo. Ele vem me ameaçando desde o início das aulas. Ele era o astro do time, se você quiser usar o termo de forma vaga. Ele não consegue acertar um passe nem para salvar a própria vida, mas era o melhor que eles tinham. Ele não gostou nada de ver um aluno novo tomar o lugar dele no time.

— Há quanto tempo isso está acontecendo? — perguntou ela, olhando para ele de cara feia. — Eu conheço os Morrison, sentei-me com eles em um dos jogos.

— Desde o terceiro ou quarto treino. Eu tenho conseguido me defender.

— Por que você não me disse nada?

— Caramba, Sarah, por uns vinte motivos. Que tal começarmos com o fato de que eu não quero que a minha irmã vá procurar o diretor ou os pais do garoto? Eu não quero me esconder atrás de você. E... Você tem suas próprias merdas para resolver. Desde que você se livrou do Derek, você não tem sido exatamente... forte. Você não tem sido forte. Pronto. Eu disse. Eu não queria colocar mais uma coisa nas suas costas. Principalmente quando eu podia resolver sozinho.

Ela tirou a bolsa de gelo do rosto dele.

— Que tal da próxima vez você me contar e tentar preservar o seu rosto? — perguntou ela baixinho.

— Ok. Tarde demais para isso agora. E eu tenho um encontro para o baile de amanhã. Mas acho que ela não vai querer mais ir comigo agora.

— Um encontro? Com quem?

— Eve McCain. A filha do delegado. Ela me convidou. — Depois ele sorriu e gemeu: — Ai. — Ele pressionou a bolsa de gelo no rosto de novo.

Ela balançou a cabeça e tentou não rir.

— Acho que temos um problema de comunicação — concluiu ela.

— Você tem problemas de comunicação — corrigiu ele. — Você está passando pela tristeza do divórcio e, ei, eu entendo. Eu também meio que estou passando por isso. Eu não apenas mudei de escola, mas aquele escroto nem pediu para ter a guarda compartilhada ou direito de visitação! Como você acha que eu me sinto em relação a isso?

Ela deu um sorriso suave.

— Eu deixo você xingar muito — disse ela, secretamente admitindo que gostava de ouvir Landon chamar Derek de escroto. Na maior parte do tempo, sentia que estava quase perdendo a cabeça. Entendia muito bem a raiva de Landon. Talvez eles devessem separar uma noite por semana apenas para ficarem xingando Derek, dizendo todas as coisas cruéis e ruins que conseguissem imaginar. O babacão — partindo o coração deles daquele jeito.

— Não olhe agora, Sarah, mas acho que é tarde demais. Pelo menos eu sei quando não dizer essas coisas.

— A gente precisa conversar mais, Landon — disse ela.

— Sarah, é você que não tem conversado. Quando você superar o Derek, a gente conversa mais. Olha, está tudo bem. Você vai superar. Só um completo filho da puta escroto começa a trair antes mesmo de o casamento começar, então você tem que parar de se culpar.

Os olhos dela se encheram de lágrimas que ela não derramaria. Ela fora obrigada a ser forte em tantos níveis — a história da família, o emprego, assumir a custódia de um menininho. E tudo isso com tão poucas ferramentas a seu favor. Quando alguma coisa a atingia — tipo a traição de Derek —, ela se retraía dentro de si. Isso não era nada bom. Nada bom mesmo.

— Bem — disse o médico puxando a cortina e entrando na sala de exame. — A gente não vê motivos para interná-lo, mas eu quero que você e sua irmã fiquem atentos a sinais de concussão. A enfermeira vai dar uma lista de instruções. Eu sei que o assistente já perguntou, mas eu gostaria de ouvir a resposta. Você foi atingido no jogo?

Ele negou com a cabeça.

— Não, eu sou rápido demais para eles. Acho que eu preciso ser mais rápido no banho. — Ele tentou dar o seu lindo sorriso e, novamente, gemeu: — Ai.

O médico riu.

— Eu posso ficar acordada com ele a noite inteira, se for necessário.

— Eu não sei se é necessário, sra... Hã... — Ele olhou para a prancheta. — Dupre.

— Eu apresento a capitã-tenente Sarah Dupre, minha irmã — disse Landon. — Minha carcereira e dona. Equipe de busca e salvamento da Guarda Costeira dos Estados Unidos. Ela é solteira.

Ele riu de novo.

— Prazer — disse ele, estendendo a mão. — Eu sou casado, mas é um prazer conhecê-la. E muito obrigado por toda a ajuda que vocês nos dão aqui na costa e onde é que precisem.

— Que pena que você é casado — disse Landon. — A minha irmã não sai há um tempo e você não sabe o impacto que isso tem na minha vida social.

O sofrimento emocional de ver Landon ferido deixou Sarah exausta. Ela temia cair no sono e não ir verificar como ele estava durante a noite. Pensou em programar o alarme do celular para acordar de hora em hora. Mas isso acabou sendo totalmente desnecessário — ela passou a noite no sofá, onde mal conseguiu cochilar.

Isso trouxe recordações dos dias logo depois que ela o salvou da tia Frances. Ele não falava sobre a experiência, mas estava tão abalado que ela dormia com ele todas as noites, mantendo-o perto e seguro. Ele nunca reclamou, mas, às vezes, chorava durante o sono, o corpinho tremendo nos braços dela.

Ele era quase um homem agora e ela não conseguia mais mantê-lo seguro.

Ela entrava no quarto em intervalos regulares, quase tropeçando em Hamlet, embora não conseguisse imaginar que importância tinha aquilo. Como se impede uma concussão? Mas o rosto dele ainda era lindo, mesmo com os hematomas e o inchaço decorrente da surra, e isso alimentava a sua alma. Ele parecia uma criança durante o sono, um menininho no corpo de um homem, em paz e confiante.

Ele confiava nela.

Ele fora a prioridade dela por dez anos. Ela sempre encontrara uma forma de colocá-lo em primeiro lugar e tivera sorte o bastante para ter o apoio de outras famílias da Guarda Costeira. Mas ultimamente? Não fora tanto o divórcio que a deixara completamente sem equilíbrio. Ela fracassara com Landon. Ele fora jogado em uma nova escola, colocado em um novo time, sofrera bullying, e ela nem ficara sabendo de nada, fez amizade com um homem de meia-idade de quem ela não sabia nada sobre...

Ela teria que conversar com ele sobre isso. Mas primeiro, ela precisava dormir.

A manhã chegou com o som de Hamlet e Landon mastigando o café da manhã. Ela abriu apenas um dos olhos. Landon estava sentado na mesa da cozinha, comendo cereal, enquanto Hamlet devorava ração para cachorro. Ela se sentou, esfregou os olhos e olhou para o irmão.

—Vou preparar uns ovos para você — disse ela.

Landon largou a colher na tigela.

— Sarah, você dormiu no sofá com as roupas de ontem. Você não precisa preparar ovos para mim. Se eu quisesse ovo, eu faria um. Eu estou com um hematoma no olho, mas minha mão ainda funciona bem. Eu até preparei café para você.

Ela foi até a mesa.

— Graças a Deus. Eu estou exausta.

— Eu também. Eu acordei de hora em hora com alguém se esgueirando pelo meu quarto.

Ela apoiou o rosto na mão.

—Você poderia ter dito alguma coisa...

— E atrapalhar a sua diversão? — Ele se levantou e serviu café para ela. — Mas eu vou voltar para a cama. E vou trancar a minha porta.

Ela aceitou a xícara, soprando antes de tomar um gole.

— Está ficando roxo — disse ela, fazendo um gesto com a xícara de café. — Quero dizer, mais roxo. Acho que você está com um hematoma em cima do outro.

— É.

— Sinto muito, Landon. É tudo culpa minha. Eu não estava prestando atenção. Eu não fazia ideia que você estava com problemas. Eu estava tão focada nos meus próprios...

Novamente, ele colocou a colher na tigela.

— Sarah, eu não queria que você soubesse. Eu não queria que *ninguém* soubesse. Eu queria resolver isso sozinho. Foi só quando ouvi Crawford Downy contar para o técnico que Morrison fazia esse tipo de coisa desde o quarto ano é que eu decidi que a melhor forma de lidar com isso seria contando tudo. Eu não sei se você entende isso, mas existe uma grande diferença entre ir fazer fofoca com o técnico ou com um professor e simplesmente ir a público. Essa é a diferença entre um outdoor e um sussurro. Morrison me bateu no banheiro. Ele foi algemado e preso. Eu não sei como ele vai poder fazer isso com mais alguém. — Ele balançou a cabeça. — Até ele fazer o que fez comigo, não era nada demais, alguns empurrões dissimulados e ameaças.

— Mas você conversou com aquele cara, o tal de Cooper...

— Não exatamente — disse Landon. — Eu estava na praia com Hamlet, jogando a bola para ele, e Morrison e seus lacaios estavam lá com a prancha a remo e coisas assim. Eles estavam me causando problemas. Não me deixando passar. Hamlet, corajosamente, escondendo-se atrás de mim. Cooper estava no deque do Ben. Ele deu um assovio. Isso foi tudo. Apenas para dizer que tinha alguém vendo. E, é claro, o covarde do Morrison deu o fora com a gangue. Eu fui caminhando pela praia até a doca. Eu só conversei um pouco com ele, isso foi tudo. Foi como se ele soubesse pelo que eu estava passando sem eu ter que falar nada. Ele disse que costumava se mudar muito... Que ele fora o novo aluno várias vezes.

— Ah... — disse Sarah.

— Ele é legal, Sarah. Pare de se preocupar com Cooper.

E como é que Landon poderia saber disso? Cooper podia ser um charlatão manipulador ou um pedófilo. Mas ela sabia que seria melhor não dar uma de irmã mais velha inteligente e sábia. Isso com certeza não funcionaria. Então, ela disse:

— Tudo bem, então.

Quando Landon voltou para a cama, ela colocou as galochas e o casaco vermelho. Hamlet começou a pular em volta, agitado.

— Shh! — disse ela. — Vá pegar a sua bola! — Ela se apressou para tirá-lo de casa antes que acordasse Landon.

Era uma manhã ensolarada e fria, mas Sarah estava revoltada. Não estava realmente processando todos os eventos dos últimos meses — o divórcio, a tensão que sentia quando tinha que trabalhar com Derek, a mudança, o ataque contra Landon. De alguma forma, era mais fácil lidar com uma crise do que com aquele velho sentimento de impotência, de não ser capaz de resolver as coisas.

Ela correu pela praia, atirando a bola para Hamlet. Não tinha um plano até que subiu os degraus da praia até a loja de pescaria. Hamlet a seguiu de perto, e ela contornou a loja até o trailer. Sabia que estava agindo de forma meio irracional, mas socou a porta. Então, bateu de novo, com mais força. Dava para ouvir que ele estava ali dentro, andando. Finalmente, ele abriu a porta, usando apenas uma toalha na cintura, e creme de barbear na metade do rosto, uma tatuagem impressionante no ombro direito descendo pelo bíceps. Ela quis saber:

— Mas que merda está havendo entre você e o meu irmão?

Ele franziu o cenho.

— E esta deve ser a Sarah — disse ele, calmo. — Você quer entrar?

Ela deu um passo para trás.

— Por que você não vem aqui fora? — perguntou ela, sabendo que aquele era um pedido ridículo.

— Eu prefiro ter uma conversa quando estou vestido — respondeu ele. — Fique aí. — Ele fechou a porta e voltou um minuto depois com uma toalha. — Limpe a boca de Hamlet e as patas dele e entre. Eu vou me vestir, e nós vamos conversar sobre seja lá o que está chateando você e, depois, eu talvez volte para o meu banho. Tudo bem para você?

Inexplicavelmente, ela o odiou por estar tão calmo. Nunca se sentira mais fora de controle, ainda assim determinada a ser forte. Ela pegou a toalha da mão dele e disse:

— Vá se vestir.

Cooper cumprimentou rapidamente Sarah Dupre. Ele passou pela cozinha embutida e, em três passos, estava no banheiro. Fechou a porta. Ele se apoiou no banheiro, olhou para o rosto barbeado pela metade e sussurrou:

— Merda.

Merda! Ele verificou, não estava com a língua para fora, mas os olhos estavam meio quentes. Ela era maravilhosa.

O cabelo curto, cheio e escuro emoldurando o rosto de um jeito sexy e provocante. Os olhos tão grandes e castanhos como chocolate, circundados por cílios espessos e negros. Os lábios — meu Deus, aqueles lábios. Vermelhos, cheios, em formato de coração que imploravam para ser... *Pare,* ordenou a si mesmo. Ela escondia o corpo miúdo embaixo do casaco vermelho de capuz que ia até a altura dos joelhos e uma camiseta branca larga, mas dava para perceber as formas por baixo. Ele piscou os olhos com força, depois abriu os olhos para ver se estava babando.

Landon não lhe dissera que ela era linda. Mas quantos adolescentes ficam falando de como as irmãs são lindas?

Não precisava ser um gênio para imaginar que ela tinha tirado as próprias conclusões sobre sua amizade com Landon. Agora, era a primeira vez que uma coisa dessas acontecia com ele. Ele já enfrentara pais protetores e até uma discussão desagradável com um ex-marido. Houve também uma ou duas ocasiões em que uma mulher não conseguia decidir entre Cooper e um outro cara... Mas isto? Uma mulher linda que quase o fez cair de joelhos, zangada e chateada por causa da sua amizade com o irmão caçula dela? Calma. Ele teve vontade de ligar para sua irmã mais velha, Rochelle, e perguntar o que estava acontecendo. Ela não era nenhuma perita no assunto, mas era cheia de conselhos.

Ele vestiu uma calça jeans e uma camiseta branca. E a encontrou sentada na mesma poltrona que Landon ocupara quando estivera lá. Ela se levantou.

— Pode ficar sentada — disse ele com voz gentil. Depois, foi até a cozinha, encheu uma panela de água para Hamlet e pegou outra toalha para colocar por baixo porque o cachorro bebia água de forma descuidada e rápida. — A gente já fez isso antes.

— Quantas vezes exatamente? — quis saber ela.

— Uma.

Enquanto Hamlet bebia água, Cooper se acomodou no sofá.

— Então, por que você está tão zangada?

— Eu não estou zangada. Eu só quero saber que tipo de relacionamento o senhor tem com o meu irmão. Eu tenho perguntas.

— Tudo bem — disse ele, inclinando-se para a frente e apoiando os cotovelos nos joelhos. — Eu vi Landon ter um pequeno problema na praia. Nada muito assustador. Um garoto implicando com ele e o empurrando. Eu conversei com ele sobre isso e descobri que ele estava sofrendo bullying. Sendo maltratado por alguns dos colegas de time. Você sabe o motivo, né?

Ela apenas negou com a cabeça.

— Ele joga melhor do que um cara do último ano, o capitão do time. Eu fui a um jogo uma semana atrás mais ou menos, por acaso. Eu tinha ido jantar na cidade, mas todos estavam na escola, no jogo, e eu fui também. Eu encontrei algumas pessoas que conheço, os McCain e seus amigos. E foi incrível. Landon jogou muito bem. Quando eu estava de saída, eu ouvi uma discussão e descobri que o mesmo garoto da praia e alguns dos amigos dele tinham se juntado para pegar Landon. Ele não se machucou nem nada, mas eu conversei com ele e sugeri que ele contasse o que tinha acontecido para o técnico ou para o delegado. Todo esse lance de bullying é simplesmente errado. Você nunca sabe onde as coisas vão parar.

— No chuveiro do vestiário? — perguntou ela, erguendo uma das sobrancelhas.

Ele passou a mão pelo cabelo.

— É, eu devia ter feito alguma coisa. Era uma decisão difícil. Garotos de 16 anos têm o orgulho próprio. Não era como se Landon estivesse sendo surrado porque era fraco ou nerd. Ele disse que conseguia lidar com aquilo e talvez pudesse mesmo. Ele é alto e forte. Mas eu peço desculpas. Eu deveria ter feito alguma coisa, mesmo que ele tenha pedido para eu não fazer.

Ela olhou em volta do trailer.

— Mas por que você está aqui? — quis saber ela. — Por que você está ajudando o meu irmão? Você trabalha? O que você *faz*?

Ele deu a ela um segundo para recuperar o fôlego. Mas o que ela estava pensando? Que ele era algum tipo de pervertido, perseguindo garotos e atraindo-os para o seu trailer?

— No momento, não estou trabalhando.

— É mesmo? — perguntou ela em tom acusador.

— É. Ben e eu éramos amigos. Íamos nos encontrar nas montanhas para caçar. Ele morreu de repente. Em vez de sair para procurar emprego, eu vim para cá para descobrir o que aconteceu com ele.

— Ele caiu das escadas em circunstâncias misteriosas — informou ela. — E a ideia de Landon passar um tempo aqui depois disso? Eu não gosto nada disso.

— Acho que não posso culpá-la. Se isso serve de consolo, o delegado McCain e eu estamos sempre de olho. Mas nada indica que algo mais misterioso do que um acidente com o meu amigo aconteceu. Eu acho, Sarah, que provavelmente foi um triste acidente.

— Mas você ainda está aqui. Morando em um trailer.

Ele riu de repente. Ela era braba e linda e estava bancando a leoa.

— Olha só, Sarah, acalme-se, ok? Eu moro no trailer porque não posso morar na casa do Ben. É um desastre. Estou tentando consertar tudo.

— E depois?

— Vou embora — disse ele. — Mas você está sendo um pouco grossa, eu morei neste trailer durante dois anos em Corpus Christi.

— Fazendo o quê?

— Pilotando helicópteros de transporte de plataformas de petróleo no Golfo para uma petrolífera. Não é salvamento. Transporte. Eu sou piloto de helicóptero desde o exército. Quinze anos. Eu provavelmente vou pilotar de novo, mas não no exterior. Outra coisa. — Ele adorou a expressão chocada no rosto dela. — Depois da morte de Ben, meus planos mudaram. No momento, o que eu preciso fazer é colocar este lugar em ordem e resolver as questões de Ben. Ele não tem família. Vai levar alguns meses. Então, eu tenho um motivo legítimo para estar aqui. Eu não vim para cá para vender drogas para adolescentes ou fazer nenhuma indecência ou algo fora da lei. Eu pedi o número de telefone de Landon e dei a ele o meu para o caso de... Sei lá, no caso de ele precisar de ajuda. Ele me disse que você tem que ficar de plantão para a Guarda Costeira e, às vezes, ele fica sozinho. — Ele olhou para ela. — Eu só estava sendo um bom vizinho. O seu irmão é um garoto legal. E ele tem orgulho de você e se preocupa também. Ele disse que você tem passado por maus bocados ultimamente.

Ela se levantou.

— Hum. Sim. Bem, isso não é da sua conta.

Cooper também se levantou.

— Eu sei que não é da minha conta, Sarah. Eu só estou tentando ser um cara legal. E você é realmente durona.

— Não me chame de durona.

— Dê um motivo.

— Olha aqui, sr...

— Cooper. Hank Cooper. Mas quase ninguém me chama de Hank. Só Cooper.

Aparentemente, porém, ela queria ser formal. Provavelmente como uma forma de manter a distância entre eles.

— Sr. Cooper, eu sou a responsável por Landon. Só eu. Pode ser um desafio, considerando o meu trabalho. Mas eu só quero protegê-lo.

Cooper balançou a cabeça.

—Você vai ter problemas com isso.

— Ah? E posso saber por quê?

— Porque eu acho que ele quer proteger você.

— Ele só tem 16 anos!

Cooper assentiu.

— Um garoto de 16 anos muito inteligente, forte e corajoso com altos padrões. Ele deve ter tido um modelo exemplar.

— Ele não teve *nenhum* modelo exemplar. O nosso pai morreu quando ele tinha cinco anos de idade, o meu ex-marido é um imbecil que o abandonou!

Cooper enfiou as mãos nos bolsos da calça jeans e se balançou nos calcanhares. Ele deu um sorrisinho para ela.

— Não precisa ser um modelo masculino, Sarah.

Ela ficou literalmente boquiaberta. Pareceu levar um tempo para absorver aquilo. Dava quase para ver as engrenagens funcionando. Um elogio de um bandido que mora em um trailer?

Ela fechou a boca e empertigou-se um pouco.

— Olha só, sr. Cooper, eu vou ficar de olho, e se o senhor fizer qualquer coisa para magoar o meu irmão, vai pagar caro.

— Entendido — disse ele, mas não conseguiu apagar o sorriso dos lábios.

— Hamlet! — chamou ela, seguindo para a porta. Mas o cachorro já estava na frente dela e ela quase caiu por cima dele. Ela desceu do trailer, tropeçou no cachorro e seguiu para a praia.

Cooper observou enquanto ela se afastava.

— Ufa. Durona mesmo.

Capítulo Dez

Cooper alisou o seu terno. Bem, era dele *agora*. O marido de Rochelle, Dave, usava terno todos os dias, mas mais ou menos um ano atrás, ele engordou um pouco por causa da cerveja com salgadinhos, e alguns dos seus ternos caros não serviam mais nele. É claro que Rochelle tentou obrigá-lo a fazer uma dieta, que foi mais ou menos bem-sucedida. Mas os ternos justos tiveram que ser doados. Assim como as camisas italianas *tããão* caras. Naquela época, Cooper tinha apenas um paletó fora de moda e algumas calças sociais. Ele tinha encontros ocasionais e um casamento ou funeral a cada dois anos.

Não usava terno. Ainda assim, quando olhou no espelho, ficou impressionado com a própria aparência. Perguntou-se se sobreviveria a um trabalho burocrático.

Não. Não mesmo.

O ginásio da escola fora transformado para o baile e estava cheio de adolescentes, pelo menos uns duzentos. Também estava cheio de adultos. Cooper era o mais bem vestido ali, graças ao seu cunhado acima do peso. Como Mac era alto, ele foi a primeira pessoa que Cooper viu na multidão. Ele conseguiu ir até o amigo passando por uma parede decorada com papel crepom. Mac estava próximo da mesa das bebidas e, depois de apertar a mão de Cooper, ofereceu um copo para ele.

— Ponche?

Cooper olhou para o copo.

— É rosa — disse ele.

— Eu sei. Espere até provar.

— Quantos desses você tem que tomar antes de poder voltar para casa?

Mac riu.

— A minha missão é me certificar de que o ponche não seja batizado.

— Você é um amador — declarou Cooper. — Com todos esses supervisores em volta do ponche, eles vão batizar a bebida no próprio copo.

— Certo, mas Gina e Lou estão andando pelo salão. E elas veem tudo. E como conseguiram convencer você a fazer isso?

Cooper bufou e balançou a cabeça. Abriu o paletó e enfiou as mãos nos bolsos.

— A essa altura você já deve ter descoberto que Landon era o garoto em quem eu estava de olho. Quando Gina me pediu... na verdade *mandou* que eu me juntasse à equipe dos supervisores, eu achei que talvez não fosse má ideia. Além disso, não tenho muitos compromissos sociais por aqui, e eu já estou cansado de todo aquele mofo.

— Você deveria ter me contado sobre Landon — disse Mac.

— Eu sei. Acho que eu deveria. Então, agora provavelmente eu não tenho nenhum motivo para estar aqui. Aliás, ele veio?

Mac assentiu.

— Está dançando com a minha filha. E eu estou de olho.

— Tente pegar leve, Mac. Você já teve 16 anos um dia.

— Justamente por isso eu estou de olho.

Cooper riu.

— Então, eu sei que Landon foi para o hospital para ser examinado e que ele está bem, só com alguns hematomas. E quanto ao outro garoto?

— Foi preso.

— Sério? — perguntou Cooper, chocado.

— Você parece surpreso. Landon foi atacado por trás, mas viu o atacante e o acusou. Ele deu queixa, graças a Deus. Em geral, eu não gosto muito de prender as pessoas. Mas aquele lá... Eu meio que gostei. Babaquinha. Brigar já é ruim, agora, jogar sujo é golpe baixo e sórdido.

— Morrison não está aqui, não é? — perguntou Cooper.

— Ele foi suspenso da escola. Algumas coisas precisam ser esclarecidas antes de ele aparecer de novo. E não é oficial, mas acho que ele não vai mais jogar futebol. Só tem mais três jogos, mas, se eu conheço bem o técnico, ele está acabado, mesmo que consiga voltar para a escola.

— Bem, antes de resolver tudo, certifique-se de perguntar a Landon sobre os amigos de Morrison. Ele tem uma gangue, não me pergunte por quê. Logo depois do jogo de Carver, eu os peguei numa briga. Dois garotos grandalhões estavam segurando Landon para que Morrison pudesse bater nele.

Mac passou a mão no rosto.

— Ah, cara...

— Eu não sei o nome deles, mas poderia mostrar para você. Mas seria melhor se o próprio Landon contasse. Você acha que pode ter alguma confusão com eles hoje à noite?

— Duvido muito — respondeu Mac. — A Eve é bem minha filha mesmo. Assim que ela descobriu que Morrison estava causando problemas para Landon, ela marcou de virem para a festa com Ashley e o namorado, que é um ex-aluno bem grande e muito querido por todos aqui. Eu vou ligar para Landon amanhã, para ver se conseguimos resolver isso. Algum outro segredinho que você está guardando?

Cooper não ouviu a pergunta. Pelo canto dos olhos ele viu uma mulher que reconheceu. Sarah estava ali. Parecia estar perto das portas do ginásio, meio escondida atrás de uma pilastra de papel crepom e balões presos nela.

— Hein? — perguntou Cooper.

— Eu perguntei se tem mais alguma coisa que eu preciso saber.

— Eu não me lembro de mais nada, Mac. Ei, acho que aprendi a lição aqui. Se eu tivesse contado o que estava acontecendo, talvez Landon ficasse meio chateado comigo, mas provavelmente não teria se machucado.

— Ah, aí está — disse Mac.

— Hum, eu vi uma pessoa que preciso cumprimentar — disse Cooper. — A irmã de Landon está aqui. Tome conta do ponche.

— Pode deixar.

Cooper passou pela mesa de refresco, pegou um copinho de plástico com aquela coisa rosa, um guardanapo e caminhou em direção a Sarah. Ela estava espiando pelo suporte de papel crepom, de costas, quando ele se aproximou pelo outro lado. E que costas maravilhosas. Ela estava usando um vestido justo de manga comprida com um tipo de cinto de couro e botas pretas de salto alto. Embora Cooper não tivesse como saber, ele suspeitava que ela não tinha comprado aquelas botas em Thunder Point.

—Você está se escondendo? — perguntou ele.

Ela teve um sobressalto e virou para ele, com a mão pressionando o pescoço. Ela fechou os olhos por um instante.

—Você quase me matou de susto!

— Desculpe — disse ele. —Você parecia estar espionando por trás da decoração.Você está incógnita esta noite?

— Eu quero ficar na minha. — Ela respirou fundo. — Foi um dia longo.

Ele ofereceu o copo para ela.

— Ponche?

Ela olhou para a bebida e fez uma careta.

— É rosa.

— E nem tem um guarda-chuvinha. Nós temos mais em comum do que você imagina.

— Olha só, sobre hoje de manhã...

— Esqueça — disse ele. — Ele é o seu irmão. Ele se machucou. Você estava preocupada.

— Bem, obrigada, mas eu não estava exatamente pedindo desculpas.

Ele ergueu as sobrancelhas. Devia ter imaginado.

— É só que eu não tinha o direito de ser tão hostil. Isso meio que saiu do nada. Não foi preocupação. Quando eu não tenho controle da situação... Ai — disse ela, esfregando a testa com os dedos. — Tudo bem, eu gostaria de me desculpar por ter sido tão grosseira, mas não por ter desconfiado de você. Qualquer mãe ou irmã mais velha ou tutora ficaria desconfiada. De qualquer forma, vamos começar de novo. Olhe só para você. Não parece nadinha com um piloto comum de helicóptero que está reformando uma loja decadente de pescaria. Este é um terno de quatro mil dólares. Nenhum piloto que eu conheço usa ternos desse preço. Eles nem *querem* isso.

Cooper sorriu.

— E esta camisa custa cento e cinquenta dólares. É italiana.

—Você é modelo? Ou chefe do tráfico?

Ele balançou a cabeça e riu.

— Meu cunhado é um executivo que engordou. Minha irmã me mandou três ternos, um monte de camisas e umas gravatas horrorosas que custam uma fortuna. Gina disse que eu tinha que vir de terno.

Uma risada escapou dos lábios dela e seu rosto se transformou por um segundo. Para começar, ela era linda, sua pele era perfeita, o rosto ficou rosado e os olhos cor de café forte brilharam.

— Bem, ficaram bem em você.

— Ora, obrigado, Sarah. Então, Mac me disse que Landon está aqui, dançando com a filha dele.

O sorriso desapareceu e ela gemeu, baixando o rosto.

— Presumo que ele se recuperou? — perguntou Cooper.

— Ele está um horror. Olho roxo, lábio cortado, hematoma na bochecha, um galo enorme na cabeça. Ele não deveria ter saído. Nós não tivemos um dia muito bom.

— Mas ele está se sentindo bem?

— Ele está se sentindo o garoto mais sortudo do mundo porque a maravilhosa Eve McCain quis vir ao baile com ele mesmo que a cara dele esteja igual a um hambúrguer. Mas eu não o deixei dirigir. Eu me ofereci para trazê-lo e ele disse que preferia entrar na frente de um trem primeiro.

— Ela é maravilhosa — disse Cooper, com bom humor. — E ela é muito legal. E o mais importante: o pai dela é policial. Ele colocou o cara que bateu em Landon na prisão.

Isso chamou a sua atenção.

— Prisão? Landon sabe disso?

— Eu não sei. Tenho certeza de que os pais do garoto o tiraram de lá bem rápido, mas ele chegou a ser preso. Isso faz com que eu me sinta bem melhor. O garoto é um babaca.

Novamente o sorriso, mais brilhante desta vez. Sarah já andava com os pilotos da Guarda Costeira há uns dez anos. Cooper estava falando a sua língua. Picante. Mas, meu Deus, como ela era linda quando sorria daquele jeito.

— Landon sabe que você está aqui?

Ela assentiu.

— E não está nada satisfeito com isso. Eu não ia vir esta noite, mas então... Ele gosta que eu vá aos jogos, mas isto? Ele quer ficar sozinho com a garota dele.

— O pai da garota dele está observando. E o pai dela é...

— Eu sei. Da polícia. — Ela riu de novo. —Você sabia que as garotas o chamam de delegado gostosão?

Cooper soltou uma gargalhada tão alta que as pessoas olharam para ele. Ela colocou uma das mãos no braço dele para ele ficar quieto.

— Shh! Pelo que sei, ele não gosta muito disso — contou ela. — E ele é um homem grande, com uma arma.

—Vou usar essa informação com cautela. — Cooper olhou em volta. — Acho que está tudo sob controle por aqui. Eu poderia chamá-la para tomar uma bebida que não seja rosa.

— Ah... Eu acho que não...

— Um jantar, então — sugeriu ele. — Mas se você já tiver jantado, pode ser a sobremesa e uma bebida.

— Olha só, você está levando esse lance de bom vizinho longe demais. Não seria uma boa ideia. Tipo, você é amigo de Landon, e eu estou de olho para ver se eu tenho que bater em você por qualquer motivo.

Ele deu um sorriso. Apanhar dela poderia ser algo bem erótico. Muito.

— Arrisque. Podemos conversar sobre a cidade. Ou seu irmão. Ou helicópteros, se já não estiver cansada desse papo. Eu não sei quanto a você, mas isso não é exatamente o que eu gostaria de estar fazendo hoje à noite.

— É, mas tem Landon... Eu detesto ter que ficar longe dele.

— Mande uma mensagem. Diga que vamos jantar e estaremos por perto se ele precisar de qualquer coisa. — Ele sorriu. —Vamos dar o fora daqui.

Cooper sugeriu que ficassem na cidade para ela ficar tranquila, mesmo sabendo que havia alguns excelentes restaurantes a menos de meia hora de Thunder Point. Ela gostou da ideia. E ele queria ir em um carro só.

— Eu adoraria ir na minha picape, mas eu acho que, considerando esse seu vestido justo, é melhor irmos no seu carro. Se você não se importar de me trazer de volta depois para eu pegar a picape.

— A gente podia ir simplesmente em carros separados — sugeriu ela.

— Não. Vamos juntos. Mas, primeiro, mande a mensagem para Landon.

Ela pegou o telefone quando estavam no estacionamento e digitou a mensagem.

— Espero que ele não fique todo mal-humorado por eu estar saindo depois de toda a discussão sobre ele sair hoje.

Cooper riu.

— Ele vai achar que eu estou fazendo um favor para ele. — Então ele baixou um pouco a voz. — Mas eu não estou.

— Uau — disse ela. — Ele respondeu na hora. Divirta-se?

— Bom. Então, vamos. Eu descobri poucas coisas sobre esta cidade, mas uma delas é que quando há eventos da escola, como jogos, o Cliffhanger's fica vazio. — Ele pegou o cotovelo dela e se dirigiu para a porta do passageiro da SUV compacta.

— Quer que eu dirija? — ofereceu-se ele.

— O meu carro? Acho que não.

— Tudo bem, então — concordou ele, dirigindo-se para a porta do motorista para abri-la para ela. Quando você passa tempo demais da vida usando uniforme de piloto e coturnos, as portas não costumam ser abertas para você, então ela entrou. Ele se acomodou no banco do passageiro, colocando-o totalmente para trás.

Quando já estavam a caminho, ele disse:

— O bom e velho Landon. Eu só fui a um baile de escola. Tipo, um baile *de verdade*, tipo com uma garota. Aos informais eu ia com alguns amigos, se eu tivesse algum, e a gente ficava pelos cantos, provocando as meninas só para termos sobre o que conversar depois.

— E como foi o único que você realmente foi? Com uma garota?

— Não foi bem do jeito que eu achei que fosse — disse ele com uma risada. — Eu precisei reunir tanta coragem para convidá-la que acho que as minhas expectativas ficaram altas demais. A experiência dela foi horrível. De alguma forma, eu não consegui fazer nada direito.

Ela detestou. Agora, eu nem consigo lembrar o nome dela, e eu torço para ela não se lembrar do meu também.

— Ela se lembra — afirmou Sarah. — Você se lembra de mais alguma coisa sobre ela?

— Cabelo louro e seios — respondeu ele.

— Eu vou dar um crédito pela honestidade, mas não muitos. Créditos, eu quero dizer. Já ocorreu a você que as mulheres não gostam de serem lembradas pela cor do cabelo e seus peitos?

— Claro que sim. Agora. E sinto muito, comandante Dupre, mas mesmo que eu não leia revistas de psicologia, eu sei que seres humanos são criaturas visuais. É necessário que haja uma atração inicial e, então, quando você passa a conhecer a pessoa melhor, pode apreciar totalmente as suas outras qualidades. Se você nunca chegar a conhecer sua personalidade e seus talentos, só vai se lembrar do cabelo e dos peitos.

— Superficial demais — disse ela. Mas o que veio à mente dela foi o peitoral dele quando ele estava enrolado na toalha. A tatuagem impressionante, ombros largos, bíceps fantásticos, quantidade perfeita de pelos no peito (nem muito, nem pouco) e a cintura estreita. Ela ficou com raiva da própria reação. — É *capitã-tenente* — corrigiu ela.

— Se serve de consolo, eu já evoluí bastante desde o ensino médio.

— Então, você não pensa mais em cabelo e peito?

Ela entrou no estacionamento do Cliffhanger's, que não estava cheio. Escolheu uma vaga e parou.

— Não foi isso que eu disse — respondeu ele. Ele foi até a porta do motorista para abri-la para Sarah, que já estava saindo, dando a ele uma ótima visão das coxas ao fazer isso.

Segurando o cotovelo dela, ele entrou no restaurante. Logo na entrada ficava o bar, onde ele comera na última vez que estivera lá. Logo depois, vinha o salão do restaurante, com toalhas nas mesas e tudo o mais. Ele ergueu a mão para o bartender.

— Oi, Cliff.

— Oi, Cooper. Funeral?

Cooper apenas riu e continuou andando.

— Vamos pegar uma mesa no canto. Tipo aquela ali, perto da lareira. Cara, está frio — disse ele. — Acho que fiquei muito tempo no Golfo. Como é o inverno por aqui?

— Mais frio — esclareceu ela com uma risada. — A gente acabou de se mudar para cá. Viemos de North Bend no verão, é só subir a estrada. Mas eu fiquei três anos em Kodiak e outros três em Michigan. Isso não é nada. Você não tem lareira naquele seu trailer.

Ele a levou até a mesa no canto, não muito longe da lareira. Apenas algumas das mesas estavam ocupadas, todas distantes o suficiente para que a conversa deles não fosse ouvida. Ele a ajudou a tirar o casaco comprido e o colocou em uma cadeira vazia.

— Não tem lareira *e* balança com o vento. Mesmo com o sol brilhando quase todos os dias, o vento da baía pode ser gelado. Eu tenho sentido frio desde o dia que cheguei aqui. Eu vou ter que comprar um casaco de pele ou alguma coisa assim.

No instante em que ela se sentou, o bartender chegou com o cardápio. Cooper estava tirando o casaco e o colocando atrás da cadeira.

— Eu quero uma cerveja, Cliff. Esta é a srta. Dupre, Sarah. — Cliff assentiu. — Sarah, o que você gostaria de beber?

— Um Chardonnay seria ótimo.

— Chope e Chardonnay — resumiu Cooper. Então, ele se sentou de costas para o salão, afrouxou a gravata, tirou as abotoaduras e as colocou no bolso da camisa e dobrou as mangas até a altura dos cotovelos. Olhou para ela, deu um meio sorriso e disse: — Infelizmente, foi uma situação difícil na vida do seu irmão que fez com que eu o conhecesse, mas fico feliz que isso tenha me levado a conhecer você.

Foi aquele comentário — combinado com os pelos que ela vislumbrava pelo colarinho aberto e os antebraços musculosos extremamente sensuais que fizeram declarar:

— Estou divorciada há nove meses.

Ele ergueu uma sobrancelha.

— Quer conversar sobre isso?

— Não.

— E você tocou nesse assunto porque...?

— Se você acha que este encontro vai levar a gente a algo mais, está enganado.

Ele balançou a cabeça.

— Sarah, nós dois temos mais de trinta anos. Espero que já tenhamos superado a ideia de que jantar significa sexo. A não ser que seja um jantar excepcional.

— A gente vai rachar a conta.

— Não seja ridícula. Você que vai pagar a conta. Pode acreditar, assim vai se sentir mais no controle.

— Sabe? Dá para perceber que você se acha muito engraçado por não me levar a sério.

— Ah, mas você está errada — disse ele. — Eu acho que seria catastrófico não levá-la a sério. Um desastre de proporções sem precedentes.

— Hilário.

Cliff serviu o vinho primeiro e, depois, o copo de chope.

— Ah — suspirou Cooper. — Álcool. Graças a Deus.

— Vocês já escolheram? — perguntou Cliff.

— Nós vamos querer a garoupa — informou Cooper. — Salada de entrada, por favor. Molho tártaro para mim.

— Azeite e vinagre, à parte.

— E certifique-se de que a capitã-tenente Dupre receba a conta. — Ele piscou para ela, e Cliff saiu quase correndo dali.

Ela tomou um gole de vinho.

— E como é que você sabe que, se eu pagar, não vou querer sexo em troca?

— Bem, um brinde — disse ele erguendo o copo. — Embora eu fosse me sentir usado e sujo o tempo todo, acho que posso sobreviver a isso.

Por mais que aquilo a irritasse, ela teve que rir.

— Você já foi casado? — quis saber ela. — Tem filhos?

— Não para as duas perguntas. Acho que eu salvei alguma pobre mulher de um mundo de sofrimento — brincou ele.

— Sem dúvida. Então, Landon contou muita coisa sobre mim?

— Não muito. Ele disse que vocês se mudam muito por causa do seu trabalho na Guarda Costeira. E ele também me contou sobre tia Frances.

Ela baixou o olhar. Quando seus olhos se encontraram de novo, ela viu simpatia e compreensão.

— O pior ano da nossa vida — admitiu ela. — Nossos pais morreram, eu tive que tirar uma licença para resolver as coisas e fui transferida para a turma seguinte. Eu coloquei Landon com aquela megera que eu não gosto nem de dizer o nome. Depois tive que tirar uma segunda licença para conseguir tirá-lo de lá. Coitadinho. Era para ele ter problemas, depois de tudo que passou, e ele é tão incrível.

— E a tia Frances?

Ela balançou a cabeça.

— Quando nos separamos, foi feio. Não mantivemos contato. Bem, mantivemos por um tempo, por meio dos nossos advogados. Ela era a única irmã do meu pai e, na verdade, ela queria uma parte do dinheiro do seguro de vida dele, já que, de acordo com o testamento, ela deveria acolher Landon. O testamento tinha sido escrito quando Landon era um bebê, e eu tinha acabado de fazer 18 anos, sem a menor condição de assumir uma criança. Como ela podia maltratá-lo e ainda esperar uma compensação?! Nós fizemos um acordo, mas não mantivemos contato.

Ele se recostou e bufou.

— Eu estava certo. Aquela mulher vai ter dificuldade de se manter longe do inferno. Talvez ela já tenha morrido?

— Vaso ruim não quebra. Você disse que também costumava ser o aluno novo? Família militar?

Ele negou com a cabeça.

— A história da minha família é bem chata. A gente se mudava muito por causa da empresa em que meu pai trabalhava. Ele é contador e chegou a CFO de uma grande empresa em Tampa, que acabou quando eu tinha 13 anos. Tenho três irmãs, que tinham nove, 15 e 17 na época. Enquanto ele procurava um emprego estável, com potencial de crescimento, ele trabalhava como consultor com contratos de longo prazo. Nós nos mudamos três vezes e acabamos em Albuquerque bem a tempo de eu entrar para o primeiro ano do ensino médio. Meus pais alugaram uma casa e, um ano depois, eles compraram uma casa em um outro distrito escolar. Isso fez com que eu estudasse em quatro escolas diferentes em um período de quatro anos.

— Deve ter sido difícil.

— Foi horrível. Eu posso olhar para trás agora e dizer que aprendi algumas coisas, mas, aqui estou eu, com quase quarenta anos, e nunca fiquei em um único lugar por muito tempo. Porque sou só eu, eu caio fora no instante em que não gosto para onde o vento está soprando.

— E como o vento está soprando por aqui? — perguntou ela.

— É um vento muito estranho. Não por causa de Thunder Point, que não é um lugar ruim. Por motivos misteriosos e conhecidos apenas pelo meu falecido amigo, Ben, eu agora sou responsável pela propriedade dele. É um desastre. Tem sido meio difícil decidir como lidar com a situação. Enquanto estamos fazendo a limpeza, o arquiteto está tirando as medidas, projetando as plantas finais, e é isso. Daqui a alguns meses, eu terei uma nova loja de iscas, sem iscas.

Ela pareceu confusa.

— Aquele lugar deve ser apenas bar e delicatéssen. Bebidas e comida pré-pronta que não precisa ser preparada no local. Manutenção barata, para que possa ser gerenciada por uma pessoa. Vamos reforçar e concluir o porão, remodelar e reconstruir a doca. Espero que alguém consiga ver o potencial...

Ele falou sobre madeira e suporte e vigas, mas Sarah não estava mais ouvindo.

Do outro lado do salão, um casal e o filho adolescente se levantaram da mesa, pegaram o casaco e estavam prestes a sair. Eram o sr. e a sra. Morrison, com Jag. Quando a viram, pararam no meio do caminho. Sarah não os tinha notado antes, mas os conhecia dos jogos. A sra. Morrison era uma mulher bonita, extremamente magra, de cerca de 45 anos, com cabelo tão louro que parecia branco. O sr. Morrison era mais baixo e mais velho que a esposa e usava uma peruca horrorosa.

Os olhares se encontraram. Sarah se levantou devagar e estava vagamente ciente de Cooper olhando por sobre o ombro. Então, ele também ficou em silêncio.

Sarah e os Morrison ficaram se encarando. Então, a sra. Morrison empinou o nariz e começou a se afastar.

— Você não tem nada a dizer? — perguntou Sarah sem conseguir se controlar. — Nada mesmo?

A sra. Morrison virou-se e olhou para ela com tanta raiva que Sarah chegou a se encolher.

— E o que poderíamos dizer? Que estou muito decepcionada pela forma como você construiu todo esse caso com a única intenção de se vingar do meu filho?

— Hã? — perguntou ela, completamente confusa. — Vingança?

— Landon caiu no chuveiro, mas viu a oportunidade perfeita de culpar Jag. Ele fez isso porque tem inveja de Jag, e isso está causando muitos problemas.

Jag, que estava um pouco atrás dos pais, chegou a sorrir.

— Effie, vamos sair logo daqui. O nosso advogado vai resolver isso.

— Advogado? — perguntou Cooper, deixando uma gargalhada abafada escapar. — Eu não acho que seja uma boa ideia seguir por este caminho. Umas duas semanas atrás eu encontrei os amigos do filho de vocês segurando Landon para que Jag pudesse espancá-lo.

— Mãe, esse é o cara que quebrou o meu dedo.

Cooper enfiou uma das mãos no bolso da calça e fulminou o garoto com o olhar.

— É mesmo? E cadê o gesso?

— Ele usou uma tala — respondeu o sr. Morrison. — O dedo machucado o prejudicou no jogo.

— Certo — concordou Cooper. — E só para vocês saberem, aquela foi a segunda vez que eu vi Jag fazendo bullying e intimidando Landon. A primeira vez foi na praia. Eu estava no deque da loja de pescaria.

Sarah viu Cliff em pé na porta do salão, retorcendo nervosamente um pano de prato. Havia apenas três outras mesas ocupadas e todos estavam assistindo ao confronto, parecendo fascinados. Estavam todos atrás de Jag e seus pais e não conseguiam ver a expressão no rosto dos Morrison. Não se ouvia o tilintar de nenhum talher.

A mãe de Jag olhou Sarah de alto a baixo de forma fria e cruel. Então, dirigiu-se a Cooper:

— Bem, agora vejo de onde vem o seu incentivo de inventar essas histórias...

— Sra. Morrison, não acho que seja uma boa ideia ofender a capitã-tenente Dupre. Isso só serve para mostrar onde Jag aprendeu a se comportar tão mal.

— Effie, vamos embora agora — disse o sr. Morrison. — Não vamos tomar parte de uma discussão pública e barata. As coisas serão resolvidas por meios legais. — O sr. Morrison se colocou ao lado da esposa, deu os braços a ela e eles saíram do restaurante.

E Jag, inacreditavelmente, ficou parado. Deu uma gargalhada silenciosa, inclinando a cabeça para trás. Então, olhou para Sarah e fez um biquinho como se fosse dar um beijo nela. Então, fechou os olhos e começou a passar a língua pelos lábios, o tempo todo com as mãos nos bolsos, e a expressão agressiva e sexual.

Sarah perdeu a cabeça. De repente, deu dois passos como se fosse atacá-lo. Cooper a pegou pela cintura e segurou, erguendo-a do chão. Ela estava partindo para cima de Jag, chutando o ar e qualquer coisa no caminho.

Jag pulou para trás, jogando-se em cima de uma mesa, derrubando pratos, copos e talheres, embora Sarah não tivesse nem chegado perto dele. Seus pais se viraram para o restaurante, prontos para resgatar o pobre filho vitimado.

Cliff se adiantou, pegou o garoto pelo braço para levantá-lo e murmurou algo do tipo "Nós vamos cuidar disso", e o levou para fora do restaurante.

Cooper colocou Sarah no chão. Ele virou-a para si. Parecia calmo. Ela, furiosa.

— Sente-se — disse ele suavemente.

Sarah voltou para a cadeira, mas estava fervendo de raiva. Trêmula. Sentia que as pessoas estavam olhando para ela. Sentia o rosto quente. Tomou um gole de vinho. Então, perguntou:

— Você viu?

— Vi — disse Cooper com expressão sombria. — Ele provocou você. É um delinquente.

Ela balançou a cabeça, ainda surpresa.

— Olha só, Cooper, eu já estive em uma ou duas situações difíceis em bares onde você tinha que ser cuidadosa, mas eu nunca fui tratada dessa forma.

— Eu sei. Mesmo em bares feios e sujos, apenas os homens mais baixos e bêbados fariam uma coisa dessas. E ele tem quantos anos? 17?

— Acho que eu quero ir embora — disse ela.

— Não, Sarah. Nós vamos ficar. Vamos nos sentar aqui um pouco e conversar com calma. Eu quero que você tome o seu vinho e tente comer o jantar.

Cliff chegou à mesa deles.

— Vocês estão bem? — perguntou ele com voz suave.

— Estamos sim — respondeu Cooper. — Estamos doidos para comer o peixe.

— Que bom! — exclamou ele, sorrindo.

Mas Sarah levou a mão ao estômago. Quando Cliff se afastou ela disse:

— Não sei se estou tão animada assim.

Ele sorriu para ela.

— Hora de se acalmar. Se vai morar aqui nesta cidadezinha, você tem que saber em quem pode confiar. E você pode confiar na garoupa.

—Você quebrou o dedo dele? — perguntou ela.

— Não. Ele me enfrentou, ficou enfiando o dedo no meu peito e me dizendo para ir embora e deixar Landon com eles. Eu não estava a fim daquilo. Eu só quis deixar a minha posição clara. Está tudo bem com o dedo dele. Eu queria ter quebrado a cara dele, mentiroso de uma figa. Ele tem sorte de ter ido embora.

Ela deu um sorriso.

—Você está bem?

—Você *vai* pagar o jantar — respondeu ele. — Minhas canelas doem.

E ela ficou ainda mais vermelha.

Capítulo Onze

Cooper queria manter Sarah no restaurante por um tempo razoável. Por um motivo: queria ter certeza de que ela tinha se acalmado e estava pensando direito. Ele também queria se certificar de que discutissem algumas coisas bem importantes. Enquanto comiam a salada, ele começou a falar. O sr. e sra. Morrison claramente se consideravam privilegiados e acima das regras. Jag elevou as coisas a outro nível. Ele era vingativo, cruel e obviamente mimado, com uma família poderosa que o apoiaria mesmo quando todos os fatos mostravam a sua desonestidade e imoralidade.

— Olha só, Sarah, aquele garoto? Ele não tem medo de nada e é sombrio e perigoso. É claro que ele tem a quem puxar, a mãe dele é assustadora. Em primeiro lugar: se você vir qualquer um deles, os Morrison, eu quero que você atravesse a rua e os evite. Segundo: vamos ter que levar isso ainda mais a sério e nos assegurarmos de que Landon está seguro. E terceiro... — Ele balançou a cabeça. — Eu não sei como vou descrever isso, mas vou contar para o Mac o que acabou de acontecer. É muito doentio e pervertido.

— Eles mencionaram um advogado.

— As pessoas dizem muito mais *advogado* do que contratam advogados. Mas eles precisam de um. O filho deles foi preso e terá de aparecer diante de um juiz e foi suspenso da escola. Landon não precisa de um advogado.

— Você tem certeza? — perguntou ela. — Porque parece que eles realmente acreditam que Landon mentiria quanto a isso.

— Acho que eles acreditam nisso, mas isso não torna verdadeiro o que Jag disse.

— Onde um garoto desses acaba na vida? — perguntou Sarah.

— Provavelmente na cadeia — respondeu Cooper. — E se isso acontecer, ele vai descobrir o que é ser atacado por trás. Olha só, o mais importante agora é Landon. Ele quer agir como homem, como todo garoto de 16 anos. Ele não quer demonstrar medo. Você vai ter que encontrar uma maneira de fazer com que ele leve Morrison muito a sério.

Ela bufou.

— Eu posso tentar. Talvez você tenha mais sorte do que eu.

— Se eu tiver uma chance, vou fazer isso. E vou falar com Mac. Mas acho que você deve fazer o mesmo. Pergunte a ele que medidas vocês devem tomar para que você e Landon fiquem seguros. Com sorte, o garoto é só um idiota.

Ela negou com a cabeça.

— Estou tentando imaginar como explicar que eu poderia considerar mandar beijinhos e lamber os lábios como perigoso...

— Não foi isso, Sarah. Foi o brilho nos olhos dele. Se ele tivesse feito isso com uma namorada minha há dez anos, eu teria quebrado a cara dele. Quanto ao Mac, eu não acho que ele vá questioná-la sobre os seus sentimentos sobre Morrison. Afinal, a filha dele está envolvida, mesmo que só à margem da situação.

Ela sustentou o olhar dele. Séria.

— Eu nunca pensei que eu confiaria em um completo estranho para lidar com isso.

Cooper estava pensando em uma das possíveis respostas quando Cliff trouxe o peixe.

— Aqui está — disse Cliff. — O prato mais popular da casa. Olha só, gente, sinto muito sobre o que aconteceu mais cedo. Eu não vi o que ele fez para provocar você, mas eu nem precisava. Eu já tive que lidar com aquele garoto e a mãe dele antes. O pai dele, Puck Morrison, não é um cara ruim, a não ser que você esteja fazendo negócios com ele. Nesse caso, ele é mais duro, mas eu nunca o vi agredir ninguém...

— Puck? — perguntou Cooper.

— Da época em que jogávamos hóquei. — Então, ele riu. — Há muito tempo. Puck é uns trinta anos mais velho que a mulher. Eu a conheço há muito tempo. Ela era uma coisinha pequena com temperamento difícil. Veio do nada, é daqui da cidade, mas age como se tivesse vindo do palácio de Buckingham. Puck é de Eugene. Effie é a segunda esposa dele. Ele ainda estava casado quando ela apareceu. Sei que a maior parte disso é só fofoca, mas eu já estou aqui há muito tempo, e conheço Effie desde antes de ela ter peitos. Sério, acho que Puck comprou os peitos e, depois, se casou com ela. Ou talvez tenha sido aí que a esposa dele o deixou e os filhos mais velhos. Eu não sei o que estava acontecendo, mas os Morrison não costumam vir aqui. Puck às vezes vem sozinho, só para tomar uma cerveja ou ouvir as novidades da cidade, mas a esposa só gosta do country club. Ela não passa muito tempo nesta velha cidade...

Ele só ficou falando e falando, enquanto Cooper e Sarah ouviam. Quando ele diminuiu um pouco o ritmo, Cooper disse:

— Puxe uma cadeira e tome um café com a gente.

— Não, mas valeu — disse ele, não captando o sarcasmo. — Espero que gostem da garoupa. O prato mais popular da casa.

Cooper e Sarah trocaram um sorriso. Cooper ergueu o garfo e disse:

— Prove. O peixe é excelente.

Ela provou um pedacinho. Cooper estava ciente de como o clima na mesa deles tinha mudado graças ao Cliff. Pelo menos, por um tempo, parecia que Sarah não estava pensando sobre aquele delinquente esnobe, o irmão ou seus problemas. Ela mastigou devagar, ergueu as sobrancelhas e exclamou:

— Uau! Excelente mesmo! Você deve vir muito aqui.

Ele negou.

— Não, só umas duas vezes. Recomendaram este prato e eu gostei. — Ele comeu mais uma garfada. — Então, eu estava contando, quatro escolas em quatro anos. Eu não fazia ideia de que eu acabaria no exército, pilotando helicópteros. Eu me alistei porque eu achei que todo mundo no exército vinha de outros lugares e provavelmente seria o único lugar que eu não seria o "cara que acabou de chegar". Mas e quanto a você? Também se mudava muito quando era criança?

Ela balançou a cabeça. Nascida e criada em Boca Raton, Flórida, ela cresceu surfando, velejando, nadando, jogando vôlei, softball e futebol. A conversa ficou fácil e agradável, pontuada por perguntas enquanto apreciavam o peixe, o arroz e os aspargos. Ela amava o mar, por isso, a Guarda Costeira. Ela achou que gostaria de voar e descobriu que *amava* pilotar helicópteros. Até a morte dos pais, ela tivera uma vida adorável.

Ela se casou com um piloto da Guarda Costeira, um homem da sua idade, mas de patente mais baixa do que a dela. E ela descreveu o episódio como um erro tolo.

— Havia sinais. Eu tinha dúvidas sobre a fidelidade dele mesmo antes do casamento, mas, de alguma forma, eu me convenci de que eu só estava imaginando coisas, que ele nunca se interessaria por outra mulher. Acabou que eu me casei com um homem que acreditava que ser fiel fosse algo opcional. Quando descobri tudo, ele calmamente me explicou que casamento não era para ele. Que ele não acreditava em relacionamentos monogâmicos.

Cooper ficou boquiaberto. De todas as coisas estúpidas e insensíveis que tinha feito na vida, traição não estava entre elas. Se ele se sentisse atraído o suficiente por outra mulher para querer levá-la para cama, ele via isso como um sinal de que o relacionamento em que estava não estava funcionando. Dã. Ele não era ingênuo. Homens traíam o tempo todo, e alguns explicavam que qualquer mulher que passasse rebolando por eles estava no jogo.

— Por que você parece tão surpreso? — quis saber Sarah.

Ele fechou a boca.

— Sinto muito. Eu não tenho 15 anos. Eu sei que isso acontece o tempo todo. Mas antes do casamento? Por que ele quis se casar?

— Eu tenho uma pergunta melhor. Não foi a primeira vez. A Guarda Costeira é como uma cidade pequena, principalmente depois de seis anos. Então, por que ninguém me contou? Por que ninguém chegou para mim e disse "Ei, Sarah, este cara já teve muitas namoradas e partiu alguns corações"?

Cooper não conseguiu evitar ficar vermelho, mesmo enquanto tentava controlar. Ele já fora acusado de ter partido corações, mas não de traição. Seus crimes eram um pouco diferentes. Ele foi chamado de inútil e incapaz de estabelecer raízes ou de planejar um futuro de verdade. Ele parecia não ser capaz de criar vínculos. Ficara noivo duas vezes — uma porque estava com uma mulher legal e achou que estava na hora, a outra porque a namorada na época, também uma mulher legal, pediu e ele não achou nenhum motivo para recusar. Nas duas vezes, ele foi informado que tinha problemas de comprometimento. Disseram que ele era incapaz de se envolver emocionalmente, seja lá o que isso significasse. Uma delas disse que ele tinha problemas de intimidade, mas ele achava que o seu problema era intimidade de menos — então, foi informado que sexo não era o mesmo que intimidade. Sério? Ele era solitário demais e não conseguia se conectar. Não entendia as mulheres. Provavelmente isso era verdade, até onde sabia. E embora ter terminado com elas tenha doído o suficiente para ele evitar as mulheres, ele sabia que talvez estivesse melhor sem nenhuma das duas.

E, então, ele teve várias namoradas por pouco tempo. Algumas por bem pouco tempo. Agora, olhando para Sarah, que era tão *linda,* ele se perguntou o porquê. Será que ele já não deveria ter encontrado uma companheira para a vida? Será que ele não tinha esse cromossomo?

— Você parece completamente sem graça — disse ela.

Ele limpou a garganta.

— Já me disseram que eu era uma aposta ruim. Que eu tenho medo de compromisso, intimidade etc. Eu nunca achei que eu tivesse medo. Você não precisa acreditar nisso, eu provavelmente não acreditaria se fosse você, mas eu nunca traí. Eu não sou nenhum príncipe encantado, mas nunca fiz isso.

Inacreditavelmente, ela riu.

Cliff escolheu aquele momento para trazer o café e recolher os pratos. Para alguém que queria ir embora e achou que não conseguisse comer nada, Sarah comeu o peixe todo. Cliff perguntou se eles queriam beber mais alguma coisa ou uma sobremesa, mas ambos recusaram.

— Então, por que você achou aquilo tão engraçado? — quis saber Cooper.

— Primeiro de tudo, não importa se eu acredito em você ou não. Eu não tenho o menor interesse no seu passado. Segundo, eu estou rindo de mim mesma por depender da ajuda de um cara que tem um longo histórico de medo de intimidade e comprometimento.

— É, já disseram isso sobre mim, mas acho que eu sou completamente confiável. — Ele ergueu a xícara e tomou um gole de café. — Eu perguntei como eu poderia ser isso tudo, já que eu não apresentei nenhuma resistência a me casar.

— Ah, então você já foi noivo?

— Duas vezes.

— E elas terminaram tudo?

— Uma vez fui eu e, na outra, foi ela. Na primeira vez, foi ela que terminou. Foi alguma coisa sobre algo que ela achava que eu não tinha e que eu ainda não compreendo. E, na segunda vez, eu fui obrigado a terminar tudo porque tudo que fazíamos era discutir. Mas parece que teve algo a ver com o misterioso fator que eu pareço não ter.

— O que vem fácil vai fácil — disse ela.

Ele olhou para ela por sobre a borda da xícara por um longo tempo. Então, ele respondeu:

— Não, Sarah. Não teve nada de fácil.

Ela limpou a garganta:

— E você ainda se acha completamente confiável?

— Acho. Ei, eu estou aqui tentando descobrir os desejos de um cara que morreu porque ele era meu amigo. Eu poderia levantar o acampamento e simplesmente ir embora, certo? Ben nem poderia me rogar uma praga nem nada. E eu nem concordei em aceitar essas coisas.

— Então, por que você está fazendo isso?

— Porque ninguém mais vai fazer. E é o certo a se fazer. Ele era um cara legal. Além disso, eu posso dedicar alguns meses a isso.

— Bem, eu não poderia tirar alguns meses — disse ela. — Você é rico?

— Longe disso. Mas eu tenho o meu trailer, já quitado, e não tenho filhos. Tenho três irmãs que estão sempre de olho se nossos pais estão bem. Eu posso fazer isso por Ben.

— Vocês deviam ser muito próximos — disse ela. — Melhores amigos.

Cooper apoiou os cotovelos na mesa e entrelaçou os dedos, olhando para baixo por um momento. Então, seus olhares se encontram.

— Talvez. Homens são diferentes, sabe...

— Ah, sim, eu sei.

— Eu gostava do Ben. Ele era o mecânico do meu helicóptero. Ele era engraçado. A gente se afastou um pouco, mas nossos reencontros sempre eram legais. Mantivemos o contato. A gente se encontrou algumas vezes durantes esses dez anos, mas eu nunca tinha vindo até aqui. Nossa amizade se baseava mais em e-mails e telefonemas. Tínhamos coisas em comum. Eu tinha o Golfo do México, e ele tinha o Pacífico. Quando eu estava pilotando para empresas de petróleo, houve alguns vazamentos, e ele me ligou para perguntar se havia alguma organização de resgate de animais para a qual ele pudesse fazer uma doação. Ele sempre se preocupou com a fauna, embora eu nunca tivesse percebido o quanto até chegar aqui. Eu confiava nele. Mas a verdade é que, além da minha família, eu não tenho muitos amigos. Apenas alguns. Bons amigos, mas não muitos.

Depois de um longo silêncio, ela confessou:

— Eu também não.

— Eu vejo você como o tipo de pessoa que tem um monte de amigas com quem sai para beber vinho e fazer compras.

Ela negou com a cabeça.

— Eu trabalho em um mundo masculino. Só tem uma outra piloto no nosso posto, casada. A gente se dá bem... mas as nossas vidas são diferentes. E, às vezes, as esposas dos caras com que trabalho não... — Elas eram cautelosas com ela, como se não confiassem nela. Não era fácil ser uma entre poucas mulheres em uma unidade e, além disso, ser solteira. A última vez que tivera uma amiga próxima, descobrira que ela estava tendo um caso com o seu noivo. — Não, eu não tenho um monte de amigas. Apenas algumas colegas de quem gosto, mas isso é tudo.

— Às vezes é tudo de que você precisa — disse ele.

E, então, Cooper lhe contou sobre o seu colega, Luke, e os irmãos dele. Sarah tinha alguns caras no posto de quem gostava, e estava começando a conhecer Gina, de quem gostava bastante.

Cliff estava ao lado da mesa e ambos olharam para ele. A carteira de couro na qual estava a conta estava na mesa e ele serviu mais café, mas nenhum dos dois parecia ter notado.

— Vou dizer uma coisa, gente — começou Cliff. — Que tal eu deixar as chaves do restaurante aqui e vocês trancam quando estiverem prontos?

Eles demoraram um pouco para entender, mas depois riram. O restaurante estava vazio, e Cooper nem se lembrava de ter visto os outros clientes saírem. Ele pegou a sua carteira.

— Nem pensar — disse Sarah, pegando a conta. Ela a manteve consigo enquanto procurava o cartão de crédito na bolsa. — Este é por minha conta. Você evitou que eu fosse condenada por assassinato.

— Dois segundos — disse Cliff, correndo com a conta.

Cooper se levantou e vestiu o paletó. Pegou o casaco comprido e preto dela e o segurou para ela vestir.

— Muito obrigado, capitã. Da próxima vez será por minha conta.

— Com certeza, Cooper. Só fique de olho no meu irmão por mim, e isso será agradecimento suficiente. — Então, Cliff estava de volta com o recibo para ela assinar. — Sinto muito se o mantivemos aqui até tarde, Cliff — disse ela.

— Foi ótimo recebê-los aqui no restaurante — declarou ele, acompanhando-os até a porta e trancando-a.

— Já está tarde?

— Ao que tudo indica é tarde para Cliff. Meu relógio está marcando dez e vinte.

Então, eles voltaram para a escola para pegar a picape dele, enquanto conversavam e riam. Ainda havia carros no estacionamento, e ainda ouviram música do ginásio, mas não havia ninguém no estacionamento. Sem dúvida, alguns dos garotos conseguiram escapar do olhar dos supervisores, mas a festa ainda estava rolando. Eles saíram do carro, caminharam até a frente dele e se encostaram no capô, olhando para a escola. Sarah suspirou:

— Outra coisa que tenho para agradecer a você. Mesmo que as coisas tenham ficado meio doidas no Cliff's, eu poderia ter ficado escondida atrás daquela pilastra até meia-noite.

Cooper cruzou os braços.

— Foi horrível o que aconteceu no restaurante, mas valeu a pena ver. Agora não temos dúvidas sobre com quem estamos lidando. — Ele se inclinou pra ela. — Apesar daquilo, sou obrigado a dizer, Sarah, eu gostei muito do jantar.

Ela se virou, eles se olharam e ela sorriu.

— Talvez eu o convide para sair uma outra vez.

Ele pegou o braço dela e a puxou para mais perto de si.

— Foi um ótimo encontro — disse ele.

— Você considerou isso um encontro?

Ele assentiu.

— Desde o início.

— Bem, eu tenho más notícias, Cooper. Eu desisti de encontros.

Ele deu um sorriso.

—Vai virar uma solteirona.

Ela riu.

— Eu poderia mudar de ideia daqui a dez ou vinte anos. Por enquanto, nada de namoro. Nada de homens.

— Provavelmente uma decisão inteligente. — Então, ele se inclinou até que seu rosto estivesse próximo o bastante para sentir a respiração dela no seu rosto. — Mas um pouco de desperdício. — Então, ele roçou os lábios nos dela.

— Hum — disse ela, fechando os olhos.

Ele a puxou mais para si, ajustando o rosto para beijá-la. Ele segurou a nuca dela e a segurou firme contra a sua boca. Depois de um instante de hesitação, ela entreabriu os lábios para que as línguas se tocassem. Quando isso aconteceu, ele ofegou, feliz com a resposta dela. Passou um braço em torno da cintura e a abraçou apertado, enquanto movia os lábios famintos sobre os dela. Foi um beijo longo e intenso, mesmo que ele achasse que não deveria ser assim. Quando se afastou um pouco por fim, ele disse:

— Uma novidade para você. Eu sou homem.

—Amigo — corrigiu ela. — Apenas um amigo com alguns interesses em comum.

— Um amigo que pode beijar você.

Ela riu.

— Eu sou humana, afinal das contas.

— Eu gostaria que você me desse cinco minutos. Eu poderia quebrar sua resistência.

— Nos seus sonhos.

— O que você vai fazer amanhã? — perguntou ele.

— Lavar roupa. Domingo é o dia em que coloco tudo em dia. Segunda-feira, tenho que trabalhar.

— Hum, será que você não quer ajuda com a roupa? Eu cuido das minhas roupas há anos. Acho que sou ótimo principalmente com as calcinhas.

Ela riu um pouco.

— Não, obrigada.

Ele a beijou de novo, de forma um pouco mais intensa. Mais profunda. Deixou sua língua brincar com a dela. Os braços dela subiram até os ombros dele e ela o abraçou, correspondendo. Tudo que ele sentia era que ela estava dizendo sim. Ele se afastou.

— Talvez não seja muito inteligente da sua parte se envolver com um cara como eu — disse ele.

— Não precisa se preocupar, campeão. Eu não vou me envolver com ninguém.

— Bom. Eu tendo a deixar as mulheres furiosas.

E, então, ela o puxou de volta para o beijo, com tanta voracidade que quase o deixou de joelhos. Como é que ela conseguia ter gosto de mel e cheiro de flores depois de um jantar no Cliff's? Ele a puxou para si e a devorou, sem saber ao certo se estava aliviado ou satisfeito por ela não sentir a ereção dele através do casaco grosso que usava. Então, ela pousou as mãos no peito dele, afastando-o delicadamente. Não empurrando, apenas afastando um pouco. Ela sorriu com os olhos.

— Até agora, o jeito com que você não se envolve foi feito sob medida.

— Eu vou para casa agora, Cooper. Obrigada por me ajudar e tudo mais.

— Imagina — disse ele, dando um passo para trás. Quer que eu a acompanhe até em casa?

Ela negou com a cabeça.

— Eu estou bem. — Ela acariciou de leve o peito dele. — Dirija com cuidado.

— Pode deixar — respondeu ele, ofegante.

Quando ela se virou para entrar no carro, ele a seguiu, segurou a porta e a fechou para ela. Ele se despediu e ficou parado ao lado da picape por um tempo até ela partir.

— Meu Deus do céu — sussurrou ele.

Landon e Eve, juntamente com Downy e Ashley, saíram do baile por volta das nove e meia da noite. Compraram pizza na cidade e levaram para a casa de Landon porque não tinha ninguém lá, graças a Cooper. Que cara legal.

Eles comeram a pizza e tomaram Coca-Cola, rindo das histórias que cada um contava. A segunda pizza tinha acabado e Downy pegou sua namorada no colo e disse:

—Venha aqui, minha garota, e me faça perder um pouco a cabeça. — Ele a levou para a sala, onde escolheram o sofá para uma sessão intensa de beijos. Depois de cinco minutos, ele a levou pelo corredor da pequena casa.

Landon estava boquiaberto de surpresa.

— Ele vai fazer o que acho que vai fazer?

Eve sorriu.

— Eu prefiro não pensar muito nisso. E, é claro, tudo que a minha melhor amiga me conta é confidencial.

— Claro que sim — concordou ele.

Ela abriu um sorriso para ele.

— Mas dá para imaginar, né?

— Mas ele não vai até o fim no meu quarto, né? A minha irmã vai chegar aqui a qualquer momento.

— Provavelmente não — respondeu ela.

Ele deu um sorriso para ela sabendo que estava meio torto.

— Eve, sinto muito por você ter ido ao baile com um cara cujo rosto está todo roxo.

Ela empurrou a cadeira da cozinha e foi se sentar no colo dele.

—Você ainda é lindo, mesmo com o rosto roxo. E você está atraindo muita atenção das outras garotas também.

— Só por causa de você — disse ele. — Elas não conseguiam acreditar que estávamos juntos.

—A sua boca está doendo? — quis saber ela.

Ele inclinou a cabeça e, depois, lentamente tocou o lugar onde o lábio estava rachado.

— Só um pouquinho, bem aqui.

— Hum — disse ela, inclinando-se para dar um beijo ao lado do ferimento. Depois, pressionou os lábios no rosto dele e, em seguida, no galo que se formara na sua testa e voltou aos lábios logo após e sorriu.

— Eu poderia ficar bom e me tornar menos interessante — comentou ele. —Você acha que vai querer sair comigo de novo?

—Talvez. Mas você vai ter que convidar da próxima vez.

— É legal que a garota mais linda da escola tenha me convidado para o baile — disse ele. — Eu realmente gostaria de sair com você amanhã, mas talvez no próximo sábado a minha cara não pareça ter sido quebrada em um acidente. — Ele a abraçou pela cintura. — Mas eu com certeza quero que o meu lábio já esteja bom.

— Ah, é? E posso saber por quê? — provocou ela.

— Não é só você que beija bem, sabe? Eu não sou tão ruim. Quando o beijo não me faz sangrar.

Ela riu dele.

— Quando é o seu aniversário? Talvez eu saia com você.

— Que coincidência! O meu aniversário é no sábado que vem!

Ela se afastou um pouco, o abraçou pelo pescoço.

— Acho que você está mentindo. Mas você não mentiria para mim, não é, Landon?

— E no sábado depois do próximo, também é meu aniversário — murmurou ele se aproximando dela, pronto para beijá-la. — Devagar, por favor — pediu ele.

E ela deu um beijo bem leve ao lado da boca de Landon.

— Eu quero mais — sussurrou ele, e ela ficou feliz em atender ao pedido, mimando-o com beijos doces e suaves por alguns minutos.

— Logo que você se mudou para cá — perguntou Landon —, foi fácil para você? Se adaptar?

— Eu logo fiz amizade com Ash, mas tínhamos alguns problemas. Tipo, as meninas já se conheciam há um tempão e ficaram com ciúme porque ela gostava de mim. Demorou um tempo para passar. Quando meu pai aceitou este trabalho e comprou a casa, eu não queria vir. Eu estava no sétimo ano e dificultei muito as coisas para ele, mas Lou simplesmente perdeu a paciência. Não é nada bom mexer com a tia Lou. Você se muda muito, né?

— Guarda Costeira. Você tem que se mudar. É assim que as coisas são. Mas eu amei o Alasca. Eu ainda era pequeno quando moramos em Kodiak, mas odiei ter que me mudar. Eu voltaria para lá em um estalar de dedos. Eu vou para qualquer lugar em que um time de futebol americano me dê uma bolsa de estudos para a faculdade, mas se eu pudesse escolher, voltaria para Kodiak.

— Eu nunca viajei muito — contou Eve. — Apenas alguns acampamentos de verão, mas se não der para ir dirigindo, não podemos ir.

Ele sorriu de lado e tocou o rosto dela.

— Não há nada de errado nisso, Eve. Eu adoro acampar. Sarah também.

— No verão, às vezes, um grupo de amigos acampa na praia.

— Sério? A noite toda?

Ela assentiu.

— E a gente tenta fingir que não viu o carro do delegado estacionado bem na esquina da praia.

Ele a abraçou um pouco mais forte.

— Acho que não vai dar para dividir o saco de dormir...

— Não se preocupe, Landon. Ele provavelmente cochila. Pelo menos é o que ele faz quando se acomoda na poltrona dele todas as noites.

— Então, Deus existe.

Gina olhou em volta do ginásio colorido, agora quase completamente vazio. Os alunos começaram a sair com seus pares por volta das nove horas da noite; os supervisores também foram embora à medida que o número de adolescentes na pista de dança diminuiu. Lou McCain foi uma das primeiras a ir embora. Queria ver como Ryan e Dee Dee estavam. Alguns garotos e garotas, talvez uns cinquenta, continuaram dançando até a última música e depois foram embora. Além das bebidas e petiscos, não havia muita coisa para limpar. As crianças que arrumaram a decoração voltariam no domingo para tirar tudo.

Mac estava perto da porta dos fundos do ginásio, conversando com um dos delegados, Charlie Adams. Ele se inclinou para trás e riu — bom sinal. Charlie deve ter parado ali para dizer que a cidade estava calma e sem nenhum problema.

Deus, mas ele era perfeito. Perfeito de se *olhar.* Considerando as características masculinas, o delegado gostosão era um espécime maravilhoso. Mas parecia que era um eunuco. Ou gay. Tanto fazia, já que era impossível de agarrar. Nos quatro anos em que eram amigos, houve aquelas duas vezes que ele a beijara com uma paixão sincera e impressionante... Depois, deu para trás e usou a desculpa da paternidade.

Ela costumava se perguntar se ele tinha alguma mulher escondida em algum lugar, alguém que ele visitava regularmente para aliviar as necessidades para parecer totalmente livre na cidade. Talvez ela beijasse mal e ele tenha caído em si.

Os homens flertavam bastante com ela. Afinal, ela trabalhava na lanchonete. Quase todo homem da cidade cruzava o caminho com o dela em um ponto ou outro, assim como alguns forasteiros — o entregador da UPS, o entregador de bebidas, o entregador de carne. Ela crescera na cidade. Conhecia as pessoas havia muito tempo. Depois de ter tido a filha quando ainda estava no ensino médio e decidido criá-la, morando com a mãe, demorou muito tempo para recuperar a reputação e ser considerada uma das residentes mais adoradas e respeitadas da cidade. Quando ainda estava na escola, imaginava que as pessoas diziam que ela era uma vagabunda. Agora, a consideravam honesta graças ao fato de frequentar a igreja havia anos, à associação de pais e professores e reuniões da cidade. Ah, e muito poucos relacionamento com o sexo oposto, embora tenha tido alguns namorados.

Não nos últimos anos, porém. Parecia não adiantar.

Antes que pudesse ficar se remoendo por mais tempo, Mac estava caminhando na sua direção carregando com ele o casaco dela. Ela queria ficar com raiva dele por ter amarrado o coração dela daquele jeito, mas não conseguia. Ele poderia até não ser o seu namorado ou amante, mas sempre a apoiava. Sempre. O melhor amigo que já tivera na vida.

— Obrigada — agradeceu ela, pegando o casaco e sacudindo-o.

— Eu vou acompanhá-la até lá fora — disse ele, pegando o cotovelo dela.

— Graças a Deus que a lanchonete não abre às cinco horas da manhã aos domingos, eu estou exausta.

—Você precisa tirar mais folgas.

— Eu preciso de gorjetas melhores — respondeu ela, rindo.

— É, eu também. — Ele abriu a porta do ginásio para ela. — E foi uma noite divertida para todos. Sem brigas, acidentes e, até onde sei, sem bebidas alcoólicas ou drogas ilícitas.

— Ah, eles estão ficando melhores em esconder esse tipo de coisa — contou ela.

— Eu não vi nem sinal de confusão.

— Ah, tiveram algumas coisinhas. Só o previsível. Umas duas meninas chorando no banheiro. Uma por causa do namorado, que estava agindo como um idiota, elogiando o decote de outra garota. Também teve um problema com uma roupa que abriu, e tivemos que costurar. Um seio ficou à mostra e todos os garotos no salão disseram que viram. E, então, você tem as garotas cruéis: Patrice, Stellie e Harmony. — Ela suspirou. — Acho que Harmony é a pior de todas. Não combina em nada com o nome.

— O que garotas cruéis fazem? — quis saber ele.

— Sendo homem, você provavelmente não consegue perceber. Elas ficam sempre juntas, cochichando e olhando para suas vítimas do dia, alguma criatura mais nova, mais simples e vulnerável, e começam a rir. Esse tipo de coisa. Elas cochicham entre si na pista de dança, encarando os outros e rindo. Espalham fofocas tipo dizer que Lindsay comprou o vestido em um brechó até que Lindsay, que realmente comprou o vestido lá, acaba no banheiro chorando e implorando para voltar para casa.

Ele pareceu meio chocado.

— Mas isso é *horrível*.

— Com todas as coisas que você vê no trabalho, fico surpresa por você ficar chocado. As pessoas podem se comportar muito mal. Principalmente os adolescentes. — Não valia nem a pena mencionar o que as garotas cruéis do tempo dela diziam ao seu respeito quando acabou grávida aos 15 anos de idade.

— Eu odeio pensar que uma garota tão legal quanto Lindsay ficou chorando por causa de um vestido de segunda mão! Meus filhos já usaram roupas assim e, Deus sabe, um delegado do xerife com três filhos não pode fazer compras em lojas caras. Como você sabia que isso estava acontecendo?

Ela deu de ombros.

— Eu também já fui chorar no banheiro. Mas não faço isso há muito tempo.

— Eve e Ash não fazem coisas assim, né?

Ela parou de andar e se virou para ele.

— Olha só, Mac, as meninas sabem se defender. Elas são fortes. O Downy está sempre alerta em relação a Ash e ele não apenas é grande e forte mas também um herói da escola. Apesar disso, elas ocasionalmente têm os seus problemas. Mas se qualquer uma delas estivessem sendo assediadas por garotas cruéis, eu contaria para a Lou.

— Não para mim?

— A Lou provavelmente contaria para você se achasse necessário. Mas homens tendem a dizer coisas do tipo "Ah, não deixe que isso afete você". Meninas precisam de empatia. Defesa. Um ombro para chorar, palavras de encorajamento. Os homens só querem que as garotas estejam acima disso.

— É mesmo?

Ela assentiu.

Ele pensou um pouco.

— Acho que você deve estar certa mesmo. Eu consigo me ver dizendo algo assim, achando que era a coisa certa a se dizer.

— Pois é. Isso não tem nada a ver com o quanto você ama a sua filha, Mac. É mais sobre o que você é programado para dizer.

Ele foi até o carro dela e abriu a porta para ela entrar.

— Como é que você sabe dessas coisas? Você não tem nenhum homem por perto. Nem seu pai, nem um marido, nem um namorado, a não ser que você o mantenha escondido. Ainda assim você sabe como os homens são.

Ela entrou no carro e sorriu para ele.

— É que eu sou um gênio — disse ela. — Até mais.

Capítulo Doze

A lanchonete nos domingos de manhã era um lugar completamente diferente do resto da semana. Era um bom lugar para as famílias pararem a caminho de casa na volta da igreja ou de algum outro lugar. Também havia os atletas de fim de semana e pessoas procurando algo diferente — ciclistas ou, quando o tempo estava mais quente, pescadores amadores, entusiastas da prática de stand-up surf, pessoas que pegavam seus barcos de passeio para passar um dia agradável na baía.

Gina não trabalhava na lanchonete todos os domingos, mas não se importava quando tinha de ir. Gostava das manhãs e só trabalhava na hora do jantar se estivesse substituindo alguém. De trás do balcão, ela viu o novo médico da cidade estacionar o carro na clínica do outro lado da rua. Ele saiu, daquela vez com os dois filhos — uma menininha e um menininho. Ele deu a mão para os dois, mas, em vez de ir para a clínica, atravessou a rua e seguiu para a lanchonete. Gina só o vira de longe, entrando ou saindo da loja. E nunca vira os seus filhos.

Eles eram tão pequenos, tão novos. Mac lhe dissera que ele era pai solteiro, mas era difícil imaginar como ele conseguia trabalhar como médico e ainda ser pai em tempo integral, mesmo contando com a ajuda de uma babá. Ele segurou a porta para eles, primeiro a menininha e, depois, o menino. Gina já imaginava que ele devia ser bonito só de vê-lo do outro lado da rua, mas, de perto, ele era muito melhor que isso — era lindo. E as crianças? Encantadoras.

— Bom dia — cumprimentou ela de trás do balcão. — Podem escolher o lugar que vocês quiserem.

— Que tal bem aqui? No balcão?

— Fiquem à vontade.

Ele ergueu primeiro a menina e a colocou no banco e, depois, o filho. A menininha estava com o cabelo brilhante preso para trás com presilhas e usava um pequeno pulôver verde por cima da camisa de manga comprida e calça branca. O menino tinha cabelo bem curto e bem penteado, no estilo de um adulto. Estava de calça, jaqueta jeans e botas. Ambos tinham cabelo preto e grandes olhos castanhos, ao passo que o médico era louro de olhos azuis. Olhos azuis muito bondosos.

Quando as crianças estavam acomodadas, ele estendeu a mão.

— Scott Grant — disse ele.

Ela apertou a mão dele.

— Gina James. Prazer em conhecê-lo. E quem são seus amigos?

— Esta é Jenny e este é Will. Três e quatro anos.

— Eles são lindos — elogiou ela. — Então? Café? Suco? Café da manhã? Conselho para quando eles forem adolescentes?

— Obrigado — agradeceu ele com uma risada. — Eu adoraria uma xícara de café, e as crianças gostariam de suco... Tem de maçã? E se tiver, cereal também.

— E para você? — perguntou ela, servindo a xícara de café.

— Só o café mesmo — respondeu ele. — Acordei cedo e já tomei café da manhã.

Ela rapidamente providenciou o suco e o cereal para as crianças. Então, comentou:

— Estamos todos animados com a abertura da clínica. Já faz cinco anos que não temos consultório médico na cidade. Quando eu ainda era mais nova, tivemos uns dois médicos trabalhando por aqui, mas um se aposentou e o outro se mudou para trabalhar em uma clínica movimentada em Eugene. O hospital, e pronto-socorro, mais próximo fica em Bandon. Se você precisar levar ponto ou fazer exame de sangue, precisa de muito tempo.

— Eu sei. Espero que isso mude, mas ainda falta muito para abrir. Estou trabalhando em Bandon agora, ajudando um médico de família e ficando de plantão na emergência enquanto estou arrumando tudo. A compra e a instalação do equipamento já é uma empreitada. E o consultório ainda precisa ser limpo e decorado. E eu ainda nem pensei na equipe de trabalho. Você não conhece nenhum enfermeiro que esteja procurando um emprego?

— Não conheço. Sinto muito. Mas se você me der uma lista do que precisa, aqui seria um ótimo lugar para espalhar a notícia.

— Obrigado, é uma ótima ideia.

— E eu soube que tem uma menina que o ajuda com as crianças, provavelmente de um programa *au pair*? Cidade pequena, você sabe como é... — acrescentou ela, encolhendo os ombros.

— Gabriella. Eu conheci os pais dela em Vancouver. Ela é brilhante, mas um pouco antiquada. Também é bonita. Inteligente, esforçada e de confiança... — Ele parou, parecendo um pouco surpreso com o que estava dizendo. Ele se inclinou para ela como se estivesse prestes a dizer algo muito pessoal. — Ei — disse ele. — Cidade pequena. Será que o pessoal daqui vai maldar o meu relacionamento com uma *au pair* de 19 anos? Eu tenho 36 anos de idade, sou viúvo, e não tenho absolutamente nenhum...

Ela ergueu uma das mãos e sorriu para ele.

— Não se preocupe — disse ela. — Nós até podemos ser uns caipiras por aqui, mas eu conheço umas duas garotas daqui que entraram no programa para irem para a Europa. Mas você vai perceber que as pessoas vão se referir mais a ela como sua babá.

— Não existem muitas opções — explicou ele. — Eu não tenho como pagar uma doméstica em horário integral e uma babá.

— Vai dar tudo certo, Scott. Queria perguntar: por que você escolheu Thunder Point?

— Bem, é um lugar mais calmo. Então, eu vou poder acompanhar o crescimento dos meus filhos. Mas, na verdade, é uma tentativa. Eu nunca morei em uma cidade pequena. E a reputação daqui é ótima, sabe? A comunidade é envolvida nos assuntos da cidade, vocês têm boas escolas, baixo índice de criminalidade...

— Pois é — concordou ela. — Não somos muito cosmopolitas, mas é uma ótima cidade.

— O custo de vida é baixo — acrescentou ele.

— E onde é que você mora?

— Bandon, por enquanto, mas estou de olho para se algo surgir na cidade. Já olhei alguns lugares para alugar, mas estão muito mal conservados.

— Um dos problemas das cidades pequenas é que não há muito giro no mercado imobiliário. — Gina sorriu. — Também vou ficar de olho nisso.

Meia hora depois, Gina tinha apresentado o dr. Grant para alguns moradores da cidade que tinham ido tomar café da manhã, fez um resumo das coisas de que ele precisava em relação à moradia e à equipe de trabalho, e se despediu dele com um aperto de mão. Algumas pessoas chegaram e foram embora, deixando Gina com tempo para reabastecer os porta-guardanapos, saleiros, pimenteiros e açucareiros. A sineta da porta tocou quando Gina tinha acabado de encher o último recipiente de ketchup. Ela sorriu ao ver Sarah entrar.

— Oi — cumprimentou ela.

— Oi! — Ela se sentou em um dos bancos.

— Você chegou cedo hoje e sem o Hamlet — disse Gina, olhando pela porta de vidro da lanchonete. — Café da manhã?

Havia uma família de cinco pessoas em uma mesa no canto, a criança mais nova em uma cadeirinha alta. Também havia um casal de idosos em outra mesa. Todos já tinham terminado de comer. Era tarde para café da manhã e cedo para o almoço. Era possível ver Stu pela abertura que dava para a cozinha, cuidando dos seus afazeres com o iPod e fones de ouvido.

— Hoje não, obrigada. Mas eu não vou recusar uma xícara de café. Eu vou passear com Hamlet mais tarde. Ou talvez Landon vá. Você está se recuperando da trabalheira que você e os outros tiveram no baile de ontem à noite?

— Não deu muito trabalho, pelo menos não para mim — disse Gina servindo uma xícara de café. — Os alunos e professores fizeram a maior parte do trabalho. Eu só apareci e fiquei de olho nas coisas. Tudo pareceu correr muito bem.

— Quando eu cheguei em casa ontem à noite, me deparei com o meu irmão, Eve McCain, a sua filha e Downy lá em casa. Eu saí para jantar.

— Eu notei que você tinha ido embora — disse ela com um sorriso. — Em geral, os meninos escolhem a minha casa para irem depois do baile, se não forem para a praia. Minha mãe não se importa de aumentar o volume da TV do quarto e dormir. Eles poderiam estar construindo bombas e ela nem ia perceber.

— Eles ficaram na cozinha depois de devorar uma pizza e um monte de refrigerantes, rindo de tudo. Cheguei em casa às dez e meia — disse Sarah. — É tão bom ver Landon saindo com amigos.

— Eu notei que um novo morador da cidade também saiu.

— Cooper e eu fomos jantar no Cliffhanger's.

— Eu gosto dele. Do Cooper. Ele parece ser gente boa.

— Parece mesmo, né? Landon gosta dele, e eu tenho que admitir que estou me acostumando com a ideia de Cooper ajudar Landon. Ele só deve estar fazendo isso porque não tem nenhum homem na casa. Desde que Cooper não o venda para o circo nem nada, acho que isso vai ajudar.

—Você o criou sozinha? — perguntou Gina.

— Praticamente. Eu consegui a custódia dele quando ele estava com seis anos, dez anos atrás, depois que nossos pais morreram. Eu morei com um cara por um ano quando Landon estava com 13 anos, depois fiquei casada com esse cara por mais um ano. Ele era dedicado ao Landon... Até que nos separamos. — Ela deu de ombros. — Por dois anos, eu tive alguém para me ajudar. E eu fiquei casada por quase um ano. Derek, meu ex-marido, gostava de assistir aos jogos de Landon. Já estou divorciada há nove meses. Derek foi o único cara que eu deixei se aproximar, e isso foi um erro enorme. Ao que tudo indica, eu não sou muito boa para escolher.

Gina sorriu e se serviu de uma xícara também.

— Quer ajuda? Eu sou capaz de detectar um perdedor há quilômetros de distância. Pelo menos agora. Eu não era tão boa assim quando eu era adolescente. Eu fiquei com um babaca na época. Tive sorte de não ter me casado com ele. Mas não porque era brilhante, devo dizer. Eu chorei todas as noites, esperando que ele voltasse e me pedisse em casamento. Mas eu só era uma menina, largada com um bebê.

— E agora você tem Mac — disse Sarah.

A família de cinco pessoas estava indo embora. O pai parou no balcão para pagar a conta e deixar uma gorjeta para Gina.

— Não — disse Gina para Sarah com uma risada e balançando a cabeça. — Mac e eu somos só amigos. Somos amigos desde quando nossas filhas se tornaram melhores amigas. E elas são exatamente isso, melhores amigas. Eu acho que ele não está namorando ninguém. Pelo menos ele nunca apareceu com uma mulher nos jogos ou eventos da cidade, mas deve haver alguém em algum lugar. Por quê? Você está interessada?

— As pessoas brincam com você por causa dele — disse Sarah. — Elas acham que vocês estão juntos.

— Então, elas têm uma imaginação muito fértil. Se eu tivesse um namorado, vocês nos veriam, no mínimo, de mãos dadas. Mac e eu já fomos ao cinema algumas vezes, mas, em geral, ele arrasta um dos filhos ou Lou com a gente. Nós assistimos aos jogos juntos, mas, a não ser por isso...

— Eu achei que vocês fossem um casal. Talvez discretos, mas um casal...

Gina negou com a cabeça.

— Acho que muita gente acha isso. Acho que não conseguem imaginar uma amizade entre um homem e uma mulher. Não, eu amo o Mac, mas ele está livre. Se você gosta dele, pode ir em frente.

— Você não está facilitando as coisas — disse Sarah.

Gina inclinou a cabeça, parecendo confusa.

— Eu poderia embrulhá-lo para presente, se você quiser.

— Eu não confio nos homens — disse Sarah. — Eu nem confio em muitas mulheres. Na verdade, eu nem confio em mim. Eu achei que o meu ex fosse um príncipe encantando, que eu tinha tirado a sorte grande. Ele era o sr. Romance, então nunca me ocorreu que ele poderia ser tão atencioso e carinhoso comigo se ele... — Ela limpou a garganta. — Acabou que ele tinha muita energia romântica. E sua atenção não durava muito.

— Eca. Detesto esses.

— Seria muito difícil alguém me tentar agora. Eu tenho zero interesse em levar um pé na bunda de novo.

— Então, algumas pessoas diriam que seria melhor você montar no cavalo de novo — disse Gina com uma gargalhada.

— E você montou? Depois que teve a Ashley?

O casal de idosos caminhou lentamente até o balcão. Gina pegou a conta deles, aceitou o dinheiro e se despediu com um sorriso, desejando-lhes um bom domingo.

Então, ela se voltou para Sarah.

— Demorou um pouco. Ashley era a minha vida e eu estava decidida a protegê-la de qualquer erro que eu pudesse cometer.

— Tem muita coisa acontecendo agora — admitiu Sarah. — Quando foi embora, ele abandonou Landon também. E ele o deixou com uma irmã que estava com as emoções em frangalhos. Eu tenho que tomar cuidado. Ele já é grande, muito maduro para a idade, mas é só um garoto.

— Eu sei. Eles acham que sabem tudo, mas são só garotos. E estão bem na idade quando os maiores erros podem atingi-los em cheio. Eu não saí com outro homem até Ashley estar com cinco anos. E, mesmo assim, eu fui cuidadosa. Tão cuidadosa que os caras acabaram perdendo o interesse. Acho que eu sempre me senti mais segura quando não estava envolvida com ninguém.

— Eu também — concordou Sarah. — Só que... Eu beijei Cooper.

Gina fez uma expressão surpresa.

— E eu acho que isso não estava nos seus planos?

Sarah tomou um gole de café.

— Eu fui convidada para sair algumas vezes desde o divórcio. Teve até um cara do posto da Guarda Costeira não muito longe daqui que ficou muito animado com o meu divórcio e me chamou para sair várias vezes, até se tocar que eu não estava a fim. Eu não quero namorar. Ponto. E eu nem me senti tentada a repensar o assunto. Achei que quando eu estivesse com uns quarenta anos e Landon já adulto e independente, talvez eu pudesse reconsiderar, mas não tão cedo.

— Eu acho que beijar e namorar não são exatamente a mesma coisa — disse Gina com cuidado.

— Eu morro de medo só de pensar em um relacionamento com um homem. Foi exatamente assim com Derek, ele era atencioso e ele levou, tipo, dois segundos para se aproximar de Landon — contou

Sarah. — Mesmo que Landon não se dê conta disso, ele é vulnerável. Além disso, a nossa vida está muito boa, só nós dois. Ele é um garoto ótimo. A gente toma conta um do outro. Eu não vou arriscar os sentimentos de Landon com algum cara, principalmente se for com um cara de quem ele gosta. — Ela balançou a cabeça. — Sinais de alerta para todos os lados. Você não faz ideia do que passamos por causa de Derek.

Gina engoliu seco.

— Eu não quero perguntar, mas...

— Mas fui eu que comecei o assunto. Derek me traiu.

— Eu presumi isso quando você mencionou "muita energia romântica".

Sarah levou a xícara aos lábios.

— Com uma amiga minha — revelou ela com o rosto vermelho.

— Que cachorro!

Sarah riu de repente.

— Na verdade, foi um cachorro que me mostrou quem ele era de verdade. Eu liguei para o celular dele e ouvi um cachorro latindo. E o som era exatamente o que vinha do apartamento do lado, da minha ex-amiga Susan. O cachorro não parava de latir. Ele estava lá e mentiu. E eu permiti que ele me convencesse que eu era doida. Que ele jamais faria uma coisa daquelas comigo.

Gina lhe serviu mais café.

— Não é de se estranhar que você não confie em mulheres. Como você descobriu?

— Ela decidiu confessar tudo para limpar a consciência — contou Sarah. — Acho que ela estava zangada com ele. Achou que estava perdendo Derek para alguém, mas, com certeza, não era para mim. Ele admitiu que eles tiveram um caso. Uma coisa puramente física. E que sentia muito, mas que não era muito bom nesse lance de fidelidade e esperava que pudéssemos... — Ela limpou a garganta antes de continuar. — ...superar tudo.

— Meu Deus — ofegou Gina. Ela se inclinou para Sarah. — Isso não acontece nem em novela. Como Landon lidou com tudo?

— Eu tentei mantê-lo fora disso, mas ele acabou descobrindo. Acho que ele odeia o Derek. Não, eu sei que ele odeia. E agora eu beijei Cooper, que é amigo dele.

— Talvez tenha sido um acidente — disse Gina. — Afinal, ele é um doce, além de sexy.

— Então, aí está. Cooper é completamente errado. Completamente. — Ela balançou a cabeça. — Ele não só é homem, o que o torna perigoso, mas também um viajante. Um nômade. Ele planeja ir embora assim que a loja ficar pronta. Não, eu não vou me apaixonar por ele. Não mesmo.

— Entendo...

— Mas eu queria muito que ele me beijasse mais. Eu queria arrancar as roupas dele e subir em cima dele. Eu não só deixei que ele me beijasse, eu quase o devorei. Depois disso, eu disse para ele que não queria namorar nem me envolver com ninguém. Ele deve estar achando que eu sou uma doida varrida.

Elas ficaram se olhando por um tempo. Então, Gina exclamou:

— Nossa!

— Acho melhor eu me mudar — disse Sarah, afundando a cabeça nas mãos e passando os dedos pelo cabelo curto.

Gina sentiu que estava ficando vermelha. Sarah não tinha como saber que Gina também tinha uma dessas paixões intensas e que não sabia como resolver a questão. Gina nunca se abrira com ninguém sobre o assunto, nem mesmo com a mãe — e olha que ela era muito próxima de Carrie. Ela não se atrevia. Um deslize e Ashley contaria tudo para Eve e Lou logo saberia, e Lou... Ela não poderia confiar que Lou não diria nada para Mac. E então? Quem poderia saber? Mac poderia parar de vir à lanchonete tomar café ou parar de assistir aos jogos com ela se achasse que ela era alguma doida prestes a corrompê-lo.

— Ai, meu Deus, você ficou constrangida — disse Sarah. — Ah, Gina, sinto muito! De verdade! Já faz tanto tempo desde que eu conversei assim com uma amiga. Droga! Já faz tempo desde que *passei* por uma coisa dessas.

Gina negou com a cabeça.

— Não é isso. Não é mesmo. É só que eu já passei por isso. Já há um tempo, na verdade, mas eu me lembro muito bem. Aquela paixão poderosa, que você se sente completamente indefesa.

— Eu realmente não sei lidar com a sensação de me sentir indefesa. Não dá para fazer o que eu faço e se sentir sem controle e indefesa. Cara... Se a gente não estivesse em pé no estacionamento...

— Estacionamento? — perguntou Gina.

— Na escola. Mas não tinha ninguém por ali.

— Que você tenha visto — discordou Gina. — Talvez houvesse alguns casais namorando nos carros. Ou qualquer coisa assim.

Sarah gemeu. Ela coçou o nariz.

— Graças a Deus Landon já estava em casa.

— Vai ficar tudo bem. Acho que ninguém deve ter visto. Mas talvez você deva se preparar para o caso de...

— O que eu vou fazer? O que eu vou dizer?

— Sorria. Assim — disse Gina, fazendo um sorriso misterioso. — Você é maior de 21 anos, ele é maior de 21. Você não fez nada ilegal. E o fato de vocês terem se beijado não significa que vocês vão se casar, não significa nem que haverá mais beijos. Não é nada estranho se despedir com um beijo depois do jantar. Você não deve explicações a ninguém. E, com certeza, não precisa se desculpar.

— Certo — concordou Sarah. — Só que isso foi um erro enorme.

— As pessoas não estão na sua cabeça, Sarah. Não se esqueça disso. Elas não sabem que a ideia de ficar com um homem assusta muito você ou que você está determinada a não se decepcionar de novo. Ninguém sabe, além de mim. E eu não vou contar para ninguém. — Então, ela sorriu. — A gente devia sair um dia. Tipo, sair mesmo. Não apenas ir ao Cliffhanger's. A gente devia ir para Bandon ou Coquille ou algo assim. Algum lugar em que não precisemos ficar nos escondendo dos nossos vizinhos. — Ela lançou um olhar por sobre o ombro. — Ou do cozinheiro.

— Ai, meu Deus! Você acha que o Stu...?

— Uma coisa que você precisa saber sobre o Stu: se ele ouvir algo interessante, ele não consegue ficar de fora. Ele já estaria bem aqui dando conselhos se tivesse ouvido. Este horário antes do almoço é mais tranquilo, então ele já deve ter limpado a cozinha e deve estar no escritório fingindo cuidar da papelada enquanto assiste a algum programa de esporte na TV. E depois ele vai pedir para eu lidar com a papelada.

— Espero que você esteja certa.

— Não fique com vergonha. Se fosse Ray Anne no estacionamento, ela estaria deitada no capô com a saia levantada em dois segundos.

— Fala sério!

— Sério. Algumas pessoas dizem que ela é tipo uma predadora em busca de uma presa, custe o que custar.

Elas riram e Gina encheu as xícaras de novo.

— O que eu vou fazer com ele? Eu realmente não tenho como me mudar agora.

— Você vai descobrir — disse Gina erguendo a xícara. — Mas de uma coisa eu sei. Duas garotas como nós não deveriam ter vidas amorosas tão patéticas. Simplesmente não é certo.

— Eu tentei ter uma vida amorosa umas duas vezes desde a faculdade. E eu nunca me dei bem.

Depois de um momento de silêncio, Gina perguntou:

— Um bom amigo seu?

— Foi. Eu sei. Será que fica pior do que isso?

— Meu Deus, garota. É quase tão ruim quanto engravidar aos 15 anos.

Cooper estava sentado em uma cadeira que levara até a doca porque o barulho da obra no bar estava alto demais para ele pensar. A reforma começara a todo vapor, e já dava para perceber o progresso. Ele estava impressionado por eles estarem trabalhando em um sábado. O empreiteiro disse que todo dia de folga era um dia sem pagamento.

Isso era exatamente o que Rawley pensava. Ele vinha todas as manhãs, nunca dizia nada, trabalhava para ajudar a equipe. Se pedissem para ele fazer alguma coisa, como segurar uma tábua, carregar escombros até a caçamba enorme, ele simplesmente assentia e fazia o que havia sido pedido. Ele ia embora quando queria. Ou talvez quando achasse que o pai precisava dele em casa. Cooper estava se esforçando para registrar as horas de trabalho para poder pagá-lo.

Cooper estava com o laptop aberto navegando na internet quando a viu. Sarah, com Hamlet correndo pela beirada da praia. Já fazia um tempo. Uma semana que tinha se arrastado devagar, como um ano. Mesmo agora, até a caminhada dela era muito devagar.

Ele parou de olhar para o computador. Um sorriso se insinuou nos seus lábios. O jeito que ela andava mexia com ele, um leve balanço, passadas objetivas, mas sem pressa. Não era nada de erótico nem para chamar a atenção. Era um caminhar feminino, de uma mulher que sabia o que queria. E, à medida que se aproximava, sorriu para ele. Hamlet chegou primeiro, e ele pegou a bolinha da boca babada e a atirou para ele. Limpou a mão na calça. Em questão de segundos, Hamlet estava de volta para que ele jogasse a bola de novo.

— Oi — disse ela.

Ele fechou o computador.

— Por onde você andou?

Ela subiu na doca.

— Trabalhando.

— Vinte e quatro horas, sete dias por semana? — perguntou ele.

— Você precisava de alguma coisa, Cooper?

Ele *precisava* de mais um daqueles beijos loucos, profundos e intensos que o tiraram do sério.

— Eu queria ter ligado para você, convidado para jantar. Por minha conta. Mas eu não tenho o seu telefone.

Em vez de aceitar com animação o encontro e dar o número do seu telefone, ela perguntou:

— O que você está fazendo aí? Respondendo e-mails?

— Procurando um emprego.

— Ah, então você já está pronto para começar a trabalhar?

— Só estou dando uma olhada, vendo o que está disponível. Eu vou ter que começar a trabalhar algum dia.

— Então, o que você achou?

— Muitos trabalhos como instrutor, a maioria como civil, mas para o exército. Alguns de salvamento civil, um de piloto corporativo e no corpo de bombeiros. Principalmente na Califórnia, Arizona e Colorado.

— Interessante. Eu nunca procurei. Alguma coisa por aqui?

— O mais perto é na Califórnia.

— Você está enviando currículos? — perguntou ela.

Ele balançou a cabeça.

— Eu só estava curioso mesmo. Ainda não estou pronto.

Ela riu ao ouvir aquilo.

— Eu tenho que admitir que sinto inveja disso. A não ser pelas licenças que tirei, eu não tenho muito tempo livre. Nunca mais que duas semanas e, em geral, eu gasto a maior parte delas com a mudança. Você não gosta de fazer planos, não é, Cooper?

Ele deu de ombros.

— Eu faço alguns. Eu tenho que ir visitar a minha família. Eles já estão ficando chateados comigo. Já faz quase um ano. Estou tentando apaziguá-los com uma possível visita de Natal, mas ainda é um talvez. Você *planeja* tudo, não é, Sarah?

Ela concordou e assentiu.

— Cada segundo com meses de antecedência, se possível. Eu sou muito organizada.

— Ou controladora — sugeriu ele.

— Talvez, mas isso é irrelevante, já que eu só controlo as minhas atividades. Eu tento ser flexível em relação ao meu irmão.

— Landon parece bem melhor — comentou Cooper.

— Eu imaginei que você o tivesse visto esta semana. Ele teve que ficar afastado dos treinos de futebol. Está um pouco irritado. Ele vai aos treinos e fica assistindo, mas não sei se ele está prestando mais atenção aos jogos ou às líderes de torcida.

— Você conversou com ele sobre Morrison?

— Conversei, sim. Contei a ele sobre o que aconteceu no restaurante. Ele falou alguma coisa para você?

— Não até eu contar. Parece que ele ficou muito zangado e mais preocupado com você do que com ele mesmo. Você falou com o Mac?

— Liguei no início da semana. E Mac também conversou com Landon. Eles têm algo em comum agora, sabe? Landon está namorando a filha do Mac. O clima do baile ainda não acabou. Landon agora está convencido a contar para Mac se houver qualquer problema. — Ela sorriu para ele. — Eu estou surpresa por você não ter pedido o meu telefone para Landon, já que você queria.

— Eu não sabia se seria uma boa ideia — respondeu ele. — A não ser que você tenha contado para o seu irmão, ele não sabe que nós... — Ele limpou a garganta. — Ele não sabe o que fizemos depois do jantar.

— Foi só um beijo, Cooper.

— Não. Eu já fui beijado antes. Não foi *só* um beijo. Eu estava pensando...

Ele foi interrompido pelo som de uma buzina. Ele se virou e viu uma BMW último modelo se aproximando pela estrada em direção à loja. O motorista buzinou de novo.

— Quem é? — perguntou Sarah.

— Não faço ideia — respondeu ele, sem se mexer.

—Você não deveria ir ver?

— Não — disse ele. — O que eu devo fazer agora é pegar o seu número de telefone. E nós devemos marcar um encontro ou algo assim.

Mas a BMW estacionou e quem desceu do carro foi Ray Anne. Ela ficou ao lado do carro e acenou para eles.

— Merda — disse Cooper. Ele acenou de volta, mas não se mexeu.

— Cooper, eu acho que ela quer que você vá até lá falar com ela ou algo assim.

— Eu estou ocupado agora. Vamos lá, não me faça implorar.

Sarah riu para ele.

— Gostei dessa ideia. Implore por mim, Cooper.

— *Hank! Hank Cooper!* — ouviram o grito de Ray Anne. Ah, lá estava ela, em pé no deque, segurando uma pasta em uma das mãos e uma bolsa no ombro. O dia estava ensolarado, mas ainda fazia frio na baía. Ray Anne estava de minissaia curta com uma fenda na lateral que dava para notar mesmo àquela distância. Também estava com um casaco preto e alguma coisa vermelha por baixo, os peitos pareciam prontos para pularem para fora do decote apertado, e estava com botas de salto alto. O cabelo louro escovado não se mexia no vento.

Cooper apenas acenou de novo, sem se levantar.

— Cooper — disse Sarah em tom de reprimenda, mas com um toque de humor. —Você está sendo muito grosseiro.

— Grosseiro? Fui eu que fui à casa dela, fiquei em pé na colina gritando o nome dela? Eu não a convidei, ela não ligou para avisar que vinha. Eu estou ocupado!

— Mas ela tem o seu telefone? — perguntou Sarah.

— Ah, pode apostar, embora eu não tenha dado a ela. Eu também nunca disse para ela o meu primeiro nome, mas ela me chamou de Hank assim que nos conhecemos. Mesmo que Mac tenha me apresentado como Cooper. Ela quer alguma coisa.

— Sem dúvida.

E lá vinha ela, descendo a escada de madeira que levava até a praia — não era o melhor caminho para quem estava de salto alto e saia curta e justa.

— Se ela cair, você vai ter que casar com ela só para não ser processado — implicou Sarah.

— Eu vou colocar um corrimão nessa escada. Na verdade, dois, um de cada lado. — Cooper gemeu. — Por favor, Sarah, faça ela ir embora.

— Na verdade, eu acho que eu vou embora. Você está sozinho nessa.

— Ótimo — murmurou ele. — E a gente tinha começado tão bem. Eu estava prestes a conseguir o que eu queria.

— Não olhe agora, bonitão. Mas com bem pouco esforço você vai conseguir tudinho que quer. — Então ela riu de novo. — Estou adorando isso.

— Você vai me pagar por isso — prometeu ele.

— Bem, Hank! Sarah! — Ray Anne parecia um pouco sem fôlego. — O que vocês estão fazendo?

— Bem, eu estou passeando com o cachorro na praia — respondeu Sarah. — Como vai, Ray Anne?

— Tudo ótimo! Maravilhoso mesmo! — Hamlet a cheirou, deixando uma marca de baba na minissaia preta.

— Oh, sinto muito — desculpou-se Sarah, tirando um pano do bolso e limpando a saia. — Ele não quer ser nojento, é só um doce cão com problemas de baba. Prontinho, acho que consegui tirar. Ficou bom para você?

— Ficou — disse Ray Anne, impaciente. — Ele não devia estar de coleira?

— Provavelmente, mas isso teria um impacto muito pequeno no problema com saliva ou na capacidade que ele tem de espalhá-la. Ele tem quase a sua altura, Ray Anne. — Então, ela se virou para Cooper. — Bom ver você, Cooper. E boa sorte na busca por trabalho. — Ela se virou e fugiu.

— Você está procurando um emprego? — perguntou Ray Anne. — Que tipo de emprego?

— Eu só estava dando uma olhada na internet para ver se tem alguma coisa de interessante por aqui. O que a traz até aqui, Ray Anne?

— Ah, eu só queria conversar com você sobre uma coisa. A sua propriedade.

Capítulo Treze

Então, Ray Anne queria conversar sobre a propriedade dele? Ele nem se levantou.

— O que você tem em mente? — perguntou ele, com metade da sua atenção concentrada em Sarah e Hamlet correndo na praia. Ele sabia muito bem que não estava sendo nada educado. A mãe dele puxaria sua orelha se visse aquele tipo de comportamento. Cooper não costumava agir assim diante de uma dama, mas, para começar, Ray Anne não era nenhuma dama. Em segundo lugar, ela queria algo dele. Em terceiro, ela estragara uma conversa que ele estava tendo com Sarah, que ele considerava um passo importante.

— Por que a gente não entra? — sugeriu ela. — Está um pouco frio aqui fora, perto do mar.

— Eu estou bem aqui. E o barulho da obra está muito alto para conseguirmos conversar lá dentro. — Ele não ia se fechar em uma sala com ela. Tinha quase certeza de que ela não o atacaria, mas não estava disposto a ouvir indiretas. — Por que você não me diz o que a trouxe até a minha humilde doca?

Com um suspiro pesado, Ray Anne começou:

— Estão falando que você quer vender esta linda propriedade. Eu queria duas coisas. Primeira, que você me desse a chance de representar os seus interesses e, segunda, que você me permita trazer um possível comprador.

Ele ergueu as sobrancelhas.

—Você já tem um possível comprador?

— Hank, esta propriedade desperta o interesse há mais de vinte anos — disse ela. — O terreno fica de frente para a praia e se estende bem além dela.

— Mas é um morro! — exclamou ele. — O que alguém faria com uma praia aos pés de uma montanha?

—Acho que você nunca esteve em Newport Coast, na Califórnia. Procure no Google mais tarde. É lindo lá, um dos melhores resorts nos Estados Unidos. Ben e o seu pai não consideravam vender nem uma pequena parte das terras e olha que poderiam ter ficado ricos.

— Entendo — disse ele. — Quem é o interessado?

Ela riu.

— Hank, estamos falando de negócios aqui. Eu não posso divulgar essa informação sem um contrato para representar a venda.

—Ah. É claro — disse ele. — E por que eu iria querer ser representado em uma venda pela corretora do comprador?

Ela abriu um sorriso largo.

— Porque, querido, você poderia ter um desconto enorme em taxas. Não importa quem vai representá-lo, ninguém pode obrigá-lo a vender por qualquer preço, então, você estará sempre no controle. E eu sempre represento o vendedor, mesmo quando eu posso encontrar um comprador.

— Interessante.

—Você nunca vendeu uma propriedade antes? — quis saber ela.

— Não pessoalmente. Mas eu aposto que eu aprendo muito rápido. — Por fim, ele se levantou, ficando bem mais alto do que ela, que media pouco mais de um metro e meio. —A questão, Ray Anne, é que eu ainda não me decidi. Nesse momento, eu só quero cuidar dos interesses pessoais do Ben e consertar a loja. Eu não decidi ainda o que eu vou fazer.

— E quais são as opções que você está considerando?

— No momento, talvez apenas alugar — disse ele, observando a expressão dela murchar. Por um segundo, ele se sentiu mal pois ele nem tinha considerado aquilo ainda. Obviamente, não haveria nenhuma grande comissão se ele fizesse isso. — Ou talvez eu venda apenas a loja e o terreno em que ela se encontra. — Ele deu de ombros. — Mas quem sabe? Eu tenho muito tempo para decidir.

— Mas você não tem interesse em ficar e administrar o negócio?

Ele balançou a cabeça.

— Não que este lugar não seja lindo. Mas não é o tipo de trabalho que eu quero fazer.

— E que tipo de trabalho seria este?

Ele achou difícil acreditar que ela não soubesse. Desconfiava que Ray Anne tivesse talentos avançados de investigação.

— Por natureza, eu sou piloto de helicóptero. Trabalho com isso há quinze anos, desde que saí do exército.

— Sério? — perguntou ela. — Você está brincando. Acho que já sabe que Sarah Dupre também é piloto.

— Parece que temos isso em comum.

— Que legal! Tudo bem, Hank...

— Cooper — corrigiu ele. — As pessoas me chamam de Cooper.

Ela o ignorou.

— Não importa quanto tempo você vai levar para pensar sobre isso, mas será que você não gostaria de ver alguns valores? É bom que você esteja ciente de todas as suas opções. E será que podemos sair deste *vento*? — Ela deu uma batidinha no cabelo como se para evitar que voasse.

Ele sorriu para ela. O cabelo curto nem se mexia no vento. Ela só queria entrar em um lugar para ficar sozinha com ele.

— Claro — concordou ele. — Podemos nos sentar no deque.

— No deque? Se estiver barulhento demais na loja, talvez pudéssemos ficar no trailer.

— Não, não é uma boa ideia. A arrumadeira ainda não veio hoje. Mas se você quiser, eu posso passar no seu escritório qualquer dia...

— Então, vamos para o deque — concordou ela, subindo a escada.

Ele sorriu enquanto a observava subindo. Ela não ia deixar que ele escapasse se tivesse a atenção dele. Ele sabia bem demais que ela queria impressioná-lo, deixá-lo animado com as avaliações feitas e comparações. Então, eles se sentariam na varanda ao som de serrotes e marteladas atrapalhando a conversa. Mas ele não se comprometeria com nada.

Ele puxou uma das cadeiras para Ray Anne se sentar, e se acomodou em frente a ela, que puxou uma pilha de papéis da pasta de couro e começou a explicar o valor avaliado da propriedade de frente para a praia. Cooper tentou manter a expressão neutra, como se já soubesse o quanto aquela herança valia, como se não pudesse ser surpreendido. Na verdade, ele estava estarrecido. Poderia valer milhões para um grande hotel ou cadeia de resorts.

Passou pela cabeça dele que qualquer idiota pararia a obra que estava fazendo, pegaria um martelo e pregaria uma placa de "vende-se".

— Impressionante, não acha? — perguntou Ray Anne.

— Muito bom — disse ele. — E quem é esse possível comprador?

— Novamente, Hank, eu não estou disposta a revelar essa informação sem um contrato para representar a venda da propriedade.

— E eu ainda não estou pronto para tomar uma decisão — disse ele.

— Bem, eis o que podemos fazer: um acordo dizendo que quando e se você tomar a decisão de vender... Já que mais cedo ou mais tarde você vai ter que vender, já que não planeja ficar aqui para administrar os negócios... Que eu serei sua corretora.

— Eu não tenho que fazer nada, Ray Anne — declarou ele. — Eu ainda não decidi o que eu vou fazer, nem quando eu vou fazer e nem se eu vou fazer alguma coisa.

— Mas você não planeja morar na cidade?

Ele deu de ombros e inclinou a cabeça.

— Existem muitas possibilidades. Eu talvez mantenha a propriedade por mais uns quarenta anos e deixe a decisão para os meus herdeiros.

— Herdeiros? — perguntou ela, interessada.

— Eu tenho uma família grande — contou ele.

— Filhos? — quis saber ela.

O telefone vibrou no bolso dele e ele pegou o aparelho e olhou para o identificador de chamadas.

— Com licença, Ray Anne, eu tenho que atender esta ligação.

Sarah entrou em casa e Hamlet seguiu direto para a vasilha de água. Ela ouviu o chuveiro ligado. Dois segundos depois, ouviu o secador de cabelo. As coisas que Landon carregava no bolso estavam na mesa — carteira, chave, dinheiro trocado, iPhone.

Ela passou pela lista de contatos e encontrou o número de Cooper e anotou na lista de compras, enfiando-a em seguida no bolso. Cinco minutos depois, Landon apareceu na cozinha, pegando suas coisas na mesa.

— Para onde você vai? — perguntou ela.

— Vou para casa de Eve fazer o trabalho da escola — disse ele.

Um completo desperdício de um sábado, a não ser que você esteja perdidamente apaixonado, pensou ela.

— Você vem jantar em casa?

— Espero que não — respondeu ele. — Você vai ficar bem sozinha, certo?

— Acho que eu consigo me arranjar. — Ela sorriu. — Talvez eu saia. Ou compre uma pizza. Ou esquente o que tem na geladeira.

— Só não cozinhe nada para mim, certo?

— Pode deixar. — Ela riu. — Só me avise quais são seus planos, ok?

— Eu sempre aviso — disse Landon.

Depois que ele foi embora, ela pegou a lista e o telefone no bolso. Registrou o número e, quando Cooper atendeu, ela disse:

— Agora você tem o meu telefone. E eu obviamente tenho o seu.

Ele riu.

— Como você conseguiu isso?

— Peguei no telefone do Landon sem ele saber. Ele foi estudar na casa da Eve, parecendo que estava indo para uma entrevista de emprego.

Ele deu mais uma risada, que era sexy e baixa.

— Eu estou no meio de uma coisa, mas está quase terminando. Posso ligar para você depois? Tipo cinco minutos?

— Espero que eu não tenha interrompido nada... *importante.*

— Não. Você ligou na hora certa. Já ligo para você.

Ela desligou, mas ficou segurando o telefone. *Tudo bem,* pensou ela, *eu sou grandinha. Eu sou adulta. Eu posso lidar com isso.* E, então, ela estremeceu, antes de sentir um calor se espalhar pelo seu corpo.

Ela tivera uma semana para pensar sobre aquilo. Estava morrendo de medo, mas queria ver no que ia dar. Ela só precisava proteger o coração com toda força que tinha.

Dispensar Ray Anne não foi tão difícil. Ele simplesmente se levantou e disse que precisava voltar ao trabalho. Ela ocultou bem a decepção, escondendo-se atrás de um sorriso simpático e profissional.

— Eu vou deixar esses papéis com você porque eu sei que você vai pensar sobre isso e mudar de ideia.

— Tudo é possível.

Quando ela foi embora, ele rasgou o contrato e marcou um jantar com Sarah.

Cooper levou Sarah para um restaurante pequeno, de uma família italiana, em Bandon, não muito longe de Thunder Point, mas definitivamente longe dos olhos dos moradores de lá. Havia um balcão de pizzas na frente e 12 cabines e quatro mesas nos fundos. Era meio escuro e tinha uvas de plástico penduradas e plantas artificiais. Apesar de ser sábado à noite, não estava cheio, mas o balcão estava ocupado. O pai era o chef e tinha a ajuda do filho.

— Legal — disse Sarah quando se sentou em frente a ele. — Muito legal, do jeito que eu gosto.

— Não é muito elegante — declarou ele.

— E eu estou dizendo para você que esse é o tipo de lugar que eu gosto. Pequeno, curioso, amigável e com uma comida deliciosa, espero.

Das centenas de coisas que ele tinha descoberto naquela aventura em Thunder Point, Sarah Dupre era a única que realmente mexia com sua pressão sanguínea.

— Você ligou para Landon para avisar onde estaria?

— Mais ou menos. Eu enviei uma mensagem de texto dizendo que eu ia a um restaurante italiano. Ele disse para eu me divertir e que ele não ia me esperar acordado.

— Espertinho — disse Cooper. — Eu me pergunto de quem ele puxou essa característica.

Ela pediu um Cabernet, ele, uma cerveja, enquanto eles olhavam as opções no cardápio de plástico.

— Meu Deus, eu quero tudo — disse ela.

Ele pediu lula de aperitivo e depois ela optou por um linguine alla vongole — mariscos em molho branco — e ele um cioppino — peixe ensopado. Quando a garçonete, provavelmente uma das filhas ou noras, se afastou, ele ergueu o copo:

— A restaurantes italianos pequenos e escuros.

Ela brindou com ele, tomou um gole e disse:

— Só para deixar as coisas bem claras, eu não vou me envolver com um homem.

— Acho que você já deixou isso bem claro algumas vezes.

— É sério. Eu gosto de você, Cooper, mas eu sou praticamente uma mãe solteira em um período pós-divórcio. Você entende.

— Eu já disse que eu entendo — assegurou ele.

— Eu só não quero que você crie expectativas — explicou ela.

— Eu protestei tanto assim quando você pagou o meu jantar?

— Eu não estou falando só de sexo. Tipo, eu não estou disposta a me envolver emocionalmente agora. Não seria uma boa namorada.

— Sarah, eu vou dizer isso só mais uma vez. A escolha é sua. Eu não estou preocupado se você vai se envolver emocionalmente. Desde que a gente transe. — Nesse exato momento, a garçonete chegou com as lulas. Ela hesitou um pouco antes de colocar o prato na mesa e se afastou depressa.

Ele deu um sorriso safado. Piscou. Ele tinha feito aquilo de propósito!

Sarah começou a rir e seu rosto se iluminou. Os olhos escuros brilharam e o rosto ficou rosado. Ele soube que a queria no instante em que a vira quando ela fora ao trailer e tentara puxar suas orelhas por causa da amizade que tinha com Landon. A verdade era que ela o deixava com tesão, puro e simples. Ele realmente *não* ligava se ela queria se envolver emocionalmente. Talvez fosse melhor que ela evitasse isso. Mas ele realmente queria se envolver fisicamente com ela.

— Bem, você também não vai ter isso — disse ela.

— Hum, espere só até você provar isto — disse ele, mastigando um pedaço de lula. — É excelente. Talvez você mude de ideia!

— Como você descobriu este lugar? — perguntou ela.

— Mac. O cara é um catálogo ambulante de endereços. Qualquer coisa que precise, desde a remoção de fungos até um bom restaurante, ele é o cara. Ele pegou um outro pedaço do prato, mas antes de colocá-lo na boca, perguntou:

— Como foi que você foi parar como piloto da Guarda Costeira?

— Eu não achava que eu fosse pilotar, para dizer a verdade. Eu só queria ficar perto do mar. Eu tinha fantasias sobre salvamento na água, mas aí eu pensei que, em vez de saltar de um helicóptero, talvez fosse bom comandá-lo, pilotá-lo. Eu não sabia se ia gostar ou não. Durante a minha infância, eu nadei muito, mergulhei e velejei, mas o mais alto que eu já tinha chegado em relação ao chão tinha sido em uma tirolesa.

— Quando você mudou de ideia?

— Na faculdade. Eu entrei para um programa de bolsas da Guarda Costeira quando eu tinha 19 anos. Quando vi os lugares diferentes aos quais eu poderia ir como oficial, eu fiquei deslumbrada com o helicóptero.

— E foi a escolha certa para você?

— Foi. Eu já estive em missões cheias de emoção. Principalmente no mar de Bering. — Ela balançou a cabeça. — Eu não achava que estava pronta para aquilo.

— E?

— Kodiak foi a melhor experiência da minha vida. — Ela brilhou um pouco ao dizer aquilo. — Foi a minha primeira mudança permanente com a Guarda Costeira depois da escola de voo. Eu tinha perdido os meus pais um ano antes, tinha um garotinho de seis anos comigo, e fui designada para um dos locais de salvamento mais desafiadores nos Estados Unidos e foi maravilhoso. Às vezes, um posto de salvamento é tão bom quanto o seu comandante, e o nosso era incrível. Foi lá que Landon começou a jogar futebol americano com o filho mais novo do comandante. Comandante Titchke nos colocou sob suas asas. Ele não apenas nos ajudou na adaptação e sua família me ajudou com Landon, mas ele me treinou no mar de Bering. Eu fiz coisas... A equipe fez coisas que eu nunca imaginei que conseguiríamos. Uma vez tínhamos dois navios presos na água, um de cada lado da ilha, no meio de uma tempestade tão violenta que nem conseguíamos baixar a corda. Havia sete pessoas em um e quatro no outro, além de feridos. E nós os resgatamos. Foram quatro equipes. Tivemos que chamar membros da equipe que estavam de férias ou de folga, mas salvamos 11 pessoas naquele dia. O gerenciamento de riscos para aquela operação foi o mais tenso que já vi. Não havia espaço para erros ou nós não apenas perderíamos as embarcações mas também as equipes de resgate. — Ela comeu um pedaço. — Eu tenho um monte de histórias de Kodiak. A gente poderia falar sobre isso por horas.

Ele não conseguiu evitar um sorriso.

— Parece aterrorizante e divertido.

— Acho que fica no sangue. Essa emoção.

— Você gosta do perigo. Você é uma mulher selvagem.

— Não, eu nunca corro riscos desnecessários. Nunca. É algo que tem que ser preciso e, às vezes, eu sou perfeccionista e...

— Só às vezes? — perguntou ele, rindo, quando as saladas chegaram.

— Eu deixei você comer a lula toda enquanto deixava você entediado com as minhas histórias da Guarda Costeira. Agora é a sua vez. Conte-me sobre seus voos. Sobre o Iraque ou sobre os trabalhos como civil.

Mesmo que Cooper tivesse ido para o Iraque em um helicóptero Black Hawk no início da guerra, aquilo de alguma forma não parecia tão excitante quanto as coisas que ela fizera. Mas ele contou. Ele passara seis anos no exército, depois partiu em busca de trabalho como piloto civil. Já que era difícil encontrar trabalho, ele trabalhou para empresas civis contratadas pelos Estados Unidos em países estrangeiros, um expatriado, um mercenário. Por fim, acabou trabalhando para petrolíferas.

— O trabalho era bom? — perguntou ela quando o prato principal chegou.

— Eu diria que sim. E o dinheiro também. O trabalho é fácil na maior parte do tempo. As pessoas são legais. E, então, houve um grande vazamento. Enorme. Noticiário nacional durante meses, bilhões de dólares em danos. Fez com que o caso do petroleiro *Valdez* parecesse apenas um ensaio. Algumas plataformas para as quais eu fazia o transporte fecharam. Nós tiramos as pessoas de lá. Eu nunca vi nada como aquilo. É claro que eu já tinha assistido a reportagens sobre vazamentos antes, mas não há nada como realmente ver um vazamento. A empresa teve que mandar gente embora e eu fiquei feliz em ir embora.

"Eu trabalhei para mais duas empresas depois disso, pilotando para poços em alto-mar, mas eu não conseguia mais parar de ver o que poderia acontecer. Não tinha nada a ver comigo. Eu só era o piloto. E eu não comprometia a segurança. Meu chefe, o piloto no comando, também não comprometia a segurança. Mas... — Ele balançou a cabeça. — Depois que você vê o que um vazamento de grandes proporções pode fazer com algumas cidades na costa e uma grande parte do oceano, você não consegue mais, sabe?"

Ela deu um sorriso paciente.

— A Guarda Costeira é amiga do meio ambiente, Cooper. Você sabe disso.

— Eu sei. Então, eu pedi demissão do meu último emprego e planejei tirar alguns meses, encontrar-me com Ben e um outro amigo para caçarmos nas montanhas. Eu queria um tempo antes de decidir para onde ir e o que fazer. Então, tudo mudou com a morte de Ben. Eu vou conseguir outro emprego como piloto — disse ele. — Mas eu acho que vai ter que ser um tipo diferente de trabalho.

— Quando?

— Eu não sei. Talvez depois do Natal. Depois que o bar ficar pronto e eu conseguir vendê-lo. Eu tenho que descobrir qual é a melhor forma de lidar com isso.

— Ray Anne vai ajudá-lo com isso. Estou certa disso.

— Como você sabia? — perguntou ele, pois não contara nada sobre as ambições imobiliárias de Ray Anne.

Ela abriu um sorriso lento.

— Eu só sou brilhante, isso é tudo.

— E quanto a você? — perguntou ele. — Quanto tempo vai ficar por aqui?

— Daqui a um ano, eu vou começar a procurar realocação. Landon vai estar no último ano. Se tudo sair como planejamos, Landon vai saber para onde quer ir para a faculdade. Com sorte, ele vai conseguir ser aceito na primeira fase. Eu consigo ficar aqui até ele se formar. E vou me esforçar para não ser mandada para muito longe. — Ela olhou para o prato. — Ele precisa ter alguém perto o suficiente para ele visitar enquanto estiver na faculdade. É diferente quando somos só nós dois.

Ele sorriu para ela e assentiu. Ela era uma mulher notável. Fazia um trabalho difícil e exigente, mas não mudava sua prioridade — o irmão.

Ele a admirava. E isso não acontecia com ele havia muito tempo.

Depois da segunda taça de vinho, Sarah se esqueceu de ficar com medo dos seus sentimentos por Cooper. Ela sentiu o espírito leve de uma forma que não sentia havia muito tempo. Fora tão magoada e estivera tão zangada que tinha se esquecido do prazer de uma risada, de ter algo em comum com outra pessoa, sentir a amizade crescer. Sentir desejo, porque ela estava sentindo isso também. A noite com Cooper estava perfeita. Eles ouviram com atenção um a história do outro sobre pilotagem, riram sobre os defeitos e questões familiares — Cooper tinha uma família muito grande e, embora ela não tivesse de quem falar, a criação de Landon provocou uma ou duas risadas. Eles resmungaram juntos quando a conversa os levou a falar de Jag Morrison e sua família. Ela curtia a companhia dele. Ele era inteligente, engraçado e, cara, ele era lindo. Embora fosse charmoso e esperto, havia também uma ternura nele que a cativava.

E ele logo se mudaria. Perfeito.

A comida estava ótima, o pequeno restaurante, perfeito. Sarah se deu conta de que era aquilo que estava faltando na sua vida. Uma companhia.

Enquanto seguiam para a picape, ela agradeceu:

— Obrigada, Cooper. Eu realmente gostei muito.

— Que bom. Vamos fazer de novo.

Ela deu uma risada suave.

— Meu primeiro encontro... Bem, desde que meu ex-marido foi embora. Há mais de um ano.

Ele entrelaçou os dedos nos dela.

— Também é o meu primeiro encontro depois de um tempão.

— Com quem foi o seu último encontro? — quis saber ela.

Ele parou de andar.

— Eu tenho que pensar. Acho que foi a Judy, uma mulher que conheci em Corpus Christi, Texas. Há um ano, mais ou menos. Ela era interessante. Mas só tivemos um encontro. Eu não sei explicar. Mas não teve química.

— Bem — disse ela rindo —, eu fiquei com muita raiva no nosso primeiro encontro. Então, isso significa que a gente teve química? Ou talvez você goste de mulheres com raiva? Ou isso ou não tem nenhuma outra mulher na cidade com quem você queira se arriscar.

— Tem muita mulher por aí — disse ele. Depois, tocou o rosto dela com apenas um dedo. — Ainda é cedo.

— O que você sugere?

— Venha comigo para o trailer e fique um pouco comigo. Não é grande coisa, mas é confortável. A sua casa é vulnerável, pode haver adolescentes por lá, aproveitando o fato de você ter saído à noite. Eu poderia oferecer uma xícara de café. Ou uma bebida. — Ele deu de ombros. Riu de forma sensual. — Eu sou flexível.

Sarah pensou: *Nós dois sabemos muito bem o que queremos.*

Ele se inclinou e roçou os lábios nos dela.

— Dê uma chance para mim, Sarah. Eu posso jogar de acordo com as suas regras.

Fazia tanto tempo desde que um homem parecia conhecê-la, saber do que precisava, o que queria. Ela assentiu.

— Acho que uma xícara de café no trailer seria ótimo.

Capítulo Catorze

Cooper abriu a porta do trailer e deixou Sarah entrar primeiro. Ele deixara uma luz fraca acesa sobre o forno que conferia um brilho delicado no ambiente e, quando fechou a porta, a abraçou pela cintura e a puxou para si. Deu um beijo leve nos seus lábios.

— Deixe-me abraçar você um pouco e, depois, eu vou fazer um...

Ela colou as mãos no rosto dele e puxou-o para o seu, interrompendo o que ele estava falando. Os lábios se tocaram por alguns segundos antes de os braços dele a abraçarem com mais força e ele beijá-la de forma arrebatadora, abrindo a boca sobre a dela. Um gemido subiu pelo seu peito enquanto a beijava. E ela arfava e gemia. Então, ele se virou com ela, pressionando-a contra a parede ao lado da porta. Ela o abraçou pelo pescoço e a mão dele escorregou até o traseiro dela, descendo por trás da coxa até erguer a perna dela até o seu quadril, comprimindo o corpo contra o dela.

Ele já estava duro. Nenhuma grande surpresa. Ele estava tendo pensamentos eróticos no caminho todo para casa, mesmo enquanto estavam conversando e rindo como velhos amigos. Nada daquilo tinha sido planejado, mas ele comprimiu a pélvis contra a dela, e ela correspondeu.

— Meu Deus, Sarah — murmurou ele contra a sua boca.

Os dedos dela passaram pelo cabelo curto dele enquanto ela se segurava a ele, beijando-o profundamente, recebendo a língua dele. E ela sussurrou:

— É, eu sei...

A mão dele encontrou um seio, e ele a enfiou por baixo do suéter para tocar-lhe de forma mais direta, mesmo que ainda houvesse a barreira da renda do sutiã. Ele passou o dedo pela renda, enquanto os seus lábios procuravam o pescoço, que ele beijou, lambeu e chupou. O polegar brincava com um mamilo entumecido.

— Meu. Deus. Do. Céu.

Ela deu uma risada.

—Você está rezando?

—Ai, meu Deus, estou — sussurrou ele, esfregando-se nela. — Ou implorando... Talvez só implorando.

Os lábios dele passearam pelo pescoço, orelha, testa e queixo, e sua língua encontrou o caminho para a boca de Sarah repetidas vezes, enquanto ele ficava cada vez mais ofegante e louco. Ele ergueu o suéter dela e encontrou o mamilo com os lábios. Então, ela o abraçou pela cintura e o puxou pelo traseiro, trazendo-o para si. E ela arfou.

Ele passou a mão pelas nádegas e pela coxa que estava envolta da cintura dele, mas, dessa vez, a mão seguiu até o salto da bota que ele tirou. Aquela calça jeans deliciosa não sairia se ela ainda estivesse com as botas.

— Isso — sussurrou ela. — Assim.

Os dedos dele encontraram o botão e o zíper da calça. Ele a abriu e enfiou a mão lá dentro, escorregando cada vez mais até encontrar o tufo macio de pelos e a suavidade úmida dela. Meu Deus, ela estava tão excitada quanto ele. Pronta, tão pronta. Isso foi tudo que ele precisou para começar a rezar de novo.

— Que loucura. Loucura gostosa. Tão gostosa... — disse ele.

— Loucura — concordou ela, encontrando o botão da calça dele. — Gostosa.

Cooper ficava dizendo para si mesmo para ir mais devagar, *bem* mais devagar, para soltá-la e ir para a um lugar para deitá-la, mas nem ele nem ela conseguiam ultrapassar a barreira do desejo. Quando ela baixou o zíper dele, as coisas ficaram mais desesperadas e complexas. Ela o segurou na mão, e a mente dele quase explodiu enquanto murmurava:

— Camisinha. Camisinha. Camisinha.

Ele teve que soltá-la por um instante para pegar um preservativo no bolso de trás, mas quando ele conseguiu pegar, ela o tirou da sua mão.

— Pode deixar comigo — disse ela. Mas ela colocou bem devagar, acariciando-o e beijando-o durante o processo.

— Sarah — implorou ele. —Vamos logo com isso. Por favor.

Ela atendeu ao pedido dele, então tirou a perna do quadril dele. Ele puxou a calça dela de forma gentil, mas desesperada, tirando uma perna e depois a outra. Ele a acariciou com os dedos e depois a levantou do chão, mantendo suas costas apoiadas na parede. Um milhão de palavras de carinho passaram pela sua cabeça. Mas ele disse:

— Ajuda.

Ela colocou a mão entre os corpos encontrou-o e ajudou-o a encontrar o caminho para dentro dela. Ele já estava meio fora de si e já tinha passado do ponto de qualquer pensamento lógico. Ele entrou e soltou um gemido profundo. O dela foi mais alto:

— Aahh!

Ele a segurou sem se mexer por um instante. Então, segurando-a por baixo das coxas, começou a se mexer, cada estocada aproximando-o mais de um êxtase insano e sem noção. Ele pensou em dizer que sentia muito, que iria compensá-la depois, mas então ela gritou. Suas pernas se apertaram em volta dele, seus músculos internos o apertaram, provocando o orgasmo mais maravilhoso quando ela gozou. E gozou. Seus braços em volta do pescoço dele. E ela gemia de prazer, abraçando-o com força enquanto ele se mexia dentro dela. Demorou um pouco para todos os movimentos diminuírem até pararem. Cooper estava completamente ofegante; seus joelhos estavam fracos. Ela arfava e se segurava nele.

— Minha linda — pediu ele em um sussurro desesperado. — Por favor, não se mexa.

— Eu não consigo — murmurou ela.

— Só não se mexa — repetiu ele. — Você poderia quebrar partes importantes.

Ela suspirou de novo, acariciando e beijando o pescoço dele.

— Meu bem... Sarah... Eu sinto muito, minha linda.

— Como assim? — perguntou ela, fraca.

— Meu Deus, eu praticamente ataquei você. Contra a parede. Em três minutos. Você ainda está de casaco.

Ela ficou quieta por um momento.

— Que alívio. Eu achei que eu que tinha atacado você.

— Isso também. Meu Deus. Não se mexa. Isso foi... Cara, eu nem consigo descrever. Foi... Meu Deus.

— Eu estou meio desconfortável.

— Só mais um pouco — pediu ele. Ele beijou o pescoço dela e, em seguida, os lábios. — Só mais um instante. — E aprofundou o beijo. — Ah, Sarah, eu estou surpreso de ainda estar em pé. Eu nunca...

— Nunca? Você realmente agiu como se soubesse o que estava fazendo. Vamos logo, Cooper. Eu tenho que descer. Por favor?

Ele afastou um pouco a cabeça apenas para olhar para eles. A jaqueta dela estava pendurada em um dos ombros, o suéter puxado para cima na altura do seio, e ela estava nua da cintura para baixo. O suéter dele estava retorcido, a ponta da camisa aparecendo e calça abaixada. Ele riu.

— Parece que sobrevivemos a um furacão. — Ele a ergueu um pouco e deixou as pernas dela tocarem no chão. Mas manteve as mãos em suas nádegas. — Nada de café hoje à noite, linda. Cama. Vamos para a cama.

Ela não conseguiu segurar o riso.

— E se eu não quiser ir para a cama?

— Então, você vai fazer uma amizade duradoura com essa parede. — Ele subiu a calça, mas não se preocupou em fechar o zíper. Depois se abaixou e pegou o jeans dela em uma mão e a ergueu nos braços. Carregou-a pelos três degraus para chegar ao quarto e a colocou na cama. Ajudou-a a tirar o casaco e retirou o dele também. — Não saia daqui. Eu já volto. — E saiu do quarto.

O banheiro era muito próximo do quarto, é claro. Tudo era perto de tudo — era apenas um trailer. Enquanto ele estava no banheiro, ela gritou:

— Estou me sentindo um pouco... *Exposta* aqui.

— Entre embaixo das cobertas — gritou ele.

— Não sei se estou a fim disso. E se eu quiser café?

Ele voltou para quarto, com as mãos no quadril, a calça jeans ainda desabotoada e se aproximou ela, com um sorriso.

— Sabe o que eu percebi uns trinta segundos depois de abrir a porta esta noite? Que você não queria café. — Ele tirou o suéter.

— E agora? — perguntou ela.

Ele pegou o suéter dela e também o tirou.

— Eu quero abraçar você. E talvez tentar transar de uma maneira mais convencional, se estivermos a fim.

— O que é isso? — perguntou ela, tirando automaticamente o sutiã e o jogando de lado.

— Sabe — disse ele, baixinho, tirando as botas e a calça. — O velho e bom sexo, comum, mas excelente, completo, com preliminares, que não fizemos antes. Sem risco de lesão nas costas ou ossos quebrados, mas muito bom mesmo assim. — Ele levantou as cobertas e ela se acomodou sob elas. Ele deitou ao lado dela e a puxou para si em um abraço. — Acho que o que acabamos de fazer... Acho que foi uma das melhores coisas que já fiz na vida. Ou uma das melhores coisas que alguém já fez comigo. Eu acho que não existe uma forma de superar aquilo. — Ele a puxou para mais perto e deu um beijo no seu rosto, passando a mão grande e calejada pela pele macia do corpo dela.

— Estou me sentindo um pouco insegura agora — disse ela, se aconchegando mais a ele. — Eu nunca fiz isso antes.

— O quê? Sexo tradicional?

— Sexo sem nenhum compromisso. Tipo, eu já transei muito, não me interprete mal. Tudo bem, não muito... Não tanto assim, na verdade. Mas eu sempre achei que estávamos indo para algum lugar. Que havia amor. Ou algo.

— Bem, não me desconsidere tão rápido assim — pediu Cooper. — Quem sabe daqui a uma hora e meia você vai achar que me ama?

— Mas eu tenho medo disso. Eu nunca mais quero me apaixonar de novo. Eu não posso me envolver, você sabe disso. Por centenas de razões. Eu estou vulnerável. Acabei de me divorciar. Eu tenho grandes responsabilidades. Mas eu nunca considerei uma coisa assim antes. Tipo sexo com alguém que eu gosto, mas sem nenhum investimento emocional.

E aquele era o único tipo que ele já tinha feito, pensou Cooper. Na verdade, era ele que geralmente dizia "Eu não posso me envolver". Ele tinha vários motivos lógicos, alguns como os dela. Ele sempre era alocado ou transferido para outros lugares, estava de mudança, tinha terminado com alguém, era só escolher. Houve duas vezes em que se esqueceu de avisar que não poderia se envolver e tinha acabado preso a um noivado perguntando-se que diabos tinha acontecido. Mas ele nunca se apaixonara. Nem chegara perto disso. E ali estava ele, de repente se perguntando como seria se sentir assim. Perguntando-se o que ele estava perdendo.

— Eu não sei o que fazer — confessou ela.

Ele passou os dedos pelo cabelo curto que caía na testa dela.

— Você não precisa fazer nada, meu bem. Você só precisa ser você mesma, seja honesta comigo, diga o que você precisa e deixe que tudo aconteça naturalmente. Eu não vou tentar enganar você.

— Você não vai criar... expectativas?

Ele negou com a cabeça.

— Você não vai só me usar para transar e, depois, me abandonar? De repente?

— Ei, eu não sou um cafajeste. Não estaríamos juntos agora se não gostássemos um do outro. Eu nunca virei as costas para um amigo. Não importa o que aconteça.

— Então, eu posso confiar em você?

— Claro que pode confiar em mim.

— Você não vai sair com outra mulher enquanto estiver comigo? Porque eu teria que matá-lo.

— Eu não faria isso. Eu posso até não ser o cara que fica e se casa, mas eu definitivamente sou do tipo uma mulher de cada vez.

— Isso é tudo que eu quero agora. Ser a única mulher com um cara de quem eu gosto e em quem eu confio. Um amigo. Ah, cara, nunca mais me deixe tomar duas taças de vinho — pediu ela.

— Você não pode culpar o vinho — disse ele.

Ela inclinou a cabeça e sorriu para ele.

— Você está certo. Eu só estou muito cansada de não ter um amigo. E porque... Bem, aquele lance da parede há pouco foi a melhor coisa que já aconteceu comigo.

Ele sorriu também.

— Eu vou ter que começar a malhar para me certificar de mantê--la feliz. — Então, o sorriso desapareceu e ele a beijou. — Mas agora eu quero tentar fazer algo mais tradicional. Nada de contorcionismo, acessórios ou nível de dificuldade 6,8.

Ela escorregou a mão pelo abdômen dele e descobriu sobre o que ele estava falando. Ela o envolveu com a mão, e ele fechou os olhos. Ele a queria de novo. Muito.

Sarah não era a primeira mulher com que Cooper se envolvia que já tinha filhos. Não houve muitas e nunca uma com um filho de 16 anos aguardando em casa. Mas ele não precisava que Sarah dissesse o quanto era importante que ela desse o exemplo para Landon.

Ele parou a picape na frente da casa dela às onze e meia da noite e a caminhonete de Landon já estava estacionada ao lado do utilitário de Sarah.

— Estou parecendo uma mulher que acabou de comer um jantar altamente calórico seguido de duas horas de sexo maravilhoso? — perguntou ela.

Cooper ergueu o queixo dela, virando o rosto de um lado para o outro.

— Se ele não olhar nos seus olhos, você está segura.

— Supimpa.

— Mas se ele reconhecer o rubor e o brilho do seu rosto, é hora de ter outra conversa sobre sexo com ele — sugeriu Cooper.

— Ele me disse que se eu abordar o assunto de sexo seguro mais uma vez, ele vai fugir de casa.

Cooper riu.

— Você vai ficar bem. — Ele deu um beijo leve nela. — Tenha bons sonhos.

Ele observou enquanto ela entrava em casa antes de dirigir pela praia. A areia estava dura perto da colina. Havia algumas pessoas na praia, sentadas perto de uma fogueira. Ele não tinha certeza se eram adultos ou crianças — ele não viu nenhum buggy ou motocicleta. Mas não estava preocupado. Na verdade, sentiu uma sensação boa por alguém estar usando a praia.

Quando entrou no trailer, a primeira coisa que notou foi o cheiro dela. Ele não sabia se tinha ficado ali ou se ainda estava no seu nariz ou na sua língua. O lugar parecia estranhamente vazio sem ela ali.

Abriu uma cerveja e foi para o quarto, sentando-se na cama desarrumada e passando pelos canais de TV. Mas não assistiu a nada. Pensou em Sarah, na sensação do corpo dela sob suas mãos, em como era bom estar dentro dela. O riso dela. O sarcasmo. *Que alívio. Eu achei que eu que tinha atacado você.* A sinceridade e a honestidade. Ela queria ter um relacionamento sem compromisso, mas não sabia como. Ah. Ele estava feliz por não ter confessado que aquele era o único tipo de relacionamento que ele sabia ter.

Ele queria que ela tivesse ficado, passado a noite com ele. Já tinha desejado muitas mulheres, mas havia algo de novo desta vez. Algo novo. Profundo. Não havia nada de confuso naquilo — era honesto. Ele já sentia as amarras dela. Ele era um especialista em não se envolver demais. Ainda assim, dessa vez aquilo não estava funcionando para ele. Ele a queria de todas as formas — física, intelectual e emocionalmente. E ela não o queria assim. Na verdade, ela precisava que Cooper continuasse sem amarras.

— Merda — disse ele para si mesmo. — Estou ferrado.

O último jogo de futebol da escola de ensino médio de Thunder Point era um jogo na própria cidade, e a noite estava agradável e clara. O contingente dos McCain ocupava assentos na linha das cinquenta jardas, mas, dessa vez, Sarah e Cooper estavam ali e Gina convencera a mãe a ir também. Carrie era uma grande torcedora do time, e muito amiga de Lou, mas gerenciar uma delicatéssen e um bufê exigia que ela acordasse antes das quatro horas da manhã para assar e cozinhar, e era raro encontrá-la acordada depois das oito horas da noite.

Havia muita conversa, riso e comemoração, mas Gina percebeu quase instantaneamente que o relacionamento entre Sarah e Cooper estava mais sério. Primeiro foi a forma como ele olhava para ela. Como se só isso bastasse para fazê-lo feliz. Enquanto Sarah se concentrava no campo, assistindo ao irmão jogar, Cooper olhava para ela e seus lábios se curvavam em um sorriso secreto, enquanto seus olhos assumiam um ar sonhador. E, depois de um tempo, Gina o viu pegar a mão dela e apertar de leve.

Foi aquele gesto simples que fez Gina sentir um aperto na garganta e os olhos se anuviarem.

Eles se conheciam havia quanto tempo? Algumas semanas? Alguns meses? É claro que eles tiveram uma ligação por causa dos problemas de Landon, mas não estavam atraídos um pelo outro por causa do irmão de Sarah. Gina se questionou sobre o nível de envolvimento de ambos no relacionamento, mas, é claro, não poderia perguntar. Na verdade, ficar sabendo assim, durante um jogo de futebol barulhento, foi uma bênção. Ninguém notaria que ela estava com tanta inveja que poderia chorar. Quando acabou o primeiro tempo, Cooper e Mac foram dar uma volta para esticar as pernas, deixando as mulheres lá e Gina já tinha conseguido se recompor.

Ela se virou para Sarah e perguntou:

— Quando foi que *isso* aconteceu? Tipo, você e Cooper?

Sarah encolheu os ombros.

— Uma semana. Talvez dez dias atrás.

— Eu gosto dele — declarou Carrie.

— Um bom homem — concordou Lou.

Gina se aproximou do ouvido de Sarah e perguntou:

— Já rolou?

Antes que Sarah tivesse a chance de pensar em responder, Carrie exclamou:

— Gina!

— Droga, ela tem ouvido de elefante — disse Gina.

— Bem, isso não é da sua conta — disse Carrie. — Além disso, é óbvio.

— É? — perguntaram Sarah e Gina juntas.

Com um aceno, Carrie explicou:

— Está no toque, no olhar, na energia. Pode ir em frente e negar, Sarah.

Para surpresa de Gina, Sarah apenas riu.

— Nós só somos bons amigos — disse ela. — É uma situação confortável, mas nada de sério.

— Ah, amigos com benefícios — disse Carrie. — Do jeito *moderno*.

— Não exatamente — disse Sarah. — Estamos namorando, isso é tudo. Cooper entende completamente que um relacionamento sério ou mesmo com potencial de ficar sério está fora de questão para mim. Eu me divorciei há menos de um ano. As minhas prioridades são Landon e o meu trabalho. E, pode acreditar, eu não estou nem um pouco pronta para me envolver em um relacionamento de longo prazo. É arriscado demais para mim. Minhas feridas ainda estão abertas. E Cooper...? Bem, ele não faz segredo nenhum sobre o fato de que tem coisas para resolver aqui e que, depois, vai embora. Ele já está até procurando um emprego na internet.

— E quanto à praia? — perguntou Gina.

— Ele ainda não decidiu. Mas ele é piloto de helicóptero, primeiro militar e depois civil. Não há empregos para pilotos por aqui, a não ser na Guarda Costeira. Ele vai embora, meninas. E sabem de uma coisa? Isso faz com que eu me sinta segura com ele.

— A não ser que você acabe se apaixonando por ele — disse Gina.

— Eu já amo o Cooper, mas não da forma típica e romântica. Não é nada parecido com o que eu sentia pelo meu ex-marido antes de descobrir que ele era um filho da mãe cruel e egoísta. Eu amo o modo como Cooper fica de olho no meu irmão, amo como ele me faz rir, e amo o fato de poder contar com a amizade dele. E, daqui a uns dois ou três meses, nós não vamos mais estar morando na mesma cidade, mas ainda seremos bons amigos, talvez até mantenhamos o contato. Agora, tudo que eu quero é um cara legal para às vezes me levar para jantar e que segure a minha mão em público. Isso é tudo que eu quero. Tudo que eu posso oferecer no momento.

— Um caso? — perguntou Lou.

— Eu não quero rotular o relacionamento. Talvez a gente chegue à conclusão de que não foi uma boa ideia daqui a duas semanas. Ou talvez a gente fique junto por mais um tempo. Mas fizemos uma promessa um para o outro: se isso não for a coisa certa para um de nós e queiramos nos separar, não haveria drama. Eu não vou torná-lo meu refém.

Gina de repente percebeu tudo de forma intensa. Ela também poderia fazer isso, mesmo que apenas em parte. Um encontro, andar de mãos dadas, algumas conversas telefônicas tarde da noite e coisas assim. Ela poderia seguir com o lance "nada sério" se aquilo fosse tudo.

Mas foi Lou que perguntou:

—Você acha que vai conseguir continuar assim?

— Acho — disse ela. — Neste momento, se eu tivesse saindo com um cara que está em busca de uma esposa ou até mesmo de uma companheira de vida, eu fugiria correndo. Vamos sair para jantar algum dia desses, uma noite só de mulheres, e eu vou contar para vocês sobre o meu ex-marido, o traidor filho da mãe que largou a mim e ao meu irmão depois de menos de um ano. — Ela balançou a cabeça. — Não é fácil, para mim, confiar nos homens agora. Só o fato de eu poder confiar na amizade de Cooper já é um grande passo.

— É — disse Lou. — Parece que ela vai continuar assim.

Foi só um pouco antes de os homens voltarem com os lanches que a conversa mudou de rumo enquanto aguardavam o segundo tempo do jogo. A não ser por uma coisa. Gina achou que conseguia entender melhor o medo que Mac sentia a respeito de relacionamentos. Devia ser um pouco como Sarah, mas com muito mais resistência — a esposa o abandonara dez anos antes. Ela sabia tudo sobre a traição da ex-mulher dele. Não por Mac, embora ele tivesse mencionado alguns detalhes, mas por Lou, cuja raiva em relação a tudo que Cee Jay fizera com sua família era enorme e assustadora.

O time teve uma vitória esmagadora, e Landon, novamente, foi a estrela do time. Os pais tinham sido avisados de que haveria comemorações do encerramento da temporada de futebol. Todos pegaram suas almofadas de arquibancada e mantas para as pernas, coolers e lixo e se encaminharam para a saída. Mas Gina ficou um pouco mais. Ela se lembrava quando estava no segundo ano, sentada exatamente ali na arquibancada. Os jogos eram emocionantes, e a multidão de alunos, ainda mais. As festas proibidas depois dos jogos eram ainda mais eletrizantes. Gina tinha um namorado que passava muito tempo com os alunos da escola de Thunder Point, mas não era aluno. Ele abandonara os estudos um ano antes e trabalhava como mecânico em Bandon, o que o tornava perigoso e interessante. Ele gostava dos jogos e das festas depois dos jogos. Gostava das garotas, de dirigir em alta velocidade e de noites longas. E de Gina — ele gostava de Gina. Ela conseguiu controlá-lo nos cinco primeiros encontros secretos e, depois, ela se rendeu e ficou grávida.

Quando contou ao namorado, ele terminou tudo. Mudou-se. Fugiu. Ela ouviu dizer que ele tinha ido para Idaho para trabalhar. Alguns anos mais tarde, os pais dele saíram de Thunder Point e foram para uma comunidade para a terceira idade para ficarem mais próximos da filha e dos netos. Todos os laços foram rompidos. Droga, nem havia laços para serem rompidos. Ninguém reconheceu que Ashley era filha dele.

Ela não fora mais a jogos de futebol americano da escola até Ashley entrar para a equipe de líderes de torcida.

— Ei — chamou Mac algumas fileiras abaixo. — Você vem?

— Já estou indo.

Não que Gina só tivesse percebido naquela noite que não tinha um parceiro romântico na sua vida. Ela nunca tivera. Houvera alguns namoros sem sentido que nunca mostraram potencial e um grande galã que a mantinha a distância.

Mac estendeu a mão enquanto ela descia pela arquibancada e ela aceitou a ajuda. Eles caminharam juntos até o estacionamento.

— O jogo foi bom — comentou ele.

Ela assentiu.

— Mal posso esperar para ver o que aquele garoto vai fazer no ano que vem — disse Mac. — Dupre. Ele manda muito bem.

Amigo dela, Mac, pensou ela. *Companheiro dela.*

— Ei, o que aconteceu com você? Está quieta.

Ela parou de andar e olhou para ele e pensou: *Isso já foi longe demais, eu tenho que seguir com a minha vida. Ele nunca vai ser meu.*

— Dor de cabeça.

— Barulho demais?

— Talvez.

— As meninas vão sair hoje. Lou pode levar Dee Dee e Ryan para casa. Como está a cabeça? A gente poderia tomar uma cerveja e chegar em casa antes delas.

E, então, eu posso ir para a casa e dormir sonhando com a velha fantasia de que um dia a gente seja mais que amigo? Sendo que nunca vai acontecer?

— Deixa para a próxima, Mac. Eu trabalho amanhã cedo.

— Tem certeza? — insistiu ele. — Poderíamos comprar uma aspirina ou algo assim.

— Acho que eu preciso da minha cama. — Eles foram até o estacionamento e seguiram até o carro dela. Carrie estava lá, conversando com Lou e esperando por ela.

— Então vejo você depois — despediu-se ele.

— Depois — respondeu ela. *Muito depois mesmo...*

Na manhã seguinte, Gina xingou a campainha. Eram onze horas. Carrie estava na delicatéssen, Ashley fora ao shopping com Eve, e Gina finalmente estava sozinha como precisava desesperadamente ficar. As emoções dela estavam à flor da pele e ela as mantivera sob controle até ter um pouco de espaço e privacidade. Ignorou a campainha, mas ela continuou tocando de novo e de novo. Com o nariz vermelho e os olhos lacrimejantes, ela finalmente vestiu o roupão sobre o pijama e abriu a porta querendo dizer ao desgraçado que estava tocando para dar o fora de sua varanda.

— Oi. Você está bem? — perguntou Mac.

— O que você está fazendo aqui? — quis saber ela.

— Você avisou na lanchonete que estava doente. E você nunca faz isso. — Ele a olhou com mais atenção. — Meu Deus, você está péssima.

Ela o fulminou com o olhar.

— Muito obrigada.

— Você quer que eu leve você ao médico? Está com febre?

— Não! É só um resfriado. Já vai passar. Mas eu não estou a fim de companhia hoje.

Ele foi entrando.

— Eu vou preparar um pouco de chá ou uma sopa ou qualquer coisa para você. Pode ficar deitadinha no sofá. A sua dor de cabeça virou um resfriado? Será que não é uma sinusite ou alguma coisa assim? Talvez eu deva comprar sopa na loja da sua mãe.

Ela revirou os olhos. *Meu Deus*, exclamou ela por dentro. Aquilo era tudo que ela precisava: Mac. E Mac na delicatéssen, comprando canja para ela? Carrie, que saíra para trabalhar antes do amanhecer, não fazia ideia que Gina tinha ficado em casa, alegando gripe. Ela deveria estar aproveitando a sua festa de autopiedade! Aquela era a sua única chance. Afundou no sofá e pressionou um lenço de papel contra o rosto.

— Mac, tudo que eu preciso agora é dormir um pouco.

Ele voltou para a sala, segurando uma lata de sopa instantânea, nada que a dona de uma delicatéssen pudesse se gabar.

— Eu poderia esquentar um pouco disto para você.

— Não. Obrigada. Por favor, vá embora. Antes que você acabe ficando doente também.

Ele se sentou na poltrona de frente para ela, passando a lata de uma mão para outra. Ele ficou apenas olhando para ela por um tempo. Ela assoou o nariz. Ela tentou tossir um pouco.

— Você não está doente — concluiu ele. — Você está chorando. Por quê? O que aconteceu? Quem fez isso com você?

Ela negou com a cabeça e apesar da sua determinação, seus olhos se encheram de lágrimas. Ela não ia falar sobre aquilo!

— Mac, é um assunto pessoal. Por favor, não insista.

— Mas o que foi? — perguntou ele de novo, apoiando os cotovelos nos joelhos enquanto segurava a lata. — A Ashley está com problemas? Está tudo bem com a Carrie? Alguém magoou você? Você precisa de dinheiro?

— Ah, meu Deus do céu! Não! Não! Não! Será que você pode ir embora e deixar isso para lá?

— Não posso — respondeu ele. — Eu nunca vi você chorando. Conte para mim.

— Você está me deixando irritada!

— Conte-me logo!

— Cooper e Sarah estavam de mãos dadas no jogo — confessou ela. Depois mergulhou a cabeça nas mãos. — Droga! Droga! Droga!

Mac ficou em silêncio. Ela ergueu a cabeça, enxugou os olhos e o nariz com o lenço de papel e, pela expressão no rosto dele, percebeu que ele estava surpreso.

— Você gosta do Cooper? — perguntou ele em voz baixa.

Ela apenas olhou para ele, espantada. Balançou a cabeça.

— Não, Mac, eu não estou a fim do Cooper. Eu não tive nenhum encontro em cinco anos. Eu vi Sarah e Cooper de mãos dadas e eu percebi. Eles se conhecem há poucas semanas. E eu estou sozinha. Completamente sozinha.

— Você não está sozinha, Gina. Você tem a sua mãe, sua filha, seus amigos...

— Você é um idiota. — Ela se levantou. — E agora você precisa ir embora porque, neste instante, eu *quero* ficar sozinha. — Ela foi até a porta da frente e a segurou para ele sair.

Mac se levantou devagar.

— Eu não sei se estou entendendo o que está acontecendo...

— Eu sei que não entende. Agora me dá essa sopa aqui — disse ela, arrancando a lata das mãos dele.

— Eu achei que, se você não estivesse doente, talvez quisesse sair hoje à noite. É a noite de jogo de Lou, mas Eve pode ficar com as crianças...

— Estou ocupada — disse ela, cortando o que ele ia dizer. — Fica para outra vez. Agora, se você não se importa...

— Caramba, Gina — reclamou ele.

— Vejo você depois — despediu-se ela. — Obrigada por passar aqui para ver como eu estava. Tchau.

— Gina...

— Não, Mac. É sério. Tchau.

— Você está com raiva *de mim*?

— Eu estou com raiva do mundo. Agora saia daqui antes que eu chame a polícia!

— Eu *sou* a polícia. Acho que você está fora de si, Gina. Melhor se controlar — disse ele. Mas foi embora.

E ela se jogou na cama e chorou.

Capítulo Quinze

Quando a porta da garagem abriu, Lou estava aguardando na cozinha, pronta para sair.

— Achei que você não fosse chegar nunca. Onde esteve o dia todo?

— Eu avisei — lembrou ele.

— Eu sei, mas eu não achei que encomendar lenha, verificar suas mensagens no escritório, dar uma olhada em como a obra do bar de Cooper está indo levaria seis horas.

— Você está atrasada? — quis saber ele.

— Ainda não.

Ele se sentou à mesa da cozinha.

— Eve vai ficar em casa hoje à noite?

— Esse é o plano dela, mas acho que o namorado está vindo para cá. Tudo bem para você, certo? Hoje eu vou jantar com o meu parceiro no jogo. Se eu tomar mais de uma taça e meia de vinho, talvez fique por lá. Eu mando mensagem para não acordar você. E se eu passar a noite lá, estarei em casa bem cedo pela manhã.

— Divirta-se — disse ele. — Olha só, você tem um minuto?

— Claro. Talvez até dez.

— Será que isso pode ficar entre nós? Acho que é pessoal e não quero que você converse com a Carrie sobre isso, tá?

Foi a expressão no rosto do sobrinho mais do que o pedido que a fez se sentar à mesa com ele.

— O que houve?

— Eu não sei bem. Gina não foi à lanchonete hoje de manhã. Stu disse que ela ligou dizendo que estava doente. Então, eu fui à casa dela para ver como ela estava. Ela disse que estava resfriada, mas não estava. Estava chorando. E estava zangada. Zangada mesmo. Quando perguntei o que tinha acontecido, ela disse que Cooper e Sarah estavam de mãos dadas no jogo. Então, eu quis saber se ela estava a fim de Cooper e ela me chamou de idiota e me mandou embora.

— Ah, Mac — disse Lou. — Você é um idiota.

— Agora eu estou vendo que isso é algum tipo de expressão feminina que eu não entendo. Como é que isso me torna algum tipo de idiota?

Lou apoiou o queixo em uma das mãos.

— Mac, você acha que ela vai esperar você para sempre?

— Hã? — perguntou ele sem entender.

— Essa cidade é ótima, não é? O modo como falamos sobre tudo e sobre nada? Algumas fofocas demoram menos de trinta segundos para chegarem ao ouvido de todo mundo, e outras são mantidas no mais absoluto segredo. Você e Gina, Mac. Melhores amigos há anos. Mais próximos que irmãos. Mais ligados do que amantes. E, ainda assim, isso não chega a lugar nenhum? Não existem duas pessoas mais perfeitas uma para outra, mas...

— Nós temos filhos, Lou. Nós somos amigos porque nossas filhas são amigas. Seria um erro complicar as coisas.

Ela balançou a cabeça.

— A gente deveria ter conversado sobre isso anos atrás. Não seria complicado demais, considerando que vocês se conhecem melhor do que muitos casais casados. Por que você está demorando tanto tempo? Você é louco por ela. E eu não tenho a menor dúvida de que ela é doida por você. Nenhum dos dois sentiu atração por mais ninguém.

Ele se contorceu na cadeira. Isso por si só era mais revelador do que qualquer coisa — um homem grande, musculoso e corajoso, remexendo-se de forma estranha.

— A nossa história é o que impede o nosso namoro. Você, mais que ninguém, deveria entender isso.

— Como assim? Estou um pouco confusa. Que história?

Ele deu uma risada seca e sem humor.

— Que tal o fato de ela ter sido abandonada pelo pai da filha dela e eu ter sido abandonado pela mãe dos meus? Isso está bom para você? Nós talvez só sejamos pessoas com bons motivos para sermos cautelosos!

Lou apenas olhou para ele por um tempo.

— Ela tinha quinze anos de idade — começou ela. — E você? Só tinha dezenove anos quando se casou com a namorada grávida, e ela era... Ah, nem vou entrar nesse assunto. Eu acho que ela sabia muito bem o que estava fazendo. Sei que isso pode parecer meio otimista, mas acho que você e a Gina já amadureceram bastante desde que tudo isso aconteceu. E vocês obviamente sentem atração um pelo outro.

— E se a gente namorasse e não gostasse um do outro? — perguntou ele.

— Vocês sempre vão se gostar. E se vocês namorassem e percebessem que não deveriam ser um casal? Adultos lidam com essas coisas sem rancor. Mas, neste momento, o que você tem é uma mulher que esperou por anos que você tentasse alguma coisa. Não dá nem para imaginar a frustração que ela deve estar sentindo. E todos nós sabemos que você não tem nenhuma mulher em lugar nenhum.

— Nós? Nós quem?

— A cidade toda — disse ela. — Sério, Mac. Aqui praticamente não existem segredos. Você sabe muito bem disso.

— Tudo bem. Agora espere só um minuto. Se todo mundo acha que nós fomos feitos um para o outro e que falta pouco para ficarmos juntos, por que ela está chorando depois de anos de amizade? Que, por sinal, foi algo que nós dois decidimos ser o melhor para nós.

— Sério? Vocês dois decidiram? De alguma forma, duvido que isso tenha sido ideia de Gina. Mas eu vou te dar o benefício da dúvida e presumir que foi. Então, o motivo das lágrimas dela é o seguinte: Sarah e Cooper chegaram à cidade, se conheceram de uma forma extremamente complicada, sentiram-se atraídos um pelo outro e, sem pensar demais, começaram um tipo de relacionamento. Um relacionamento que faz os olhos deles brilharem. Gina deve estar se perguntando o que fez de errado. Talvez ela esteja pensando que você não a acha atraente nem interessante.

— Não seja ridícula — disse ele. — É só que... — Ele não terminou.

— É só que você se ferrou quando tinha 19 anos, e você ainda não se perdoou por isso?

— Isso me deixou com uma carga pesada. Três filhos e uma tia cheia de opiniões — disse ele, erguendo uma das sobrancelhas.

— Bem, acho que nós nos saímos muito bem, considerando tudo. Nós conseguimos manter tudo sob controle durante anos. *Nossos* filhos estão muito bem. Bem, eis o que acho que você deve fazer, delegado gostosão. Acho que você deve ver a sorte que tem de uma mulher confiável, bonita e maravilhosa como a Gina sequer considerar você. A maioria dos homens não tem uma chance como essa durante a vida. E pelo que você está falando, ela já está farta.

Ele só ficou olhando para ela.

— Acho que eu preciso de uma cerveja — disse ele por fim. Empurrou a cadeira para trás, levantou-se, pegou uma garrafa de cerveja na geladeira e se sentou de novo. Tirou a tampa e tomou um gole. — E se eu decepcioná-la?

— Você nunca decepcionou ninguém na sua vida. *Você* é que se decepcionou com alguém. Você sempre cumpriu suas obrigações.

— Lou, eu não era feliz. — Ele quase sussurrou a confissão, como se fosse seu maior segredo. — Eu quis me casar com Cee Jay, mas eu era muito infeliz. Eu não quero me arriscar de novo.

— Eu sei. Mas agora você já deve saber o que faz você feliz. — Ela balançou a cabeça e riu. — Isso tudo é tão óbvio! Nunca ninguém perguntou a você por que você e Gina nunca namoraram?

— Ninguém — respondeu ele. — Nunca.

Ela estalou a língua e balançou a cabeça.

— Surpreendente. Bem, você deve pensar sobre isso antes que ela comece a se afastar de você. Se eu fosse a Gina, estaria me perguntando por que eu estava perdendo o meu tempo e me inscreveria em um site de namoro on-line.

— De novo? — perguntou ele, sorrindo.

— Você não sabe de nada. E eu preciso ir embora agora — disse ela se levantando. — Vamos conversar sobre isso depois que você tiver tido tempo de pensar. E, olha só, não deixe a Eve ir para a casa de Landon esta noite. Sarah vai trabalhar no fim de semana. Está de plantão para emergência ou algo assim em North Bend.

— Eu sei — disse ele. — Cooper mencionou alguma coisa a respeito. Então. Você sempre se arruma tanto para o seu jogo de buraco.

Ela se sentou. Odiava isso. Mas Lou era, antes de tudo, justa. Já estava na hora de ser honesta com Mac.

— Eu não vou jogar buraco. Eu vou me encontrar com o meu namorado secreto que é dez anos mais novo que eu, é de uma etnia diferente da minha e, às vezes, trabalha com você.

Mac sorriu para ela.

— Eu sei. Joe. Um cara legal.

— Ele *contou* para você? — perguntou ela, horrorizada.

— Eu segui você.

— Você fez *o quê*?

Ele deu de ombros.

— Eu nunca tinha ouvido falar das mulheres com quem você dizia que jogava buraco em Coquille, então, eu segui você. Queria me certificar de que você estava em segurança.

— Pelo amor de Deus! — exclamou ela. — Por que você não perguntou?

— Porque você não queria conversar sobre o assunto e, diferente de você, eu permiti que você mantivesse a sua privacidade. E eu posso apostar que você nunca assiste *Dançando com as estrelas* nem reprises dos programas de televisão quando se tranca no seu quarto. Dá para ouvi-la falando no telefone e *rindo*.

Ela se inclinou para ele e o fulminou com o olhar de tia má.

— Se você é tão esperto assim, detetive, como é que pode ficar sentado aqui sem perceber que está apaixonado por Gina?

— Deixe-me contar uma coisa que você já deve saber. Quando Cee Jay engravidou, embora fôssemos jovens sem quase nenhum dinheiro para nos sustentar, eu era o garoto mais feliz da face da Terra. Quer saber por quê? Porque eu ia poder transar todas as noites da minha vida sem precisar me esconder no banco de trás de um carro. Eu achava que amor era isso, e foi um desastre. A minha vida virou um inferno. Eu sou um cara durão, eu consigo enfrentar isso. Mas eu não suporto a ideia de fazer a Gina e as crianças passarem por uma coisa dessas.

— Mac...

— E quanto a você, Lou? Você já namorou antes. Muito. Por que você está escondendo este relacionamento? É por que Joe é negro?

— É claro que não. Eu gosto dele. Muito. Mas eu quero que você e as crianças saibam que podem contar comigo até todos terem crescido e estarem bem. E, quando eu fizer isso, eu já vou estar com setenta anos. Setenta, Mac. Joe pode mudar de ideia.

Mac sorriu para ela.

— Aposto que a maioria do povo daqui acha que nós somos as pessoas mais bem resolvidas da cidade. Eu tenho medo de sair com uma garota e você tem medo que algum cara vá terminar o relacionamento com você porque você está envelhecendo. Que, a propósito, vai acontecer com ele também. Ficar mais velho.

— Não tão rápido quanto eu — disse ela, sombria. — Estou pensando em fazer uma plástica.

— Você é a cinquentona mais bonita da cidade.

Ela abriu um sorriso para ele.

— Obrigada, Mac. Sério. Porque eu já sou sessentona.

— Eu sei.

Lou entrou na casa de Joe e o encontrou na cozinha, cortando os legumes para fazer uma salada. Ela se encostou na porta e ficou olhando para ele — tão alto e forte com a careca cor de café com leite brilhando. Ele tinha as sobrancelhas mais lindas: pretas, arqueadas, expressivas.

Ele ergueu o olhar e sorriu.

— Oi, linda.

— Que bom que vamos ficar em casa — disse ela. — Você cozinhou?

— Eu comprei frango assado na padaria e estou preparando uma salada. Você quer uma taça de vinho?

— Uma bem grande, por favor. Ele sabe, Joe. Mac sabe.

— Bem, eu não contei nada, mesmo querendo. — Ele pegou a garrafa de vinho branco que colocara para gelar e uma taça no armário. — Você contou para ele?

Ela negou com a cabeça.

— Ao que tudo indica, ele já sabe há meses. Ele me seguiu para um dos meus jogos de buraco.

Joe riu.

— Que cachorro.

— Ele me perguntou se eu estava mantendo o nosso relacionamento em segredo porque você é negro.

— Sério? As pessoas não se ligam mais nessas coisas raciais. Você disse que era porque ele e eu às vezes trabalhamos juntos?

Ela negou novamente.

— Eu contei a verdade. — Ela tomou um gole de vinho. — Eu disse que é porque eu amo você e tenho medo que quando eu terminar de criar as crianças, os filhos dele, eu já terei quase setenta anos. E você finalmente vai cair em si. Quando já será tarde demais para eu me recuperar.

Ele sorriu e contornou a ilha da cozinha para olhar para ela. Pousou uma das mãos na cintura fina.

— Eu devia ficar chateado por você dizer uma coisa dessas, sabia? Que você fica só esperando que eu termine tudo por causa de algo tão trivial quanto a idade. Mas eu não estou. Sabe por quê?

— Por quê?

— Porque eu não me importo de convencer você que isso é uma idiotice. Leve essa taça de vinho para o quarto.

Eles foram juntos, de mãos dadas, para o quarto. Lou disse:

— Eu tenho sessenta anos, fui solteira a vida toda. Eu tive alguns relacionamentos sérios que talvez pudessem ter se transformado em alguma coisa, mas aqui estou eu, apaixonada pela primeira vez na vida. Com essa idade.

— Que bom. Agora pare de reclamar.

— Pessoas mais velhas podem ficar doentes, sabia? Você pode acabar tendo que tomar conta de uma idosa.

— Eu parei um carro acima do limite de velocidade ontem. Um homem estava correndo para levar a esposa para o hospital. Ela foi diagnosticada com câncer, já estava doente há alguns anos e estava piorando. Estava com problemas para respirar, sentia dores no peito e ele achava que podia ser uma embolia. Achou que ela estava morrendo. Ela só tem 32 anos.

— Ah, coitados...

— Eu acendi a sirene e os acompanhei até o hospital. Vamos deixar essa coisa da idade que a incomoda tanto de lado, Lou. Vamos apenas nos divertir, agora que Mac já sabe. Tudo bem?

— Diversão. Tudo bem. — Ela escorregou a mão pelo peito dele até o ombro. — O que você está pensando em fazer no feriado de Ação de Graças daqui a duas semanas? — Você vai passar com os seus filhos neste ano?

— Um deles vai esquiar com os amigos, e o outro vai passar o feriado com a mãe e o padrasto.

— Que tal você ir lá para casa?

Ele abriu um sorriso para ela.

— Parece que temos um plano.

No dia de Ação de Graças, o tempo estava claro, ventando pouco, e a temperatura estava um pouco acima dos quatro graus perto do mar e um pouco mais baixa nas colinas, onde estava nevando. Sarah ficaria no trabalho até quatro horas da tarde, quando sairia de North Bend e iria para Thunder Point, e o seu chefe assumiria o comando. Durante os feriados de fim de ano, eles tentavam dividir os plantões. Equipes de pilotos, manutenção e paramédicos trabalhavam no turno diurno, e o pessoal que tinha tido folga comeria mais cedo para chegar mais tarde.

O posto estava tranquilo. Aquele lugar era bastante agitado de segunda a sexta, quando havia muita gente trabalhando, desde o pessoal administrativo até equipes de manutenção. Mas, à noite, nos fins de semana e feriados, eles operavam com uma força-tarefa um pouco menor, apenas para emergências. Não havia voos de treinamento nem inspeções. Sarah não pilotaria a não ser que houvesse alguma missão de salvamento. Ela usava o seu tempo para colocar os relatórios em dia, preparar cronogramas de treinamento e fazer o inventário dos helicópteros, os quais já tinham passado pela verificação de voo, tinham sido abastecidos e estavam prontos para voar.

— Sarah.

Ela ergueu o olhar e o seu ex-marido estava na porta.

— Você chegou mais cedo — disse ela, olhando no seu relógio de novo. O horário dele só começava dali a uma hora.

— Eu pensei em chegar antes para você poder sair mais cedo para os seus compromissos para o feriado. Você tem planos?

— Tenho, sim — disse ela, largando a caneta e recostando-se. — Eu vou jantar com alguns amigos.

— E Landon?

Ela ergueu as sobrancelhas.

— Mesmos amigos — respondeu ela.

— Então, acho que as coisas estão dando certo em Thunder Point? — perguntou Derek. — Você parece mais feliz.

Ela apenas assentiu, mas não conseguiu evitar pensar que estava muito mais feliz do que estivera em muito tempo. Ela passara uns dois anos muito sombrios até agora, da época em que fora obrigada a reconhecer a traição de Derek, passando pelo longo e doloroso processo de se libertar quando tudo que queria era que ele a amasse mais do que qualquer coisa e qualquer pessoa. Quando olhava para ele agora, conseguia invocar a dor e a decepção. É claro, se ela tentasse, poderia encontrar a raiva e a humilhação de novo. Mas era mais difícil agora. Landon estava feliz com Eve, saindo com amigos e com a família McCain. E ela tinha Cooper, com quem se sentia segura.

— Eu estive pensando, Sarah — disse Derek. — Talvez a gente pudesse marcar alguma coisa nos feriados de fim de ano. Você, eu e Landon. Ano passado não foi bom. Foi...

Ela riu antes que ele tivesse a chance de terminar.

— O nosso divórcio saiu três dias antes do Natal. Não, Derek, a gente não vai passar os feriados juntos. — Ela não tentou dizer que aquele Natal tinha sido o pior de toda a sua vida, perdendo apenas talvez para o Natal depois da morte dos seus pais.

Ele entrou na sala, empertigando-se.

— Eu gostaria de ver Landon.

— O número de telefone dele é o mesmo que ele tinha há dois anos, mas eu vou arriscar aqui e dizer que ele não vai querer falar com você.

— Eu pensei que você pudesse avisar que eu talvez ligue para ele.

— Talvez? Talvez? Você realmente espera que eu fale para o Landon que o seu ex-cunhado, que o esqueceu por tanto tempo, *talvez* ligue para ele?

— Eu não queria isso — disse ele. — Eu só achei que seria melhor não colocar Landon no meio dos nossos problemas.

— Derek, ninguém o colocou ali, e ele estava no meio de tudo. Você sabe disso. Quando você foi infiel ao nosso casamento, você também traiu a confiança dele.

— Nós realmente precisamos conversar sobre...

— Não — respondeu ela. — Não mesmo.

— Olha, eu acho que já se passou tempo suficiente para que nós possamos conversar e resolver algumas coisas.

— Nós não vamos conversar sobre isso aqui. Aqui é o nosso trabalho.

— Você quer jantar comigo? Sair para um drinque? — convidou ele. — Em algum momento entre agora e o Natal?

— Claro que não — disse ela, levantando-se. Ela se lembrou por um instante como o considerara atraente e sexy. Irresistível até. Se, na época, ela soubesse sobre o seu ligeiro problema de fidelidade, nunca teria saído com ele. — A gente não combinava e terminamos tudo da melhor forma que conseguimos. Landon está recuperando a autoconfiança e parece feliz. Vamos tentar manter a nossa relação apenas no campo profissional.

— Sarah, eu ouvi dizer que eu vou ser transferido. Você tem alguma coisa a ver com isso?

— *Eu?* — perguntou ela, surpresa. Depois ela riu. — Derek, se eu tivesse o poder para conseguir algo assim, eu teria feito isso um ano e meio atrás! Para onde você vai?

— Kodiak — contou ele, completamente desanimado.

— Puta que pariu — murmurou ela. Ele não queria ir para lá. Sabia que ele não gostava de sentir frio, de dormir com a luz do dia, de ser muito desafiado. Ela daria quase tudo para ser realocada em Kodiak, para o mar de Bering.

— Acho que vou para lá em alguns meses ou menos. Eu queria que pudéssemos ser amigos, ver Landon...

Ela contornou a escrivaninha, balançando a cabeça.

— Tarde demais, Derek. Você teria que não ter transado com um bando de mulheres, só para começar. E você nunca nem se despediu de Landon. Ele não tem sentimentos muito fraternos em relação a você agora. Na verdade, ele está muito puto, e não só por causa do que você fez comigo. Mas você o abandonou também.

— Caramba, você fez com que eu não me sentisse bem-vindo.

— Ah, sinto muito — desculpou-se ela em tom sarcástico. — Eu não vou discutir com você, ainda mais aqui. Nada de jantar, nada de drinques, e eu não estou nem aí para consertar alguma coisa. Você fez a sua escolha. Suas coisas estão além de conserto.

— Sarah — disse ele. — Você tem influência. As pessoas gostam de você e a respeitam. Será que você consegue evitar que eu vá para Kodiak?

— Eu tomaria seu lugar em um segundo se eu pudesse. Mas eu tenho responsabilidades. E estou determinada a deixar que Landon se forme na escola em que está agora.

Ele a observou por um tempo.

— Ah, cara! Eu não notei os sinais antes! — exclamou ele, de repente, antes de começar a rir. — Você tem andado toda sorridente e menos sofrida. Você está namorando!

Ela nem piscou.

— Na última vez que contei, você estava em vinte relacionamentos. Derek, acho que já terminamos por aqui. Se você estiver pronto para assumir o posto, eu vou embora. O meu irmão está me esperando.

Mas ele não parou de rir.

— Merda, eu achei que isso nunca ia acontecer. Eu conheço esse olhar. Alguém está fazendo você feliz. Sarah está transando com alguém.

Ela ficou cara a cara com ele, colocou a palma da mão do peito dele e disse:

— Acabei de pensar em uma maneira de você não ir para Kodiak. Denúncia de assédio sexual e corte marcial. Para você é melhor do que o mar de Bering?

— Sério, Sarah? Isso é só uma brincadeira entre amigos.

Ela se afastou dele, deixando tudo em cima da mesa. Foi para o vestiário para tirar o uniforme de piloto. Pegou o celular e ligou para o mergulhador de salvamento da sua equipe.

— Paul, queria pedir um favor, para evitar que eu seja presa. Você poderia manter Stiles ocupado? Ele está me causando problemas e eu quero sair daqui sem confusão e sem matá-lo.

— Pode deixar comigo, chefe.

Ela poderia contar com Paul. Ela teria que dar à família dele uma linda cesta de Natal.

Vestiu a calça jeans, a blusa e o suéter e calçou as botas. Aplicou um pouco de maquiagem, algo que nunca fazia antes de sair da estação. De repente, ela se perguntou se Cooper poderia ser tão cruel e insensível quanto Derek. Porque o que ela sentia por Cooper agora era bem parecido com o que já sentira por Derek, e isso a amedrontava. Derek também a fizera rir. Ela confiara nele quase da mesma forma que confiava em Cooper — como alguém que estava ali não só para apoiá-la, mas também para apoiar Landon. E o sexo com Derek era bom.

Mas se fosse honesta consigo mesma, ela nunca realmente confiara em Derek. Ela sabia desde o início que ele nem sempre mantinha a palavra, que ele podia facilmente mentir, mas ela desconsiderara aqueles pequenos defeitos porque nunca tinha sido sobre questões que realmente importavam. Ele dizia para um amigo que tinha se esquecido completamente que ajudaria na mudança, quando, na verdade, decidiu que preferia assistir a um jogo. Ele prometia ir para a casa direto do trabalho, e chegava apenas duas horas depois, mas sempre tinha desculpas que, ao menos, eram plausíveis. *Sinto muito, querida, nós começamos a discutir sobre o jogo que teve acréscimos, tomamos uma cerveja e continuamos discutindo — e eu estava totalmente certo — e antes que eu me desse conta...*

Mas tinha sido difícil ignorar o que tinha acontecido no dia do casamento deles.

— *Você está na casa de Susan?*

— *Da Susan? Por que eu estaria na casa dela?*

— *Eu estou ouvindo o cachorro latir. Aquele da vizinha. Aquele que nunca para de latir.*

— *Que cachorro?*

— *Dá para ouvir, Derek.*

— *Eu não estou ouvindo nada. Tem certeza de que não é onde você está?*

— *Eu estou no spa! Susan não está!*

— *Bem, ligue para ela, Sarah, eu estou saindo agora. Vejo você às quatro. Pare de dar uma de louca. Você só está nervosa.*

— *E você? Não está?*

— *Não, Sarah. Eu estou pronto.*

A única pergunta que Derek nunca conseguira responder — por que ele se casara com Sarah se ainda agia como um solteiro? Pegando um monte de mulher?

— Eu não planejei isso. Apenas aconteceu. E eu não amo a Susan. Eu amo você.

Então, talvez ela devesse agradecer Derek por ter mostrado a luz? Porque sem algumas das suas mentiras mais desastrosas, traições e infidelidades, ela teria se apaixonado por Cooper em apenas algumas semanas. Mas ela tinha aprendido a lição. E como tinha.

Vestiu o casaco para ir para o jantar de Ação de Graças na casa dos McCain. E, então, soou o alarme, seguido por uma chamada para a equipe de salvamento.

Ela ia sair mais cedo, graças a Derek, mas ao ouvir o som, tirou a roupa e vestiu o uniforme mais rápido que um raio e correu para o helicóptero.

— Suspeita de infarto. Homem de 57 anos na *Misty Morning,* uma embarcação de luxo de sessenta pés, a cerca de vinte milhas a noroeste. Aqui estão as coordenadas — disse o chefe. — Está pronta?

— Estou — respondeu ela. — Nós fizemos a verificação preliminar e abastecemos mais cedo. Paul terminou o inventário. O paciente está consciente?

— Até agora, sim. Quer esperar pelo médico?

— Acho que temos mais chances de trazê-lo para cá agora do que esperar o médico. Diga a eles para baixar as velas. Paul? Você pegou tudo? — gritou ela.

Ele estava vestindo a parte de baixo da roupa de mergulho, com todas as cordas de um veleiro, talvez fosse necessário deixá-lo na água.

— Tudo certo — disse ele. Então, carregando o seu equipamento, ele correu para o helicóptero.

Derek estava andando de um lado para o outro. Dava para perceber que queria estar naquele voo, mesmo que ela fosse a piloto no comando. Felizmente, o seu copiloto, o jovem tenente JG estava a bordo, pronto para a verificação final antes do voo. Ela estava programando as coordenadas.

— Podemos cobrir 32 quilômetros em dez minutos.

Copiloto, chefe de manutenção, paramédico, todos a bordo, checagem finalizada. Hora do show.

— E estamos no ar — disse ela no rádio. — Schuman, lembre-me de que se eu for ter um infarto, eu quero estar em um iate de sessenta pés.

— Pode deixar, patroa — respondeu ele.

O controle de tráfego aéreo informou a sua altitude e direção e, em dois minutos, só se via água embaixo deles. Nove minutos e meio depois, eles viram a embarcação.

— Tem muitas cordas, mas eu consigo colocá-lo no deque, Paul. Prenda o arnês. E apronte-se para ir.

— Sim, senhora.

— Podemos enviar o cesto de resgate depois que você avaliar a situação.

Com o chefe da tripulação controlando os cabos, Paul desceu até o deque. Ele jogou a bolsa de emergência, antes de soltar o arnês. Os passageiros pareciam estar reunidos em volta do paciente. Mais ou menos quatro minutos depois, Paulo informou pelo rádio:

— Temos uma possível trombose. O paciente está respirando sem ajuda. Dor forte do peito. Vamos levá-lo a bordo, comandante. Avise para o transporte médico estar pronto quando chegarmos.

O chefe da tripulação enviou o cesto. Sarah manobrou o helicóptero pelas cordas do veleiro e em questão de poucos minutos o paciente estava com eles a caminho do posto. A mente dela estava totalmente concentrada em pilotar até que pousasse. Foi só então que viu Derek de novo pela porta aberta do hangar, andando pela área de reunião após a missão. Ela se perguntou: por que ele gostava tanto de atrapalhá-la? Seria porque ela tinha uma patente maior que a dele? Porque descobrira as suas mentiras e terminara tudo com ele? Por que ele não assumia uma postura mais digna, percebia que já a torturara o suficiente e se tornava invisível? Ou menos óbvio?

A equipe da ambulância correu com uma maca e ela desligou o helicóptero.

— Reunião sobre a missão em cinco minutos — disse ela. — Então, se tivermos sorte, vamos embora e teremos o resto do dia livre.

Havia trabalho burocrático a fazer depois de um salvamento, uma reunião sobre a missão com toda a tripulação, mas Sarah encontrou um momento para enviar uma mensagem para Landon:

"Tive que voar. Missão de salvamento. Não espere por mim. Fale para todo mundo comer."

Ele enviou uma resposta:

"Todo mundo bem?"

Por enquanto, respondeu ela.

Capítulo Dezesseis

Lou McCain não era uma ótima cozinheira — além do seu famoso espaguete —, e sabia disso. Mas o jantar de Ação de Graças na sua casa se tornara uma tradição desde que tinham se mudado para Thunder Point. Eles sempre convidavam Gina e sua família. Em qualquer outro dia do ano, Carrie, sua melhor amiga, cozinhava e assava para a delicatéssen. Gina ajudava com isso, além de trabalhar na lanchonete. Lou acreditava que era um sinal de boa amizade cozinhar para elas naquele dia específico.

Mas aquele ano seria especial: ela apresentaria Joe para todo mundo.

Enquanto Eve a ajudava com o recheio do peru, Lou contou a novidade:

— Eu convidei um amigo do seu pai para vir jantar. Joe Metcalf. Ele trabalha na guarda estadual.

— Por quê? Ele ia ficar sozinho no feriado?

— Bem, ia sim, mas não foi só por isso que eu o convidei. — Respirou fundo. — Ele é meu namorado.

— Sério? — perguntou Eve, surpresa. — E você nunca contou nada?

— Eu queria me certificar de que eu realmente gostava dele antes de convidá-lo para jantar aqui em casa.

— Ele é patrulheiro rodoviário? Quantos anos ele tem?

—Você tinha quer perguntar... Ele é um pouco mais novo que eu. Mas só um pouco. Eu não sou nenhuma papa-anjo...

Eve riu e cobriu a boca com a mão.

— Ah, eu tenho certeza que você acha tudo isso muito engraçado. Eu estou um pouco nervosa com isso, então você talvez queira demonstrar um pouco de apoio. Afinal, eu sempre fico do seu lado quando você quer pegar o carro ou quando sai com alguém. Sem mim, você estaria usando um cinto de castidade.

— Verdade — concordou Eve. — Tudo bem, conte mais sobre este cara.

— Bem, ele é afrodescendente. Praticamente.

— Como assim? Ele é negro?

— Café com leite — explicou ela. — Ele também tem descendência indígena, europeia e caribenha. — Depois, ela sorriu. — Ele é bonito.

Joe chegou à uma hora da tarde e Mac o saldou com um caloroso aperto de mão e o convidou para tomar uma cerveja e para se acomodar na sala perto da lareira. Mas Joe disse:

— Espere um pouco — pediu ele, tirando o casaco e colocando no encosto de uma cadeira na cozinha. — Primeiro vou ajudar a Lou na cozinha. Ela não é uma ótima cozinheira. Hoje eu posso garantir canapés bonitos, purê sem caroços, molho com ótima consistência e uma torta de batata-doce como você nunca experimentou. Eu faria as tortas doces também, mas, pelo que entendi, a sua amiga Carrie vai trazer.

— Você cozinha? — perguntou Mac. — E faz bolo?

— Minha mãe me ensinou todas as suas receitas para que eu não morresse de fome. Eu sei fazer um frango à milanesa tão maravilhoso que faria você chorar.

— Droga — reclamou Mac. — A Lou teve a cara de pau de manter Joe só para ela por todo esse tempo! A última vez que comi frango à milanesa foi preparado por um coronel.

— Eu era coronel — lembrou Joe.

Tudo deu certo. Ryan e Dee Dee mal notaram que Joe era um novo convidado na reunião. Carrie ficou encantada por finalmente conhecê-lo. Gina ficou chocada e feliz. Até mesmo Cooper, que Mac convidara, parecia confortável perto de Joe, mesmo que tivessem acabado de se conhecer.

Só houve um problema na celebração — Sarah não conseguiu chegar a tempo. Ela teve mais dois voos de salvamento, bem mais do que em um dia comum. Ficou para as reuniões de equipe, certificou-se de que tudo estava resolvido antes de tentar sair. Já eram sete e meia da noite quando ela enviou uma mensagem de texto para Landon dizendo que estava exausta e iria direto para casa. O período de festas poderia ser assim para as equipes de salvamento — acidentes, crimes, doenças graves, às vezes causadas pelo exagero. Lou ficou chateada por Sarah não conseguir comemorar com Landon e Cooper, porque sentia uma onda de satisfação e alegria ao ver a família toda reunida em volta da mesa — além de Joe também.

Cooper achou que a comemoração de Ação de Graças na casa dos McCain era o mais próximo que já tinha tido de uma reunião familiar em anos. Ele ficou com os homens na sala de Mac, enquanto as mulheres ficaram na cozinha. As crianças estavam no porão, que fora transformado em uma área de brinquedos, até que Ryan e Dee Dee subiram porque "Eles estavam se *beijando*".

Então coube a Joe e Cooper manter Mac lá em cima.

— Fique calmo, Mac — pediu Joe. — Beijar é bom. Se ainda estiverem vestidos.

Ele desejava que Sarah estivesse ali, mesmo que ficasse na cozinha com as outras mulheres, mas ele entendia bem o trabalho. Gostou de ver que todos confiavam nela o suficiente para não se preocuparem com ela. Landon já estava acostumado com isso e demonstrava muito respeito pela irmã. Cooper, que também era piloto, não se preocupou, ainda mais porque o tempo estava bom. Aquela casa estava cheia de gente acostumada a ser chamada para o resgate.

Depois do jantar, Ashley e o namorado, Downy, apareceram para a sobremesa. Eles tinham passado uma parte do dia com a família dele. Depois, começaram as charadas. Se alguém tivesse dito a Cooper um ano antes que ele estaria jogando charada com pessoas de três gerações diferentes e morrendo de rir, ele teria chamado a pessoa de louca. Depois disso, eles ligaram o Wii e jogaram boliche e jogos musicais.

Cooper ficou por lá até Landon receber a mensagem de texto de Sarah, depois, puxou o menino para o lado e, em voz baixa, disse:

— Eu vou embora. Acho que vou implorar para a tia Lou um prato para a sua irmã e vou esperá-la lá na casa de vocês.

— Você não tem, tipo, a chave de lá, né? — perguntou Landon.

— Não, mas ela está a caminho, não é? Eu espero por ela na varanda.

Landon pareceu um pouco incomodado.

— Tudo bem.

Lou ficou mais que satisfeita por arrumar um prato para Sarah, algo que ela pudesse colocar no micro-ondas, além de um pedaço de torta. Ela até o obrigou a aceitar uma garrafa de vinho, para o caso de não haver nenhuma na casa de Sarah. Então, Landon acompanhou Cooper até a picape.

— Olha só, acho que talvez a gente devesse conversar sobre isso — começou Landon.

— Isso?

— Eu quero que a Sarah saia, se divirta. Na verdade, eu preciso que ela faça isso. Quando tudo que ela tem sou eu, é... sei lá... o clima fica pesado. Mas o ex-marido dela... Ele a magoou muito. Foi muito ruim assistir a tudo.

— O que ele fez com ela, Landon? — perguntou Cooper. — Qualquer coisa que eu deva saber além do sofrimento normal em casos de divórcio?

— Eu até poderia contar para você, mas não sei como ela encararia isso. Pergunte a ela, Coop. Deixe que ela conte para você. E, então, saia com ela e se divirta, ou o que for. Mas se você magoá-la, se você fizer qualquer coisa que a faça chorar todos os dias por seis meses, eu juro por Deus...

— Landon, eu não quero magoar a Sarah. Eu gosto dela. Talvez fosse mais fácil se eu soubesse o que eu não devo fazer.

— Bem, para começar, não a traia. É só isso que eu vou dizer.

Cooper deu de ombros.

— Isso é fácil. Eu sou bem simples. Tudo que eu aguento é uma mulher por vez. Mais de uma? É bem mais do que eu dou conta, com certeza.

— Tudo bem — concordou Landon. — Bom saber. Porque a Sarah não teve muitos namorados. Derek foi uma surpresa. Eu sei que ela saiu com alguns caras porque ela contratava babás para tomar conta de mim. Mas Derek foi o primeiro que ela levou a sério e eu já tinha 13 anos de idade. Então, o que estou dizendo aqui é que Sarah não tem muita experiência com homens. Se você ferrar com tudo...

Ele sentiu um sorriso se formar. Sarah não era inexperiente. Ou talvez fosse natural para ela. Mas uma coisa estava clara: ela não apresentara um monte de pretendentes para o irmãozinho, outra característica que ele admirava nela.

Cooper colocou a mão no ombro dele.

— Eu prometo — disse ele. — Mas Landon, eu vou embora depois do Natal. Em janeiro ou, o mais tardar, fevereiro. Eu já disse para Sarah e você sabia disso desde o início. Eu vou procurar um emprego. Este lugar? Eu gosto daqui. É legal, mas eu só estou de passagem.

— Eu sei. E eu entendo. Não é a mesma coisa que usar alguém. Magoar alguém. Eu disse tudo que eu tinha para dizer. — Ele pegou a chave no bolso.

— Espere um pouco — pediu Cooper. — Talvez você deva me contar o que o ex-marido dela fez com você.

— Se você tivesse me perguntado há alguns meses, eu talvez tivesse despejado um monte de merda em cima de você. Primeiro, ele quase matou a minha irmã de tanta tristeza. E eu nunca mais ouvi falar dele desde que ele nos deixou há um ano. Nós tivemos que nos mudar para cá, porque Sarah não conseguiu pagar a hipoteca sozinha. E ela me trouxe para o fim do mundo. Mas agora? Eu não quero nem ouvir falar dele, e eu estou gostando do fim do mundo. E tem a Eve...

Cooper riu.

— Talvez eu só esteja bancando o otimista aqui, mas as coisas parecem ter saído exatamente como deveriam.

Landon tirou uma chave do seu chaveiro e entregou para Cooper.

— Pode entrar. Esquente o jantar para ela. Ela chega acabada depois de muitos salvamentos.

— Quando você vai para casa? — perguntou Cooper. — Só para eu avisar para a sua irmã.

— Quando o delegado gostosão me colocar para fora — disse ele.

Cooper riu alto.

— É assim que as mulheres se referem a ele sem ele saber. Pode acreditar, para mim, ele não é nada sexy. Eu vou embora quando ele disser que eu tenho que ir. Você pode deixar o Ham sair para o quintal? E deixe a minha chave na mesa da cozinha, ok?

— Claro, garoto. Comporte-se.

E, com isso, partiu para a casa de Sarah.

Ela ainda não tinha chegado. Aquela era a segunda vez que Cooper ia à casa de Sarah. A primeira em que entrava. Era pequena, ele sabia disso das conversas que tiveram — apenas dois quartos. Mas ela tinha um quintal com uma cerca, o que era uma necessidade para Hamlet. E havia uma pequena lareira na sala. Provavelmente a melhor parte da casa era a varanda da frente. Era coberta e se estendia por toda a frente da casa. Se ela fosse dona da casa ou se fosse ficar ali indefinidamente, poderia fechá-la ou colocar uma tela. Daquela varanda, ela tinha uma vista para a baía e, à distância, da pequena luz que brilhava depois da praia. A lâmpada que ele deixara acesa sobre o trailer. Também dava para ver a cidade, a rua principal e a marina.

Ele tirou as botas e deixou perto da porta de entrada. Abriu a porta dos fundos para Hamlet e, usando a madeira de pinheiros, acendeu a lareira. Então, colocou o prato com o peru na bancada ao lado do micro-ondas, e colocou o vinho na geladeira.

Quando ela entrou, pareceu surpresa.

— O que você está fazendo aqui?

Ele se levantou do sofá.

— Eu trouxe um pouco da comida que sobrou para você e acendi a lareira. Landon me emprestou a chave. Eu já a deixei na mesa da cozinha. Olha só, eu não preciso ficar. Você deve estar acabada. Dia difícil?

Ela tirou o casaco e o jogou no encosto de uma das cadeiras da cozinha.

— Catorze horas, pelo menos duas delas dedicadas ao trabalho burocrático. Três salvamentos em um dia. Fato sem precedentes. Eu ia parar em uma loja para comprar uma garrafa de vinho, mas como é Ação de Graças, não tem muita coisa aberta.

— Resolvi isso para você, capitã — disse ele. — Tia Lou não me deixou sair sem trazer uma. Pode deixar que eu abro.

— É bom ter você por perto — disse ela, indo para o sofá. Ela tirou as botas. Ele deve ter achado o saca-rolhas bem rápido. Ela ouviu apenas uma gaveta sendo aberta. Quando ele começou a abrir os armários da cozinha, ela disse: — Em cima do forno, ao lado da geladeira. — Um minuto depois, ele chegou com uma taça de vinho.

— Talvez seja melhor eu ir embora.

— Só se você quiser. Eu gostaria de um pouco de companhia. Sinto muito não ter chegado a tempo para comer com vocês.

— Nós jogamos charada — disse ele, surpreendendo-se por rir. Ele se acomodou ao lado dela. — Landon teve uma conversa de pai para filho comigo. Dessa vez, eu era o filho. Ele está muito preocupado, Sarah. Com medo de que se envolver comigo vá deixar você sofrendo e com o coração partido.

— Ah, tadinho do Landon. Eu não posso culpá-lo. Foi muito difícil para ele, me ver destruída daquele jeito depois do divórcio. Isso não tem nada a ver com você, Cooper. Na verdade, é muito bom ter um amigo como você. E eu estou mais próxima de Gina e eu vou confessar uma coisa: faz tempo que eu não tenho uma amiga. Eu também precisava disso.

Com um dedo, ele acariciou o cabelo curto em volta da orelha e sorriu.

— Você vai me achar um animal se eu disser que dormir com você me deixa excitado o tempo todo?

Ela riu.

— A gente nunca dormiu.

— Porque você me deixa louco. Eu também precisava de uma amiga como você.

— Ah, precisava transar, né?

— Isso também. Olha só, eu fiz uma pequena mudança de planos. Enquanto a loja ainda está sendo reformada e aproveitando que Rawley está por aqui para ficar de olho no trabalho, eu vou para Albuquerque visitar a minha família.

— Agora? — perguntou ela.

— Daqui a uma semana.

— Achei que você estivesse planejando ir no Natal — comentou ela, girando a taça.

— Eu estava mesmo. Mas decidi que queria passar aqui. Você tem planos?

— Eu só trabalho na véspera de Natal até as quatro horas da tarde, a não ser que o dia acabe sendo como o de hoje. E eu tenho Landon, quando ele não está com Eve. — Ela se aconchegou ao lado de Cooper. — Essa é a primeira namorada dele, sem contar Cindy Freeman quando ele tinha sete anos.

— Ele está de quatro — disse Cooper, abraçando-a. — Você já conversou com ele sobre, você sabe...

— Já conversei e providenciei um estoque para ele. Mas Deus sabe que eu espero que eles não transem. — Ela ergueu a cabeça. — Será que existe alguma forma de evitar que eles transem?

Cooper apenas negou com a cabeça.

— Ele conversou com você sobre transar com um nômade que vive em uma lata velha?

Ela fez que não.

— Ele deve estar me deixando tomar a decisão.

— Que bom. Você demonstrou ter um excelente senso quanto a isso.

— Você quer dizer o jeito como eu ataquei você no nosso segundo encontro?

— A minha parte favorita. Quer que eu esquente o jantar para você?

— Não. Será que você pode colocar na geladeira quando for pegar outra taça de vinho para mim?

— Sim, senhora — disse Cooper, afastando-se dela com relutância. Então, ele voltou, entregando a taça para ela e a puxando para si. Em vez de sexo selvagem e quente, ficar abraçado com ela também o deixava feliz. Ele contou para ela o que ouvira na casa dos McCain sobre o Natal, sobre a decoração da cidade, sobre as festas e a lendária comemoração na casa de Gina e Carrie, organizada pelo único bufê da cidade. — E nós fomos convidados, se você quiser.

— Ótimo — disse ela, tomando um gole. Ela inclinou a cabeça para olhar para ele. — Mas eu não quero que você se preocupe. Se os seus planos mudarem e você decidir ficar com a sua família, isso não vai ser problema.

Ah, ela o estava mantendo a distância. Mesmo que ele não tivesse os detalhes, era o suficiente para ele saber que tinha sido a pior experiência possível. Era difícil para ela confiar. Um ano atrás, cinco anos atrás, ou mesmo dez anos atrás, ele era assim. Sempre tivera medo de se aproximar demais.

— A não ser em caso de emergência familiar, eu estarei aqui — disse ele. — Conte-me mais sobre os salvamentos.

Então, aconchegada junto dele e tomando vinho, ela contou sobre um possível infarto, um barco à deriva a mais de sessenta quilômetros da costa, uma pessoa que tinha decidido passar o dia de Ação de Graças fazendo trilhas na mata a mais de cinco mil metros de altitude, que tinha se perdido e estava com hipotermia. E, então, a taça dela estava quase vazia.

—Você pode colocar para mim na mesinha de centro?

Ele riu.

— É bom ter o seu próprio ajudante pessoal?

— É ótimo — disse ela, descansando a cabeça no peito dele. — E você também funciona muito bem como travesseiro.

Ele pegou uma manta que estava no encosto do sofá e cobriu Sarah e um pouco do seu corpo também.

— Quer dar uns beijos? — perguntou ele.

— Hum, eu não posso. Landon pode chegar a qualquer momento agora. Além disso, eu não sei dar beijos em você sem tirar toda a roupa e fazer amor louco e insaciável com você.

A risada dele se transformou em um gemido baixo e um beijo na testa dela.

— Não procure ajuda para se curar disso, ok?

— Ok — concordou ela. — Se eu sair para passear com Hamlet amanhã, talvez você receba uma visita.

— Eu aceito — sussurrou ele. E, então, fechou os olhos enquanto a abraçava mais um pouco e pensava que ela era a melhor coisa que já tinha acontecido na vida dele. E ela tinha medo de deixá-lo entrar.

Adormeceu ouvindo a respiração suave dela. Não fazia ideia de que horas eram quando ouviu a porta dos fundos abrir e a animação de Hamlet. Os pés dele estavam apoiados na mesinha de centro, e ela estava aconchegada junto dele com uma perna em cima da dele. Ele a abraçava com os dois braços. Abriu um olho só e viu Landon diante deles, com as mãos no quadril e um sorriso no rosto.

— Ah, crianças — disse Landon. — Eu vou para a cama.

Cooper assentiu e apenas puxou Sarah mais para si. A alegria dele não permitiu que se levantasse para ir embora.

A lanchonete ficou fechada no dia de Ação de Graças. Abriu cedinho no dia seguinte, embora os clientes fossem esparsos. Algumas pessoas aproveitaram para tirar um fim de semana prolongado e muitas saíram da cidade com a família para irem para outras cidades ou estados. Gina estava com o laptop da lanchonete aberto no balcão, pagando algumas contas para Stu, quando Scott Grant entrou. Dessa vez, sem crianças — estava sozinho.

— Bom dia — cumprimentou ela, fechando o computador.

Ele se sentou no balcão, bem em frente a ela, no banco do Mac.

— Você mora aqui, Gina? — perguntou ele com um sorriso.

— Dá para pensar isso, né? Eu trabalho muito quando não estou na faculdade. Quando tenho aulas, Stu ajusta os meus horários o máximo possível. Eu trabalho no turno do dia, chego bem cedinho e saio no meio da tarde. Pego três horários movimentados: de manhã cedo, fim da manhã e o horário do almoço. Só trabalho à noite se alguém ficar doente ou precisar de uma folga. Eu odeio trabalhar à noite. Sou uma pessoa matinal.

Ele sorriu.

— Acho que eu também sou. Nunca vi ninguém atrás desse balcão, a não ser você.

— É uma lanchonete pequena. Em geral, só precisa de uma pessoa, a não ser nas noites de sexta e de sábado. Aí a esposa de Stu, Belinda, e um dos nossos adolescentes trabalham juntos e está aberta a zona de guerra. Eu me mantenho afastada o máximo possível. Como foi Ação de Graças?

— Surpreendentemente suportável. A minha mãe e a minha sogra estão na cidade. E é por isso que eu estou aqui.

— É mesmo? — perguntou ela, levantando uma sobrancelha.

— Gabriella está em Vancouver com a família por alguns dias, e as avós estão aqui comigo. A casa é pequena e todo mundo fica perto demais, se é que me entende.

— Se você não se importa de eu perguntar, por que você não mora mais próximo à sua família? — quis saber ela, automaticamente servindo um café para ele.

— Eu poderia mentir e dizer que é uma questão de trabalho, mas isso não seria totalmente verdade. Eu fiz faculdade de medicina e residência na Califórnia. Serena e eu éramos felizes lá. Nossas mães são viúvas, ambas dominadoras e controladoras. Competindo o tempo todo uma com a outra. Eu comecei a fantasiar uma maneira de voltar para a Califórnia desde então. Quando o hospital onde eu trabalhava em Vancouver começou a reduzir a equipe, eu comecei a procurar. Eu realmente precisava de um novo começo. E espaço das avós. É muito difícil seguir com a sua vida quando a sua mãe e sua sogra estão em cima de você.

— Entendi — disse ela. — Então, elas são a família que você ainda tem?

— Não — respondeu ele com uma risada. — Eu tenho uma irmã, dois anos mais velha, que disse "Muito obrigada, valeu mesmo", quando eu disse que estava me mudando. Acho que eu a deixei com a nossa mãe, que precisa de muita atenção. Infelizmente para mim, minha mãe ficou completamente focada no pobre filho viúvo e nos netos órfãos de mãe. Mas quando ela não está tão concentrada em mim, ela se ocupa tentando arranjar um marido para a minha irmã. — Ele tomou um gole de café. — Elas vão embora na segunda-feira. Será que posso ficar com você até lá?

Ela riu.

— Então, eu não sei os seus horários, mas sei lá, será que tem algum horário melhor para sairmos? Porque eu só tive um encontro, uma vez, depois que a minha esposa morreu. E isso foi em Vancouver ainda. Quando ela viu duas criancinhas... Jeanny ainda não tinha passado pelo desfralde... Ela fugiu correndo.

Gina ficou surpresa. Boquiaberta.

— Você quer sair comigo? — perguntou ela.

— Tem alguma coisa errada com você? Você está namorando ou saindo com alguém?

— Hum... Não. Mas sabia que eu sou mãe solteira de uma menina de 16 anos, nunca me casei e moro com a minha mãe?

— Eu não sabia, na verdade. Deixa eu perguntar uma coisa, Gina. A sua mãe é exigente, ultrassensível e geralmente controladora? Porque, sério... Eu já passei por isso.

— Não — respondeu ela com uma risada. — Minha mãe é maravilhosa. É a Carrie, da delicatéssen e do bufê. Ela é um anjo que veio para Terra, mas tem um limite. Ela é gente boa, mas não tem paciência para gente folgada.

— Ah, que alívio. Então... Isso significa o quê? Eu tenho que levar você para casa cedo?

— Ai, meu Deus, você sabe há quanto tempo eu não tenho um encontro?

— Bem, não entre em pânico. Eu conheci a minha esposa no ensino médio. Ridículo, né? Então, eu só tive um encontro, e acho que eu não fui muito bem. E antes que você comece a se preocupar, eu não estou procurando uma mãe para os meus pobres filhos órfãos nem nada disso. Eu só quero sair com alguém em vez de com a turma do hospital ou com duas crianças ou sozinho. Acho que eu mereço me divertir um pouco. E eu gostaria de saber mais sobre a cidade e as pessoas daqui. Aposto que você tem muita coisa para contar.

— Ah, isso com certeza eu posso fazer. Eu não vou trabalhar no domingo de manhã.

— Ótimo. Tenho duas avós para manter ocupadas com as crianças e prontas para enlouquecer de preocupação sobre onde eu possa estar! É infantil, mas elas merecem. Posso pegá-la às seis?

— Ótimo. Agora, você quer ovos ou alguma coisa?

— Acho que sim. Ovos com gema mole...

— Não, não escolha isso — disse ela. — Omelete, mexido ou frito com gema dura. Stu é um doce de pessoa, mas não tem a mão leve na cozinha.

— Tudo bem. Omelete. Posso pedir bacon?

— A especialidade dele. Crocante. Torrada e algumas batatas?

— Ótimo. Depois eu vou até o consultório para trabalhar um pouco. Você quer anotar o endereço para mim? A sua casa é difícil de achar?

— É a dois quarteirões daqui, Scott. — Ela bateu com o papel do pedido no balcão do cozinheiro. — Dá para ver do seu consultório. Eu vou anotar o endereço.

Quando ele terminou o café da manhã, perguntou:

— O que você está estudando?

— Serviço social. Acho que depois que eu fizer um estágio, eu gostaria de ser orientadora. Mas isso ainda está longe. Agora, Ashley é a minha prioridade. Mandá-la para a faculdade e para a própria independência.

— Sério? E será que os cidadãos de Thunder Point precisam de uma orientadora?

— Cada um deles — disse ela, rindo.

Mac foi à lanchonete por volta das dez horas da manhã e encontrou Gina lendo.

— Oi. Movimento fraco?

Ela fechou o livro.

— O dia seguinte ao de Ação de Graças é sempre calmo. As pessoas têm um monte de comida que sobrou em casa.

Ele se sentou ao balcão e ela serviu café.

— Eu me diverti muito ontem, Gina.

— Foi um dia muito agradável mesmo. Acho que todo mundo gostou.

— E você não está mais com raiva de mim — disse ele.

Ela respirou fundo.

— Eu peço desculpas. Você estava na linha de fogo. Eu não estou com raiva de você, Mac. Eu estava com raiva de mim mesma e acabei descontando em você.

— E você se importa de compartilhar comigo? Por que você estava tão zangada com você mesma?

— É meio difícil de explicar, mas vou tentar. Quando vi Sarah e Cooper de mãos dadas e trocando olhares, eu fiquei com inveja. Eu não saio com ninguém há anos! Há tanto tempo que ninguém pega a minha mão ou olha nos meus olhos como se eu fosse especial... Talvez nunca! Eu só tenho 32 anos. E já tenho uma filha praticamente criada, estou quase me formando e não tenho uma vida. Isso foi tudo... Apenas uma mulher chorando pela feminilidade perdida.

Mac pensou: *momento perfeito!* Fora do trabalho policial, ele raramente escolhia a hora certa para fazer alguma coisa, mas dessa vez...

— Então, eu estou no lugar certo no momento certo. Vamos sair sábado à noite. Sem filhos, tia ou mãe. Só você e eu.

— Ah — disse ela parecendo pouco à vontade. — Olha só, não é que eu não aprecie o gesto, mas eu não estou a fim de outra noite entre amigos. A gente pode sair sempre, Mac. A sua amizade é muito importante para mim. Mas eu, na verdade, quero um encontro de verdade com o potencial de caminhar de mãos dadas e talvez até um beijo de boa noite.

— Bem, eu...

— Eu tenho um encontro com Scott Grant no sábado à noite. Vamos sair para jantar. Sem filhos.

— Scott Grant? — perguntou ele, embora soubesse exatamente de quem se tratava.

— Dr. Grant — devolveu ela.

— Eu sei — disse ele, irritado. — Você gosta dele?

— É claro que eu gosto, ou não sairia com ele — respondeu ela. — Ele é muito gentil. Eu não tenho nenhuma expectativa, mas ele quer sair comigo e...

— Você poderia ter me avisado — disse Mac.

Ela franziu a testa.

— Sobre o quê?

— Que você precisava de um encontro. Afinal, nós somos...

— Amigos — completou ela. — Colegas. Sem ofensa, Mac, mas eu não preciso de outro amigo. Eu não trocaria você por nada desse mundo, mas eu realmente acredito que eu já sou madura o suficiente para ter um namorado. Não precisa ser do tipo "e foram felizes para sempre", eu só quero uma chance. E não estou dizendo que Scott Grant vai ser o escolhido, mas olha só: eu tenho um encontro!

— Eu já levei você para jantar — declarou ele.

— Não exatamente — corrigiu ela. — Nós saímos juntos, mas você deixou as coisas bem claras. Você não pode ter um relacionamento. Você tem filhos para criar. E eu estou pronta para um relacionamento.

— Aí é foda — soltou ele, sendo que ele raramente falava uma coisa assim na frente de uma mulher.

— Ah, e isso também — disse ela.

— Gina! — exclamou ele, escandalizado.

— Bem, desculpe-me por querer viver a minha vida!

— Eu só falei um palavrão porque eu cheguei atrasado para convidar você para sair, depois do doutorzão. Não porque eram planos! Olha só, eu quero sair com você, ficar de mãos dadas, olhar nos seus olhos como se você fosse especial...

— Uau. Muito obrigada. Mas eu tenho planos — disse ela, erguendo o queixo. — E eu acho que três anos foi tempo o suficiente para você ficar pronto. Eu vou partir para outra. Mas, puxa, obrigada por oferecer.

— Vamos lá, Gina — disse ele com um tom de queixa. — Você sabe o que eu quero dizer.

— Café da manhã, Mac? Ou apenas café? — quis saber ela.

— Você ainda está zangada comigo. Meu Deus, eu não sabia o que estava se passando na sua cabeça. Você deveria ter me *contado*!

Ela se debruçou no balcão e olhou nos olhos dele.

— Mac, meu querido amigo, aqui está uma coisa que você provavelmente deveria saber sobre as mulheres sem que elas precisem dizer a você: nós não queremos ter que dizer para um homem que precisamos ser desejadas. Nós realmente gostamos que seja uma coisa natural. Queremos que um homem nos procure porque nos deseja e não porque não tem opção.

— Tudo bem.

— Então, omelete ou ovos mexidos?

— A gente já acabou de conversar sobre isso?

— Já.

Capítulo Dezessete

Por uma questão de tradição, a câmara de comércio fazia a decoração de Natal no sábado após o dia de Ação de Graças. Além de servir os clientes e cozinhar, aquele era o dia em que Stu e Gina trabalhavam na decoração da lanchonete, com a ajuda da esposa de Stu, Belinda, e de Ashley. Carrie colocou uma guirlanda na porta e enfeitou a vitrine da delicatéssen. Todos davam um jeito de passar pela cidade, fosse para ajudar ou para ver. Como Cooper estava por lá, subiu em uma escada para pendurar fitas e guirlandas nos postes antigos da rua principal. Até mesmo Wayland Carmichael estava decorando o seu bar, Wayland's. O bom médico apareceu e pendurou uma placa em que se lia: "Clínica em breve".

Sarah passou por lá com Hamlet a caminho da praia, e Cooper desceu da escada para falar com ela. Ele passou o braço pela cintura dela e lhe deu um beijo no rosto, eles riram um pouco. Quando ela se virou para passear com o cachorro, ele deu um tapinha no seu bumbum.

Mac foi até Cooper.

— Você mal chegou à cidade e já encontrou uma namorada.

Cooper apenas sorriu e assentiu enquanto o seu olhar acompanhava Sarah. Quando ela virou a esquina, ele olhou para Mac.

— O que me faz perguntar: por que você está demorando tanto? Você não disse que já se divorciou há anos?

— Assunto delicado — disse Mac.

Cooper olhou para o outro lado da rua e Mac acompanhou o seu olhar. Gina estava segurando uma guirlanda na porta da frente, conversando com Scott Grant, rindo.

— E quanto a Gina? Vocês parecem se dar bem.

Mac franziu a sobrancelha.

— Ela vai sair com o novo médico.

— Que droga. Mas talvez não dê certo.

Enquanto olhavam, Gina e Scott riram de alguma coisa. Depois, o médico apertou a bochecha dela, sussurrou algo em seu ouvido que a fez sorrir e se virou para ir embora. Antes de entrar no carro, ele ergueu a mão para acenar para Mac e Cooper.

— Talvez — resmungou Mac.

— Eu tenho que ir — disse Cooper. — Eu vou me encontrar com Sarah no trailer.

— Eu não precisava saber disso.

— Às vezes ela fica muito cansada de correr na praia e precisa se deitar um pouco.

— Sério, babaca, não precisa ficar tirando onda.

— Hamlet gosta de assistir.

— Você é uma porra de um pervertido, sabia?

— Estou brincando, cara. É que eu tenho Gatorade.

Mac passou o resto da tarde ou ajudando com as decorações natalinas ou dando opiniões sobre o que gostava. Ele fazia muitas observações ao mesmo tempo, analisando todos que vinham ajudar. Como Ray Anne, com uma calça jeans tão justa que era um milagre que conseguisse se agachar ou se mexer. Jeans, salto alto, colete de couro sobre uma camisa de seda vermelha, decote e um ramo de visco no cabelo. Isso era o que ele chamava de óbvio. Sua tia estava mantendo distância de Ray Anne. Todos sabiam que elas não se davam bem.

Puck Morrison ficou um pouco na cidade. O restante da família não apareceu. Mac observou que Puck parecia estar curvado, tendo dificuldade para se locomover. Cada pessoa envelhecia de um jeito, mas ele achou que Puck devia ter uns setenta anos, talvez um pouco mais. Ele parecia acabado. Talvez fosse a artrite fazendo com que se movesse mais devagar. Uma coisa era certa: ele pareceria bem melhor sem a peruca que usava.

Por volta das quatro horas, Wayland começou a distribuir cerveja para as pessoas que estavam trabalhando na rua. Lou foi embora com os filhos mais novos de Mac. Eve e Landon seguiram na caminhonete dele — aqueles dois não se desgrudavam mais. Ashley, Gina e Carrie foram para casa, andando, e acenaram quando passaram.

Claro. Precisa se arrumar para o encontro.

Mac foi para casa. Sentiu um cheiro gostoso na cozinha, mas não tinha ninguém lá. Depois, Lou entrou, toda arrumada, colocando um brinco.

— Ah, aí está você — disse ela. — Eve vai sair com Landon hoje. Acho que vão ao cinema ou alguma coisa assim. As crianças estão lá embaixo jogando videogame. Dee Dee queria trazer uma amiga para dormir aqui, mas não deixei, não depois de um dia decorando a cidade. Eu vou sair. Eu me esqueci de perguntar se você vai ficar em casa hoje à noite.

— Estou em casa — disse ele, cansado.

— Não teria problema. Dee Dee e Ryan ficam bem sozinhos. Tem bolo de carne e purê de batata. O forno está ligado apenas para manter tudo quentinho. Também tem ervilha. Está tudo pronto para quando você quiser comer. Eu já vou indo.

— Buraco? — perguntou ele, erguendo uma sobrancelha sarcástica.

— Eis uma novidade para você, Mac: eu nem sei jogar buraco.

— Era de se imaginar — respondeu ele.

— Eu vou voltar para casa — disse ela. — Não vou passar a noite lá nem nada. Vamos jantar em North Bend, sair para caminhar no píer. Essas coisas, sabe?

— E como é que eu poderia saber?

— Se você quiser sair para tomar uma cerveja ou algo assim, é só servir o jantar para as crianças e dizer para elas trancarem a porta. Você tem seu celular.

Mas ele não queria ser amigável. Ele fora o mais amigável que conseguira o dia inteiro. Estava mergulhado em um poço de autopiedade naquele momento e era melhor ficar sozinho. Todo mundo tinha alguém. Era o que parecia. Todo mundo menos ele. A decisão que tomara anos antes parecia fazer tanto sentido na época, quando ele achava que namorar Gina seria uma péssima ideia. Ele se sentira atraído por ela —

primeiro porque ela era bonita, depois, ele rapidamente percebeu que ela também era linda por dentro. Além disso, Gina era corajosa e nunca desistia das coisas, mesmo diante da maior dificuldade. E, naturalmente, considerando tudo que ele passara no curto casamento e no divórcio e o fato de que a filha era a maior prioridade para Gina fez com que ele tivesse o maior respeito por ela. Então, no fundo, ele achava que tinha um plano. Que quando as meninas fossem para a faculdade ou, pelo menos, quando estivessem *quase* indo para a faculdade, ele começaria a chamá-la para sair. Diria que *sempre* quisera estar com ela, mas que tinha se preocupado com possíveis conflitos.

Muito bem, delegado gostosão, mandou bem, pensou ele. Ele esperara muito tempo. A culpa disso era de Cooper, chegando na cidade e praticamente conseguindo uma namorada da noite para o dia, mostrando para Gina que ela não deveria apostar todas as fichas. Ele achara que estava sendo corajoso e forte, segurando um pouco as coisas enquanto ambos tinham vidas muito complicadas. Como é que ele poderia saber que ela precisava de tanto amor e carinho quanto ele?

Ele não poderia ser mais burro mesmo que se esforçasse.

Lavou os pratos depois do jantar e deixou as crianças brincarem. Preparou uma xícara de café e foi para a sala ficar com seus labradores enquanto remoía as coisas, imaginando-a de mãos dadas com o médico por sobre a mesa do restaurante iluminado à luz de velas. Ele odiava aquele médico. Sério? Um médico? Um cara que só se formou no ensino médio contra um médico? Era um caso perdido.

Já eram quase oito horas da noite quando seu celular tocou e ele viu que era Pritkus.

— É, chefe, chegou o Natal! Houve uma briga feia na casa dos Morrison, a ambulância está a caminho. Eu não me importaria de ter um pouco de ajuda do meu supervisor.

Ele se levantou antes que Pritkus acabasse de falar.

— Quem você está levando para interrogar?

— O filho com certeza e provavelmente a esposa também. Puck está na ambulância. Ele vai ficar bem, mas você precisa ver o lugar, vai ficar impressionado.

— Estou a caminho — disse ele.

Ele gritou para as crianças que estava saindo enquanto tirava a camisa e seguia para o quarto. Levou dois minutos para vestir o uniforme, enquanto dizia para Dee Dee e Ryan trancarem a porta, ligarem para o celular dele se tivessem algum problema, ficarem dentro de casa e, se ele fosse chegar muito tarde, ligaria para o telefone fixo. Quando perguntaram do que se tratava, ele respondeu:

— Ainda não sei ao certo. Algum tipo de briga e Pritkus acha que precisa da ajuda do supervisor. Deve estar na parte da papelada, já.

— Então, por que você está indo tão rápido e com tanta pressa? — quis saber Dee Dee.

— Porque quando um oficial pede a ajuda de um supervisor, você sempre tem que ir rápido e com pressa, mas vocês não precisam se preocupar. — Ele deu um beijo na cabeça de cada um, parando tempo suficiente para ouvir a porta ser trancada. Esperou até sair do seu bairro antes de ligar a sirene. Era muito raro ver em Thunder Point o carro de polícia com as luzes acesas atravessando a cidade.

Já havia duas viaturas no local, ambas com as luzes brilhando. Dois carros já era um número superior ao de costume, e com o de Mac, eram três. Esse tipo de cenário era reservado para casos de grandes catástrofes. A porta da frente da casa dos Morrison, decorada para o Natal, estava totalmente escancarada. Com a mão apoiada na coronha da arma, Mac entrou ouvindo os cacos de vidro estalarem sob seus coturnos.

Parecia que uma bomba tinha sido detonada ali. Os móveis estavam caídos e havia cacos de vidros para todos os lados. Na sala de estar, Jag e sua mãe estavam acomodados no sofá, algemados, enquanto Puck segurava uma bolsa de gelo contra a cabeça ensanguentada. Havia sangue no chão e em alguns móveis, nos suspeitos e na vítima.

— Quem foi que telefonou?

— A sra. Morrison ligou para 911 — informou Pritkus. — Disse que o filho estava atacando o marido. Quando chegamos aqui, a história mudou para o marido a atacando e que ela tinha se defendido.

— Que conveniente. — Mac se abaixou para olhar nos olhos de Puck. — Quem fez isso, sr. Morrison?

— Eu só falo com o meu advogado.

— Quem quebrou todos os pratos e cristais?

— Fui eu — disse a sra. Morrison. — Por quê? Isso é contra a lei? Isso tudo é meu, certo? Se eu quiser quebrar tudo, isso é problema meu, certo?

Mac se virou e caminhou até ela, que estava péssima, o cabelo parecia um ninho de rato, a maquiagem borrada, escorrendo como dois rios negros pelo rosto. A manga da camisa estava rasgada. Magra como era, com expressão de desdém nos lábios, ela parecia uma vítima de guerra.

Puck, por outro lado, embora o rosto estivesse marcado e a cabeça sangrasse, parecia melhor sem a peruca. Como esperado, ele era completamente careca, com alguns fiapos espalhados pelo couro cabeludo lustroso.

— E o que aconteceu para que começasse a atirar as coisas?

— Eu estava zangada! — disse ela, empertigando-se.

— Ele é um fracassado — murmurou Jag.

Mac apenas lançou um olhar para o garoto. Ao que tudo indicava, ele tinha uma opinião formada. Mac ergueu as sobrancelhas e esperou. Mas foi a sra. Morrison que falou:

— Ele nos informou que nós vamos nos mudar. Deixar esta casa, vender a maior parte dos nossos bens porque ele não consegue nos sustentar! Eu gastei a maior parte da minha vida com ele, e agora isso? E daí se eu quebrei um prato ou dois? Será que isso não é permitido quando alguém informa a você que a sua vida acabou?

— É isso mesmo? Gastou a sua vida?

— Talvez se você não tivesse gastado tudo, Effie — disse Puck.

— Como é que eu poderia ter gastado tudo? Você não deu a maior parte para a sua ex-esposa?

— Eu tenho filhos!

— E você tem um filho bem aqui! — berrou ela. — Um filho que vai ficar sem *nada*!

— Ele vai ficar com muita coisa. Você também.

— Meus irmãos dirigiam Hummers para irem para a escola — reclamou Jag. — Você os colocou em casas elegantes na cidade enquanto eles estavam na faculdade. E o que eu tenho? Um carro usado e um quadriciclo. — Ele deu uma risada cruel.

— Primeiro, ficamos sem o country clube, depois ficamos sem férias. Depois, sem carros novos. Nós temos que comprar carros usados! — exclamou Effie. — Depois foram os cartões de crédito. Agora a casa? Eu não aguento mais! Você me prometeu! Você prometeu que eu teria *tudo*!

— Eu prometi o que eu tinha e você pegou tudo. Agora acabou!

— Por que você não comprou aquela merda de terreno de Bailey e conseguiu uma grande venda? Eu disse para você comprar, mas o que você fez? Mandou aquela corretora vadia para tentar convencê-lo! Fracassado! Jag está certo! Você é um fracassado.

— Ele não queria vender — explicou Puck.

— Você deveria ter encontrado uma maneira! — disse ela.

Sem saber ao certo por que, Mac olhou para Jag, estreitando os olhos. Jag apenas ficou encarando o pai. Por fim, Jag disse:

— Tinha como resolver. Ele só não teve colhões para isso.

Espere um pouco, pensou Mac. Ele fez uma pausa, repassou os procedimentos na sua mente porque não queria ferrar com a investigação. Estava parecendo que após a investigação preliminar do grande júri, ia haver uma acusação formal, e não apenas por causa de agressão doméstica, mas talvez por assassinato. As investigações não eram rápidas e costumavam ser imprevisíveis e complexas.

— E você teve colhões, filho? — perguntou ele para Jag. — Você poderia ter feito as coisas funcionarem? A venda daquela propriedade?

— Ei! — gritou ele, zangado. — O meu trabalho é frequentar a *escola*, tá bom? E o trabalho *dele* é administrar os negócios, sustentar a família! E ele é um velho fracassado.

Mac se virou lentamente para Puck.

— Quem foi que o acertou na cabeça? Quem bateu no senhor?

— Eu só falo com o meu advogado.

— Tudo bem. A sua esposa e o jovem Jag vão dar uma voltinha. Nós temos um caso de agressão doméstica com um ferido. E é isso que precisa ser feito. O senhor quer que nós chamemos alguém?

— Meus filhos — disse ele. — Meus filhos mais velhos.

E isso era tudo que Mac precisava ouvir.

Mac trabalhou no domingo, a maior parte do tempo dedicando-se à análise dos registros públicos no computador do escritório, embora as pessoas que estavam terminando as decorações natalinas não parassem de entrar na sua sala. O que ele queria saber era o que tinha levado Puck Morrison àquele ponto na sua vida. O que descobriu foi que muito daquilo tinha sido por luxúria.

Quando Puck era jovem, ele se casara com Miranda Lessing, ambos de Eugene, Oregon. Eles tiveram dois filhos, e ela o ajudou com os negócios de corretagem e desenvolvimento imobiliário, e eles se tornaram um time de sucesso. Quando os filhos estavam com sete e oitos anos, ele comprou um bom terreno e construiu uma casa chamativa, com cercas de ferro trabalhado. Pelos registros, parece que se passaram quatro anos entre a compra do terreno e a conclusão da construção da casa.

Quando estava com uns cinquenta anos, separou-se da mulher com quem estava casado havia trinta anos para se casar com uma garota de 22 anos da cidade, Effinesia Carter Sloan. Ela teve um único filho, Jaguar Morrison, três meses depois. Eles se mudaram para a mansão de Morrison naquela época.

Uau, pensou Mac, *como era legal ver que os registros públicos batiam direitinho com as fofocas da cidade.* Ele já ouvira aquela história. Carrie James a contara para Lou havia muito tempo sobre o escândalo e sobre como Miranda — uma mulher gentil, inteligente e caridosa — deixara o casarão, pegara a sua parte dos móveis e do dinheiro e voltara para Eugene onde fundara uma firma de corretagem de sucesso. Seus filhos trabalhavam com ela, um na construção e outro em vendas.

Não constava nos registros públicos se Effie realmente ganhara os seios antes de se casar com Puck, mas havia registros de suas dificuldades financeiras e do sucesso da sua ex-esposa — o suficiente para sugerir que talvez ela fosse o cérebro por trás da sociedade deles. Puck era um cara legal, apesar de tudo, engraçado e envolvido na comunidade. Em geral, um bom vizinho, mesmo que às vezes fosse um pouco arrogante. Os homens da cidade não se importavam de beber com ele de vez em quando, brindar por uma coisa ou outra, contar algumas piadas.

Nenhum dos envolvidos no desastre dos Morrison admitiu qualquer coisa, mas Mac levou Puck para o hospital, e prendeu Effie e Jag com base na ligação para 911 e no interrogatório no local. O advogado conseguiu a liberação deles antes que Mac tivesse concluído sua pesquisa nos arquivos públicos no domingo.

Na segunda-feira, ele foi conversar com o promotor da região e com o investigador para saber se havia causa suficiente para reabrir a investigação da morte de Ben Bailey.

— Acredito que isso constitua motivo — disse ele. — Eu não posso dizer que eu tenha evidências, mas ouvi algumas declarações muito suspeitas. E eu gostaria de descobrir mais.

— Quem você está investigando? — perguntou o promotor.

— Bem, Puck deve pesar uns 63 quilos e tem um metro e 65. A esposa é só um pouco mais alta e pesa uns cinquenta quilos. Mas o garoto, que não parece gostar da ideia de ter menos do que seus irmãos mais velhos, é bem grande. E muito da sua raiva parece estar focada na propriedade do Ben, que eles parecem acreditar que poderia tê-los salvo. Eu só quero saber se foi só da boca para fora... Ou se tem algo mais para descobrir.

Gina não vira Mac, a não ser por poucas vezes, de longe, quando ele entrava ou saía do escritório do outro lado da rua da lanchonete. Não parecia que ele estivesse trabalhando muito, e não havia explicação para aquilo. Por fim, na quinta-feira, ele entrou na lanchonete para tomar um café por volta das dez horas da manhã. Ela colocou a mão na cintura.

— Até que enfim! Por onde você tem andado?

— Muito trabalho. — Ele se sentou no banco em frente a ela.

— Muito trabalho por causa do caso de agressão doméstica na casa dos Morrison?

— Você sabe que eu não posso falar sobre isso — disse ele, mas sorriu para ela.

— Pode falar comigo! Eu sou a discrição em pessoa. Tudo que eu quero saber é quem bateu em quem.

— Depende para quem você perguntar e quando você perguntar.

— A ligação para o 911 não é um registro público? — perguntou ela.

— Só quando o caso não está mais sendo investigado — lembrou ele.

— Detalhes! Eu ouvi dizer que foi Jag quem bateu no pai idoso.

— Jag e a mãe foram presos por violência doméstica. Foram soltos quase imediatamente, mesmo que possamos manter suspeitos desse tipo de crime por 24 horas. Tempo suficiente para a vítima ou suposta vítima ir embora se quiser. Mas com Puck no hospital...

— Ouvi dizer que Puck saiu de casa.

Mac ergueu as sobrancelhas.

— Sério? Isso é *novidade* para mim. Para onde ele foi?

— Eu não sei. Talvez para a casa do filho mais velho. Alguém disse que viu a picape dele passando pela cidade. Mas eu tenho que contar para você: a lanchonete fervilhou com fofocas durante a semana. E você nem apareceu!

— Eu tive muito trabalho burocrático e tive que resolver umas coisas em Coquille. Então Steve Pritkus ficou tomando conta da cidade.

— É, e o que você fez com ele? — quis saber ela. — Ele costumava ser uma excelente fonte de fofoca por aqui. Você o ameaçou ou alguma coisa assim?

Mac riu.

— Exatamente. Eu disse que ele poderia contar para qualquer pessoa, menos para você.

Ela deu um tapa no braço dele.

— Você não se atreveria!

— Claro que sim. Mudando de assunto, eu quero saber como foi o seu encontro. Você me trocou pelo médico, então, me conte.

— Foi ótimo — disse ela. — E eu não troquei você. Ele me convidou, eu aceitei e nós tivemos um jantar muito agradável em Coquille.

— Rolou um beijo de boa noite? — perguntou ele.

Ela se inclinou em direção a ele, pressionando as mãos no balcão.

— Quem bateu no velho Puck?

Ele pegou a mão dela.

— Foi bom mesmo? O encontro?

Ela olhou para os dedos entrecruzados e pensou: *Uau, eu sou um pouco lenta.* Ela precisou sair com outra pessoa para trazê-lo de volta à vida, conseguir que ele a tocasse.

— Ele é um cara muito legal. A gente tem mais ou menos a mesma idade. E, sim, eu me diverti. — *Se você considerar que ouvir alguém falar durante três horas seguidas sobre a incomparável falecida esposa é legal,* pensou ela.

Mas ela percebeu que Scott precisava exatamente daquilo. Afinal, ela era a primeira mulher com quem saía depois de anos. E o primeiro passo era descarregar todo aquele peso. No início, ela até gostara da conversa — ele não estava sofrendo, só relembrava da mulher perfeita. E depois ele a cativara — era uma terapia, e ela era a terapeuta. Ela fez todas as perguntas certas, ele deu respostas completas, e, no final da noite ela estava tão cansada e ele parecia um homem que tinha tirado vinte quilos das costas.

—Você acha que vai sair de novo com ele? — perguntou Mac.

Ela assentiu.

— Estamos pensando em sushi para sábado que vem. Eu nunca provei sushi, nunca comi com aqueles pauzinhos. Acho que vai ser interessante.

— Isso me surpreende... Sushi. Eu não consigo nem me imaginar comendo peixe cru.

— Eu vou provar. Ele disse que é divertido. Agora, sério, o que está acontecendo com você? Eu não acredito que você só esteja ocupado demais.

— Pode acreditar. Tem algumas coisas acontecendo que eu tenho que acompanhar. Cooper, por exemplo, ele vai viajar amanhã para visitar a família no Novo México e eu vou ajudar Rawley a cuidar das obras na antiga loja de iscas. Você tem que ver, Gina... Já parece um novo lugar. O novo sistema de esgoto já foi instalado, o encanamento já foi consertado e o velho Coop já ligou o trailer à rede de água e não precisa mais levá-lo até a montanha para descarregar os dejetos e recarregar a água. Ele está procurando emprego.

— O que isso significa?

— O tempo todo ele disse que ia resolver as questões de Ben, mas depois precisa voltar ao trabalho. Acho que isso significa que ele vai embora de Thunder Point.

— Nossa — disse ela, sentindo-se um pouco triste. — E quanto a Sarah? — perguntou ela.

— Eu não sei, Gina. Eu não sei o que eles combinaram. Acho que você deveria saber mais do que eu. Vocês garotas não conversam?

—Talvez não o suficiente.

Capítulo Dezoito

Mac não era o responsável pela investigação de violência doméstica envolvendo os Morrison nem do possível homicídio de Ben Bailey, mas sabia o que estava acontecendo. Ele tinha permissão para assistir aos interrogatórios, olhar as evidências no caso fechado. Na época da morte de Ben Bailey, nem a família Morrison nem Jag nem os amigos adolescentes dele estavam no radar das investigações. E os ferimentos de Ben eram consistentes com a queda. Havia inclusive uma marca onde teoricamente ele teria batido com a cabeça no corrimão da escada de madeira.

A investigação era interessante, mas ainda não havia nada que levasse a alguma conclusão. Já que Cooper estava partindo para visitar a família, Mac pegou emprestado o antigo laptop do Ben.

— Eu não encontrei nada ou eu teria contado para você.

— Eu sei, mas eu gostaria de dar uma olhada se você não se importa. E se não tiver problema, eu queria pegar o seu buggy emprestado também.

Cooper apenas ergueu uma das sobrancelhas como se estivesse fazendo uma pergunta.

— Eu só quero ver como o veículo se comporta na praia, se você não se importar.

— Está pensando em comprar um?

— Talvez — respondeu ele encolhendo os ombros, embora isso nem lhe passasse pela cabeça. O que realmente ocupava os seus pensamentos era Gina namorando o novo morador da cidade, o médico. Mac não tinha nenhum motivo para não gostar de Scott Grant, a não ser pelo fato de Gina passar muito tempo com ele, e só de imaginar os dois se beijando o deixava louco da vida. Mas ele não podia ficar chateado, foi tudo culpa dele mesmo.

Uma das coisas boas no inverno no Oregon era que o pôr do sol era cedo. Depois do jantar no domingo, ele perguntou para Lou se ela ficaria em casa o restante da noite.

—Vou ficar, sim — respondeu ela. — Aonde você vai?

Ele deu de ombros, sem saber o que responder. No fim, disse apenas:

—Jogar buraco.

—Ah — disse ela. — Finalmente.

Ele foi até o trailer de Cooper, colocou algumas coisas no buggy, ligou o veículo e o dirigiu pela praia deserta, direto para a casa de Gina. Ashley atendeu a porta.

— Oi, Ash — cumprimentou ele. — Sua mãe pode sair para brincar?

— Mãe! — gritou Ash. — É o Mac.

Gina veio até a porta com uma expressão confusa no rosto. Obviamente ele era a última pessoa que ela esperava. Talvez o encontro da noite anterior tenha sido tão bom que ela estivesse esperando o médico.

—Você está ocupada? — perguntou ele.

— Bem, isso é uma questão de opinião. Eu estava passando roupa.

—Você pode fazer uma pausa? Dar uma volta? — Ele se virou mostrando o Rhino, que parecia um jipe pequeno.

— Mac, você comprou um buggy?

— Não. É do Cooper. Eu tenho que dizer, ele roda muito bem. Mas está frio. Pegue o seu casaco e eu vou levá-la para dar uma volta. — Ela ficou ali parada, só olhando para ele por um tempo. Atrás dela, ouvia o barulho da família: a televisão ligada, Carrie conversando com Ashley, o som da louça sendo colocada na máquina de lavar louça. Dava para sentir o cheiro gostoso de comida. *Deve ser bom ter uma cozinheira na casa*, pensou ele. —Vamos logo, Gina. A lua está enorme.

Ela ainda parecia um pouco confusa, mas pegou o casaco e gritou para as outras mulheres que ia dar uma saída. Então, ela foi com ele, entrou no carro e afivelou o cinto de segurança para o passeio. Ele desceu a rua e atravessou a praia. Não tinha ninguém lá naquela noite, o que

Mac achou estranho. Uma lua daquelas costumava atrair as pessoas, mas era domingo à noite e o dia de trabalho começava cedo na segunda-feira.

— Ai, meu Deus — disse ela enquanto cruzavam a praia olhando a lua. — Esta é a lua mais bonita que eu já vi.

— É. Realmente ilumina tudo. Quando ela subir mais, vai perder um pouco de impacto, mas ainda temos um tempo para aproveitar. — Ele parou o Rhino no meio da praia, bem ao lado de uma fogueira que ele tinha preparado antes de ir buscá-la. Ela ficou sentada no buggy enquanto observava Mac acendendo o fogo, o que era bem fácil quando se usava a lenha especial.

Então, ele voltou para o veículo e pegou duas cadeiras de praia de alumínio e um cobertor, colocando-as de forma que pudessem ver a baía e a lua por sobre a fogueira. Ele colocou as cadeiras bem juntas e fez um gesto para ela sair do buggy. Ela foi até uma das cadeiras.

—Você realmente pensou em tudo.

— Não foi nada demais. Quando vi a lua ontem à noite, você estava comendo sushi com o médico. — Ele pegou duas garrafas de cerveja e as levantou.

— Fiquei surpresa por ter gostado de sushi. É tudo meio exagerado. Eu não sou muito aventureira em termos gastronômicos. Mas Scott come de tudo, mesmo se o troço se mexer. — Ela pegou a cerveja. — Obrigada.

Ele se sentou ao lado dela, abriu as duas cervejas e tomou um longo gole.

— Então, sobre Scott — começou ele. — Você realmente gosta dele?

— Eu gosto muito dele — respondeu ela. — Ele parece um cara legal.

— Hum. Gosta muito dele, né?

— Eu disse que gosto. Não estou entendendo.

Ele os cobriu com o cobertor.

— Eu tenho que admitir... Esse lance de você sair para jantar com alguém me balançou. A gente tem assistido a tantos jogos de futebol da escola juntos, jogos de basquete, baseball e hóquei. Há anos. Eu nunca achei que você estivesse a fim de alguém.

— Ah, não?

— A gente até se beijou uma vez.

— Duas — corrigiu ela. — E no dia seguinte você anunciou que era uma péssima ideia. E disse que isso não poderia acontecer de novo.

— É. Bem, eu nunca fui acusado de ser um galanteador.

— Como é que você conseguiu engravidar uma líder de torcida se não sabe chegar em uma mulher? — perguntou ela em tom de riso.

— Ah, droga, eu acho que ela chegou em mim. Eu só era um garoto com hormônios em ebulição que não conseguia pensar em nada. E foi exatamente por isso que eu quis pensar em tudo em relação a você. — Ele se virou para ela. — Eu tinha um plano, Gina. Eu pensei que quando as meninas estivessem perto de entrar na faculdade, a gente poderia começar a ser mais do que apenas vizinhos.

— Sério? — perguntou ela e tomou mais um gole de cerveja. — Eu não recebi esse relatório.

Ele riu.

— Eu não quero entrar no caminho de nada que você esteja levando a sério, mas se eu não estiver muito atrasado...

— Atrasado para quê?

— Eu não quero que você fique com outro cara, Gina. — Ele a puxou para si. — Você não é apenas uma vizinha e uma amiga para mim. Eu tenho sentimentos fortes por você há anos. Eu só estava com medo de fazer alguma coisa sobre isso. Se eu decepcionar você, eu nunca vou me perdoar.

— Mas me decepcionar como?

— Uau — disse ele, passando a mão pelo cabelo. — Acho que você vai ser muito boa nessa coisa de ser orientadora. Se nós estivéssemos em um relacionamento de verdade, tipo homem e mulher, enquanto as meninas eram as melhores amigas e se eu, de alguma forma, ferrasse com tudo... Se as coisas não dessem certo, se houvesse alguma briga e gritos e choro e um rompimento doloroso e horrível, se isso afetasse a amizade das meninas... — Ele ergueu o queixo de Gina para olhar nos seus olhos lindos. — Eu não queria começar nada que eu não conseguisse controlar, eu não conseguia enxergar o motivo para fazer isso. Eu não conseguia pensar na ideia de você ficar infeliz ao meu lado.

— Como Cee Jay foi?

— Bem... É. — Ele balançou a cabeça. — Ela foi infeliz desde o início. Ela achou que casamento era algum tipo de conto de fadas. Achou que faria tudo na sua vida se encaixar e dar certo finalmente. Mas eu só era um garoto assustado, trabalhando dia e noite para colocar comida dentro de casa. E ela estava grávida a metade do tempo, passando mal pra caramba. Não teve nada de divertido. Foi horrível, um sofrimento que durou seis anos. Então, ela foi embora. Gina, eu não vou conseguir ver outra mulher passando por isso, e tudo por culpa minha.

Ela não conseguiu evitar e começou a rir, mas de forma suave. Em seguida, tocou o rosto dele com carinho.

— Você é um homem muito bom e eu adoro você, mas você não está com medo de me decepcionar. Você tem medo de me amar e de eu deixá-lo.

Ele arregalou os olhos por um segundo.

— Tenho?

Ela assentiu.

— Se você parar e pensar por dois segundos, você vai saber exatamente como eu me sinto em relação a você e como você se sente em relação a mim. Nós somos amigos há anos. Mas, Mac, eu estou farta de ser apenas a sua amiga. E estou farta de estar sozinha. Se eu tiver de partir para...

Ele soltou o ar e a abraçou.

— Eu também, Gina. Eu também. Mas partir para outra não é o que eu quero. Eu quero investir no que temos.

— Se você me beijar e me abraçar e me tentar para depois dizer que foi um erro de novo, eu vou pegar essa arma que você acha que ninguém sabe que carrega no tornozelo e vou acabar com o seu sofrimento de vez. Eu estou sendo clara?

Ele riu.

— Talvez seja melhor — Ele se inclinou para ela e deu um beijo carinhoso, segurando a cerveja com uma das mãos. — Vai ser arriscado, sabe?

— O quê?

— Ter um relacionamento. Qual foi a última vez que você esteve com um homem? Esteve de verdade?

— Eu não sei — disse ela, aconchegando-se a ele. — Mas acho que vai ser divertido. Como voltarmos à adolescência. Saindo escondido. Procurando lugares para ficarmos sozinho. Transar em lugares perigosos.

Ele se afastou um pouco e, com um sorriso maroto, perguntou:

— Transar?

Ela deu um tapinha no braço dele.

— Por favor, me fale agora se não vai ter sexo envolvido na sua proposta, porque se não tiver, eu vou pular fora agorinha mesmo. Eu nem me lembro qual foi a última vez que eu transei. Faz tanto tempo que talvez eu nem me lembre mais como é.

— Ah — disse ele virando-se um pouco. — Eu sugeriria que a gente começasse o programa de reabilitação aqui e agora, mas as pessoas agora andam por aí com esses celulares tirando foto de tudo. Isso é tudo que eu preciso.

Ela riu.

— E quanto a Scott? Isso vai criar algum tipo de problema para você?

— Mac, tudo que Scott quer é alguém para conversar. Ele quer começar a namorar de novo, conhecer uma mulher, descobrir se o amor da vida dele era realmente o último amor da sua vida e agora já era. Ele passou os nossos dois encontros falando sobre a falecida esposa. Ele a perdeu menos de 24 horas depois do nascimento da filha de três anos. Ainda está de luto. Mas está pronto para recomeçar e eu tenho certeza de que ele só me convidou porque eu passei segurança para ele. Porque ele sentiu que poderia confiar em mim.

— Gina, querida, acho que você tem esse lance de orientadora no sangue.

— E eu acho que Scott é um bom homem que será um bom amigo. Ele é gentil e generoso. Ele tem uma mãe e uma sogra que o enlouquecem e esse foi um dos motivos porque ele se mudou para cá.

Mac riu.

— Será que ele precisa de uma tia velha para acrescentar na fila?

Ela se aconchegou ao pescoço dele.

— Eu adoro o seu cheiro.

— Eu usei aquele gel de banho afeminado que Lou me deu de Natal. Achei que eu só tinha uma chance de tudo dar certo.

— Você esperou tanto tempo.

— Não foi de propósito. Eu queria muito ter mais para oferecer. Eu sou um policial, com salário baixo, três filhos e uma tia. Vou ter que colocar aparelho em mais duas bocas, além de pagar três faculdades. Gina, eu realmente gostaria de poder levá-la a lugares legais, ficar sozinho com você, cortejá-la, mas eu tenho que ser sincero, isso vai ser muito difícil.

— Eu acho que isso significa que a gente vai passar muito tempo namorando na praia — disse ela, nem um pouco preocupada. — Você já fantasiou transar no carro do departamento de polícia?

— Claro que não! — exclamou ele, e Gina começou a rir. — Você sabe que eu sou muito conservador e certinho para uma coisa dessas.

Ela olhou para o céu.

— Aquela lua enorme não está indo embora.

— Você está quentinha?

Ela colocou a garrafa de cerveja na areia ao lado da cadeira e o abraçou.

— Eu poderia ficar mais.

Ele a puxou para si e cobriu os lábios dela em um beijo apaixonado e profundo. Ela abriu a boca para ele, e Mac sentiu como se tivesse sido abduzido para outro planeta. Tudo dentro dele se acendeu. Ele mergulhou os dedos no cabelo louro dela, segurando a cabeça dela, movendo-a um pouco para um lado e, depois, para o outro, aprofundando o beijo. Ela gemeu baixinho sob os lábios dele e ele respondeu com um gemido mais alto e grave. Eles ainda se beijaram por alguns segundos que se transformaram em minutos.

— Meu Deus, o seu gosto é maravilhoso — sussurrou ele. — Então era por isso que eu me preocupava em beijar você. Estou duro.

— E eu estou aquela outra coisa — disse ela. E ele soube exatamente o que ela queria dizer. Molhada onde ele estava duro.

— Eu poderia te comer agora sob o cobertor e acabar com uns dez anos de estresse — ofereceu ele.

Ela riu.

— Muito obrigada por essa oferta tão altruísta. Aposto que você nem trouxe preservativos.

— Eu trouxe. Comprei em Coquille só para não estar ao lado de Cliff na farmácia comprando camisinha. Tenho uma no bolso. É a primeira vez que carrego uma coisa dessas no bolso em uns dez anos.

— Talvez a gente consiga dar uma escapada em algum momento desta semana, enquanto todos estão no trabalho ou na escola.

— Amanhã — disse ele antes de beijá-la novamente.

— Ah, amanhã. Você vai ligar para o seu chefe e dizer que precisa de um tempo para resolver um assunto pessoal. Eu vou dizer para o Stu que preciso de vinte minutos para fazer um negócio.

— Vinte minutos? — perguntou ele.

— Costumava durar pelo menos isso — disse ela. — Mac, você tem certeza dessa vez?

Ele se afastou um pouco para olhá-la nos olhos.

— Gina, eu estou apaixonado por você há anos. Eu sinto muito sobre o que aconteceu três anos atrás. Você deveria ter batido com uma frigideira na minha cabeça.

— Eu não podia fazer isso, sabe? — respondeu ela. — Achei que talvez você realmente quisesse só ser meu amigo. E você sempre foi um ótimo amigo, sempre me apoiou. E eu não queria perder isso.

— Eu sempre serei seu amigo — disse ele. — O seu melhor amigo, se você deixar. Mas eu também quero ser seu amante. — Ele gemeu e se ajeitou na cadeira. — Logo. Eu quero isso logo. — Então, ele pareceu ter percebido algo. — Ah, Gina... Eu nem a cortejei! Meu Deus, eu deveria ter saído com você e, depois, implorado para tirar a sua roupa.

Ela o puxou para um beijo.

— Tudo bem, Mac. Eu estou pronta. Já estou pronta há muito tempo. — Ela o beijou de novo. — E promete que vai usar aquele gel de banho de novo.

Ele encostou a testa dele na dela.

— Você quer ser minha namorada?

Menos de 24 horas depois, às duas horas da tarde, apenas uma hora e meia antes do horário de saída da escola, Gina e Mac estavam na cama. Eles foram para a casa de Mac, porque não ficava no centro da cidade como a de Gina. Ele já estava esperando quando ela parou na garagem e eles levaram menos de 45 segundos para tirarem um a roupa do outro, explorando-se com dedos apressados e devorando-se com beijos famintos.

E, então, ela começou a rir.

— Tudo bem, eu sou um cara durão, mas isso é engraçado? — perguntou ele.

— Muito. Uma semana atrás, estávamos levando as meninas para os treinos, sentando lado a lado para assistir aos jogos sem nunca darmos as mãos e, agora, aqui estamos nós, pelados. Menos de 16 horas depois de você ter decidido que pode ter uma namorada.

Ele passou um dedo pelo elástico da calcinha.

— Bem, *eu* estou pelado, mas você ainda não. E só demorou 16 horas porque você não quis fazer embaixo do cobertor.

— Os dias de transar embaixo de um cobertor ou no banco de trás de um carro já passaram há muito tempo, espero. Olha só, se a tia Lou tiver que pregar alguns botões do seu uniforme, por favor, não conte que fui eu que fiz isso quando arranquei as suas roupas.

Ele riu também.

— Existem algumas coisas sobre a tia Lou que você obviamente não sabe. Ela provavelmente me daria um prêmio se soubesse que isto está acontecendo...

— Só para esclarecer...

— Eu acho que a gente deve ir devagar — disse ele.

Ela se aproximou dele.

— Acho que esse barco já zarpou. — Ela olhou para o relógio na mesinha de cabeceira. — Só temos uma hora e quinze minutos.

Ele deve ter considerado aquilo um convite porque tirou a calcinha dela e ele estava debruçado sobre ela, pronto, provocando-a com a ponta de sua ereção. A reação dela foi abrir um pouco mais as pernas para ele.

— Diz para mim o que você quer que eu faça, querida — pediu ele. — Onde você quer que eu toque. Como você quer ser tocada. Porque o mais importante para mim neste momento é fazer você gozar. *Muito.*

E ela fez exatamente o que ele pediu, puxando-o para ela, posicionando e guiando os dedos dele sobre o seu clitóris. E ele exclamou:

— Ah, meu Deus! Meu Deus!

Ele a acariciou e deu exatamente duas investidas, e ela gozou, agarrando-o com tanta força que ficou com medo de machucá-lo. E que bênção porque ele gozou logo depois, emitindo um gemido alto e estremecendo. Quando ele retomou o controle, disse:

— Acho que não íamos fazer muito sucesso em um filme pornô.

Ela o abraçou, tentando acalmar a respiração.

— Eu amo você — declarou ele. — Eu amo você, querida. Amo já faz tempo.

E ela chorou. Rindo em um minuto, chorando no seguinte.

— Querida? — perguntou ele, afastando o cabelo dela do rosto.

Ela tentou esconder o rosto porque estava morrendo de vergonha.

— Sinto muito — sussurrou ela. — Acho que foi emoção demais. Eu nunca achei que eu fosse chorar. — Mas as lágrimas escorriam pelo seu rosto e molhavam o seu cabelo.

— O que foi, amor? Eu fui bruto demais? Eu machuquei você?

— Não, Mac, não. Eu... — Ela precisou de alguns instantes para se recompor. — Sinto muito, é só que... Eu achei que eu nunca teria isso na minha vida.

— Já faz tanto tempo assim?

— Ah — fungou ela. — Essa foi a primeira vez, Mac. Eu só tive dois caras na minha vida. O pai de Ashley, que só disse que me amava para me levar para cama quando eu só tinha quinze anos, e um outro cara que eu namorei por um tempo, mas na hora percebemos que não tínhamos sido feitos um para o outro. Eu nunca tive um homem que me amasse assim. Meu Deus, eu me perguntava se um dia eu teria alguém.

Ele enxugou as lágrimas do seu rosto, sorriu e a abraçou.

— Você tem agora.

— Todo mundo vai saber — disse ela.

— A nossa cidade é assim. Mas isso incomoda você? — quis saber ele.

Ela negou com a cabeça.

— Eu fiquei com o delegado gostosão.

— Ah, então, você quer apimentar um pouco esse encontro com umas palmadas — disse ele. — Quem imaginaria que você gosta de um pouco de perversão...

— Todas aquelas garotas e mulheres querem você, e você só quer a mim? — perguntou ela.

Ele assentiu e acariciou o cabelo dela de novo.

— Porque você é a melhor.

Mac estava sentado na sua sala, com um labrador de cada lado da poltrona, lareira acesa, pés para cima e um livro no colo. Um livro que ele não estava lendo. Sentia-se mais em paz do que já se sentira em anos e rezava para que o celular não tocasse ou apitasse com algum problema na cidade, porque ele queria apenas flutuar naquela nuvem por mais um tempo. A tarde tinha passado rápido demais. Ele queria ficar mais tempo com Gina. Queria murmurar coisas no ouvido dela, fazer amor, sentir o corpo lindo próximo ao dele.

— Pai? Posso falar com você? — perguntou Eve.

Ele abriu os olhos.

— Claro — respondeu ele se ajeitando na poltrona reclinável e fechando o livro que não estava lendo. — O que houve?

Ela se sentou no sofá em frente a ele.

— Ashley me ligou. Ela disse que você e a mãe dela... — Eve mordeu o lábio.

— O quê, filha?

— Ela disse que você e a Gina estão juntos. Tipo namorando.

— Ah — disse ele.

Bem, uma das coisas que eles tinham discutido antes de se vestirem é que as famílias não deveriam ser as últimas a saberem. Mas também que não precisavam saber de tudo.

— Acho que é isso mesmo — respondeu ele. — Gina e eu somos amigos há muito tempo. E percebemos que, se fôssemos honestos, nós éramos mais que amigos.

— E o que exatamente significa isso? Mais que amigos?

— Significa que gostamos um do outro de forma mais romântica do que apenas vizinhos. Tipo como Landon não é só seu amigo. É seu namorado.

— Vocês estão *dormindo* juntos? *Transando?*

Ele, na verdade, sentiu o rosto queimar, mas não daria o braço a torcer pela filha de 16 anos. Ele manteve a calma.

— Você e o Landon estão dormindo juntos? Transando?

— Pai!

— O quê? — perguntou ele.

— É claro que não! Eu tenho 16 anos e a gente só se conhece desde o início das aulas. Você tem 36 e...

Pelo menos ela não disse que já tinha transado anos antes.

— E daí? — perguntou ele, levantando uma sobrancelha.

— E eu acho que você nunca teve uma namorada! Nem saiu com garotas.

Ele deu uma risada.

— Você está certa, Eve. Mas Gina e eu somos amigos há anos. A gente se conhece muito bem. E eu acho que ela é uma mulher e tanto. Eu espero poder sair com ela. Isso é um problema para você?

— Bem, como Ash e eu devemos agir em relação a isso?

Ele lançou um olhar perplexo para a filha.

— Da mesma maneira que sempre agiram?

— Mas isso é estranho!

Ele se recostou e levantou os pés. Tentou não rir.

— Você vai se acostumar.

— E se vocês se casarem e se divorciarem? — quis saber ela.

Ele se empertigou de novo.

— Ah, pelo amor de Deus, Eve! Será que a gente pode pelo menos sair algumas vezes antes de você começar a falar de casamento e divórcio?

— Bem? E se isso acontecer?

— Quando chegar a época em que isso poderia acontecer, você provavelmente já terá se casado e estará se divorciando! — explodiu ele.

— Isso *não* é nada engraçado.

— Eu achei meio engraçado — resmungou ele. — Tudo que estou dizendo é que a não ser pelo fato de que eu espero passar um pouco mais de tempo com a Gina, não temos planos de mudar a vida de todo mundo nas nossas famílias. Eu achei que eu teria um pouco mais de apoio aqui.

— É só que é estranho — disse ela. — E eu aposto que vocês estão transando.

— E eu aposto que eu não estou disposto a discutir a minha vida sexual com você — devolveu ele.

— Então você *tem* uma vida sexual? — perguntou ela.

— Pelo amor de Deus — murmurou ele. — Lou! Onde está a sua tia Lou?

— Ela está assistindo a reprises na TV do quarto dela — respondeu Eve. — Ela sabe?

— Tenho certeza que sim — respondeu ele. — Olha só, vamos pegar leve. Eu não vejo como a minha vida, ou a sua, vai mudar muito só porque estou namorando a Gina. A gente ainda vai a todos os eventos da escola juntos, eu ainda vou tomar café com ela na lanchonete quando eu tiver um tempo livro, a gente ainda vai passar os feriados juntos, mas a gente talvez fique abraçado ou de mãos dadas ou...

— Ou? — perguntou ela, arqueando uma sobrancelha acusadora.

— Ou nos beijarmos como astros do rock, como você e Landon fazem! Sabe, se eu tivesse reclamado tanto do seu namoro, você teria tido um ataque! Por que ninguém explica para um pai solteiro sobre como criar filhas adolescentes? Qual é o seu problema? Você adora a Gina!

— Eu só não quero que a nossa família passe por outra coisa horrível. A mudança, começar tudo de novo e tudo o mais. Você não se *lembra*?

Meu Deus, pensou ele, *ela se lembra?*

— É claro que eu me lembro — respondeu ele. — Querida, você só tinha seis anos de idade quando a sua mãe foi embora, e você provavelmente não se lembra de como ela era jovem e estava infeliz. A Gina não é mais criança. Ela é estável e sensata. E ela ama você. Sinto muito sobre a sua mãe, mas eu fiz tudo que eu podia.

Lágrimas enormes se formaram, mas ela não chorou.

— Eu sei — disse ela.

Mac se amaldiçoou. Ele podia ser um idiota em tantos níveis. Nunca passara pela sua cabeça que se ele tivesse um relacionamento, isso talvez assustasse Eve, que ela ainda tivesse algum tipo de trauma por ter perdido a mãe do jeito que perdeu.

Ele se levantou e foi até o sofá, sentou-se ao lado dela e colocou o braço em volta da filha.

— Olhe só, querida, você não tem com o que se preocupar. Tudo vai dar certo. Gina é uma pessoa legal e eu também. Nós dois vamos sempre colocar os nossos filhos em primeiro lugar. Tente relaxar e ficar feliz por ver todos felizes. Talvez eu finalmente tenha encontrado alguém para ficar do meu lado enquanto eu espiono vocês, crianças, lá na praia.

Ela deu uma risada abafada.

— É que eu fiquei surpresa — disse ela.

— Eu não sei por quê. Nós já somos melhores amigos há anos.

— É, melhores amigos sem futuro. Eu nunca imaginei que isso fosse acontecer.

— Então, acho que você é a única. O que andam dizendo aí pela cidade é que as pessoas se perguntam por que eu demorei tanto tempo. — Ele a abraçou e riu. — Eu sei que a gente costuma discordar... Discordar *muito* às vezes. Mas você precisa saber que jamais faria qualquer coisa para arriscar o seu senso de segurança. As suas necessidades sempre vêm em primeiro lugar. Você, Ryan e Dee Dee, sempre em primeiro lugar. — Ele deu de ombros. — Mas, meu anjo, o seu velho pai também precisa de um pouco de companhia.

Ela encostou a cabeça nele e disse.

— Acho que sim. — Ele sorriu. Ela achava que ele era muito velho. Aos 36 anos!

— A Ash também está tensa com isso tudo?

— Nada. Ela está achando tudo muito legal. Disse que se a gente fizer tudo direitinho, podemos ser irmãs. Irmãs de verdade.

— Ou, mesmo se não fizerem tudo direitinho, vocês podem ser próximas como irmãs pelo tempo que quiserem.

— Eu sei disso — respondeu ela, aconchegando-se mais ao pai.

Ele abraçou sua filhinha por mais um tempo, lembrando-se bem demais como ela ficara logo depois que Cee Jay foi embora, como ela chorara e como passara a fazer xixi na cama, como voltava correndo da escola para ver se a mãe havia voltado, como parara de brincar com as outras crianças no parquinho, mas criava um faz de conta elaborado com suas bonecas, criando histórias complexas sobre mães desaparecidas. Ele buscara ajuda de um terapeuta disponível pelo serviço social e ela conseguiu superar e se ajustar à nova vida estranha com um pai, três filhos e uma tia. Ele fora obrigado a largar um dos empregos, ir morar com Lou, lidar com um milhão de coisas — mas tudo deu certo. Por fim, não havia mais brigas, angústia, nem choro.

E ele se acostumou a ficar sozinho.

Ele não queria mais ficar sozinho.

Uma hora depois, Lou foi para a sala, segurando uma xícara de chá.

—Vai ser necessário um período de adaptação. Mas vai dar tudo certo.

— Ou você já ficou sabendo ou ela contou para você — disse ele.

— Um pouco dos dois — confessou ela, dando de ombros. — Estou muito feliz por você e Gina estarem sendo honestos um com o outro. Posso dizer, por experiência própria, que manter segredos nunca funciona bem.

— Lou, será que eu vou precisar conversar com ela sobre sexo?

—Ah, pelo amor de Deus! Sério, Mac, se você está transando não é da conta...

— Não, Lou, não é isso. Ela tem 16 anos. É bonita e tem namorado. A gente já teve algumas conversas, mas eu não quero que ela corra riscos. — Ele esfregou o queixo. — Não é o que eu chamaria de diversão, mas acho que eu posso fazer isso.

Ela deu um sorriso para ele.

— Eu já resolvi isso para você, gostosão. — Ele franziu a testa enquanto ela se acomodava no sofá. — Eve e eu já conversamos muito. Ela entende que os pais eram novos demais quando começaram a namorar e resolveram transar. Mesmo que o resultado tenha sido três filhos lindos, quando se começa cedo demais a história pode ficar difícil e não acabar bem. Eu disse que se ela um dia quisesse ir à minha ginecologista, uma médica muito gentil e discreta, eu posso marcar uma consulta para ela. A sua filha é inteligente e bem informada.

— Eu não quero deixar tudo isso nas suas mãos, Lou.

— Eu sei que não. Mas eu acho que sei como essa garotada pensa, talvez melhor do que você. E as meninas costumam se sentir mais à vontade conversando com mulheres. Mas se você quiser ter essa conversa...

—Talvez eu tenha. Talvez. Não agora, porém. Agora ela está meio apavorada porque eu estou namorando a mãe da melhor amiga dela.

— Olha só, Mac, este é um problema positivo. A Eve vai ficar bem. Fique calmo, tá? Tente aproveitar um pouco a vida. Não fique analisando cada mínimo detalhe ou você vai acabar estragando uma coisa boa. Você já deixou de viver muita coisa por muitos anos e eu o admiro muito por isso. Mas, sério, se você deixasse de viver por mais um pouco ia virar um monge.

Capítulo Dezenove

Correu tudo bem na visita de Cooper à família. Ele sabia muito bem que causara problemas ao chegar duas semanas antes do Natal, quando todos estavam ocupados. Mas suas três irmãs, seus respectivos maridos, os quatro sobrinhos (duas meninas e dois meninos), conseguiram coordenar algumas visitas curtas aqui e ali, e duas grandes refeições em família na casa dos pais. Quando apenas os adultos continuavam na mesa depois do jantar, ele contou para eles sobre a loja de Ben e sobre a reforma que estava fazendo para poder vender. Não contou quanto o terreno valia.

Depois ele contou que estava saindo com uma pessoa.

Não foi naquele momento que ele percebeu a realidade de sua situação com Sarah, mas chegou um pouco mais perto da verdade. Ele reconhecia que, assim como um adolescente, ele tinha que conversar com ela todos os dias. Enviava algumas mensagens de texto durante o dia e conversavam à noite. Ela só não atendia suas ligações quando estava pilotando e, assim que pousava, retornava a ligação.

Ele precisava dela.

Quando voltou para Thunder Point, foi logo se atualizando das fofocas locais. O recente envolvimento romântico entre Mac e Gina tinha chamado a atenção de Sarah, mas Cooper estava mais interessado na situação dos Morrison. De acordo com os boatos, parecia que a família estava acabada, deixando para trás uma casa vazia cercada por uma cerca pomposa. O banco voltou, diziam os rumores.

Sarah estava trabalhando quando Cooper chegou, então ele foi falar com o delegado. Quando parou na pequena delegacia, Mac estava no telefone, então, ele esperou pacientemente na porta. Notou o antigo laptop de Ben sobre a mesa. O delegado desligou o telefone e se levantou.

— Bem-vindo de volta — disse ele, sorrindo e estendendo a mão.

— Então eu saio por cinco minutos e você decide investir na sua vida amorosa — respondeu Cooper, estendendo a mão também.

— Bem, eles não me chamam de ligeirinho à toa.

Cooper riu.

— Eles chamam você...

Mac ergueu uma das mãos.

— Amigos não permitem que amigos digam coisas perigosas.

Cooper abriu um sorriso.

— É bom estar de volta. Você conseguiu colocar o clã dos Morrison para correr?

— Eu gostaria muito de ter feito isso, mas acho que eles apenas chegaram ao fim da linha. Não é segredo que os negócios não estão muito bons para quem trabalha com corretagem e desenvolvimento por aqui, mas eu acho que o consenso era que Puck tinha mais dinheiro do que poderia gastar na vida e que não fora afetado pela crise. Puck foi embora primeiro. Voltou para Eugene. Seus filhos do primeiro casamento devem ter acolhido o pai. Depois foi a vez da sra. Morrison e de Jag se mudarem.

— Então, o valentão da cidade não está mais por aqui? — perguntou Cooper.

— A única coisa que posso falar é que ele foi instruído a fazer as pazes com Landon para poder voltar para o colégio de Thunder Point, e ele se recusou, então a suspensão dele se transformou em expulsão. Mas isso não significa que ele não esteja por aqui. Vigilância constante ainda é o recomendado.

— Ele teve problemas por causa da questão de violência doméstica? Por ter batido no pai?

— O dia da audiência dele está chegando. Será o segundo crime dele e embora ele talvez não receba a punição que merece, eu tenho certeza de que ele é um garoto violento. E ele já tem quase 18 anos.

Não acredito que o juiz vá ser bonzinho com ele. E, da próxima vez que ele fizer uma coisa dessas, a coisa vai ficar feia para o lado dele.

— Bem, isso já é alguma coisa, eu acho — disse Cooper. — Cara, qual é o problema desse imbecil? Ele foi criado com dez vezes mais do que qualquer outro garoto da região.

— Talvez esse seja o problema — opinou Mac. — Eu passei muito tempo da minha vida me sentindo péssimo por não poder dar mais coisas para os meus filhos. Acho que eu preciso repensar isso. Pelo menos eles não são ingratos. — Depois ele riu. — Eles precisam de tão pouco para serem felizes. Eu tenho que me esforçar para me lembrar disso.

— Os seus filhos são legais, Mac — elogiou Cooper. Ele fez um gesto indicando o laptop. — Encontrou alguma coisa ali?

— Então, eu o entreguei para a unidade de tecnologia forense e eles fizeram uma cópia do disco rígido. Espero que você tenha dado autorização porque eu disse que você tinha autorizado.

— Sem problemas. Mas por que você não fez isso logo de cara?

Ele balançou a cabeça.

— O departamento de homicídio, os investigadores e a assistente da promotoria foram à loja de pesca e fizeram uma autópsia. Não havia nenhuma evidência de crime. — Ele deu de ombros. — E eu não faço a menor ideia se eles encontraram alguma coisa no computador, mas a equipe deles pode analisar até mesmo arquivos apagados ou destruídos. É assustador. — Ele pegou o laptop e o abriu. — Eu achei uma coisa e queria saber se você também notou isso.

Ele apoiou o quadril na mesa e equilibrou o computador na perna antes de ligá-lo. Ele abriu o programa de e-mail e passou pelas mensagens. Passaram-se alguns minutos e ele murmurou:

— Já estou chegando. — Depois ele exclamou: — Ah! Aqui está. Ele salvou isso. Você se lembra? É uma mensagem de quatro anos atrás, que talvez explique a sua situação em relação à loja do seu amigo.

Ele virou o computador e o entregou para Cooper.

Acho que já estou de saco cheio deste lugar. Chegou a hora de fazer alguma coisa nova. Acho que eu prefiro ter ninhos de águia do que um monte de besteiras corporativas. Coop.

Já vai partir?

Parece que esse é o meu lance. É muito fácil ficar entediado.

Mas eles não pagam bem? Então, por que você não continua no emprego por mais alguns anos só por causa do dinheiro? Encontre um lugar para morar. Você recebe bônus! Confie em mim, as águias não costumam ter muitos bônus! Ben.

Sei lá. Ganhar dinheiro só para ganhar... Acho que é algo meio frio e desalmado. Deve haver mais na vida do que isso. Cooper.

Cooper olhou para Mac.

— Ele poderia ter ficado rico se tivesse vendido uma parte de suas terras. Mesmo que fosse um trecho bem pequeno.

— Eu não acho que essa foi a intenção do e-mail. Todos nós sabíamos que Ben não era do tipo que estava atrás do dinheiro. Você sabia que existe pelo menos um ninho de águia lá no promontório?

— Eu vi as águias e me lembro de Ben me contar alguma coisa sobre o ninho. Ele estava muito orgulhoso. Elas os fizeram em algum lugar dos precipícios rochosos. Mas eu fui até o promontório e olhei pela beirada e não vi nada. Apenas pedras até lá embaixo no rio.

— E eu não acho que você consiga ir com um barco até lá. As ondas batendo nas pedras vão fazer você afundar. Mas eu acho que talvez Ben tenha salvado este e-mail por causa da questão do dinheiro. Está claro que dinheiro não é o que move você.

— Bem, a gente ainda não tem certeza disso — brincou Cooper com uma risada. — É mais fácil dizer isso quando você tem dinheiro para toda a vida. E eu não tenho. Pode acreditar. — Ele fechou o laptop. — Então, você terminou com isso?

— É todo seu. Quer tomar um café?

— Seria ótimo. Do outro lado da rua?

— Parece que o movimento está fraco.

Cooper olhou no relógio.

— Eu ainda tenho um tempo. Eu tenho que ir até o mercado. Hoje vou cozinhar para Landon e para Sarah.

— Landon? Que Landon? — perguntou Mac com uma risada. — Você está se referindo ao zagueiro que vive na minha casa agora?

Cooper não costumava se importar muito com Natal. Às vezes, voltava para casa em Albuquerque para passar um tempo com a família, mas ele sempre comprava vale-presentes e não presentes. Quando ele tinha namorada, sabia exatamente o que dar a elas: joias. O nível de seriedade da namorada determinava o valor da joia. Para uma garota que você está namorando, mas não está muito envolvido, um dia no spa ou um vale-presente. Nos anos anteriores, nunca ia à festa da empresa. Às vezes alguns colegas promoviam reuniões informais e ele foi a algumas. Passar tempo com seus colegas pilotos podia ser legal.

Em Thunder Point foi um pouco diferente. Primeiro, as pessoas pareciam se alternar para receber as pessoas, nada muito ostensivo. Lou e Mac fizeram uma festa e chamaram os amigos, que constituíam metade da cidade. As mulheres usavam suéteres de Natal com bordado de Papai Noel ou renas. Os homens usavam suéteres vermelhos e verdes e calças de lã em vez do jeans. Pela primeira vez na vida, Cooper pediu para uma mulher ajudá-lo a escolher uma roupa. Ele sabia que não pegaria bem chegar usando um dos ternos que herdara do cunhado ou calça jeans.

Sarah olhou as roupas dele, escolheu uma calça escura, uma camisa social, nada de gravata, um suéter de gola V e sapatos pretos que ele quase não usava.

— Acho que isso dá para o gasto.

Carrie e Gina James também fizeram uma festa com o mesmo tema. Serviram almôndegas, molhos quentes, cookies, bolinhos decorados e petiscos de siri *deliciosos* e tira-gosto de parmesão.

— Se comer mais um desses, você vai passar mal — disse Sarah.

— Não consigo parar — respondeu ele.

Stu fez a parte dele na lanchonete em uma noite. Depois Cliff ofereceu um happy hour no Cliffhanger's com ponche para o público mais jovem. Novamente, ele viu um monte de suéteres de Natal e calças sociais escuras. Cooper foi a todos os eventos e, para sua surpresa, se divertiu muito. Bem, a não ser talvez quando Ray Anne bebeu um pouco demais na festa no Cliffhanger's e Cooper teve de levá-la para casa. Ele foi obrigado a carregá-la até a picape. Ela deu uma sugestão de bêbado dizendo que eles deveriam "dar uma transada" só pelo espírito natalino e, quando ele disse que isso não funcionaria para ele, ela aceitou bem e respondeu: "Bem, então pelo menos assine os papéis para eu ser sua corretora, Hank!".

Ele voltou correndo para o Cliff's para que ninguém presumisse...

A Guarda Costeira não tinha folga no período de festas de fim de ano, então Sarah não conseguiu ir a todas as festas, mas foi a algumas. Para Cooper, era bom ter alguém elegante e doce como Sarah ao seu lado. Mas ela tinha sido escalada para trabalhar na noite de Natal. Ela teria de estar no posto da Guarda Costeira, pronta para voar se alguém precisasse de resgate.

— Não é a primeira vez que Landon e eu temos de ajustar as festas de fim de ano. Talvez os McCain o convidem. Eu estou liberada na manhã de Natal, então vou poder estar presente para isso.

— Deixe que eu — pediu Cooper.

— Deixar o quê?

— Deixe que eu fique na sua casa na noite de Natal. Se ele tiver algum lugar para ir, tudo bem. Eu vou estar em casa quando ele voltar. Então, passaremos a manhã de Natal juntos.

— Ah, eu não sei.

— Passar a manhã de Natal comigo deixa você nervosa? — quis saber ele. — Porque eu posso ser muito útil. Eu sei cozinhar e sei arrumar a cozinha ainda melhor.

— É todo esse lance de família, sabe? Eu me preocupo com Landon achando que ele faz parte de um relacionamento, como foi com o Derek. Ele só tem 16 anos. Ele não percebe que estamos próximos, mas não temos um relacionamento sério.

Cooper riu.

— Não se preocupe, Sarah. Há semanas Landon não pensa em mais ninguém a não ser na Eve.

— Acho que você está certo — concordou ela, rindo também.

Então, Cooper e Landon passaram a noite de Natal com os McCain, onde comeram frutos do mar frescos da marina e jogaram pôquer até meia-noite. Eve ficou emburrada porque preferia ter a atenção de Landon só para ela. Mac reclamou de só receber cartas ruins. Cooper riu para caramba e Lou ganhou todas as partidas.

E, então, chegou a manhã de Natal.

Solteirões como Cooper aproveitavam os feriados, mas não eram muito sentimentais em relação a eles. Sarah estava em algum ponto entre a namorada que ganha um pacote para um dia no spa e uma joia, principalmente por estar tão relutante em permitir se envolver. Ele entendia que muito disso tinha a ver com Landon. Por isso, escolhera presentes perfeitos para ambos.

Acordou cedo na manhã de Natal, depois de ter dormido no sofá de Sarah. Levantou-se, deu comida para o cachorro, escreveu um bilhete para Landon dizendo que tinha de fazer uma coisa, mas voltaria em seguida. Achava que o garoto ia dormir até tarde. Na verdade, Sarah talvez chegasse cedo e lesse a mensagem antes de Cooper voltar.

Ele dirigiu pela praia, mas parou na marina. Os barcos estavam sendo ligados. O sol mal tinha nascido e alguns pescadores de siri estavam saindo na manhã de Natal. Ele percebeu de repente: aquelas pessoas não tinham escolha. Ele sabia disso, é claro, mas nunca tinha pensado muito no assunto. Ele não conhecia bem nenhum daqueles homens, na verdade, conhecia apenas alguns de vista. Ele sabia, porém, que a maioria deles trabalhava nos barcos dos pais, avós e irmãos. Talvez amassem o seu trabalho, mas mesmo que não amassem, aquela era o sustento deles.

Mas Cooper, sempre um solitário, tinha escolhas. Ele nunca precisara assumir compromissos de longo prazo ou permanecer em empregos que não eram satisfatórios. Tudo que precisava fazer era tomar conta de si mesmo.

Olhar aqueles barcos zarpando na manhã de Natal fez com que ele sentisse inveja. As pessoas dependiam daqueles homens. Eles tinham famílias para cuidar. Ele quase se casara duas vezes e, mesmo assim, nunca tinha sentido aquele senso de responsabilidade.

De onde estava na picape, dava para ver o trailer. Ele já morara em apartamentos, em um barco por dois anos, no seu trailer — qualquer coisa que ele pudesse deixar para trás bem rápido.

Ele ligou o carro e atravessou a praia. Dentro do galpão, junto com a caminhonete antiga de Ben e o buggy Razor modelo RZR 800, havia duas pranchas para stand-up surf, remos e duas caixas. Ele tinha limpado e abastecido o buggy de Ben, depois colocou as duas pranchas na traseira onde poderia ser colocado um isopor de bebidas e as prendeu. As caixas foram colocadas no banco do carona. Ele riu de si mesmo — ele não sabia embrulhar muito bem. Havia uma fita vermelha em torno de cada uma das pranchas e as caixas brancas idênticas tinham laços idênticos. Ele até era capaz de usar um terno que tinha herdado do cunhado que engordara e comprar brinquedos bem modernos, mas não era nada bom em fazer embrulhos de presente.

No entanto, achava que Landon ia ficar louco por aquilo. E Sarah, tendo o coração de uma garota da praia, talvez também ficasse feliz. Nada nunca o fez sentir melhor.

Ele dirigiu o buggy pela praia e seguiu para a casa de Sarah. O carro dela já estava estacionada na entrada, então, ele parou atrás do carro dela. Sarah estava na cozinha, ainda de uniforme, mas só de meias.

— Ei, obrigada por fazer o café — agradeceu ela, colocando creme e açúcar em uma xícara. — Eu vou precisar dormir um pouco hoje. Nós tivemos de voar ontem. Um pessoal que estava comemorando o Natal em um iate teve problemas com algumas pedras. E álcool, eu acho. E o que vocês fizeram?

— Pôquer — respondeu ele, tirando a xícara da mão dela e puxando-a para si para um beijo matinal delicioso. Ele a beijou como um homem faminto e percebeu que queria acordar assim todas as manhãs.

Quando ele a soltou, ela riu.

— Pôquer? Você está tentando corromper o meu irmão.

— Droga, ele tinha uma coisa ou duas para me ensinar. Mas foi Lou quem ganhou.

— Bom para ela. E que tal um café da manhã? A despensa está cheia: ovos, salsicha, bacon, pão doce. Podemos fazer omelete ou algo mais simples.

— Aposto que você está morrendo de fome — disse ele. — Você pode esperar quinze minutos enquanto eu cozinho.

— Claro, mas você não vai querer cozinhar o dia inteiro. Você já prometeu o jantar.

— O jantar vai ser fácil. Cara, o café da manhã vai ser fácil. Por que você não vai acordar o Landon? Eu tenho um presente para ele. E para você também.

— Ah, a gente conversou sobre isso. Nós não ligamos para presentes. Só uma lembrança. Isso é tudo. Nada grande. Você concordou.

— Sarah, não comece a reclamar antes de saber se tem alguma coisa para reclamar. Vá lá chamar o seu irmão. Acho que ele já dormiu muito. E me ganhou no pôquer.

Ela deu uns tapinhas no rosto dele.

— Tudo bem, mas é melhor que você tenha cumprido a sua promessa.

Tudo bem, pensou ele. Então, ela ia fazer sermão mais tarde. Mas ele já era grandinho e conseguiria lidar com aquilo.

Landon saiu cambaleando do quarto, usando calça de moletom, sem camisa, descalço e o cabelo despenteado. Como um menininho, esfregou os olhos. Como um adolescente, com penugem da barba por fazer.

— O que foi, Cooper?

— O meu presente para você e para Sarah está na entrada.

Landon abriu os olhos ao ouvir isso.

— Ah, se você fez alguma loucura... — avisou Sarah.

Ele passou o braço pela cintura dela.

— Calma, não é o que você está pensando. — E eles seguiram Landon para o lado de fora.

O frio não incomodou o rapaz, mesmo descalço. Os laços revelaram o presente e ele foi direto para as pranchas. Ele comemorou.

— Uhu! Sarah! Olha só para isso! Uhu!

Ela se virou para olhar para ele. Sorriu quando disse:

— Cooper, isso é demais.

— Eu faço o que eu quero — respondeu ele.

— Você não sabe seguir muito bem as instruções.

Ele a abraçou.

— E é isso que você mais gosta em mim. — Para Landon, ele disse: — Em março, você vai poder usá-la na baía.

— Uhu! — comemorou ele mais uma vez, enquanto tirava uma das pranchas do buggy.

— Tem duas caixas no banco do carona para colocar embaixo da árvore — acrescentou Cooper. — E isto — disse ele sacudindo as chaves que tirara do bolso. — Mas eu vou precisar de uma carona para casa mais tarde.

— Hã? — perguntaram Sarah e Landon ao mesmo tempo.

— Era do Ben. Acho que ele gostaria que você ficasse com o Razor. Está longe de ser novo, mas parece bem conservado. Eu, com certeza, não preciso dele e não vou vendê-lo. E ainda vou dar uma dica para você. Rawley é ótimo com motores e restauração, se você precisar. Vamos pegar essas caixas.

As caixas não chegaram até a árvore. Landon, um pouco fora de si, arrancou o laço e abriu a de cima, tirando uma roupa de mergulho.

— Caramba!

— Meu Deus — murmurou Cooper. — Ele se descontrola às vezes.

Ela olhou para ele e perguntou:

— Mas o que foi que você fez?

— Eu fiz o que achei que deveria fazer para tornar este Natal especial para você e Landon. E isso me deixou mais feliz do que já me senti em muito tempo.

Cooper tinha tudo que queria. Ele pegou as batatas com queijo da caixa, preparou o ensopado de ervilha, os pães da delicatéssen de Carrie estavam na bancada, assim como o presunto para esfriar para comerem mais tarde. E, para tornar a tarde ainda mais perfeita, Landon pegou o seu novo/velho buggy e foi para a casa dos McCain onde planejava dar caronas a tarde inteira. Então, Cooper pôde exercer o seu maior desejo de se esgueirar no quarto de Sarah e se aconchegar ao corpo pequeno e adormecido, puxando-a para si.

Ela se virou em seus braços e abriu os olhos.

— Eu comprei um suéter para você e você nos deu um carro e pranchas e roupas de mergulho que devem ter custado centenas de dólares.

— Melhor Natal da minha vida — disse ele, beijando a sua testa.

— Melhor Natal da vida de Landon, com certeza.

— Ele vai passar meses rezando para a primavera chegar logo.

— Você está se envolvendo demais — reclamou ela.

— E você está com medo demais — retorquiu ele. — Vai ficar tudo bem, Sarah.

— Espero que sim.

— Pode acreditar em mim.

Alguns dias depois do Natal, Sarah e Cooper se encontraram com Mac e Gina para um agradável jantar no Cliffhanger's, o primeiro encontro com os dois casais — nada de tias, mães, filhos ou cachorros.

— Eu nunca achei que veria este dia — disse Gina.

— Com certeza deveriam haver mais desse tipo — concordou Sarah.

— Bem, olha só, eu sei que isto é meio em cima da hora — começou Gina. — Mas nós vamos fazer uma festa de réveillon na minha casa. Na verdade, é pelas crianças. É uma forma de evitar que Eve e Ashley façam alguma coisa idiota com os namorados idiotas — sem ofensa, Sarah. Eles podem chamar alguns amigos, vamos servir comida e os adultos podem jogar pôquer ou qualquer coisa assim. Vocês estão convidados, se quiserem.

Cooper pegou a mão dela embaixo da mesa. Puxou-a para si e sussurrou no ouvido dela:

— Diga que não, eu imploro.

Ela sussurrou de volta:

— E qual é a minha desculpa?

— Planos — disse ele. — Diga não e eu vou fazer você gozar três vezes na noite de ano-novo. Três orgasmos.

Ela ficou vermelha como um tomate. Olhou para os amigos e respondeu:

— Hum, Cooper tem planos para mim.

Quando Cooper estava levando-a para casa, ela quis saber:

— Então, sr. Sabichão, quais são esses planos que nós temos?

— Eu não sei — disse ele. — Qualquer coisa que você queira. Eu posso vestir um dos ternos caros que ganhei da minha irmã e levá-la para a um lugar especial. Ou a gente pode colocar umas pizzas no forno e comer pelados na cama. Eu só quero você, sozinha, sem um bando de adolescentes. E não é que eu não goste da garotada, é só que... você sabe... Eu quero fazer você gritar de prazer algumas vezes. Isso está bom para você?

— Eu nunca comi pizza pelada — disse ela.

Isso foi bom o suficiente para ele e, nos dois dias que se seguiram, ele mal conseguia se conter. Ele chegara a algumas conclusões e estava na hora de conversar com Sarah. Aquele e-mail que Mac encontrara, que não era sobre dinheiro nem águias. Era sobre estabilidade. Sobre criar raízes. Ele sentia inveja de pessoas com responsabilidade. Ele queria ter uma conexão mais forte e não sabia como aquilo acontecia. Até agora. Até conhecer Sarah.

Ela foi para o trailer para a festa particular de réveillon deles. Era início da noite ainda e a primeira coisa que ele fez logo depois de trancar a porta foi tirar a roupa dela e carregá-la até o quarto, deixando uma trilha de peças no caminho. Ele achou que era bem hábil, beijando enquanto despia as roupas de ambos, chegando à cama quase nus, onde ele acabou de tirar as poucas peças que restavam.

Beijou todo o corpo dela até que ela implorasse que ele a penetrasse. Ele estava se sentindo muito seguro de si e disse:

— Eu estava falando sério. Eu posso fazer você gozar três vezes se você quiser.

— Uma, por enquanto, basta — disse ela.

Ele pegou o preservativo na cabeceira e falou:

— Qualquer coisa que você quiser, minha linda. Qualquer coisa. É só dizer.

— Que tal menos papo e mais ação?

Ele atendeu ao pedido, cobrindo a boca de Sarah com um beijo poderoso que a fez gemer e curvar os dedos dos pés. Ele não levara muito tempo para conhecer o corpo dela, para descobrir exatamente como satisfazê-la. Ele conseguia perceber quando ela queria que ele fosse rápido e vigoroso ou lento e intenso... E ele fazia o que ela queria. Quando a penetrava, sabia como e reconhecia os sinais que indicavam que ela estava pronta. E que estava *lá*.

Ele se segurou até sentir ela se contrair e estremecer, esperando por ela, não permitindo o próprio orgasmo até que ela completasse o dela. Às vezes, quando gozava dentro dela, provocava um novo orgasmo nela. Como naquela noite. Ele a abraçou segurando suas nádegas e pressionando-a contra o seu corpo, mergulhando fundo, enquanto a beijava, tomando-a por inteiro.

— Ai, meu Deus — gemeu ele. — Meu Deus, Sarah — sussurrou ele.

E ela passou os dedos pelo cabelo dele.

— Cooper, acho que um dia desses você vai acabar me matando.

Ele demorou um pouco para recuperar o fôlego, mas quando estava sob controle de novo, declarou:

— Sarah, eu amo você.

E ela virou o rosto.

Cooper não conseguiu se mexer. Ficou congelado no lugar, e ele ainda estava dentro dela. Devagar, tocou o cabelo dela, dando um pouco de tempo para os dois. Então, com cuidado, saiu de dentro dela, mas a abraçou junto de si.

— Tudo bem, Sarah. Chegou a hora. Fale comigo.

Ela não se mexeu a não ser por uma leve carícia na mão dele.

Ele ergueu o queixo dela e a virou para que olhasse para ele.

— Acho melhor você me contar o que ele fez com você.

— Você sabe. Ele me traiu.

— Ah, não — disse ele com uma risada forçada. — Acho que a história não se resume a isso.

— Tudo bem, ele me traiu com a minha dama de honra no dia do casamento. — A expressão no rosto dele indicava total descrença. — E você acha que já viu de tudo nessa vida, né?

Ele estava sem palavras. A única coisa que vinha à sua mente era *que tipo de homem faz isso?* Ainda assim...

— Sarah, você se casou com ele.

— Pois é — disse ela, assentindo. — Eu suspeitei naquele dia. No fundo, acho que eu soube naquele dia, mas ele me convenceu de que algo tão odioso não poderia ser verdade. Eu só soube a verdade quando a minha ex-amiga, a minha dama de honra, decidiu tirar o peso do seu coração um ano depois. Ele confessou tudo. Disse que provavelmente não tinha sido feito para o casamento e monogamia.

— Ah, minha linda... — disse ele, abraçando-a. — Eu sinto muito.

— Você não precisa sentir muito. Você não fez nada.

Ele percebeu que ela o estava empurrando de leve, então a soltou para abrir um pouco o espaço entre eles.

— Eu acho que ainda tem mais coisa. Eu não consigo imaginar o quê, mas tem mais coisa.

Ela ergueu o olhar e olhou diretamente nos olhos escuros dele. Dava para perceber que ela queria chorar, mas não permitiu que as lágrimas caíssem. Os olhos nem chegaram a ficar marejados.

— Eu o amava — confessou ela. — De verdade.

— Claro.

Ela assentiu.

— Muito. Eu fiquei louca por ele no instante que o vi.

Cooper franziu o cenho, sombrio. Havia muitas explicações ainda, e ele tinha um pouco de medo de ouvi-las, mas sabia que seria melhor conhecer a história toda.

— Eu quero saber tudo — disse ele. — Eu quero entender isto.

Ela respirou fundo.

— É estranho falar sobre isso. A gente está tão... sem roupa.

— Melhor para evitar esconder alguma coisa, eu acho. Você pode confiar em mim, Sarah.

— Eu amava o Derek — repetiu ela. — Eu o conheci no trabalho. Eu me senti atraída por ele logo na primeira vez que meus olhos pousaram nele. E ele me convidou para sair. É claro que eu aceitei. Ele era gostoso, sexy e lindo. Mas eu tinha Landon e disse isso para ele. E ele repetiu: "Vamos todos sair juntos". Ele nos levou a um restaurante maravilhoso. Depois foi assistir a dois jogos de futebol do meu irmão duas vezes antes de termos a chance de sairmos só nós dois. Será que isso soa familiar?

— Como aconteceu com a gente? — perguntou ele.

Ela assentiu.

—Você consegue perceber por que eu não quero que uma coisa como aquela aconteça comigo de novo? Derek até cobria Landon de presentes, ia a todos os jogos, ficava na minha casa quando eu estava de plantão...

— Eu não ligo — disse Cooper. — Eu não sou o Derek. — Ele ergueu o queixo dela com um dedo. — Sarah, você sabe muito bem que eu não sou nada como ele. Além disso, você não se apaixonou por mim assim que me viu. — Ele deu um sorriso amarelo.

— Cooper, eu ainda era muito nova quando perdi os meus pais. Eu tinha um irmãozinho para criar e ele era muito pequeno e vulnerável. Eu não quero parecer infantil nem nada, mas foi difícil pra caramba. Às vezes eu ficava tão isolada, com tanto medo de nunca aprender a fazer as coisas direito... Ser mãe solteira com um monte de dificuldades para enfrentar. E, então, aparece esse homem e eu achei maravilhoso que ele ficasse com a gente, tomasse conta de nós e, pela primeira vez em muitos anos, eu achei que poderíamos ser uma família de verdade. Achei que talvez eu pudesse ter uma vida normal no fim das contas. Eu tinha trinta anos a primeira vez que vislumbrei essa possibilidade. Eu estava dormindo com o homem que eu amava. Eu não apenas estava em um relacionamento estável, mas Landon também. Finalmente estávamos seguros. Eu comecei a ter esperanças e sonhos pela primeira vez desde a faculdade. Comecei a fantasiar sobre uma família para mim... Não apenas um ambiente seguro para Landon crescer e ser criado, mas talvez um filho meu algum dia. E eu tive isso por um ano, Cooper.

— Sarah...

— Cooper, eu sei como perder um cara... Eu tive alguns relacionamentos antes que não duraram muito e terminaram, e eu sobrevivi. Landon e eu sobrevivemos. Mas com Derek, eu tinha sonhos. Ele não decepcionou apenas a mim, mas Landon também. Ele não partiu apenas o meu coração, Cooper. Ele matou todos os meus sonhos também. — Ela balançou a cabeça. — Eu não vou conseguir passar por isso de novo.

Ele olhou dentro daqueles olhos escuros e marejados por um longo tempo. Então, ele a puxou mais para si e a beijou de leve.

—Você não vai ter que passar por nada disso.

— Eu não vou arriscar, sabe. Eu não vou me permitir amar de novo.

— Entendo — disse ele. — Eu não culpo você. Mas eu não sou o Derek.

— Eu sei, e não é culpa sua estar preso nessa situação. A culpa é daquele filho da mãe. Ele provavelmente estragou tudo para você. Eu peço desculpas, mas é assim que as coisas são.

Capítulo Vinte

Janeiro foi um mês nublado e úmido, típico na costa naquela época do ano. Sarah passou uma semana inteira com uma turma de treinamento na Flórida. Ela ficou hesitante de permitir que Cooper supervisionasse Landon por causa da forma como aquele relacionamento se parecia com o anterior. Mas Cooper apresentou uma boa defesa.

— Ele só vai querer ficar sozinho — dissera Cooper. — E ele é capaz. Mas eu posso, pelo menos, verificar se ele está comendo direito e que não use a casa como uma sex shop.

Depois de um estremecimento, acabara concordando.

— Tudo bem, mas não comece a criar expectativas.

— Deus me livre — disse ele.

Diferente do seu ex, Sarah *era* monogâmica. Ela só estava com medo de assumir um compromisso, e tinha bons motivos, ao que tudo indicava. Ela não tinha por que confiar nos homens, principalmente em um homem como Cooper, que admitira que as mulheres com quem se relacionara no passado o tinham acusado de não conseguir se comprometer. Não houve mais declarações de amor, mas a paixão entre eles não diminuiu.

Enquanto Sarah estava na Flórida, ela ligava todos os dias para ele. Cooper passava o seu tempo supervisionando a obra ou no seu trailer. Rawley ainda ia quase todos os dias e tinha passado a usar um cinto de ferramentas. Construção era algo que ele podia fazer com o mínimo de interação. Ele finalmente cedera e perguntara a Cooper se poderia consertar a velha picape de Ben no galpão em vez de levá-la para a casa do pai, onde o espaço da garagem era limitado. Ben deixara uma coleção impressionante de ferramentas.

— Tanto faz para mim, Rawley — disse Cooper. — Só deixe espaço suficiente para os meus brinquedinhos. Eu vou colocar o jet ski na água quando o tempo esquentar um pouco.

A loja de pesca estava definitivamente acabada e, no seu lugar, o bar/delicatéssen estava ficando muito bonito. Eles conseguiram acabar com o mofo, reforçar as estruturas, colocar um novo piso, levantar paredes novas, mudar a fiação e o encanamento e fazer os acabamentos sem demolir o deque. Cooper e Rawley começaram a trabalhar na escada para a doca. Uma das coisas preferidas de Cooper era caminhar pela estrutura reformada todos dias logo de manhãzinha. A cada dia que passava, ele ficava mais impressionado do que no anterior.

Uma das melhores partes do dia, se o tempo estivesse bom, era ver Landon chegando pela praia no buggy Razor. Às vezes, Eve estava com ele. Hamlet estava quase sempre sentado ao seu lado — com um capacete. Era engraçado ver aquele cachorrão com um capacete pequeno preso no queixo. Então, o garoto parava no meio da praia, deixava Hamlet descer, tirava o capacete e jogava bolas e gravetos para ele pegar.

Durante aquela semana em que Cooper estava dormindo na sua casa, Landon apenas acenava para ele. Quando Cooper não era a babá, o irmão de Sarah às vezes subia até a loja para verificar o progresso.

Quando o novo forno, fogão e bandejas aquecidas e refrigeradores de tamanho industrial foram entregues e instalados, estava tudo praticamente pronto. Ainda havia alguns detalhes para serem finalizados para mantê-lo ocupado: a entrega das novas mesas, a encomenda de bancos para o bar, mas os operários estavam indo embora e levando a enorme caçamba, caminhões e equipamentos.

Os dois quartos acima do bar também tinham ficado prontos, embora estivessem sem móveis. Era basicamente um quarto, uma sala e uma banheira com chuveiro. Ele mandara instalar uma lareira no primeiro andar e uma na sala do andar de cima. As gavetas eram embutidas. Se Cooper quisesse, poderia se mudar para o bar. Poderia encontrar um lugar para guardar o trailer e morar em um lugar que não balançasse quando ventava muito.

* * *

O envolvimento de Mac no caso contra Jag Morrison limitava-se ao caso de violência doméstica, mas que era a ligação com todas as outras coisas. O primeiro obstáculo fora convencer Puck a denunciar o filho. No fim das contas, Mac conseguiu convencer o homem mais velho de que talvez ele pudesse evitar ter de pagar muito dinheiro para a educação do terceiro filho ao estipular que o garoto o agredira fisicamente.

— E qual a diferença? — perguntara Puck. — Não sobrou muita coisa mesmo.

— A diferença é que o juiz pode definir que seus futuros ganhos beneficiem a pessoa que o agrediu — esclarecera Mac. — E tudo que o senhor precisa fazer para evitar que isso aconteça é fazendo uma denúncia formal. Além disso, Jag precisa ser responsabilizado pelos seus atos.

Puck, embora já estivesse com mais de setenta anos, já vira muitas fortunas virem e acabarem na vida e tinha esperanças de conseguir se recuperar a qualquer momento. Ele estava se divorciando de Effie mesmo não tendo meios de sustento.

O segundo passo para Mac era acusar Jag formalmente e levá-lo a julgamento. Mesmo que o juiz definisse que ele só precisava ficar preso por 48 horas, isso seria o suficiente. O juiz o condenou a uma semana na cadeia da região e duzentas horas de serviço comunitário para acrescentar ao tempo que ele já tinha por ter atacado Landon Dupre.

Se havia uma coisa que Mac sabia sobre criminosos, principalmente quando ainda eram jovens, é como eles poderiam ser idiotas. Quando Jag foi levado para a prisão pelo oficial do tribunal, o detetive de homicídios trabalhando no caso de Ben avisara:

— Só para que você fique sabendo, sr. Morrison, nós vamos interrogar a sua mãe, o seu pai, os seus irmãos e os seus amigos sobre a sua relação com o falecido Ben Bailey na época em que ele morreu.

— E para quê? — perguntara ele. — Eu nem conhecia aquele velho.

— Mesmo assim — respondera o detetive. — Você quer nos contar alguma coisa antes de começarmos esse processo?

— Eu pareço preocupado? — retorquira ele, com a insolência que lhe era característica.

Isso foi tudo de que eles precisaram.

Quando Jag foi autuado, ele recebeu os mesmos avisos que todos os prisioneiros recebiam: que eles podiam usar o telefone da cadeia, mas que todas as ligações eram gravadas. Quando qualquer prisioneiro usava o telefone para fazer uma ligação, ouvia uma gravação com o mesmo aviso. Ainda assim, Mac sabia, por experiência própria, que era raro que os presos acreditassem que alguém teria tempo de ouvir todas as ligações gravadas.

Mas tinham.

Morrison ligara para a mãe, o pai, seus três amigos que constituíam a sua pequena gangue na escola e avisara para eles não dizerem nada sobre o seu envolvimento com Ben Bailey.

Aquelas pessoas já estavam na lista de interrogatório, mas não logo no início. A primeira coisa que fizeram foi analisar a gravação dos telefonemas. E havia uma conversa que fora a mais reveladora.

O colega de Jag, chamado Kenny Sinclair, dissera:

—Você me disse que apagou o cara! Você espera que eu minta em relação a isso?

— Mas não há provas! — exclamara Jag. — Nós queimamos o pau com que eu o acertei! E eu estava sozinho! Não há testemunhas!

E lá estava. A gravação poderia ser usada no tribunal. Ele talvez tivesse queimado a evidência forense, mas a declaração gravada estava agora nas mãos da promotoria. Eles esperavam usar aquela gravação para arrancarem uma confissão dele também.

Talvez não tenha sido premeditado, talvez fosse apenas homicídio culposo, sem intenção de matar, mas sabiam quem tinha feito aquilo. E Jag Morrison sabia que era suspeito. Talvez demorasse muitos meses para o caso ir a julgamento, mas eles sabiam a verdade.

Isso fez Mac pensar muito. Ele tinha decidido trazer a família para aquela cidadezinha para ficarem seguros e confortáveis. E acabara descobrindo que a pessoa mais perigosa da cidade era um garoto de 17 anos de idade.

Cooper estava usando uma lâmina para raspar a tinta do vidro para depois lustrá-lo. Estava no deque, trabalhando ao ar livre quando a SUV do delegado chegou pela estrada. Ele largou a lâmina, abriu a caixa de ferramentas que estava na mesa e limpou a mão em um pano.

— Por que você não veio pela praia? — perguntou Cooper quando Mac se aproximou pelo deque.

— Eu tinha umas coisas para resolver em Coquille no Departamento de Polícia. A loja ficou ótima, hein, Cooper? — elogiou ele. — Melhor do que quando Ben ainda estava aqui.

— Venha dar uma olhada no interior — convidou Cooper, abrindo a porta. — Ainda falta fazer uma limpeza e ainda tem algumas coisas para chegar, mas já está quase acabando. Rawley e eu ainda estamos trabalhando na escada para a doca, mas também já estamos terminando.

Mac assoviou.

— Eu poderia morar aqui. Aquela lareira deu o toque que faltava.

— Eu vendo para você — disse Cooper com uma risada. — Mas você vai ter que deixar a tia e os filhos para trás, mas os cachorros podem ficar aqui com você.

— Muito engraçado — disse ele. — Talvez eu pudesse ser policial de dia e servir mesas à noite.

— Ei, é um caso a se pensar. Você quer continuar trabalhando como policial por quanto tempo?

— Tempo suficiente para ter uma aposentadoria decente. Mas sério, Cooper, este lugar está demais. Eu não fazia ideia de que ia ficar tão bom.

— Consegui fazer isso sem derrubar toda a parte interna. O mofo se foi, o encanamento não conversa mais com você à noite, mantém-se firme no vento e não molha com a chuva. E tudo foi feito em três meses. — Ele riu. — É impressionante o que se consegue fazer com muito dinheiro.

— Você vai conseguir recuperar o seu investimento com a venda?

— Não dá para saber — disse ele dando de ombros. — Isso era importante para o Ben. Eu não poderia simplesmente vender o terreno. Eu queria fazer algo para merecer o que ele deixou para mim. Eu queria deixar algo melhor do que encontrei, algo que o deixasse feliz. E isso é tudo.

— Bem, talvez tenha uma outra coisa. Jag Morrison foi preso esta manhã pelo assassinato de Ben Bailey.

Cooper ficou em silêncio, completamente chocado e boquiaberto. Depois de um longo tempo, murmurou:

— Meu Deus.

— Eu não sei como as coisas vão se desdobrar a partir de agora. O caso ainda está sendo investigado. O promotor está alegando que o pai de Morrison, Puck, fez várias visitas ao Ben, tentando convencê-lo a vender o terreno. Puck queria fazer um empreendimento e havia muitos investidores interessados. Mas Ben não estava interessado, não importava o preço. Eles acreditam que Jag Morrison provocou a queda que o matou.

— Mas por que ele faria uma coisa dessas? — perguntou Cooper.

— Dinheiro — respondeu Mac. — Os negócios de Puck foram muito afetados pela recessão e ele estava pedindo para a família economizar. De acordo com Puck, a hipoteca ia ser executada. Aquela casa era o que mostrava para os moradores da cidade que os Morrison eram a família mais rica de Thunder Point. Tudo aquilo poderia ser evitado se Ben tivesse considerado vender até mesmo uma pequena parte do terreno.

— As raízes dele estavam aqui — disse Cooper. — Isso significava muito mais para ele do que apenas o terreno em si. Era a casa dele. Ele não queria recomeçar, encontrar um novo lar aos quarenta anos.

Mac assentiu.

— Ele não ia ceder. Mas muita gente aqui achou que ele não tivesse nenhuma família, ninguém próximo, ninguém que assumisse os negócios. Então, você chegou.

Cooper passou a mão na nuca.

— O pai de Jag teve alguma coisa a ver com a morte de Ben? Foi ele que convenceu o filho a cometer o crime?

— Duvido muito, mas o caso ainda está sendo investigado.

Cooper deu uma risada amarga.

— A mansão atrás do portão era a prova de que eles eram a família mais rica da cidade, e o gigante gentil que morava em uma loja de pesca caindo aos pedaços era, na verdade, quem tinha realmente dinheiro.

— Isso resume bem as coisas. Eu só queria que você soubesse. Eu vou mantê-lo informado, mas acho que até o caso ser levado ao tribunal, não vamos ter mais acesso a informações. Então, você veio para descobrir o que realmente tinha acontecido com o seu amigo. Não foi acidente, Cooper. Foi isso que aconteceu.

— Ele era um homem bom. Por que os homens bons morrem?

— Se eu pudesse responder isso, não haveria motivos para eu trabalhar. E o que você vai fazer agora? Você só ia ficar aqui por uma semana. Um pouco mais de três meses depois, você ainda está aqui. O que você vai fazer?

Ele deu um sorriso melancólico.

— Eu logo vou ter que procurar um emprego para me sustentar.

— E quanto a Sarah?

— Ela já tem um emprego para se sustentar — respondeu ele com um sorriso.

Foi na tarde seguinte que Sarah veio pela praia com Hamlet. Cooper optou por não contar a ela sobre a prisão por telefone. Ninguém dissera para ele manter a situação confidencial, mas ele ficaria muito decepcionado se não conseguisse condenar o filho da puta.

Depois de ouvir a notícia, ela perguntou:

— Você está inventando tudo isso?

— Claro que não. Ele foi preso. A investigação está seguindo o seu curso e espero que o caso vá a julgamento.

— Meu Deus! — exclamou ela. — Ele poderia ter matado o Landon!

— E agora ele está preso. — Ele a abraçou pela cintura e a puxou para si. — Você quer uma xícara de café? Vai tirar o gosto amargo dessa sujeira toda.

— Eu só estou surpresa demais com a notícia.

— Eu também fiquei assim. Eu não queria contar por telefone. Depois me conte como Landon reagiu. Eu não estou surpreso com isso, mas é chocante demais. Eu sabia que o garoto era mau, Sarah, mas eu subestimei o quanto. Venha — disse ele, pegando a mão dela e chamando Hamlet para o trailer. Ele usou um pano no bolso de trás do bolso para limpar a baba e as patas do cachorro, depois serviu água na panela. Ele tirou o casaco.

— Quer tomar um banho? — convidou ele.

— Quero — disse ela. — Tranque a porta.

— Você sabe que esses breves interlúdios são muito bons, sra. Robinson — disse ele com um sorriso. — Sedutor e sorrateiro e eu adoro. — Ele tirou a camiseta.

— Sem gracinhas — disse ela. — Eu sei que você acha que este lugar é uma mansão, mas não cabem duas pessoas no seu chuveiro.

— Tudo bem — aceitou ele com um sorriso de lado, enquanto tirava as botas e as meias. — As gracinhas começam quando você estiver seca. — E ele baixou a calça, revelando a ereção.

Ela riu.

— Cooper, você não tem um pingo de vergonha, não é? Será que consegue se segurar um pouco?

— Claro, mas não vamos perder tempo.

Ela foi para o quarto, tirou a roupa, deixando-a dobrada em cima de uma das cômodas embutidas, entrando nua no chuveiro. Quando ela entrou, ele já estava ensaboado e ele a empurrou contra a parede. Beijou-a profundamente, abraçando-a contra o corpo ensaboado.

— Sarah, você é linda. Eu já disse isso hoje?

Ela passou as mãos pelo peito dele.

— Você é lindo, Cooper. — Ela traçou a tatuagem dele no ombro direito. Era um globo e o oceano. Combinava com ele. — Você já acabou?

— Acho que eu talvez consiga deixar você feliz bem agora...

— Agora não — respondeu ela, rindo. — Este chuveiro é pior que o banheiro de um avião.

— Você já transou no banheiro de um avião? — perguntou ele.

— Não. E você?

— Bem, não. Mas com você eu talvez transasse. — Ele desencaixou o chuveiro do suporte e enxaguou os dois. — Vamos. — Ele desligou a água e a tirou do chuveiro, mas, em vez de enxugá-la, pegou-a no colo e carregou até a cama.

— Cooper! — exclamou ela, rindo. — Estou com frio!

— Não por muito tempo — prometeu ele, cobrindo-a de beijos até que ela cedesse, envolvesse o pescoço dele com os braços e abrisse as pernas para ele. — É disso que eu estou falando.

Não levou muito tempo para os dois terem um orgasmo explosivo e depois começarem a rir de novo.

—Você sabe o que eu amo em estar com você? — disse ela. —Você é divertido, sabe quando ser sério e, depois, ficar divertido de novo.

—Você já sentiu que tem alguém observando você? — perguntou ele.

Ela arregalou os olhos, virou a cabeça e viu Hamlet sentado pacientemente aos pés da cama, esperando por atenção.

Cooper virou o rosto dela para ele de novo.

— Por favor, não fale com ele agora — sussurrou ele. — Se você falar, eu vou ter um cão dinamarquês nas minhas costas.

Ela começou a rir e ele cobriu a boca com uma das mãos.

— Rir talvez provoque o mesmo resultado. Shh. Que bom que a minha mão está tampando a sua boca. Eu preciso falar uma coisa para você. — Ele acariciou o cabeço molhado dela, tirando-o da testa. —Você se lembra de quando eu contei que eu já fui acusado de estar emocionalmente indisponível? Que eu tinha medo de assumir um compromisso?

— Lembro. Foi há uns dois meses — disse ela, assentindo.

— Eu não entendia na época, mas eu acho que talvez a mulher que me disse isso estivesse certa. — Ele balançou a cabeça. — Mas eu não sou assim com você. Com você, estou mental, emocional e fisicamente no momento. Eu estou cem por cento aqui. Todo seu. Eu sei disso. É um sentimento diferente de tudo que eu já senti antes.

— Por que você está me dizendo isso, Cooper?

— Porque eu quero que você saiba. É importante que você saiba.

— Por quê? Você já disse que me ama.

— O amor é fácil — disse ele. — Mas as outras coisas são ainda mais importantes.

Ela sorriu e acariciou o cabelo dele.

—Você é bom demais para mim quando sou eu que não estou disponível emocionalmente e com medo de assumir um compromisso.

— Eu não estou preocupado com isso. — Ele sorriu. —Você quer comer alguma coisa?

—Você sempre me deixa com fome — respondeu ela, sentando-se e saindo pelo outro lado da cama para não ter que passar por cima de Hamlet.

— Isso é muito divertido. Essas tardes quando Landon está na escola e você não está trabalhando.

— E Rawley não está por perto — completou ela.

— Rawley está aqui. Ele está trabalhando no velho carro do Ben no galpão. Qualquer dia desses, eu também vou precisar encontrar um emprego. — Ele vestiu a calça e deu uns tapinhas na cabeça de Hamlet.

— O bar está pronto, então?

— Tão pronto quanto o necessário.

— Você já começou a distribuir o seu currículo? — perguntou ela em voz baixa.

Ele negou com a cabeça.

— Mas eu recebi duas ofertas sem nem procurar. Um amigo antigo do Texas está deixando um emprego de piloto de helicóptero, um canal de notícias em São Francisco e disse que eles me contratariam com a recomendação dele. Assim que possível. E o Colorado precisa de pilotos no corpo de bombeiros. Também foi outra indicação pessoal. No ano passado, os incêndios destruíram o estado. Eles estão prontos para entrar em ação no verão. As duas vagas estão abertas para eu começar imediatamente.

Ela olhou para baixo para abotoar a calça.

— O que você faria, Sarah?

Ela deu de ombros.

— Piloto do canal de notícias — respondeu ela, erguendo o olhar. — Cooper, você acha que a gente pode continuar em contato?

— Espero que sim, Sarah. Você poderia me implorar para não ir — sugeriu ele com um sorriso paciente.

— Você sabe que eu não posso fazer isso.

— Eu sei que você não pode.

— Quando você precisa assumir o emprego no canal de notícias?

— Eles precisam de alguém para agora. Acredito que em uma semana. Mas...

— Você não vai embora sem se despedir, não é?

— É claro que eu não faria uma coisa dessas. Você faria?

Ela negou com a cabeça.

— Uau. A ideia de você partir. Acho que agora que eu percebi. Mesmo que eu já soubesse o tempo todo, desde o primeiro dia quando o vi navegando na internet, procurando empregos.

— Você não gostaria disso? Ver-me partir?

— Eu vou odiar.

— Ainda assim você não vai me pedir para ficar?

— Você sabe que eu não posso. Nós já conversamos sobre isso. É o melhor que eu consigo.

Ele deu um beijo leve na testa dela.

— Você já explicou. Vamos jantar no Cliff's. Mande uma mensagem de texto para Landon para convidá-lo. Diga que a Eve também pode ir se ela quiser. Leve esse cachorrão para casa e eu vou buscá-la daqui a uma hora.

Sarah presumiu que o motivo de Cooper para levá-la para jantar junto com Landon era explicar para o seu irmão que ele ia partir. Mas, é claro, Landon trouxe Eve, e a conversa à mesa não deixou espaço para qualquer discussão séria sobre o próximo passo de Cooper. Em vez disso, falaram sobre Jag.

— Todo mundo da escola está falando sobre isso. As pessoas estão dizendo que Jag atirou nele ou o esfaqueou, mas não foi isso que aconteceu. A polícia saberia se isso tivesse acontecido — disse Eve.

— E quanto aos amigos dele? — quis saber Cooper.

— Apenas Wormitz e Pickering estavam lá. Eles disseram que não sabiam de nada, só que Morrison mentia o tempo todo, ficava tirando onda e ninguém realmente o levava a sério — contou Landon. — Só que Sinclair não foi à aula e alguém disse que ele não ia voltar. Ele vai morar com a tia e o tio em Seattle por um tempo. Acho que está com medo de Morrison.

— Algum deles pediu desculpas por ter feito tudo que fizeram contra você?

Landon balançou a cabeça.

— Acho que isso não vai acontecer nunca, cara. Mas, na escola, o pessoal está tratando os dois como se tivessem alguma doença contagiosa.

Quando Cooper levou Sarah para casa, não entrou. Landon e Eve os seguiram de volta para casa na velha caminhonete de Landon, e passaram por eles para entrarem. Sarah disse que tinha que trabalhar cedo e provavelmente não o veria até o fim do dia seguinte, então ele passou alguns momentos maravilhosos beijando-a na porta de casa.

Landon abriu a porta da frente.

— Por que vocês não vão para o quarto? — implicou ele, rindo.

— Ele às vezes é muito implicante — disse Cooper.

—Você me promete uma coisa, Cooper? Será que você pode explicar o que está acontecendo para Landon antes de ir embora? Para onde você está indo e o que você vai fazer e tudo isso? Porque mesmo sendo implicante, acho que, de certa forma, ele depende de você.

Ele acariciou o rosto dela com os nós dos dedos.

— Às vezes você age como se realmente não me conhecesse — declarou ele, dando-lhe um beijo rápido. — Ou talvez você ache que eu sou uma outra pessoa? É claro que eu jamais iria embora sem me despedir, sem conversar com Landon. Você vai ficar acordada a noite toda pensando nisso? Porque você tem que trabalhar cedo amanhã e precisa dormir.

— Não, eu estou bem — mentiu ela. — Obrigada por ser tão compreensivo. Sobre Landon e todo o resto.

— A gente se fala amanhã — disse ele.

Por que eu não consigo dizer?, perguntou-se ela. *Por que eu não consigo dizer "eu amo você, por favor não vá embora"?*

— Tudo bem, então. Amanhã.

Foi difícil dormir. Ela ouviu Landon sair para levar a namorada para casa, ouviu quando ele voltou, olhava no relógio de hora em hora. O dia seguinte se arrastou tanto que ela quase desejou que tivessem um dia de treinamento ou alguma vistoria.

Ela falou com Cooper, mas, de alguma forma, conseguiu não perguntar se ele estava arrumando as malas. A pergunta ficou no ar durante toda a conversa. A única coisa que enchia sua cabeça agora era que estava desistindo dele, uma noção incomensurável. Ainda assim, ela não queria se comprometer com o relacionamento.

O sol estava se pondo quando ela chegou. Landon e Hamlet não estavam em casa, assim como o buggy Razor. Ela vestiu uma legging, calçou galochas, colocou uma blusa de gola rulê e o casaco impermeável vermelho e foi para a praia. Suspeitava que Landon e Cooper estivessem conversando sobre a partida dele. Mas, então, ela encontrou Landon na praia, jogando a bola para Hamlet, e o buggy estacionado ali perto com o capacete do cachorro no assento.

— Oi — disse Landon.

— Oi. Você viu Cooper? Falou com ele?

— Ainda não — respondeu o garoto. — Estou tentando cansar este velho cão gigante. Ei, eu vou à casa de Eve hoje à noite. Tudo bem, né?

— Claro. Eles ainda não enjoaram de você por lá?

Ele abriu aquele sorriso que fazia o seu coração parar.

— Eles me amam.

Ela olhou para a loja de pesca. Cooper e Rawley estavam lá, trabalhando em alguma coisa, embora já estivesse escurecendo.

— Eu vou ver Cooper. Você vai jantar na casa da Eve?

— Provavelmente. Mac já está começando a se referir a mim como filho mais velho. — Ele fez uma cara. — Coisa esquisita.

Ela riu dele e isso foi o suficiente para lembrá-la de que eles formavam uma equipe. Eram invencíveis. Tinham passado por muitas coisas difíceis, mas juntos superaram tudo.

Bem, naquele dia, Cooper ainda não estava arrumando as coisas para partir. Parecia que estava dando algum toque de pescaria ao bar. Ele e Rawley estavam em cima de escadas apoiadas na parede, uma de cada lado das portas duplas que se abriam para o deque. Parecia que tinham colocado uma placa, coberta com papel. Eles penduraram a placa quando ela começou a subir, colocando-a no lugar.

Eles já estavam descendo quando Sarah chegou ao deque.

— O que vocês estão fazendo?

Cooper olhou por sobre o ombro, sorriu para ela e rasgou o papel. A placa dizia BEN & COOPER'S.

Rawley pegou a escada que usara e a levou embora, deixando-os a sós.

— O que é aquilo?

— Um letreiro, Sarah — respondeu ele, rindo.

Ela deu um passo para frente, olhando para cima.

— Você vai vender com o seu nome na placa?

Ele negou com a cabeça.

— Eu não vou vender.

— Alugar? — arriscou ela.

Ele negou de novo.

— Eu vou administrar o bar. Espero que eu consiga fazer isso.

— Mas, Cooper, e o emprego como piloto?

Ele balançou a cabeça.

— Não. Acho que já chega de trabalhar para outras pessoas. Eu sou crítico demais para começar. Agora, se eu tiver algum problema com como as coisas são administradas, eu não vou poder culpar ninguém a não ser a mim mesmo. Sarah, eu não quero que tudo termine entre a gente. Nós estamos apenas começando.

Ela ficou chocada demais por um momento. Então, exclamou:

— Você me deixou acreditar que você ia embora!

Ele negou e a puxou pela cintura.

— Eu não corrigi o que você presumiu. Mas eu realmente recebi duas ofertas de emprego como piloto. Eu recusei ambas. Mesmo sabendo que apagar alguns incêndios deve ser muito divertido.

— E por que você não disse nada? Por que não me contou?

— Eu declarei o meu amor por você. Eu disse que estou cem por cento no nosso relacionamento e que você pode confiar em mim. Você acha que eu sou o tipo de cara que diz essas coisas e depois vira as costas e vai embora?

— Foi exatamente o que eu pensei! — exclamou ela. — E não é porque eu acho que você é um cara mau, mas porque você disse que precisava trabalhar.

Ele riu.

— Sem dúvida, eu tenho que trabalhar. Aposto que este lugar só parece simples. Eu aposto que ele vai se transformar numa baita dor de cabeça.

— Ah, Cooper, o que você está fazendo?

— Ficando, Sarah. Eu vou ficar, mas não vou pressioná-la, nem sufocá-la, nem preocupá-la. Eu só vou amar você. Eu vou ficar por aqui, perto de você, até que você confie em mim o suficiente para voltar a sonhar.

Ela olhou para ele por um momento. Depois, tomou o rosto dele nas mãos e o puxou para um beijo tão profundo e intenso que o fez descer um degrau. Mas ele se segurou nela. Depois, contra os lábios dele, ela sussurrou:

— Eu amo você, Cooper. Amo de verdade.

Ele sorriu ainda com os lábios nos dela e disse:

— Eu sei, minha linda. Eu sei.

* * * * *

AGRADECIMENTOS

UM AGRADECIMENTO especial e a mais profunda admiração para a Guarda Costeira dos Estados Unidos, principalmente para o capitão-tenente Russel Torgerson, por organizar uma visita maravilhosa ao posto de North Bend, Oregon. Muito obrigada, capitão-tenente Torgerson, por responder a um milhão de perguntas e me dar uma visão tão próxima e pessoal da missão. É claro que quaisquer erros ou licenças artísticas em prol da história e da dramaticidade são todos meus.

Minha gratidão pessoal aos homens e mulheres da Guarda Costeira dos Estados Unidos pelos serviços prestados. Tantas vidas foram salvas graças ao trabalho de vocês.

Um agradecimento especial também para o meu marido Jim Carr, por me levar pela costa do Oregon com uma câmera nas mãos. Que forma maravilhosa de se pesquisar — uma viagem para uma das regiões mais lindas do país.

Muito obrigada à minha editora, Valerie Gray, e à minha agente, Liza Dawson, e à minha equipe editorial mais fabulosa da Harlequin, por ter me dado a oportunidade de me divertir enquanto escrevia.

Publisher
Kaíke Nanne

Editora de aquisição
Renata Sturm

Editora executiva
Carolina Chagas

Coordenação de produção
Thalita Aragão Ramalho

Produção editorial
Jaciara Lima

Copidesque
Vinicius Damasceno

Revisão
Thamiris Leiroza
Marcela Isensee

Diagramação
Abreu's System

Capa
Mirian Lener

Este livro foi impresso no Rio de Janeiro, em 2016,
pela Edigráfica, para a HarperCollins Brasil.
A fonte usada no miolo é Bembo Std, corpo 12/15,1.
O papel do miolo é Chambril Avena 70g/m², e o da capa é cartão 250g/m².